"神话学文库" 学术支持

上海交通大学文学人类学研究中心

上海交通大学神话学研究院

中国社会科学院比较文学研究中心

陕西师范大学人文社会科学高等研究院

上海市社会科学创新研究基地——中华创世神话研究

"十二五""十三五"国家重点图书出版规划项目
第五届、第八届中华优秀出版物奖获奖作品

神话学文库

叶舒宪主编

张洪友◎著

好莱坞神话学教父
约瑟夫·坎贝尔研究

JOSEPH CAMPBELL: THE GODFATHER
OF MYTHOLOGY IN HOLLYWOOD

陕西师范大学出版总社

图书代号　SK23N1149

图书在版编目（CIP）数据

好莱坞神话学教父约瑟夫·坎贝尔研究 /张洪友著. — 西安：
陕西师范大学出版总社有限公司，2023.10
（神话学文库 / 叶舒宪主编）
ISBN 978 - 7 - 5695 - 3673 - 7

Ⅰ.①好… Ⅱ.①张… Ⅲ.①约瑟夫·坎贝尔
(Joseph，Campbell 1904—1987)—神话—文学研究
Ⅳ.①I712.077

中国国家版本馆 CIP 数据核字（2023）第 106455 号

好莱坞神话学教父约瑟夫·坎贝尔研究
HAOLAIWU SHENHUAXUE JIAOFU YUESEFU KANBEIER YANJIU
张洪友　著

出 版 人	刘东风	
责任编辑	雷亚妮	
责任校对	刘存龙　王文翠	
出版发行	陕西师范大学出版总社	
	（西安市长安南路 199 号　邮编 710062）	
网　　址	http://www.snupg.com	
印　　刷	中煤地西安地图制印有限公司	
开　　本	720 mm×1020 mm　1/16	
印　　张	19.25	
插　　页	4	
字　　数	318 千	
版　　次	2023 年 10 月第 1 版	
印　　次	2023 年 10 月第 1 次印刷	
书　　号	ISBN 978 - 7 - 5695 - 3673 - 7	
定　　价	118.00 元	

读者购书、书店添货或发现印刷装订问题，请与本公司营销部联系、调换。
电话:(029)85307864　85303635　传真:(029)85303879

本书为湖北省社科基金一般项目(项目编号 2015050)成果

"神话学文库"总序

叶舒宪

神话是文学和文化的源头，也是人类群体的梦。

神话学是研究神话的新兴边缘学科，近一个世纪以来，获得了长足发展，并与哲学、文学、美学、民俗学、文化人类学、宗教学、心理学、精神分析、文化创意产业等领域形成了密切的互动关系。当代思想家中精研神话学知识的学者，如詹姆斯·乔治·弗雷泽、爱德华·泰勒、西格蒙德·弗洛伊德、卡尔·古斯塔夫·荣格、恩斯特·卡西尔、克劳德·列维－斯特劳斯、罗兰·巴特、约瑟夫·坎贝尔等，都对 20 世纪以来的世界人文学术产生了巨大影响，其研究著述给现代读者带来了深刻的启迪。

进入 21 世纪，自然资源逐渐枯竭，环境危机日益加剧，人类生活和思想正面临前所未有的大转型。在全球知识精英寻求转变发展方式的探索中，对文化资本的认识和开发正在形成一种国际新潮流。作为文化资本的神话思维和神话题材，成为当今的学术研究和文化产业共同关注的热点。经过《指环王》《哈利·波特》《达·芬奇密码》《纳尼亚传奇》《阿凡达》等一系列新神话作品的"洗礼"，越来越多的当代作家、编剧和导演意识到神话原型的巨大文化号召力和影响力。我们从学术上给这一方兴未艾的创作潮流起名叫"新神话主义"，将其思想背景概括为全球"文化寻根运动"。目前，"新神话主义"和"文化寻根运动"已经成为当代生活中不可缺少的内容，影响到文学艺术、影视、动漫、网络游戏、主题公园、品牌策划、物语营销等各个方面。现代人终于重新发现：在前现代乃至原始时代所产生的神话，原来就是人类生存不可或缺的文化之根和精神本源，是人之所以为人的独特遗产。

可以预期的是，神话在未来社会中还将发挥日益明显的积极作用。大体上讲，在学术价值之外，神话有两大方面的社会作用：

一是让精神紧张、心灵困顿的现代人重新体验灵性的召唤和幻想飞扬的奇妙乐趣；二是为符号经济时代的到来提供深层的文化资本矿藏。

前一方面的作用，可由约瑟夫·坎贝尔一部书的名字精辟概括——"我们赖以生存的神话"（Myths to live by）；后一方面的作用，可以套用布迪厄的一个书名，称为"文化炼金术"。

在21世纪迎接神话复兴大潮，首先需要了解世界范围神话学的发展及优秀成果，参悟神话资源在新的知识经济浪潮中所起到的重要符号催化剂作用。在这方面，现行的教育体制和教学内容并没有提供及时的系统知识。本着建设和发展中国神话学的初衷，以及引进神话学著述，拓展中国神话研究视野和领域，传承学术精品，积累丰富的文化成果之目标，上海交通大学文学人类学研究中心、中国社会科学院比较文学研究中心、中国民间文艺家协会神话学专业委员会（简称"中国神话学会"）、中国比较文学学会，与陕西师范大学出版总社达成合作意向，共同编辑出版"神话学文库"。

本文库内容包括：译介国际著名神话学研究成果（包括修订再版者）；推出中国神话学研究的新成果。尤其注重具有跨学科视角的前沿性神话学探索，希望给过去一个世纪中大体局限在民间文学范畴的中国神话研究带来变革和拓展，鼓励将神话作为思想资源和文化的原型编码，促进研究格局的转变，即从寻找和界定"中国神话"，到重新认识和解读"神话中国"的学术范式转变。同时让文献记载之外的材料，如考古文物的图像叙事和民间活态神话传承等，发挥重要作用。

本文库的编辑出版得到编委会同人的鼎力协助，也得到上述机构的大力支持，谨在此鸣谢。

是为序。

遇见坎贝尔(代序)

叶舒宪

　　研究神话学,需要先熟悉 20 世纪最有影响力的神话学家。在我四十年求学生涯中,率先遇见的三位大家是弗雷泽、弗莱和埃利亚德。他们三人研究神话的专业特点分别是文化人类学的知识全球化取向、文学整体的系统理论取向和比较宗教学模式取向。归纳三位的共同旨趣,则是科学主义的研究范式,也就是将研究结果归结到一种类似公式的原型或模式上。这样的研究倾向对我自己的学术发展有着很大的影响。

　　随后遇见的是约瑟夫·坎贝尔。他的研究旨趣是直指人心的,因而更具有人文主义的情愫。坎贝尔在北美国家的知名度,要远远大于他在中国的知名度。除了一部《千面英雄》(这是他所有著作中最能体现科学主义模式化倾向的一部)早有中文译本,并且在文学研究界流行以外,他的学术发展和整体成就基本不为大陆学界所知,尤其是他突出表现人文精神和治疗意向的特色方面。我在 20 世纪 80 年代时关注坎贝尔,主要看中他的"神话学四部曲"中的第一部《原始神话学》,学习他如何让神话学研究走出纯文学的小天地,进入新石器时代的文化大传统中的。后来又知道,他不仅是纯学院派的学者,还是在大众传媒领域鼎力传播神话学知识的第一人,在电视节目和电影制作方面都有很大影响。如今,思考神话资源与文化创意产业之间的关系,无论如何都绕不开这位美国神话学界的宗师。坎贝尔学术的心理医学倾向,也被国内的文学人类学一派充分吸收,并和文化人类学的民族志研究相结合,提升为一整套"文学治疗"的理论范式(参见《文学人类学教程》第七章"文学治疗",中国社会科学出版社 2010 年版)。

在本书出版之前,坎贝尔的巨大学术成就和广泛社会反响在我国学界的接受情况是不能让人满意的。本书作者张洪友在 2010 年考入四川大学文学与新闻学院。他本来报考的专业方向是符号学,学院调剂他跟随兼职博导的笔者读博,而我这边的研究方向是文学人类学。经历了相当长时间的商讨、纠结和筛选,他最终决定转向神话学研究,并听取建议,确定选题方向为坎贝尔的神话学理论研究。这也是一项非常必要的学术传播任务。他努力找来所有能够找到的坎贝尔的英文著作,一页一页地进入这位巨匠的神话学研究世界里。

从学术起步看,坎贝尔在美国读大学时的研究对象是 20 世纪英语现代派小说的代表詹姆斯·乔伊斯。《尤利西斯》这部经典昭示了利用古希腊神话题材进行再创作、再编码的现代派写作诀窍。这样的再编码实验,同样成为好莱坞和迪士尼的专业编剧们事业成功的一种"过关考验"。不过,要充分理解乔伊斯,光懂得希腊罗马神话的知识背景还不够,还需要深入把握乔伊斯的文化认同特点,需要理解爱尔兰文艺复兴的整个文化背景。只要看看坎贝尔著作中随处引用的爱尔兰诗人叶芝的作品,就知道他在这方面的积累相当深厚。要理解爱尔兰文化的根脉,还必须懂得先于盎格鲁-撒克逊人登陆英伦三岛的"原住民"凯尔特人的传统。这是在希腊传统和希伯来传统以外的,对西方文明具有奠基作用的第三种重要文化传统。这也是让《指环王》和《哈利·波特》的作者——托尔金和罗琳们掀起一场席卷全球的魔法风暴的文化底蕴所在。国内译介西方神话已经有一个多世纪了,恰恰缺乏对凯尔特神话的译介。为弥补这个知识空缺,"神话学文库"第一辑中,就组织西安外国语大学研究生们,利用课外作业的方式,翻译出版了一部题为《凯尔特神话》的专辑。没料到这部书成为丛书十七种中销量最大的一本,已经多次加印。洪友当年专程从成都赶来西安外国语大学听课,就这样歪打正着地加入"神话学文库"的翻译、校对者行列。现在他的博士论文经过修订,又加入著作系列。希望他的这部书,能够在当代美国神话学的智慧导师与中国读书界和文创产业界之间架起沟通的桥梁。

按照文学人类学派最近对文化大传统的关注和重视程度,要理解欧洲文明中凯尔特人的文化根脉,光靠阅读历史书籍和神话民俗是远远不够的。"纸上得来终觉浅",凯尔特人的先民在英格兰大地上留下的最壮观的遗迹号称"巨石阵",如今是世界旅游的一大热点,其始建年代距今接近五千年之久。将巨石阵作为一种无字天书来解读破译,已经成为今日英伦学界和媒体的一大焦点,吸引了无数人的眼球。巨石阵西侧的格拉斯顿伯里小镇,是如今西方世界新时代运动的集散地,当地书店里出售有全球最集中的神话学书籍。希望每一位以神话学为专业的师生都有机会到那里去体验一番。这种文化氛围,是在课堂上永远学不到的。

从早年热衷西方文学的青年,到晚年成为神话学大师,坎贝尔一生的学术道路就是从文学出发,经过跨越东西方宗教的穿越之旅,又经过穿越原始与现代的心灵探险之旅,最终成长为继弗洛伊德和荣格之后,又一位著名的精神导师。和荣格一样,跨越西方文化自身的壁垒,进入东方文化传统之中,是坎贝尔获得学术观念大变革的契机。和众多人类学家们一样,穿越现代文明自身的壁垒,进入原始文化传统之中,也是坎贝尔终于能找到诊疗现代文明病的秘方所在。看看坎贝尔是怎么看待神话的:神话和象征的思想资源意义,突出表现在精神医学所说的"感动意象(affect image)"。每一个特定的文化群体都有这样一种"感动意象",找到并且能够调动它们,正是一切堪称人类精神导师者的特殊本领。在古代西方,这是基督教牧师们的职业能力。在当今,则是一切心理治疗师力求掌握的秘诀。

笔者遵循这样的提示,希望在华夏传统的深处找到这种具有核心动力的"感动意象"。于是,聚焦到汉字"能"和"熊"的因果关系上,以及华佗五禽戏中"熊戏"(一招一式都是模拟熊的动作)的操练实践上,在十多年前写出一部《熊图腾——中华祖先神话探源》。什么是国人先民心目中的"能"?会在冰封的寒冬季节里冬眠的陆地猛兽——熊,即被狩猎时代先民理解为拥有死而复生之生命能量者,这就是在十万年前的狩猎社会筛选出来的史前人类的"感动意象"啊。今天人所说的"正能量",在史前时代就被理解和认同为熊,熊神和天熊之类的神话观念就此建构出来,影响非常深远。《尔雅》称熊为"蛰兽",意味深长。《山海经》写到中原一带的熊山熊穴中年复一年地走出"神人",没有人知道这是什么意思。这个华夏初民时代的"感动意象"一旦得到揭示,古书中一系列过去根本无解的哑谜,相继得以解读:从我们所认同的人文初祖黄帝号"有熊氏",到伏羲大神号"黄熊",鲧禹两代的"化熊"神话,乃至楚国王族25位统治者改称"熊某"的事实,都一一变成现代人可以理解的东西。神话学知识所特有的文化符码解读意义,于此可窥一斑。

对于生活在原始文化范围中的美洲印第安人来说,集体表演的野牛舞便是部落最主要的仪式活动。其所围绕的核心意象,就是野牛。为什么呢? 坎贝尔说:"印第安人的生活方式与原始狩猎先民有着惊人的相似之处。在以宗教维持的社会秩序中,人和能为自己提供食物来源的动物之间的关系是最核心、最关键的。因此,随着野牛的消失,黏合这个民族的象征不复存在。印第安人的信仰在10年间沉淀并凝固在了历史长河中,而来自南面墨西哥的异域宗教却从此在印第安人中肩负起了救赎心灵的重担。"①看到这里,终于能体会坎贝尔所理解的"神话",为什么被重新定义为人类"赖以生存"的东西。人类走出狩猎状态主要在新石器时代,农作物取代作为狩猎对象的动物,成为农耕文明的新图腾,而古汉语中指代国家政权的"社稷"一词,便由此而来。毫无疑问,"社稷"正是我们这个古老的农耕文明国家"赖以生存"的东西。

要进入坎贝尔所描述的这种神话境界,需要设身处地先把自己转换成为原住民。这需要当代知识分子自我培育一种心灵体验的功夫。这也当然和人类的仪式活动或修炼行为(如瑜伽)密切相关。这与当今大学生们在民间文学课堂上所惯常听到的那种被肢解为故事母题、人物和情节的文学神话,其实是大相径庭的两类东西。在坎贝尔眼中,神话一定离不开人的信仰和信仰实践。"一旦仪式和

---

① (美)约瑟夫·坎贝尔:《指引生命的神话:永续生存的力量》,张洪友、李瑶、祖晓伟等译,杭州:浙江人民出版社,2013年,第81页。

意象丢失,作为概念载体的文字在当代可能会有意义,也有可能显得不合时宜。仪式由神话象征组成,只有在参与仪式的时候,个体才会直接真切地感受到这些。"①他一方面强调关注神话与仪式体验的不可分割性,另一方面强调西方学生需要向东方传统学习。学什么呢? 就是学习东方智者"朝向他们自身的神秘内在旅程"。他认为这样的文化寻根和文化转向,必然给西方文明带来积极的疗效:"如果能和当代生活密切相连,这将会使人们在生活、文学和艺术领域重开历史新纪元。"②

神话不应是和文学课堂上的作家作品并列的东西,神话本来就是人类文化之根和信仰之根。对于"散失了灵魂的现代人"(荣格语),神话意味着重新教会我们怎样做人。学会做人的第一要义,则是学会面对现实。正如神灵世界里有善神和恶神:

> 我们必须首先承认生命邪恶的本质,以及这种本质中所蕴涵的光彩夺目的特色——认识到生命就是这样的,不可能也不会被改变。很多人自认为他们知道如何将世界变得更加美好,并宣称如果他们是造物主,这个世界将没有痛苦,没有忧伤,没有残酷的岁月,也没有变化无常的生命。这都是一派胡言。也有很多人发出这样的心声:"先改变社会,再抽时间改变我自己。"遗憾的是,这些人永远无法进入神的宁静世界。其实,所有的社会都充满邪恶、忧伤和不平等,它们一直都是这个样子。如果你真的想有所作为,那么你首先要学会怎样在这个世界中生存。③

面对充满邪恶和魔鬼的现实,人必须让自己的内心强大起来。至于如何让自己强大,坎贝尔通过他博通的专业视角向人们表明:各民族古老的神话故事,能充

---

①(美)约瑟夫·坎贝尔:《指引生命的神话:永续生存的力量》,张洪友、李瑶、祖晓伟等译,杭州:浙江人民出版社,2013 年,第 89—90 页。

②(美)约瑟夫·坎贝尔:《指引生命的神话:永续生存的力量》,张洪友、李瑶、祖晓伟等译,杭州:浙江人民出版社,2013 年,第 93 页。

③(美)约瑟夫·坎贝尔:《指引生命的神话:永续生存的力量》,张洪友、李瑶、祖晓伟等译,杭州:浙江人民出版社,2013 年,第 95—96 页。

当永恒的精神充电器和能量源。

张洪友的这部著作,既然以《好莱坞神话学教父约瑟夫·坎贝尔研究》为题,其所侧重研究的是坎贝尔神话学对文化创意产业方面的启迪,希望日后他能在神话的心灵治疗功能方面,再有所进取和创获吧。我们这个时代,太需要这一方面的人才和智慧。

2018 年 8 月 19 日于上海

目　　录

导　论

第一节 坎贝尔及其神话研究

一、文化荒原中的"帕西法尔"

约瑟夫·坎贝尔（Joseph Campbell）是美国著名的比较神话学家，一生著作颇丰。他凭借名为《神话的力量》的电视节目，成为美国家喻户晓的人物。他的著作有《千面英雄》《神的诸种面具》《指引生命的神话》《野鹅的飞行》《神话意象》《世界神话历史地图》《时光变迁中的神话》等等。坎贝尔去世后，他的遗著也被陆续整理出版。此外，坎贝尔还主编了大量图书。

坎贝尔被称为"神话的捍卫者"①，"新时代运动的先知"②。他是一个在神话的奇妙世界中寻找启示的文化英雄。他把个人在神话的神秘空间中所获取的宝贵财富带到群体之中。然而，这个群体，他不希望仅仅是某个民族，而是居住在这个星球上的所有居民。

坎贝尔相信神话是解决现代社会精神痼疾的良药。有论者批评坎贝尔将关于启示的科学与启示本身混淆③，而这恰恰是坎贝尔神话学的独到之处。在坎贝尔那里，神话蕴含着等待人们挖掘的精神宝藏。神话是过于理性和实用的日常生活的"解毒剂"，也是促进文化前进的动力。当人们过于沉迷于经济和政治利益的时刻，他们就遗忘了曾有的神秘维度，通向未知世界的路标与入口因而被封死，神话象征的意义被褫夺。由于神圣世界的大门被关闭，单维的人只能面对被橱窗的镜子反射出的碎片化的影子。神话缺失使得现代社会成为精神的荒原。神话宝库中可以让精神荒原得以复苏的恩赐，正在呼唤着今日的英雄们踏上征程。

坎贝尔希望做一个将神话的神秘力量引入当下精神荒原的文化英雄。他认为神话不仅仅是研究的对象，更是需要倾听的神圣启迪。因此，坎贝尔是呼唤

---

①Robert A. Segal, " Myth Versus Religion for Campbell," in Kenneth L. Golden, ed., *Uses of Comparative Mythology*: *Essays on the Work of Joseph Campbell*, New York: Garland Publishing, 1992, pp.39-52.

②M. A. Winter Sharon, *Joseph Campbell*: *Prophet for A New Age*, The University of Texas at Dallas, 1993.

③Elizabeth K. Nottingham, "The Masks of God by Joseph Campbell," in *Journal for the Scientific Study of Religion*, Vol.4, No.1 (Autumn, 1964), pp.113-115.

体验的导师（guru）。① 他试图通过精神分析激活神话所具有的引导个体精神的神秘力量。在《千面英雄》中，坎贝尔总结了英雄探险的单一神话模式。在他看来，这是世界英雄神话的共同叙述模式。单一神话展示形式多样然而内容却如一的世界神话，让人们在多变的表面背后看到神话的同一性。

> 我们所看到的总是那个形式虽然千变万化，然而内容却始终如一的故事，使人深思的是这个故事暗示有许多尚未为人所知的东西需要我们去体验。②

英雄在远离、探险、归来的旅程中所获的恩赐和精神启迪，能够为当代精神荒原带来救赎之道。总之，坎贝尔在《千面英雄》中主要做的是建构英雄神话叙述的共同模式，并将此模式与个体生命建立联系。

坎贝尔在《神的诸种面具》中试图厘清人类世界几千年的神话演变脉络，并探讨建构现代神话的可能性。在《原始神话》中，坎贝尔探寻史前神话，以便在人类历史的根源之处，寻找人类神话的同一性。他将史前神话分为尊重个体精神自由的史前猎人神话和尊重自然、群体法则的史前农人神话。③ 此两种神话的精神特质成为精神基因，被后代神话继承。

在《东方神话》中，坎贝尔将人类所谓的文明时代以来的神话分为东方神话和西方神话，东方神话又分为印度神话和远东（中国和日本）神话，西方神话分为黎凡特神话（拜火教、犹太教、基督教、伊斯兰教神话）和欧洲本土神话（古希腊、凯尔特、北欧等神话）。④ 在此区分的基础上，坎贝尔重估神话。

在坎贝尔那里，东方世界所继承的史前猎人神话的精神修炼法则和欧洲本土所传承的个体主义，成为当代人类的希望。他认为，在人类现代社会，宇宙的神秘维度已经转向每个个体，他试图在这样的时代探索包容东西方神话精髓的新时代神话。在传统神话已经成为碎片漂浮在人们的周围的时代，⑤ 他寻找属于这个时代的神圣启迪。

在《神的诸种面具》的最后一卷《创造神话》中，坎贝尔将中世纪以来的许多作家看成萨满式的神话诗人。坎贝尔后来谈到，他从歌德、乔伊斯、托马

---

① Robert A. Segal, "Frazer and Campbell on Myth: Nineteenth-and Twentith-Century Approaches," in *The Southern Review*, Vol. 26, No. 2（Spring, 1990）, pp. 470-476.

②（美）约瑟夫·坎贝尔：《千面英雄》，张承谟译，上海：上海文艺出版社，2000 年，第 1 页。

③ Joseph Campbell, *The Masks of God: Primitive Mythology*, London: Penguin Books, 1987, p. 231.

④ Joseph Campbell, *The Masks of God: Oriental Mythology*, London: Secker and Warburg, 1962, pp. 33-34.

⑤（美）菲尔·柯西诺主编：《英雄的旅程：与神话学大师坎贝尔对话》，梁永安译，北京：金城出版社，2011 年，第 50 页。

斯·曼、荣格等人的著作中找到了当代作品的神话维度。[①] 美国的探月之旅带来包容全人类的星球神话，地球上的每个人都成为地球这艘宇宙飞船上的乘客。[②] 在坎贝尔看来，探月之旅意味着人类是地球的眼睛和耳朵，人类成为地球甚至宇宙的智慧。[③] 人类重新与大地和解。人类并不是来自天堂，而是因为遭受驱逐、流放而生活在大地之上的外乡人。人类就生活在这片土地之上，与大地母亲同在，并在大地上书写自己的价值。

浪漫主义者坎贝尔虚构了一个"人类同一"的伟大前景，虽然与人类因为差异而持续冲突的悲惨现实相比，这种美好前景仅仅是虚幻的泡沫，然而，审视这些美丽的泡沫所折射出的神秘光辉，或许会发现通向美好未来的道路。

二、异域世界探险的文化英雄

人类同一是坎贝尔的信念，是其神话学立足并最终回归的基点。在《英雄的旅程》中，坎贝尔自述自己对神话的兴趣源于他的天主教背景[④]，然而，坎贝尔从孩童时代却对印第安神话感兴趣，而这种兴趣使他发现，印第安神话中也存在与自己的传统宗教相似的神话。[⑤] 世界众多神话中都有处女生子、英雄死而复活的故事。[⑥] 他认为世界神话源于同一神话母题库，各个民族的不同神话则是根据当地的需要，对这一母题库进行选择、阐释和仪式化改造，因此，世界所有的神话都应该得到人们的尊重。[⑦] 无论是《千面英雄》中的单一神话，还是《神的诸种面具》中世界各民族的神和英雄的自然史，坎贝尔都试图让人们通过神话理解自身，并努力促进不同群体之间的相互包容和理解。

有学者认为坎贝尔"通过神话贯通科学与宗教、心灵与身体、东方与西方，则成了他职志中的职志"[⑧]。也就是说，在这位神话学家那里，神话是具有融解

---

① (美) 菲尔·柯西诺主编：《英雄的旅程：与神话学大师坎贝尔对话》，梁永安译，北京：金城出版社，2011年，第39页。

②Joseph Campbell, *Myths to Live By*, New York：Bantam Books, 1980, p.262.

③Joseph Campbell, *Myths to Live By*, New York：Bantam Books, 1980, p.254.

④ (美) 菲尔·柯西诺主编：《英雄的旅程：与神话学大师坎贝尔对话》，梁永安译，北京：金城出版社，2011年，第7页。

⑤ (美) 约瑟夫·坎贝尔、比尔·莫耶斯：《神话的力量》，朱侃如译，沈阳：万卷出版社，2011年，第24页。

⑥Joseph Campbell, *The Masks of God：Primitive Mythology*, London：Penguin Books, 1987, p.3.

⑦Joseph Campbell, *The Masks of God：Primitive Mythology*, London：Penguin Books, 1987, p.4.

⑧ (美) 菲尔·柯西诺主编：《英雄的旅程：与神话学大师坎贝尔对话》，梁永安译，北京：金城出版社，2011年，引言，第5页。

一切差异和冲突的炼金术。

通过神话炼金术消融各种差异成为坎贝尔神话研究的目标。在《千面英雄》的序言中，坎贝尔认为他需要像解剖学为人体画结构图那样，为世界神话描画结构图，他的目的是促进人类在相互理解基础上的统一。① 在《神的诸种面具》中，坎贝尔用大写的"神"（GOD）意指高于世界所有神话的超级所指，世界神话都是其面具，这些不同的面具都具有合法性。通过展示这些面具的演变史，他试图从神话的角度平息因为宗教或者派别的差异而导致的分歧和争端。坎贝尔曾经提到印第安部落的领袖黑麋鹿的灵视。在黑麋鹿的灵视中，这个世界处处都是世界的中心，处处都是世界的至高点。世界不再是一个圆环（hoop），而是许多个圆环，环环相扣，每个圆环都有其存在的理由。② 也就是说，世界各地的神话都是超级所指的面具，都有自身存在的合理性和合法性。

然而，自我与他者之间的对立从古至今一直存在。圣奥古斯丁曾经发动神的公民对魔鬼的公民的战争。③ 群体主义者用爱面对自己民族，用仇恨面对其他民族，在他们那里，爱的原则与恨的原则截然分开。双面神在自己民族与他民族那里呈现出两种极端形象。神在自己的孩子面前是一个慈爱的父亲，而在他民族那里又成为张着血盆大口的死神！双面神是自我与他者区分的依据，而此种阈限神划分出了神圣地域的边界。

不过，《千面英雄》中的英雄探险成为坎贝尔面对他者文化的思维方式。在孩童时代，他就阅读印第安神话，成年后，他又接触印度文化。他从这些边缘或者他者文化的视角来反思自身的传统。坎贝尔试图在与他所生活的传统不同的世界中获得激活自己社会的恩赐。在去欧洲的轮船上，坎贝尔与灵修大师吉杜·克利希那穆提（Jiddu Krishnamurti）相遇，并成为好友。东方思想的宽广世界在他的面前展开。④ 虽然许多论者都认为坎贝尔在《创造神话》以后又重新回到了西方个体主义的立场⑤，然而，他的回归也是融合了东方思想的回归。他试图在东西方两个对立的世界之间寻找一个可以沟通的桥梁。

---

① （美）约瑟夫·坎贝尔：《千面英雄·序》，张承谟译，上海：上海文艺出版社，2000 年。

② （美）约瑟夫·坎贝尔、比尔·莫耶斯：《神话的力量》，朱侃如译，沈阳：万卷出版社，2011 年，第 129 页。

③ （美）约瑟夫·坎贝尔：《千面英雄》，张承谟译，上海：上海文艺出版社，2000 年，第 152 页。

④ （美）菲尔·柯西诺主编：《英雄的旅程：与神话学大师坎贝尔对话》，梁永安译，北京：金城出版社，2011 年，第 32—33 页。

⑤ Robert A. Segal, *Joseph Campbell : An Introduction*, New York : Garland Pub., 1987, p.64.

三、宣扬个人神话的"先知"

从《千面英雄》中的英雄探险到后期讲座中的个人神话（personal myth），坎贝尔试图寻找个体救赎的方式。在后期的讲座中，坎贝尔认为单一神话模式也可以成为人生故事的情节。[1] 坎贝尔曾问："到底我们准备去追寻圣杯还是荒原？也就是说，你是准备去追求灵魂的创意性探险，还是只追求经济上有保障的生活？是准备活在神话里，还是只打算让神话活在你心里？"[2] 圣杯与荒原是两种相反的人生态度的象征，等同于"你应该"还是"你要"之间的对立。在这两种对立的背后是两种不同的神话所支撑的价值观念之间的冲突。此两种对立组成自我的光谱线[3]上两个不同极端：一端是沉迷于经济和欲望之中的人们，他们仅仅是群体的一部分，完全丧失了特性；另一端则是通过选择、探险书写个人神话的英雄。而抉择便是在自我光谱线上位移。

人应该追求安定的生活，还是寻找圣杯的探险？也就是说，人应该在现代精神的荒原中苟延残喘，还是寻找精神的复活之路，从而追随自己内在的狂喜，踏进寻找自我的迷宫？因为抉择而游移，因为游移而延宕，自我成为一个未完成的建构。赫拉克利斯在十字路口需要在邪恶女神（Vice）和美德女神（Virture）之间做出选择，萨特的《苍蝇》中展示出古代英雄的生存困境。这些古代英雄的难题也是每个个体的困境，他们的命运正如被尘封在古代城堡中的幽灵，以如影随形的方式，侵入当下人们的日常生活。《纳尼亚传奇》（*The Chronicles of Narnia*）中那一通向神秘世界的魔橱向世人呈现：浪漫幻想的冒险生活与日常的平庸生活只有一线之隔。抉择的迷宫是个体精神复活的过程中必须经历的考验，人自身的本质也在这种选择以及克服各种各样考验的探险中重塑。神话为自我提供走出心理迷宫的地图。因此，人应该从当代精神荒原的束缚中逃离出去，踏上使精神复活的旅程。

在当下的社会中，个体与社会之间的关系瓦解，他必须为自己寻找道路，

---

① Joseph Campbell&David Kudler, eds. , *Pathways to Bliss：Mythology and Personal Transformation*, Novato, Calif. : New World Library, 2004, p.113.

②（美）菲尔·柯西诺主编：《英雄的旅程：与神话学大师坎贝尔对话》，北京：金城出版社，2011年，引言，第7页。

③参见赵毅衡：《符号学原理与推演》，南京：南京大学出版社，2011年，第355页。原文为："这个光谱的一端，是人内心隐藏的本能、非理性的、自由无忌的'无担待自我'（unencumbered self），克里斯蒂娃称之为'零逻辑主体'（zerologic subject）。而在另一端可以是'高度理性'的由社会和文化定位的个人（socially-situated self）。"这些不同的可能性便组成了自我世界的全域。

必须在前人从未走过的地方，踏入神秘的森林去寻找圣杯。① 也就是说，在传统神话失效的当代，每个个体都成为自己故事中的英雄，必须像圣杯骑士那样去寻找能够将自己从精神的荒原中解救出的圣杯。黑森林是具有无限可能的领域，每个人就像圣杯故事中的英雄那样独自开拓自己的道路。一个偶然间踏上的小径会是通向光明的大道。探险便是在无限扩充着外在的世界的同时，也在扩充着自己的精神宇宙。神话从被抛的边缘吹响回归的号角。神话是永恒力量涌入文化的通道，当人将自己的人生故事与神话发生关联的时候，人生就会与永恒的力量相遇。

四、好莱坞影视帝国的神话学教父

坎贝尔神话学影响深远，著名导演乔治·卢卡斯（George Lucas）的《星球大战》（*Star War*）系列就是在他的神话学思想影响下产生的。卢卡斯将坎贝尔尊称为自己的尤达②。他曾经这样评价坎贝尔：

> 虽然只是几本书，但却是他花了一辈子的时间蒸馏出来的，正因如此，才能让我只花几个月的时间来阅读，就能够获得启迪，能够向前挺进。它们犹如一场盛宴。如果不是跟乔的偶遇，很有可能时至今日我还在苦思《星球大战》的剧本该怎样写。③

坎贝尔的单一神话模式成为美国影视表达个人英雄主义人生哲学的完美工具。在社会中找不到自己位置的小人物离开日常世界，在神秘世界中探险，在探险的旅程中领悟神圣启迪，成为英雄归来。此种叙述结构成为美国影视建构故事宫殿的骨架。

在《星球大战》、《黑客帝国》（*The Matrix*）、《阿凡达》（*Avatar*）这些具有里程碑意义的科幻电影中大都可以看到此种模式，美国的动画电影中也重复着此种模式。甚至西班牙的动画《秘鲁大冒险》（*Tad, the Lost Explorer*）、《僵尸少女》（*Daddy I Am A Zombie*），韩国的动画《考拉小子：英雄的诞生》（*The Outback*）和法国的动画《亚瑟和他的迷你王国》（*Arthur and the Invisibles*）都利用了此种叙述结构模式。在美国影视批量化生产的大潮中，英雄的旅程成为打造故事的万能钥匙，而此种模式也通过现代传媒渗透到世界的各个角落。

---

①Joseph Campbell, *The Flight of the Wild Gander*, Chicago：Henry Regnery Company, 1972, p.222.

②《星球大战》系列中绝地武士们的著名导师。

③（美）菲尔·柯西诺主编：《英雄的旅程：与神话学大师坎贝尔对话》，梁永安译，北京：金城出版社，2011年，第213页。

总之，坎贝尔的作品架起了神话世界与好莱坞之间的桥梁。深受坎贝尔影响的克里斯托弗·沃格勒（Christopher Vogler）如此评价坎贝尔在好莱坞世界中的重要作用：

> 好莱坞越来越信奉坎贝尔书中的思想，这其实一点也不奇怪。对于作家、制作人、导演或者编剧来说，坎贝尔的观念是一个顺手的工具箱，里面全是耐用的工具，最适合用来打造故事。①

五、研究约瑟夫·坎贝尔的重要意义

本书力图从坎贝尔著作中挖掘值得借鉴的理论资源，希望为中国的影视和文化创意提供借鉴。坎贝尔对美国当代影视和流行文化产生巨大的影响，他成为神话的力量进入这些领域的通道。因此，研究坎贝尔可以深入了解这些通过现代传媒冲击人们眼球的文化现象背后的神话学根源。坎贝尔试图凭借神话的力量凝聚人类整体，并希望每个人都能够依靠这种神奇的力量，直面心灵的暗区，完成精神的自我救赎。在传统神话支离破碎，仪式的力量已经缺失的情况下，这些思想是弥足珍贵的。另外，坎贝尔的跨学科神话阐释方法也值得重视。

首先，坎贝尔的神话学著作能够为中国当代的影视创作和文化创意提供值得借鉴的理论资源。坎贝尔对美国当代影视和文化的影响难以估量。人们无法假设，如果没有坎贝尔，美国的当代影视和流行文化会是怎样的情况。嬉皮士尊称《千面英雄》为“圣经”②。这部展示神话世界中英雄变形历程的名著，为无数人克服生命的阈限带来了启迪。正是坎贝尔的著作为处于迷茫和困惑中的青年导演乔治·卢卡斯指明了道路③，才有了在美国影视中具有里程碑意义的《星球大战》。好莱坞影视基于英雄历险、成长的叙述模式，展示英雄精神蜕变的心灵地图。

笔者尝试从神话学源头，反思已经传播到全球各个角落的文化现象。虽然任何一种西方理论都不是解决中国问题的万能钥匙，生搬硬套西方理论完全没有意义，但是，挖掘推动美国文化兴盛的神话学家的思想，还是可以寻找到值

---

①（美）克里斯托弗·沃格勒：《作家之旅：源自神话的写作要义》，王翀译，北京：电子工业出版社，2011年，第3页。

②（美）菲尔·柯西诺主编：《英雄的旅程：与神话学大师坎贝尔对话》，梁永安译，北京：金城出版社，2011年，第165页。

③（美）菲尔·柯西诺主编：《英雄的旅程：与神话学大师坎贝尔对话》，梁永安译，北京：金城出版社，2011年，第213页。

得借鉴的线索。这位促进美国流行文化兴盛的神话学家应该能够给中国文化创意产业带来启迪。

中国关于神仙题材的影视大多源于《西游记》《封神榜》之类的传统文学名著或者关于妈祖和七仙女等的民间传说，领域狭小，缺少创新。由游戏改编的影视又产生叙述模式化、人物形象雷同的弊病。① 中国其他少数民族的神话资源被束之高阁，很少在影视中出现。坎贝尔向好莱坞世界传播了世界神话，而这些神话资源成为影视编剧和导演提高影视魅力的炼金术。他们能以敞开的姿态来面对各式各样的神话资源，从而扩充他们的故事仓库。比如，迪士尼动画帝国有专职的故事分析员②，他们主要负责分析来自世界各地的故事。而中国的影视却集中在了有限的、狭小的区域之内，谈创新和超越就等于痴人说梦。

其次，坎贝尔融合各种不同学科的研究范式具有重要的意义。坎贝尔跨越神话地域的疆界、学科的疆界，寻找这些差异背后的神秘启迪。他将文学、哲学、人类学、考古学和心理学等方面的知识都应用到对神话意义的阐释中。他的思想也来源于这些领域中众多伟大的思想家。人类学家阿道夫·巴斯蒂安（Adolf Bastian）、詹姆斯·G.弗雷泽（James George Frazer）等，心理学家西格蒙德·弗洛伊德（Sigmund Freud）、卡尔·古斯塔夫·荣格（Carl Gustav Jung），文学家托马斯·曼（Paul Thomas Mann）和詹姆斯·乔伊斯（James Joyce），哲学家亚瑟·叔本华（Arthur Schopenhauer）和弗里德里希·威廉·尼采（Friedrich Wilhelm Nietzsche），印度学家亨利希·支谟（Heinrich Zimmer），还有灵修大师克里希那穆提，等等，都是他思想的来源。

再次，坎贝尔的思考超出了学术本身，因为在他看来神话与人类最根本的生存情境密切相关。有学者认为坎贝尔自身也成了神话，他处在普通人类与神话信息资源交叉的路口，因此成了一个现代的宗教英雄。③ 他的神话学著作为人类理解自身，促进不同族群之间的相互理解做出了贡献。美国影视中所展现的突破群体差异的阈限，从而获得人类同一的精神诉求，就源于坎贝尔的人类同一的星球神话。

最后，坎贝尔的史前神话阐释可以为中国的神话学研究提供借鉴。坎贝尔的

---

① 《仙剑奇侠传1》《仙剑奇侠传3》《轩辕剑之天之痕》都是改自同名游戏，情节结构流于过关、寻宝的单一模式。三个电视剧中的主人公李逍遥、景天、陈靖仇形象雷同。

② 《作家之旅：源自神话的写作要义》的作者克里斯托弗·沃格勒就曾经担任过这类职务。

③ William G. Doty, " Joseph Campbell's Myth and Versus Religion," in *Soundings*, Vol. 79, Nos. 3-4 (Fall-Winter, 1996), pp. 421- 445.

《神的诸种面具》利用跨学科的知识对史前神话材料进行分析阐释；在《神话意象》和《世界神话历史地图》中，他又利用图像与文字互证的方法，探究神话的意义。中国发掘和出土的大量史前考古材料需要神话学视野的切入和阐释。而坎贝尔的许多尝试性的阐释，能够给中国的史前神话研究带来启发。

第二节　坎贝尔研究综述

一、国外坎贝尔研究综述

国外对坎贝尔的研究大体可以分为前后两个时期：前期主要是一些书评类的文章，这些文章是针对坎贝尔每本著作的个案式批评；后期主要是一系列的专题论文、研究专著和传记。

书评类的文章是伴随着坎贝尔著作的出版而出现的，时间相对较早。通过这些文章可以看出坎贝尔著作在学术界接受的过程，也可以发现坎贝尔著作中存在的问题。20 世纪 80 年代中期以后，随着坎贝尔晚年成为美国著名神话学家，逐渐出现了大量研究坎贝尔的专题论文和专著。神话理论家罗伯特·西格尔（Robert Alan Segal）的《坎贝尔入门》是第一本研究坎贝尔的专著。这些专著和论文涵盖坎贝尔的神话学与宗教的关系，坎贝尔与其他作家的比较研究（影响或平行比较），坎贝尔的政治观、爱情观、创作观等论题。

美国大学硕士和博士毕业论文中也有很多以坎贝尔为研究对象的论文。此类论文都是学术界的后起之秀对坎贝尔的阐释。另外，在坎贝尔去世后，布伦丹·吉尔（Brendan Gill）发表的针对坎贝尔人身攻击的文章也引发了广泛的争论。

（一）书评类研究

书评类文章是对坎贝尔著作的个案式分析批评。虽然许多文章流于概述书籍的内容，但是通过这些评论可以看出学术界对坎贝尔所讨论的问题和所使用的方法的态度。

许多论者将坎贝尔看成神圣启迪的阐释者。许多学者认为坎贝尔并没有将神话当成研究分析的对象，而是将其作为需要倾听的神圣启迪，坎贝尔自己则是此种神圣启迪的阐释者。莱因霍尔德（H. A. Reinhold）认为《千面英雄》所寻求的解读所有神话的钥匙类似于诺斯替主义者寻求的进入所有神秘的钥匙。[1]还有学者认为当代是传统神话的象征宇宙已经衰落的时代，这个时代呼唤能够带来新的精神生命的英雄。英雄能够基于心灵的深度而发现新的神秘，所以《千面英雄》思考的主题超出了学术的意义。[2] 其他学者认为坎贝尔将自己看成某种信息的持有者。坎贝尔宣称要写一本关于启示的科学方面的书，却写成了关于启示的书。[3] 大卫·利明认为坎贝尔便是他自己所说的"先知"，他引导读者超越神话的文献材料，从而获得一种对根本真实的体验。[4] 在这些学者那里，坎贝尔成为宣扬神圣启迪的先知。这种观念是尊敬甚至崇拜坎贝尔的人都会赞同的观点。

许多论者肯定了坎贝尔著作的诗性风格，这种风格将著作的可读性发挥到极致，他的著作显示出诗性的智慧。凯瑟琳·罗马拉（Katharine Luomala）认为《千面英雄》是可读性与学术性的结合。[5]艾伦·W. 瓦特（Alan W. Watt）认为坎贝尔是很少的几个可以将著作的可读性和诗性风格、广博的学识结合起来的学者之一。[6] 贾玛克·亥瓦特（Jamake Highwater）认为，即使人们不同意通过20世纪的原住民可以了解人类祖先的研究范式，也许人们拒绝荣格关于人类精神同一性的思想，但是，这些都不妨碍读者感受坎贝尔著作中起核心作用的诗性智慧。[7] 大卫·利明认为《世界神话历史地图》是广博的学识与可读性的完美结合。[8] 不过，关于坎贝尔著作的风格，也有论者认为坎贝尔著作的定位并不是很明确，从而造成风格的模糊。比如史蒂芬·邓恩（Stephen P. Dunn）指出，坎贝

①H. A. Reinhold, "A Thousand Faces—But Who Cares?," in *The Commonweal*, Vol. L, No. 13（July 8, 1949）, pp. 321-324.

②H. R. Ellis Davidson, "The Hero with a Thousand Faces by Joseph Campbell," in *Folklore*, Vol. 80, No. 2（Summer, 1969）, pp. 156-157.

③Elizabeth K. Nottingham, "The Masks of God by Joseph Campbell," in *Journal for the Scientific Study of Religion*, Vol. 4, No. 1（Autumn, 1964）, pp. 113-115.

④David Leeming, "The Way of the Animal Power: Historical Atlas of World Mythology, Volume I, " in *Parabola*, Vol. IX, No. 1（January, 1984）, pp. 90-92.

⑤Katharine Luomala, "The Hero with a Thousand Faces by Joseph Campbell," in *The Journal of American Folklore*, Vol. 63, No. 247（Jan. -Mar. , 1950）, p. 121.

⑥Alan W. Watts, "The Spoor of Eastern Spirits," in *Saturday Review*, Vol. XLV, No. 22（June 2, 1962）, pp. 36-37.

⑦Jamake Highwater, "The Myth is Medium," in *The Commonweal*, Vol. 112（March 22, 1985）, p. 183, pp. 187-188.

⑧David Leeming, "The Way of the Animal Power: Historical Atlas of World Mythology, Volume I," in *Parabola*, Vol. IX, No. 1（January, 1984）, pp. 90-92.

尔书的风格在诗性与学术研究的科学性之间游移。①

另外，坎贝尔的研究范式在学界存在争论。坎贝尔从宏大的文化变迁把握神话演变的脉络，并且融合多种学科阐释神话的意义。他从自己所理解的精神分析（包容了荣格的思想）出发，将考古学、动物行为学等不同学科融合在一起。有许多学者肯定了坎贝尔的此种研究范式。雅各伯·E. 迈维斯（Jacob E. Nyenhuis）认为坎贝尔在《西方神话》中展现出了人类学、考古学、比较神话学、心理学和社会学等方面的广博知识。② 卢·格德勒（Lew Girdler）认为《创造神话》中包含着炼金术、考古学以及中世纪以来的经院哲学等广博的知识。③ 理查德·J. 克利福德（Richard J. Clifford）认为坎贝尔的书是对所有的视野狭窄的专家的挑战，而对一个知识渊博的学者来说却是榜样。④ 约翰·加德纳（John Gardner）认为艺术、科学、宗教、哲学的融合才产生了坎贝尔的著作《神话意象》。⑤ 总之，这些文章认可了坎贝尔融合多种学科的研究范式对神话研究的启发。

不过，也有学者对坎贝尔的此种方法提出质疑。马克斯·雷丁（Max Radin）认为《千面英雄》用荣格的分析心理学理论重新阐释所有神话，它为跨越时空的神话解释带来一把钥匙。然而，荣格对心理类型的分析过于随便，存在问题。⑥菲利普·里弗（Philip Rieff）认为坎贝尔在《原始神话》中没有将跨学科的应用转变成对神话的阐释，这些应用仅仅是为未来的研究打下了基础。⑦

此外，对坎贝尔在书中展示出的宏大的文化演变模式也存在着争论。史蒂芬·邓恩充分肯定了坎贝尔的尝试。他认为坎贝尔在同代人不敢涉足的地方，进行了自己的试探性研究。坎贝尔勾画了神话在世界范围内的流变，从这些流

---

①Stephen P. Dunn, "The Masks of God: Primitive Mythology ," in *American Anthropologist*, Vol. 62, No. 6, 1960, pp. 1115-1117.

②Jacob E. Nyenhuis, "The Masks of God: Occidental Mythology by Joseph Campbell," in *The Classical World*, Vol. 58, No. 2 (Oct., 1964), pp. 50-51.

③Lew Girdler, "The Masks of God: Creative Mythology by Joseph Campbell," in *The Journal of American Folklore*, Vol. 82, No. 324 (Apr.-Jun., 1969), pp. 171-172.

④Richard J. Clifford, "The Mythic Image by Joseph Campbell," in *Bulletin of the American Schools of Oriental Research*, No. 223 (Oct., 1976), pp. 75-76.

⑤John Gardner, "No Creature So Creative Can Be All Bad," in *The New York Times Book Review*, December 28, 1975, pp. 15-16.

⑥Max Radin, "Mythologies Msychoanalyzed," in *The New York Times Book Review*, June 26, 1949, p. 23.

⑦Philip Rieff, "The Masks of God: Primitive Mythology," in *American Sociological Review*, Vol. 25, No. 6 (December, 1960), pp. 975-976.

变中得出宏大的结论，并提出了一些大胆的假设。① 理查德·J.克利福德认为坎贝尔在《神话意象》中的观点有待商榷。人类学家可能不同意美洲的奥尔梅克文化和玛雅文明都是受到东方思想的影响。因为许多专家得出的结论认为此种跨海接触交流的可能性几乎为零。② 伊丽莎白·K.诺丁汉（Elizabeth K. Nottingham）认为坎贝尔对史前神话的思考是基于假设和推测，他的观点有时是类比的和暗示性的，而不是最终的结论。③

坎贝尔将世界不同文化传统的神话意象进行并置，让这些意象相互碰撞和阐释，从而获得这些神话意象的意义。对此种做法，许多人并不认同。贝尔登·C.莱恩（Belden C. Lane）认为坎贝尔将来自印度神话中的某些真理脱离了其具体语境进行解读，这些真理的深刻含义大打折扣。④ 艾尔弗雷德·苏德尔（Alfred Sundel）认为，坎贝尔没有完整复述帕西法尔和特里斯坦（Tristan）的确切故事，也没有完整地研究这些骑士传奇，凭借只言片语的阐释得出的结论不能令人满意。⑤ 布兰登（S. G. F. Brandon）认为坎贝尔是宗教现象学比较研究的实践者，他所引用的材料缺少具体的历史语境。⑥ 约翰·格林韦（John Greenway）不同意坎贝尔将《圣经》看成隐喻的观点，而且也反对坎贝尔将不同时代的不同的故事融合在一起的做法。⑦ 也有学者对坎贝尔得出结论的随意性提出质疑。坎贝尔将耶稣（Jesus）等同于克里希那穆提，这一结论得出的太轻易，令人愤怒。⑧

还有许多学者指出坎贝尔著作的缺陷。许多学者指出坎贝尔的著作中存在理论不连贯、风格定位飘忽和堆积材料的缺陷，他的有些观点仅仅是大胆的臆测，缺乏理论根据。芭贝特·多伊奇（Babette Deutsch）指出《千面英雄》中的

---

①Stephen P. Dunn, "The Masks of God: Primitive Mythology," in *American Anthropologist*, Vol. 62, No. 6, 1960, pp. 1115-1117.

②John Gardner, "No Creature So Creative Can Be All Bad," in *The New York Times Book Review*, December 28, 1975, pp. 15-16.

③Elizabeth K. Nottingham, "The Masks of God by Joseph Campbell" in *Journal for the Scientific Study of Religion*, Vol. 4, No. 1 (Autumn, 1964), pp. 113-115.

④Belden C. Lane, "The Power of Myth: Lessons from Joseph Campbell," in *The Christian Century*, Vol. 106, No. 21 (July 5-12, 1989), pp. 652-654.

⑤Alfred Sundel, "Joseph Campbell's Quest for the Grail," in *The Sewanee Review*, Vol. LXXVIII, No. 1 (Winter, 1970), pp. 211-216.

⑥S. G. F. Brandon, "The Sinister Redhead," in *The New York Review of Books*, Vol. XIV, No. 9 (May 7, 1970), p. 42.

⑦John Greenway, "The Flight of the Wild Gander: Explorations in the Mythological Dimension by Joseph Campbell," in *American Anthropologist*, New Series, Vol. 72, No. 4 (Aug., 1970), pp. 864-865.

⑧S. J. Stephen J. Laut, "Myths to Live By," in *Best Sellers*, Vol. 32, No. 7 (July 1, 1972), p. 64.

粗心和态度的骑墙。① 莫里斯·欧普（Morris E. Ople）认为在《原始神话》中，坎贝尔没有将传播的观念与单一神话的观念很好地融合起来。他从历史的角度和非历史的角度思考神话，然而当两者之间进行转换的时候，却出现了问题。② 这些学者所提到的缺点与坎贝尔的融合主义立场有关。坎贝尔试图融合不同学科，比如他用笼统的精神分析涵盖弗洛伊德和荣格等心理学家迥异的观点，却忽略了这些理论之间的差异。坎贝尔的这种融合主义造成了他自己所持的观点之间的冲突。

有学者认为坎贝尔的同一系列的不同著作之间存在冲突。艾尔弗雷德·苏德尔认为《神的诸种面具》最后一卷《创造神话》与其他几卷不协调，它并没有给整个系列一个完整的结尾。《神的诸种面具》的前三部处理的是超自然的神圣演变，展示神的不同面具，而最后一部著作却仅仅关注游吟诗人时代的爱情。因此，他认为坎贝尔在展示世界神话的全景之后，却给出一个狭小的结尾，从而使整套书不协调。③

其他学者则指出坎贝尔的著作所具有的引用过多，甚至用材料代替论述的缺陷。史蒂芬·邓恩指出了《原始神话》的许多具体缺陷：引用材料过多；书中的观点是基于推测，没有事实材料来论证。④ 詹姆斯·L.亨德森也在文章中指出坎贝尔过多地引用材料的问题。⑤ 布兰登认为虽然坎贝尔的著作中显示了坎贝尔的广博的知识，可是这些广博的知识却无法让人不怀疑其方法论的严密性及最后结论的正确性。⑥ 雅各伯·E.迈维斯认为坎贝尔的书中引用过多，缺少具体的分析，也存在知识性的错误。⑦

---

①Babette Deutsch, "The Contemporary Hero," in *New York Herald Tribune Weekly Book Review*, July 24, 1949, p. 7.

②Morris E. Opler, "The Masks of God: Primitive Mythology by Joseph Campbell," in *The Journal of American Folklore*, Vol. 75, No. 295 (Jan.-Mar., 1962), pp. 82-83.

③Alfred Sundel, "Joseph Campbell's Quest for the Grail," in *The Sewanee Review*, Vol. LXXVIII, No. 1 (Winter, 1970), pp. 211-216.

④Stephen P. Dunn, "The Masks of God: Primitive Mythology," in *American Anthropologist*, Vol. 62, No. 6, 1960, pp. 1115-1117.

⑤James L. Henderson, "The Masks of God: Primitive Mythology by Joseph Campbell," in *International Review of Education / Internationale Zeitschrift für Erziehungswissenschaft / Revue Internationale de l'Education*, Vol. 6, No. 4, 1960, pp. 497-501.

⑥S. G. F. Brandon, "The Sinister Redhead," in *The New York Review of Books*, Vol. XIV, No. 9 (May 7, 1970), p. 42.

⑦Jacob E. Nyenhuis, "The Masks of God: Occidental Mythology by Joseph Campbell," in *The Classical World*, Vol. 58, No. 2 (Oct., 1964), pp. 50-51.

还有很多学者指出坎贝尔在引用具体材料上存在过于偏重某些区域的缺陷。威廉·凯莉甘（William Kerrigan）认为坎贝尔仅仅是指出自明的真理，却缺少必要的论证。坎贝尔等人所坚持的人类神话的同一性，看起来是自然而然的结论，事实上是被建构出来的。坎贝尔的书没有涉及除埃及以外非洲其他地方的神话资料。他许多关于宗教的断言太过轻率，如犹太教、印度教都是民族主义的，基督教和佛教则是教条主义的。这些结论太武断。在基督教中，坎贝尔更关注作为异端的诺斯替主义。[1]

（二）其他评论文章

有许多论者认为坎贝尔的著作可以促进国际交流以及神学与神话学之间的对话。亨德森认为坎贝尔的思想与现代社会所面对的教育问题密切相关。他赞同坎贝尔的观点：神话学不仅对宗教研究非常重要，而且能够促进人们的相互理解。神话的功能可以使人类在宇宙面前保持敬畏，而这一原则可以应用到关于宗教和国际关系的教育之中。[2]

贝尔登·C.莱恩认为坎贝尔神话学可以促进神学与神话学之间的对话。神话和神学是真理的同父（母）姐妹，它们服务于共同的神秘。神学用问题探索，神话则在故事中编织线索。对神学来说，坎贝尔是一个挑错者，是一个朋友。神学需要倾听坎贝尔的批评。不过，坎贝尔的神话学也有问题。坎贝尔强调体验高于事实，然而他的体验也是需要批评的。如果神话给予了表达体验的一种方式，给予了故事的力量，那么神学则具有批评那一体验的方式。[3]

从这些文章中可以看出，坎贝尔是一个颇有争议的人物，对他的著作大多都是赞誉与质疑并存。不过，需要指出的是，有些学者的论断带有明显的偏见。比如有人将坎贝尔的神话学讲座看成是给一些并不需要的听众所讲的毫无结构的讲座。[4] 举办关于神话的讲座和倾听神话的讲座，难道只是属于某些人的特权吗？如果不是，那么，这位学者有何权力如此指责别人呢？当然，其他学者并

---

[1]William Kerrigan, "The Raw, the Cooked and the Half-Baked," in *The Virginia Quarterly Review*, Vol. 51, No. 4 (Autumn, 1975), pp. 646-656.

[2]James L. Henderson, "The Masks of God: Primitive Mythology by Joseph Campbell," in *International Review of Education / Internationale Zeitschrift für Erziehungswissenschaft / Revue Internationale de l'Education*, Vol. 6, No. 4, 1960, pp. 497-501.

[3]Belden C. Lane, "The Power of Myth: Lessons from Joseph Campbell," in *The Christian Century*, Vol. 106, No. 21 (July 5-12, 1989), pp. 652-654.

[4]Emmett Wilson, "Myths to Live By," in *Saturday Review*, Vol. LV, No. 26 (June 24, 1972), p. 68.

没有如此极端。总体来说，许多人的评价还是公正和客观的。他们在肯定坎贝尔的重要贡献的同时，也一针见血地指出坎贝尔著作的缺陷。虽然坎贝尔的研究具有重要意义，但是，他的著作中的确存在许多学者所提到的文体风格游移、引用过多、用堆积材料代替论证、许多观点缺少具体材料的支撑陷于臆测等等缺陷。所以，审视这些学界提出的缺陷可以让人能够理性和清醒地面对这位被称为先知的神话学家。

（三）专著和论文

第一类，比较研究。这类专著和论文将坎贝尔与其他作家并置，进行平行研究，分析坎贝尔对其他作家的影响，从坎贝尔的理论出发阐释具体文学文本，探讨坎贝尔的神话学与宗教之间的跨学科比较研究。克里斯·席曼（Chris Seeman）从现代社会艺术家的创造性角色、作为文化批评源泉的神话学以及神话与社会秩序的关系三个不同角度分析坎贝尔与托尔金的相同和差异。[1] 弗农·R.黑尔斯（Vernon R. Hyles）认为坎贝尔所探讨的英雄、狂喜和牺牲在托尔金、刘易斯和威廉姆斯等作家的小说中占有主要地位。[2]乔恩·C.司各特（Jon C. Scott）在文章中谈到坎贝尔的《千面英雄》对小说《射向太阳的弓箭》的影响。小说的作者受到坎贝尔的英雄探险模式的启发。坎贝尔的英雄是无名状态，因为没有父亲而备受歧视。在小说《射向太阳的弓箭》中，男孩不知道谁是他的父亲。孩子在寻父的过程中经受磨难，探险，征服野兽从而得到野兽的帮助。男孩经过了四种不同的考验，从而激发出体内的潜能。孩子经历了《千面英雄》中所总结的英雄旅程。[3]

坎贝尔是神话的捍卫者，他站在神话的角度反对宗教。许多学者从跨学科的角度探讨坎贝尔的神话学与宗教之间的关系。众多学者或者从宗教的立场反对坎贝尔或者主张宗教与神话之间的对话。

理查德·安德伍德（Richard A. Underwood）在其论文《我们赖以生存的神话：坎贝尔、荣格与宗教生命旅程》中认为坎贝尔和荣格的著作可以纠正宗教

---

[1]Chris Seeman, "Tolkien and Campbell Campared," in *Mythlore*, Vol. 18, No. 1 (Autumn, 1991), pp. 43-48.

[2]Vernon R. Hyles, "Campbell and the Inklings—Tolkien, Lewis, and Williams," in Kenneth L. Golden, ed., *Uses of Comparative Mythology: Essays on the Work of Joseph Campbell*, New York: Garland Publishing, 1992, pp. 211-222.

[3]Jon C. Scott, "Joseph Campbell on the Second Mesa: Structure and Meaning in Arrow to the Sun," in *Children's Literature Association Quarterly*, Vol. 11, No. 3 (Fall, 1986), pp. 132-134.

研究过度理性化的倾向。另外，荣格和坎贝尔的思想也存在缺陷，这些缺陷对那些将荣格和坎贝尔看成新时代先知的人是一支解毒剂。①威廉·P. 弗罗斯特（William P. Frost）在文章中主要审视了坎贝尔对犹太－基督教神话的处理方式：坎贝尔将耶稣与天父放入神话语境。并且，他还认为坎贝尔的知识很广博，单纯地将坎贝尔称为"诺斯替主义者"是不对的。②威廉·G. 多蒂（William G. Doty）在文章中分析了坎贝尔著作中的宗教纬度：坎贝尔认为神话是通达人类生命精神潜能的线索。他认为坎贝尔自身也成了神话，坎贝尔处在普通人类与神话信息资源交叉的路口，因此成为一个现代的宗教英雄。不过，他也指出坎贝尔的许多思想是不完整的、不连贯的，没有得到充足的发展。坎贝尔没有紧跟人类学或者宗教史的发展，也没有与当代方法论的转向结合，当然更没有处理后现代的许多问题。③

以上论文都是从神话与宗教对话的角度阐释坎贝尔研究的重要意义。也有学者从宗教的角度否定和批判了坎贝尔的神话学。牧师欧文·琼斯（Owen Jones）站在宗教的立场，在文章《坎贝尔与神话的力量》中对坎贝尔提出了批评。欧文认为无知是人们对神话及其他的神秘表达方式感兴趣的语境。坎贝尔是新的异教徒。坎贝尔的流行也代表着非理性的泛滥，而他作为牧师要在非理性的大海中建立理性的小岛，从而引导这些非理性的世界。坎贝尔阉割了上帝的父性和超验性，而去寻找一种将大地看成神圣母亲的女性主义神学。坎贝尔是一个浪漫主义英雄，不过，这个时代不需要浪漫英雄，而需要更多的圣人。该牧师还提出了与坎贝尔截然对立的观点，他认为一个人度过变幻不定的中年危机，并且在精神沉闷的时刻，拒绝了生物本能的召唤，最终选择与家庭和妻子在一起，那么，他不会是英雄，但他是圣人。④ 这位批评者指出坎贝尔对基督教的批判是基于对基督教的错误理解而做出的。他的观点是对的，可是，他对坎贝尔的批判也犯了同样的错误。也就是说，他在没有完全理解坎贝尔的观点

①Richard A. Underwood, " Living by Myth: Joseph Campbell, C. G. Jung, and the Religious Life-Journey," in Deniel C. Noel, ed., *Paths to the Power of Myth: Joseph Campbell and the Study of Religion*, New York: Crossroad, 1990, pp. 13-28.

②William P. Frost, "Joseph Campbell's Views on the Oneness of Jesus and His Father," in *Following Joseph Campbell's Lead in the search for Jesus' Father*, Lewiston, N. Y: The Edwin Mellen Press, 1991, pp. 77-96.

③William G. Doty, " Joseph Campbell's Myth and Versus Religion," in *Soundings*, Vol. 79, Nos. 3-4 (Fall-Winter, 1996), pp. 421- 445.

④Owen Jones, "Joseph Campbell and the Power of Myth," in *Intercollegiate Review*, Vol. 25, No. 1 (Fall, 1989), p. 13.

的基础上，就对坎贝尔进行了裁决和审判。

第二类，专题研究。有的学者探讨了坎贝尔对浪漫爱情的思考，有的学者则从当时的政治语境分析了坎贝尔流行的原因，还有的学者分析了坎贝尔著作中所表现出的作者权威。

格里斯·古德里奇（Ghris Goodrich）从两位文学大师托马斯·曼和乔伊斯对坎贝尔的影响、神话的隐喻式分析、《星球大战》与现代神话等几个方面对坎贝尔的神话学进行了讨论。① 约瑟夫·K.戴维斯（Joseph K. Davis）则重点阐释坎贝尔关于浪漫主义爱情的思考。他认为，在坎贝尔那里，人类所寻找的生命体验开始于中世纪，并在人性化的浪漫爱情中表现出来。在这种爱情领域，人们开始认识到人类在肉体和精神上与自然母亲之间的关联。这种浪漫爱情会使个体超越自己的狭小界限，从而与他所爱之人融合起来，最终使外在的自我与最内在自我合一。所以，浪漫爱情是超越二元对立，从而达到完满的爱情关系。② 马克·曼革纳若（Marc Manganaro）在其文章中系统地论述了坎贝尔等比较主义者的修辞权威（rhetorical authority）。修辞权威是将文化的各种声音组合进一个统一的权威的合音中，这一谱系可以追踪到弗雷泽。文本是文化碎片的集合。由于文化已经成为碎片，作者必须重新修补这些碎片或者从部分的模式中填补完整。作者认为这是理解坎贝尔著作的关键。③ 凯伦·L.金（Karen L. King）认为坎贝尔很少从社会和政治的语境中思考神话的意义和功能，也很少思考自己观点的政治和社会含义。这一不足，导致他将个人主义、普遍主义（universalism）与美国浪漫主义结合起来。④ 罗伯特·埃尔伍德（Robert Ellwood）认为坎贝尔的成功是时势造英雄。《星球大战》对美国的重要性不亚于亚瑟王对英国、瓦格纳的英雄对德国的重要性，因为每个时代都需要本土化的英雄。正是在这一语境下，《星球大战》的成功间接促成了坎贝尔的成功。不过，作者也指出坎贝尔不关心神话的变化，甚至不关心他的研究材料的文化或者仪

①Ghris Goodrich, "PW Interviews: Joseph Campbell," in *Publishers Weekly*, Vol. 228 (August 23, 1985), pp. 74-75.

②Joseph K. Davis, "Campbell on Myth, Romantic Love, and Marriage," in Kenneth L. Golden, ed., *Uses of Comparative Mythology: Essays on the Work of Joseph Campbell*, New York: Garland Publishing, 1992 , pp. 105-119.

③Marc Manganaro, "Joseph Campbell: Authority's Thousand Faces," in *Myth, Rhetoric, and the Voice of Authority: A Critique of Frazer, Eliot, Frye, and Campbell*, New Haven: Yale University Press, 1992, pp. 151-185.

④Karen L. King, "Social Factors in Mythic Knowing: Joseph Campbell and Christian Gnosis," in Deniel C. Noel, ed., *Paths to the Power of Myth: Joseph Campbell and the Study of Religion*, New York: Crossroad, 1990, pp. 68-108.

式语境。所以，坎贝尔不是真正的民俗学家和人类学家。① 玛丽·R.莱夫科维茨（Mary R.Lefkowitz）认为只有在浪漫主义运动以后，英雄的探险才变成了寻求自我理解的旅程。只有在荣格和弗洛伊德的著作中，浪漫主义的英雄旅程才从神话和小说转变成某种科学。所以作者认为坎贝尔是将现代价值观念投射到了古代神话之中。②

（四）西格尔的研究

罗伯特·西格尔是坎贝尔研究的集大成者。西格尔在1987年写了第一本介绍坎贝尔的专著《坎贝尔入门》③，西格尔发表的论文涉及了坎贝尔研究的众多热点论题。他将坎贝尔与弗雷泽进行对比研究，认为这两位神话学家代表19世纪和20世纪研究神话两种不同的范式：弗雷泽是用大量材料证明自己论点的学者，而坎贝尔则是呼吁神话体验的导师。④ 西格尔具体分析了坎贝尔的书中所表现出的宗教与神话之间的关系。⑤ 此外，西格尔还对坎贝尔的浪漫主义倾向提出了批评。⑥ 他还批判了坎贝尔生前的最后一部著作《世界神话历史地图》。⑦ 西格尔在文章中综合评述了坎贝尔的神话理论。⑧

在《坎贝尔入门》的结尾，西格尔在肯定坎贝尔的贡献和伟大之处的同时，也指出了坎贝尔思想中的几大缺陷。第一，坎贝尔给出了结论，却没有给予证明。第二，坎贝尔关于神话的意义、起源和功能的思想有自相矛盾的地方。第三，坎贝尔的论证是循环论证。第四，坎贝尔是不平衡的比较主义者，他只寻找神话之间的相似，而忽略了它们之间的差异。第五，坎贝尔考察神话的起源

①Robert Ellwood, *The Politics of Myth*: *A Study of C. G. Jung*, *Mircea Eliade*, *and Joseph Campbell*, Albany: State University of New York Press, 1999. pp. 127-201.

②Mary R. Lefkowitz, "The Myth of Joseph Campbell," in *The Amenrican Scholar*, Vol. 59, No. 2 (Summer, 1990), pp. 429-434.

③Robert A. Segal, *Joseph Campbell*: *An Introduction*, New York: Garland Pub., 1987.

④Robert A. Segal, "Frazer and Campbell on Myth: Nineteenth-and Twentith-Century Approaches," in *The Southern Review*, Vol. 26, No. 2 (Spring, 1990), pp. 470-476.

⑤Robert A. Segal, "Myth Versus Religion for Campbell," in Kenneth L. Golden, ed., *Uses of Comparative Mythology*: *Essays on the Work of Joseph Campbell*, New York: Garland Publishing, 1992, pp. 39-52.

⑥Robert A. Segal, "The Romantic Appeal of Joseph Campbell," in *The Christian Century*, Vol. 107, No. 11 (April 4, 1990), pp. 332-335.

⑦Robert A. Segal, "Historical Atlas of World Mythology by Joseph Campbell," in *History of Religions*, Vol. 31, No. 3 (Feb., 1992), pp. 326-327.

⑧Robert A. Segal, "Joseph Campbell's Mythology: A Review Essay," in *Southern Humanities Review*, Vol. 25, No. 3 (Summer, 1991), pp. 267-275.

和神话的功能，却忽略是谁创造和使用神话。第六，坎贝尔忽略神话中的故事。坎贝尔为神话提供了一个模式，他忽略情节，而更关注情节背后的信仰，或者情节之中的原型。第七，坎贝尔错误地将神话与宗教对立。第八，坎贝尔将体制等同于堕落，而将个人主义等同于纯洁是有问题的。

此外，还需要稍微提一下一篇污蔑文章所引发的争论。随着《神话的力量》的播出，坎贝尔成为美国众所周知的英雄人物。可是，在坎贝尔死后，声称是坎贝尔的同事和熟人的布伦丹·吉尔在文章中将坎贝尔污蔑为种族主义者、反闪族主义者和性别主义者等等。[①] 他的文章误导了许多人，并激起了广泛的争论。西格尔认为坎贝尔是反闪族主义者，但是他认为坎贝尔的神话理论与坎贝尔的反闪族主义的立场没有关系，不能将二者混淆。[②] 不过，其他学者却非常理性地看待此种污蔑。格里比·科拉利（Grebe Coralee）认为布伦丹·吉尔在其文章中没有列举出具体的可以令人信服的例子。虽然西格尔的评论受到布伦丹·吉尔文章的影响，但是，西格尔是学院式批评，而不是像布伦丹·吉尔那样进行人身攻击。[③] 玛丽·R.莱夫科维茨也认为布伦丹·吉尔的观点在坎贝尔的作品中找不到证据。[④]

笔者认为此类污蔑之所以能够得逞与坎贝尔在美国的接受语境有密切的关系。通过前面的评论文章已经看出，坎贝尔的著作在美国的学术界存在很大的争议，毁誉参半。然而，坎贝尔又受到乔治·卢卡斯的推崇，这位当时最火的导演将坎贝尔看成自己的精神导师。随着坎贝尔的采访录《神话的力量》在美国的热播，众人更将这位神话学家看成了文化英雄。然而，当众人在崇拜掌握话语权的导演所塑造出的英雄形象的时候，却没有多少人认真阅读过坎贝尔的著作。同时，学术界对这位并不看好的学者却能够获得这样的成功也存在愤愤不平的心理。在这样的一个语境之下，污蔑便有了得以产生和传播的土壤。

①Brendan Gill, "The Faces of Joseph Campbell," in *The New York Review of Books*, Vol. XXXVI, No. 14 (September 28, 1989), p. 16, pp. 18-19.

②Robert A. Segal , "Joseph Campbell as Antisemite and as Theorist of Myth: A Response to Maurice Friedman," in *Journal of the American Academy of Religion*, Vol. 67, No. 2 (Jun. , 1999), pp. 461-467.

③Coralee Grebe, "Bashing Joseph Campbell: Is He Now the Hero of a Thousand spcaces?," in *Mythlore*, Vol. 18, No. 1 (Autumn, 1991), pp. 50-52.

④Mary R. Lefkowitz , " The Myth of Joseph Campbell," in *The Amenrican Scholar*, Vol. 59, No. 2 (Summer, 1990), pp. 429-434.

（五）美国大学硕博毕业论文

美国大学硕士和博士毕业论文中有很多篇以坎贝尔为研究对象的论文。这些论文大体从两个方面展开：有些研究者将坎贝尔作为对象而展开论述，有些研究者运用坎贝尔的理论分析具体的文本。

前者包括坎贝尔神话学与象征之间的关系，坎贝尔的神话理论给宗教教育带来的启示，坎贝尔与新时代运动的关系，分析坎贝尔流行的具体原因，等等。丹尼尔·伦纳德（Daniel Leonard）在其论文中讨论了坎贝尔关于神话与象征（symbol）之间的关系。[①] 约翰·爱德华·霍根（John Edward Hogan）主要关注坎贝尔著作中的英雄神话。[②] 萨米亚·库斯坦迪（Samia Costandi）在论文中讨论坎贝尔的神话阐释学对宗教教育的重要启示。[③] 莎伦·温特（Sharon Winters）在其论文《坎贝尔：新时代的先知》中认为坎贝尔用神话传播新时代的观念。他是新时代的先知，因为他拥护关于新世界希望的哲学，这代表着人类同一的星球文化。[④] 凯文·坦南特（Kevin Tennant）在其论文《坎贝尔：萨满和灵视》中通过分析坎贝尔的著作，展示造成坎贝尔广泛流行和巨大成功的四个主要原因。[⑤] 中西本杰明（Benjamin Nakanishi）在其论文《治疗的旅程：主体关系理论和坎贝尔的英雄的旅程》中将治疗看成英雄的旅程。[⑥]

此外，保罗·道格拉斯·麦克劳德（Paul Douglas MacLeod）[⑦]，苏珊·梅达

①Daniel Leonard, Ph. D. , *Myth and Symbol according to Joseph Campbell: An Evaluation*, Pontificia Universitas Gregoriana (Vatican City) , 1997.

②John Edward Hogan, Ph. D. , *An Analysis of the Hero/Savior Myth of Joseph Campbell*, The Catholic University of America, 1995.

③M. A. Samia Costandi, *The Spiritual Aspects of Joseph Campbell's Hermeneutics in Mythology: An Examination Leading to Implications for Religious Education*, McGill University (Canada) , 1994.

④M. A. Sharon Winters, *Joseph Campbell: Prophet for A New Age*, The University of Texas at Dallas, 1993.

⑤M. S. Kevin L. Tennant, *Joseph Campbell: Shaman and Visionary*, California State University, Dominguez Hills, 1993.

⑥Benjamin Nakanishi, Psy. D. , *The Journey of Therapy: Object Relations Theory and Joseph Campbell's Hero's Journey*, Alliant International University, 2011.

⑦M. A. Paul Douglas MacLeod, *Myth and Monomyth: Robertson Davies' "Deptford Trilogy" and Joseph Campbell's theory of Myth*, California State University, Dominguez Hills, 2002.

（Susan Maida）①，凯瑟琳·琳恩·詹宁斯（Katherine Lynne Jennings）② 等人运用坎贝尔的单一神话模式分析文学或者文化文本。

在美国的许多学院派学者写的关于坎贝尔著作的书评、关于坎贝尔的论文和专著中不免带有文人相轻的偏见，可是此种偏见在硕士和博士的论文中很少见。因为博士和硕士都是学术界的后起之秀，在坎贝尔的成功已经成为事实的情况下，他们不会为其成功而愤愤不平。所以，他们能够更理性地从问题出发研究坎贝尔。

二、中国学界对坎贝尔的译介和研究

虽然坎贝尔的神话学著作滋养出的大批美国影视冲击着中国人的眼球，可是，中国学界对坎贝尔著作的译介和研究却相对滞后。

台湾比大陆较早翻译了坎贝尔的一系列著作，这些著作都由台北立绪文化事业公司出版，其中有朱侃如翻译的《神话》（1995）、《坎伯生活美学》（1997）、《千面英雄》（1997），李子宁翻译的《神话的智慧》（1996）。

大陆方面，上海文艺出版社在 2000 年出版了由张承谟翻译的《千面英雄》。随后，大陆对坎贝尔的著作的翻译陷入沉寂。十年以后，以坎贝尔的一生历程为线索的采访谈话录《英雄的旅程》才于 2011 年翻译出版。坎贝尔的采访谈话录《神话的力量》于 2012 年出版。2013 年，由西安外国语大学神话学翻译小组和张洪友、祖晓伟等人翻译的坎贝尔的讲演集《指引生命的神话》由浙江人民出版社出版。此后，浙江人民出版社 2016 年又出版了《千面英雄》（译者为黄珏苹）的全新译本，并于 2017 年出版了由朱侃如翻译的《坎贝尔生活美学》和《追随直觉之路》。

叶舒宪先生 1992 年在其文章《从"千面英雄"到"单一神话"》中将当时在美国如日中天的神话学家的思想总括式地介绍到中国。③ 方艳的文章《神话的永恒回归——从〈神话的力量〉看坎贝尔的神话哲学》以《神话的力量》为核

---

①Susan Maida, Ph. D. , *A Narrative Analysis of Stories of Initiatory Experience*：*Exploring How Westerners Experience and Make Sense of Initiation using Four Shields Theory and Joseph Campbell's Monomyth*, California Institute of Integral Studies, 2003.

②M. A. Katherine Lynne Jennings, *Communication and Myth*：*Joseph Campbell's Concepts of Myth Exemplified in C. S. Lewis' "The Lion, The Witch and The Wardrobe"*, Central Missouri State University, 1993.

③叶舒宪：《从"千面英雄"到"单一神话"》，载《上海文论》1992 年第 1 期。

心，阐述了坎贝尔的神话哲学。① 于丽娜的《约瑟夫·坎贝尔英雄冒险神话模式浅论》② 和郭建《坎贝尔的英雄历险神话模式解析》③ 主要根据坎贝尔的《千面英雄》阐述英雄探险模式。汪幼枫的《从文明冲突论到宇宙和谐论——从坎贝尔超越理论看全球政治的发展走向》从坎贝尔的人类神话同一论反思亨廷顿的文明冲突论。④

坎贝尔单一神话模式对美国影视的叙述模式产生了渗透式的影响，因此，通过坎贝尔的单一神话模式分析影视的叙述结构，是许多论文司空见惯的套路。吕远的论文《"英雄的历程"——好莱坞主流故事模型分析》⑤ 是对受坎贝尔影响的沃格勒的著作《作家之旅》内容的介绍。该论文详细地清理出好莱坞电影中的叙述结构。裴和平的论文《动画剧本写作中的神话原型结构及其启示》展示了坎贝尔的单一神话模式所塑造的美国动画的叙述结构。⑥ 钱雅文在其论文《以〈千与千寻〉为例谈动画电影中的神话叙事》中讨论了日本导演宫崎骏的动画《千与千寻》中的英雄探险结构。⑦

其他论文则用坎贝尔的单一神话模式分析文学文本中暗含的深层神话结构。李敏的《葆拉·马歇尔的〈寡妇颂歌〉与"单一神话"母题》分析作家葆拉·马歇尔1983年出版的小说《寡妇颂歌》中的主人公经过英雄探险、回归自我的旅程。⑧ 尚玉峰、李晓东《〈榆树下的欲望〉：单一神话的现代阐释》以尤金·奥尼尔的名剧《榆树下的欲望》为例，阐述神话模式在现代社会的"移用"和"变形"。⑨ 赵攀的《英雄的心灵之旅》⑩ 讨论的是弗吉尼亚·伍尔夫《到灯塔去》中的莉丽·布里斯科的心灵之旅。其他类似思路的论文还有：战晓微的《〈哈利·波特〉中英雄成长主题的探讨》⑪，杜扬晨、刘芝花的《〈红色英勇勋

①方艳：《神话的永恒回归——从〈神话的力量〉看坎贝尔的神话哲学》，载《中国比较文学》2007年第4期。

②于丽娜：《约瑟夫·坎贝尔英雄冒险神话模式浅论》，载《世界宗教文化》2009年第2期。

③郭建：《坎贝尔的英雄历险神话模式解析》，载《商丘师范学院学报》2011年第10期。

④汪幼枫：《从文明冲突论到宇宙和谐论——从坎贝尔超越理论看全球政治的发展走向》，载《南京师大学报》（社会科学版）2009年第6期。

⑤吕远：《"英雄的历程"——好莱坞主流故事模型分析》，载《当代电影》2010年第10期。

⑥裴和平：《动画剧本写作中的神话原型结构及其启示》，载《写作》2012年第11期。

⑦钱雅文：《以〈千与千寻〉为例谈动画电影中的神话叙事》，载《剑南文学》2013年第3期。

⑧李敏：《葆拉·马歇尔的〈寡妇颂歌〉与"单一神话"母题》，载《山东社会科学》2012年第12期。

⑨尚玉峰、李晓东：《〈榆树下的欲望〉：单一神话的现代阐释》，载《戏剧文学》2009年第7期。

⑩赵攀：《英雄的心灵之旅》，载《电影文学》2009年第22期。

⑪战晓微：《〈哈利·波特〉中英雄成长主题的探讨》，载《长春师范学院学报》（人文社会科学版）2010年第3期。

章〉中的英雄神话模式》①，赵谦的《〈野性的呼唤〉中巴克的神话原型解构》②，刘红新的《英雄母题——西方魔幻电影主题之一》③，等等。此类论文虽然可以揭示文学和影视中所蕴含的深层神话结构，可是，也不免有研究模式重复的缺陷。

三、国内外研究现状反思

坎贝尔是一个颇受争论的人物，他在不同的群体中受到两种截然相反的待遇：来自文学艺术界的追捧和来自学术界的批判。坎贝尔晚年因为《千面英雄》的影响而获得了美国文学艺术协会颁发的荣誉奖章。④ 不过，学术界却冷静地面对和批判这位在美国民众中颇有威望的神话学家。

这些相反的形象主要源于不同的群体所看到的是坎贝尔不同的侧面。坎贝尔的演讲天赋是他广受欢迎的原因。与不同的群体分享神话给予他的启迪，让坎贝尔得到了许多人的尊敬。西格尔曾经将坎贝尔与弗雷泽进行对比研究，他认为两人代表19世纪和20世纪神话研究的两种不同范式。西格尔认为弗雷泽是用大量材料，证明论点的学者，而坎贝尔是呼吁体验的导师。所以，坎贝尔是一个关注神话的普及、倾心于与人分享体验的导师。参加坎贝尔的讲座的人，可以从坎贝尔那里获得来自神话的力量。通过分析他的思想的传播方式也可以看到多媒体时代活态神话书写和传播的方式。

学术界中的许多人只通过阅读坎贝尔的著作了解这位神话学家，他们没有机会或者不屑于参加坎贝尔的讲座。比如有人就认为坎贝尔的神话学讲座是给一些并不需要的听众所讲的毫无章法的讲座。这种观念中带有浓厚的学术精英主义色彩。然而，不得不承认，坎贝尔的学术著作确实存在太多问题。正如前面的研究综述中已经列出，他的著作定位模糊、引用太多、注释不规范，这是奉行严谨学风的学术界所不能容忍的。如果坎贝尔能够注意和纠正这些缺陷，他可能会获得更广泛的支持和认同。这些缺陷与其说是坎贝尔的学术修养所造成的，不如说是他特立独行的个性所致。坎贝尔在其人生的晚年对这些批评有

①杜扬晨、刘芝花：《〈红色英勇勋章〉中的英雄神话模式》，载《西南农业大学学报》2010年第2期。

②赵谦：《〈野性的呼唤〉中巴克的神话原型解构》，载《石家庄铁道大学学报》（社会科学版）2013年第2期。

③刘红新：《英雄母题——西方魔幻电影主题之一》，载《电影文学》2008年第7期。

④（美）菲尔·柯西诺主编：《英雄的旅程：与神话学大师坎贝尔对话》，梁永安译，北京：金城出版社，2011年，第131页。

过间接的回应。他认为获得文科博士学位是一种无能的表征，因为这种经历会使人活在教授的阴影之下，没法发展自己独立的思想，并且教授们只会在如何注释这类小问题上面吹毛求疵。① 坎贝尔对学术界的批评有点道理，但是又过于自傲和偏激。难道遵守这些基本的注释规范就会扼杀一个人独立自主的思考？遵守学术规范并且成就可以与坎贝尔比肩甚至超过坎贝尔的人不在少数。客观来说，坎贝尔如果能够遵守规范，他会得到更多人的尊重，恰恰是他的这种过于张扬的个性，他对学术界的抵制，限制了他的思想在学术界的传播。

不过，学术界对坎贝尔的蔑视也不免有文人相轻的意味，甚至有些许妒忌坎贝尔的成功。西格尔认为坎贝尔被美国人吹捧，主要是这些人压根就不知道与坎贝尔处于同等级别的其他神话学家。② 虽然说西格尔的观点有些道理，可是他为何不将坎贝尔常年举办各类神话学讲座考虑在内？又有哪位神话学家能够像坎贝尔这样热心于与普通人分享神话所给予他的神秘启迪呢？

总之，不同维度的坎贝尔被后人构筑为两个截然相反的形象。这位神话学家身上所呈现出的优点和缺点朝两个极端的方向延伸。放大优点的凸镜基于粉丝的崇拜，放大缺点的凸镜则是基于批判。因此，一个现代传媒所建构的偶像的一个轻微的缺点，都会成为摧毁该形象的蚁穴。

此外，神话理论家西格尔对坎贝尔的批判是基于两者不同的神话信念。区别主义者西格尔将同一主义者坎贝尔放上了他的普罗克鲁斯特之床，按照区别主义的信念将坎贝尔的思想肢解。无论是在西格尔的专著还是论文中，区别成癖的毛病时时显露。西格尔对坎贝尔的批评恰恰是两个人对神话的不同理解造成的，他们之间的争论是区分主义者与同一主义者之间的争论。

在研究坎贝尔的专著和文章中，很少有人提到印第安神话对坎贝尔的影响；在谈到印度神话对坎贝尔的影响的时候，有人认为坎贝尔所寻找的是东方宗教的小衣服来弥补自己信仰的窟窿。③ 这种说法带有强烈的西方霸权话语色彩。因此，在远离西方的宗教二元对立价值评判的中国语境中，是否可以直面坎贝尔的思想本身？

---

① （美）菲尔·柯西诺主编：《英雄的旅程：与神话学大师坎贝尔对话》，梁永安译，北京：金城出版社，2011 年，第 61—62 页。

② Robert A. Segal, "Joseph Campbell's Mythology: A Review Essay," in *Southern Humanities Review*, Vol. 25, No. 3 (Summer, 1991), pp. 267-275.

③ Alfred Sundel, "Joseph Campbell's Quest for the Grail," in *The Sewanee Review*, Vol. LXXVIII, No. 1 (Winter, 1970), pp. 211-216.

最后，国内许多论文多集中在研究坎贝尔的《千面英雄》。虽然《千面英雄》是坎贝尔的成名作，然而这部著作并不能代表坎贝尔的全部思想，坎贝尔后期的著作还有很多值得借鉴的地方。因此，有必要以坎贝尔的著作时间为线索，全面研究这位神话学家。

第三节　本书的论述思路

本书通过坎贝尔的主要著作梳理坎贝尔思想的演变脉络。坎贝尔的著作主要探讨了如下问题：建构世界英雄神话的共同叙述模式，探索史前神话，重估传统神话，寻找建构现代神话的可能性。本书前四章分别讨论这四个论题。

第一章集中论述《千面英雄》中的单一神话模式。坎贝尔从作家乔伊斯的巨著《芬尼根守灵夜》中借用了"单一神话（monomyth）"这一术语①，他用这一术语论述在表面千变万化的世界神话背后的共同结构。印度神秘主义与现代心理学是坎贝尔神话学的理论根基。第一节首先从印度神秘主义与现代心理学相互阐释的角度，探讨坎贝尔神话学的理论元语言，从而展示这一建构好莱坞大片叙述架构的单一神话模式的多重思想根源。在单一神话模式中，英雄的探险是英雄在外在世界与灵性世界的双重探险。第二节重点分析英雄在探险过程中的灵性旅程。坎贝尔的单一神话模式从阿诺尔德·范热内普（Arnold Kurr-Van Gennep）的通过仪式理论那里借鉴了核心结构，而人类学家维克多·特纳（Victor Turner）也是在这位法国人类学家的基础上发展了自己的仪式理论。第三节通过这两位源于共同理论的不同支脉的比较研究，反思坎贝尔思想的缺陷。第四节主要讨论坎贝尔的单一神话模式对人生故事书写的重要启迪。

从《千面英雄》到《神的诸种面具》，坎贝尔神话学的聚焦点从世界神话叙述结构的同一性转向了世界神话的不同表现方式。在《神的诸种面具》中，坎贝尔展示神和英雄的自然史。在这套四卷本的巨著中，坎贝尔首先探索史前神话，继而重估东西方传统神话，并在这两方面的基础上，探寻属于这个时代的神话。因此，第二章探讨坎贝尔为人类神话的同一性所进行的理论探索。第一节主要分析坎贝尔如何尝试从多种学科相结合的角度阐释神话意象同一性的问

---

① James Joyce, *Finnegans Wake*, New York：Viking Press, 1939, p.581.

题。第二节论述坎贝尔的神话游戏观。第三节论述坎贝尔对史前神话的研究。坎贝尔从史前神话中寻找人类神话同一性的依据，并从史前猎人神话和史前农人神话那里总结出被后世神话所传承的基因特质。第四节从中国神话学所研究的大小传统的视角审视坎贝尔的史前神话研究。第五节从多重证据法的角度反思坎贝尔史前神话阐释的贡献与缺陷。

本书的第三章和第四章分别讨论坎贝尔对于神话的重估与建构。重估与建构是一个问题的两个方面，重估传统神话是建构"新时代"神话的基础。

第三章主要围绕坎贝尔重估传统神话展开论述。第一节讨论坎贝尔对世界神话的划分。坎贝尔将世界神话分成四大区域，而此种区分是神话重估的基础。第二节阐释坎贝尔关于女神文明的研究。坎贝尔从史前女神文明的视角，对西方父权宗教的合理性提出质疑，并将西方神话纳入神和英雄的宏大演变史，从而激活神话被宗教机制遮蔽的意义。第三节论述坎贝尔如何从东方神话的角度批判西方神话。东方神话所特有的神人同一和心灵体验是他批判西方神话的依据。不过，由于对现实中的印度非常失望，坎贝尔后期又转向了西方现代世界，他将古希腊以来的个体精神看成开启人类精神新时代的重要启迪。

《神的诸种面具》的最后一卷《创造神话》代表坎贝尔向现代社会的回归。坎贝尔在传统神话破碎的时代，从不同角度探寻神话发挥作用的路径。因此，本书的第四章讨论坎贝尔后期的这些探索。在坎贝尔看来，史前猎人神话所具有的个体自由精神是需要复兴的宝贵遗产。中世纪以来的文化英雄（包括哲学家、文学艺术家甚至科学家在内）都属于继承了萨满精神并推动文化创造的神话诗人。坎贝尔的此种观点具有怎样的启发和局限性是本章第一节所论述的问题。坎贝尔将中世纪骑士传奇中所拥有的冒险精神和浪漫爱情看成人性觉醒的标志，它们成为世俗神话所具备的要素。第二节论述坎贝尔此观点的理论依据、所具有的启迪以及难以避免的弊端。第三节论述坎贝尔如何从神话的视角尝试融合宗教与科学之间的冲突，并以人类第一次探月之旅为契机，探讨人类同一的星球神话的可能性。第四节论述坎贝尔关于个人神话的思考。第五节则讨论坎贝尔的神话隐喻观。

第五章论述坎贝尔对美国影视和动画的影响。沃格勒关于影视剧本创作的著作《作家之旅》是对坎贝尔单一神话模式的开拓。本章第一节主要分析沃格勒对坎贝尔思想的继承、发展和简化。第二节以《阿凡达》为个案，讨论这部电影对坎贝尔的单一神话模式的借鉴和改写。《星球大战》是乔治·卢卡斯对坎贝尔人类同一的星球神话观的继承和发扬，然而，这一剥离群体差异的浪漫想象却面对诸多障碍。第三节通过研究好莱坞关于战争的电影，分析这些电影中关于群体之间差异的思考，从而展示在通向人类大同这一浪漫前景的途中，人类所无法回避的问题。第四节和第五节分别探讨单一神话为美国动画所带来的创意和疗愈功能。美国的许多动画在以单一神话模式叙述结构的同时，也力图展示英雄在灵性世界与外在世界的双重旅程。英雄在灵性世界的战争与宇宙的救赎密切相关，只有战胜精神创伤的英雄才能完成拯救世界的功绩。这些动画因此便成为引导孩子走出心灵迷宫的地图。

第六章尝试在中国情境与坎贝尔的神话学之间展开对话。本章第一节从坎贝尔的神话学反思中国历史英雄影视的欠缺。第二节和第三节则围绕电影《赛德克·巴莱》与坎贝尔展开对话。赛德克族发动的"雾社事件"，是他们捍卫赖以生存的神话的悲歌。这部电影也说明，如果不尊重群体之间传统神话的差异，人类同一的星球神话也仅仅是幻想。另外，与美国影视帝国展示救世英雄的自我精神治疗不同，《赛德克·巴莱》独特的形式特质使其具有了群体治疗的功能。

第一章

坎贝尔的单一神话理论

《千面英雄》是奠定坎贝尔美国著名神话学家地位的扛鼎之作。坎贝尔起初想写一部教人如何理解神话的读物，这种读物类似于他曾经与人合写的《打开〈芬尼根守灵夜〉的万能钥匙》。① 不过，在写成的《千面英雄》中，坎贝尔进一步将解读神话的能力与人们当下的生存境况结合在一起。他希望凭借精神分析这种理论资源，阐释神话的象征语言，从而重新激活人们与无意识之间的通道。

坎贝尔继承了荣格的观点，他也认为梦是个人的神话，神话是集体的梦。② 神话和梦都是心理的象征，神话因此成为人们与无意识沟通的中介。在宗教力量失效、通过仪式缺失的现代世界中，人们丧失了阐释神话的能力，因此失去了与神话的神秘世界的联系，现代社会的人们处于精神荒原之中。然而，当人们不再通过神话与无意识世界进行沟通的时候，人的梦中却依然上演来自无意识世界的神秘信息。这些在梦中反复出现的与古代神话类似的形象，说明决定着传统时代人们的神秘，也依然在这个时代昭示着其统治力量。如果忽视这些信息，人可能会陷入精神疾病的困境。男人会固着在幼儿期的依赖中，成为永恒男孩，女人因此无法找到与其年龄相当的配偶。③ 坎贝尔在他所理解的精神分析④那里找到走出困境的希望。不过，坎贝尔意义上的现代心理学家更像现代社会中的萨满和圣人。在古代社会，他们为人们阐释神话的力量，从而使神话为人们的精神成长服务。通过这些部落精神的守护者的阐释，神话的意义与人们的精神救赎密切结合。在坎贝尔看来，"精神分析医生是现代的研究神话王国的大师，是一切神力的秘密方式和言词的通晓者"⑤。也就是说，在当今社会，精神分析师通过向人们阐释神话的意义，为人们的精神成长服务。而坎贝尔的《千面英雄》则借用这些通晓神话奥义的大师们的方法，给现代人解释神话的意义。也就是说，坎贝尔不满足于学术分析，他更以古代先知为榜样，借用精神

①（美）菲尔·柯西诺主编：《英雄的旅程：与神话学大师坎贝尔对话》，梁永安译，北京：金城出版社，2011 年，第 136 页。

②（美）约瑟夫·坎贝尔：《千面英雄》，张承谟译，上海：上海文艺出版社，2000 年，第 14 页。

③（美）约瑟夫·坎贝尔：《千面英雄》，张承谟译，上海：上海文艺出版社，2000 年，第 1 页。

④坎贝尔早期将弗洛伊德和荣格等人都包括在广义的精神分析范围之内，只是后来他的思想转向了荣格，而逐渐扬弃了弗洛伊德的思想。

⑤（美）约瑟夫·坎贝尔：《千面英雄》，张承谟译，上海：上海文艺出版社，2000 年，第 6 页。

分析展示神话给予人们的神圣启迪。

许多学者充分肯定了坎贝尔的此类阐释的重要价值。有学者认为《千面英雄》所寻求的解读所有神话的钥匙就像诺斯替主义者寻求的进入宇宙神秘的钥匙。另一学者认为我们所生活的时代是传统的象征宇宙已经衰落的时代，这个时代呼唤能够带来新的精神生命的英雄。这些英雄能够基于心灵的深度而发现新的神秘，所以《千面英雄》思考的主题超出了学术的意义。[①] 在坎贝尔那里，神话是引导人们通过精神危机的神秘力量，因此，重新激活失落了的神话意义，成为解救现代社会精神困境的良药。他借助精神分析等理论工具激活神话象征，他从神话世界这一充满奥义的神秘领域寻找启示，使其重新与个体的生命体验关联起来。这是坎贝尔的《千面英雄》超出学术的意义。

不过，坎贝尔的精神分析已经不是现代西方心理学意义上的精神分析，而是与印度神秘主义融合的精神分析。因此，只有熟悉坎贝尔为神话定位的元语言，才能理解单一神话模式。

另外，单一神话所展示的英雄旅程能够促进神话英雄与个体生命之间的联系，而人们可以借用这一模式书写人生故事。因此，单一神话对人生的启迪，也成为叙事治疗的思想源头。

第一节　单一神话的多重渊源

在《千面英雄》中，坎贝尔认为世界英雄神话都具有共同的叙述模式，他将这共同的模式总结为关于英雄探险的单一神话，他认为这是世界神话的核心。国内学界对坎贝尔的研究大都集中在这部名著上面，有些论文对其单一神话进行述评，或将单一神话当成分析其他作品的理论工具。不过，如果追溯单一神话深厚的文化渊源及其所产生影响的广阔文化领域，就会发现由人类文化世界不同领域的精华连接成的文化大厦。单一神话就像刻在这一文化大厦深处的脉络，并将不同部分紧紧地连接为一个整体。正是由于西方与印度神话特质的对话，古代神话哲学与当代学术视域的融合，神话学与神话之间的相互渗透，才

---

①H. R. Ellis Davidson, "The Hero with a Thousand Faces by Joseph Campbell," in *Folklore*, Vol. 80, No. 2 (Summer, 1969), pp. 156-157.

最终形成了坎贝尔的单一神话理论，并且，单一神话的文化旅行又使其影响最终从好莱坞扩展到叙事治疗、文化品牌等领域。由克里斯托弗·沃格勒所写的被称为西方编剧界"圣经"的《作家之旅》可以看成是《千面英雄》的简写本，单一神话也因此被好莱坞编剧们继承和改造而成为美国影视表达个人英雄主义人生哲学的完美工具。《星球大战》《黑客帝国》《阿凡达》等具有里程碑意义的好莱坞科幻电影都运用了此种模式，美国甚至西方的动画电影中也重复着此种模式。① 由玛格丽特·马克和卡罗·S.皮尔森共同撰写的《很久很久以前》则将单一神话理论推广到文化品牌领域之中。为何这种模式具有如此大的吸引力和生命力呢？本节从学术传统和思想渊源的角度分析单一神话，力图深入理解这种模式，并借此呈现该模式为好莱坞大片所赋予的神话意蕴和文化内涵。

一、英雄神话研究史略

坎贝尔并不是第一个研究英雄旅程的学者，其他在这方面的开拓者有英国文化人类学家爱德华·伯内特·泰勒（Edward Burnett Tylor）、拉格伦勋爵（Lord Raglan），奥地利学者约翰·格奥尔格·冯·哈恩（Johann Georg Von Hahn），弗洛伊德学派的奥托·兰克（Otto Rank），俄国民俗学家弗拉基米尔·普罗普（Vladimir Propp）等人。坎贝尔的单一神话模式是在前人基础上的深化和完善。

英国文化人类学家泰勒在 1871 年首先提出了英雄神话的简单模式：英雄出生后被抛弃，被其他人或者动物收养，成年后建功立业并最终成为国家英雄。1876 年奥地利学者哈恩描述出英雄探险的模式：英雄非法出生，由于预言未来会成为伟大的英雄而被父亲抛弃，后来被动物救活，由身份低微的夫妇收养，英雄长大后打败曾经陷害他的人，拯救了母亲，建立城邦，不过很早就死去。在俄国民俗学家普罗普那里，英雄经过一系列成功的探险、结婚，最终成为国王。然而，普罗普没有提及英雄的出生和死亡。② 这几位学者仅仅建立了一个模式而没有具体展示该模式。

拉格伦勋爵在弗雷泽相关理论的基础上探讨英雄神话。在弗雷泽那里，国王是能够死而复活的植物神，弑杀国王的仪式则是植物神死而复活的仪式，这

---

①详见张洪友：《约瑟夫·坎贝尔：好莱坞帝国的神话学教父》，载《百色学院学报》2017 年第 5 期。
②Robert A. Segal, *Joseph Campbell: An Introduction*, New York: Garland Pub., 1987, pp.1-2.

一仪式将植物神的灵魂转移到新的国王那里。在拉格伦勋爵看来，国王即英雄，而英雄神话的核心是国王的逊位。国王在英雄神话中的退位和死亡对应于仪式中的国王的退位和死亡。他以国王退位为基础，设计了一个22步的复杂模式。①虽然拉格伦的分析涵盖英雄完整的一生，但是没有像坎贝尔那样将英雄神话与人们的生命体验之间的关联揭示出来。

弗洛伊德主义者奥托·兰克的《英雄诞生的神话》从俄狄浦斯情结解释英雄神话。在他看来，英雄神话是杀父娶母乱伦欲望的置换变形。在英雄神话中，英雄被抛弃，后来由动物或者身份低微的人收养，他长大后报仇，并最终成为国王。从文字层面来看，英雄是一个历史或者传奇式形象。英雄从无名小卒成为国王。不过，从心理学的角度来说，英雄是故意杀害父亲，他的目的不是复仇，而是得到母亲。英雄神话的意义在于掩盖此种无法面对的恐怖现实。杀人犯转化为无辜受害者，可以名正言顺地复仇，因为他所寻求的是权力，而非乱伦的欲望。英雄神话的制造者意在说明自己是受害者，从而使他的杀父行为合法化。英雄之所以成为英雄是因为他敢于杀害自己的父亲。② 在西格尔看来，兰克的模式仅仅包容英雄的前半生，从其出生到找到职业和配偶，这是弗洛伊德式的目标。在兰克那里，英雄神话是创造者的乱伦欲望置换变形而成，它们所表达的是三岁到五岁孩子的梦想。英雄神话满足的是永恒男孩的欲望，它们的创作者在心理上是一个永恒男孩。③ 这部书是兰克没有与弗洛伊德决裂之前写成的，也仅仅是为了印证弗洛伊德的心理学的普适性价值而写成的实验性著作，他对英雄神话的分析沦为弗洛伊德心理学模式的图解。

总之，与这些先驱相比，坎贝尔的伟大之处在于建立了一个完整的英雄探险模式。虽然将坎贝尔的《千面英雄》纳入英雄神话的研究史，可以了解他的单一神话模式在学术史中的地位，但是，笔者认为如果需要深入了解坎贝尔的这一模式，还需要从其自身的理论始基入手。有论者认为坎贝尔将西方浪漫主义以来的自我和英雄观念应用到世界神话之中。④ 也就是说，坎贝尔将仅仅在某种文化中产生的，属于某个历史阶段的观念，扩展成为具有普遍性的规律。这

①Robert A. Segal：《神话理论》，刘象愚译，北京：外语教学与研究出版社，2008年，第256—257页。

②Otto Rank, *The Myth of the Birth of the Hero: A Psychological Interpretation of Mythology*, Martino Fine Books, 2011.

③Robert A. Segal, *Joseph Campbell: An Introduction*, New York: Garland Pub., 1987, pp.9-10.

④Mary R. Lefkowitz, "The Myth of Joseph Campbell," in *The AmenricanScholar*, Vol.59, No.2 (Summer, 1990), pp.429-434.

种观点虽然有一定的道理，但是该学者仅仅从西方传统的角度探讨单一神话的思想源头也有偏颇之处。另一学者认为坎贝尔在融合荣格和弗洛伊德相关思想的基础上，又转向了印度神秘主义。① 这位学者的观点要公允得多，因为融合印度神秘主义的现代心理学是坎贝尔定位神话的理论根基。如果想理解坎贝尔在《千面英雄》中所应用的术语，必须从印度神秘主义与现代心理学的双重视角入手。

二、神话元语言

神话的元语言是赋予神话以意义的符码集合。② 在《千面英雄》中，精神分析理论③与印度神秘主义是赋予神话以意义的符码集合。从精神分析解读神话所具有的心理学意义，并利用印度神秘主义弥补精神分析的缺陷，是坎贝尔神话研究的一贯思路。

首先，印度神秘主义为坎贝尔提供了一个宏大的宇宙图景。坎贝尔利用这一东方思想扩充精神分析的理论框架，将无意识世界（灵性世界）与形而上学（外在世界）融合在一起，并以此为基础阐释神话。在他看来，理解精神分析的钥匙是两个可以互换的公式：形而上学领域 = 无意识领域，或者无意识领域 = 形而上学领域。④ 这一公式并不是精神分析所宣扬的观点，而是坎贝尔从印度神秘主义那里借鉴的思想资源。在他那里，神话世界呈现宇宙的演变历程，同时也在讲述人类无意识世界的转变轨迹。因此，耆那教关于宇宙在四个不同阶段的轮回说具有重要的心理学意义。宇宙轮回意指人类意识不同层面之间的更迭。人的意识拥有几个不同的层次：醒觉状态、梦中的状态、没有梦的状态。宏大宇宙的演变周期也表明意识在三个不同状态之间循环。

宇宙演变周期应该理解为普遍的意识从无表现形式的沉睡区通过梦进入白天的醒觉状态；然后通过梦又回到永恒的黑暗中去。⑤

而印度教徒的神秘音节 AUM 也在述说意识状态与宇宙演变的神秘同一。在他们那里，AUM 是拥有神圣地位的音节，A 代表醒觉，U 代表梦意识，M 代表

①William Kerrigan, "The Raw, the Cooked and the Half-Baked," in *The Virginia Quarterly Review* , Vol. 51, No. 4（Autumn, 1975）, pp. 646-656.

②赵毅衡：《符号学原理与推演》，南京：南京大学出版社，2011 年，第 227 页。

③在《千面英雄》中，坎贝尔将荣格和弗洛伊德的心理学都称为精神分析。

④（美）约瑟夫·坎贝尔：《千面英雄》，张承谟译，上海：上海文艺出版社，2000 年，第 267 页。

⑤（美）约瑟夫·坎贝尔：《千面英雄》，张承谟译，上海：上海文艺出版社，2000 年，第 274 页。

沉睡，环绕着这一音节 AUM 的则是寂静状态。印度教徒用这种神秘音节表明意识的四种不同状态，也表明宇宙的轮回过程，而这两者神秘地融合在这一音节之中。

因为宇宙演变与意识状态拥有共同的根源，所以它们才能神秘地同一，并且这一根源是世界万事万物的基础，神话与梦也源自这一神秘根源：

> 普遍的原则是世界上一切可见的结构——所有的物和存在——都是无处不在的力量的果，它们产生于这种力量，它们最终必将消失于这种力量之中。[①]

此种力量是推动宇宙演变的力量，也是无意识世界中的力量。神话与梦在这种力量中产生，并最终消融在这种力量之中，它们都在向人们述说着超出人们的理解能力的神秘。

在印度神秘主义的观照下，上帝和众神成为推动精神超越自身的象征符号。[②] 正如坎贝尔所说，被人们所尊称为偶像的神并不是目的，而是"要把人的头脑和精神提高得超越于神而进入彼岸的虚空"[③]。在他那里，神的形象本身并不是目的，而是人们需要超越从而获得这些形象背后的终极神秘的线索。这一神秘奥义便是前文所提到的推动宇宙演进和人的意识活动的神秘力量。

以这一观点为基础，坎贝尔着重分析世界神话中裸露弱点的主神。[④] 这些被不同群体崇拜的却有缺陷的偶像说明他们只是永恒之光投射到人类世界的通道。人类只有突破这些神话形象的阻碍，才能最终超越人神对立，从而思考神的背后所揭示的宇宙奥义。坎贝尔通过终将消融在宇宙原始之海中的意象，将人所关注的中心从尘世间的各种冲突转向神秘世界的永恒沉寂，使人能从充满喧嚣、对立、冲突和厮杀的时间泡沫，漂浮到永恒的宁静之海，让人感受代表宇宙终极神秘的力量。

其次，坎贝尔还借用轮回观念探讨他的英雄探险。英雄是宇宙力量进入世界的通道[⑤]，英雄的循环之旅是宏大宇宙循环演进的一个缩影。英雄探险是永恒反复的旅程。它在人类世界中重复出现，甚至在个体的生命历程中也会反复出现。英雄最终回归的地方是他所开始的地方。英雄所踏上的旅程，是前人已经

---

①（美）约瑟夫·坎贝尔：《千面英雄》，张承谟译，上海：上海文艺出版社，2000 年，第 266 页。
②（美）约瑟夫·坎贝尔：《千面英雄》，张承谟译，上海：上海文艺出版社，2000 年，第 267 页。
③（美）约瑟夫·坎贝尔：《千面英雄》，张承谟译，上海：上海文艺出版社，2000 年，第 170 页。
④（美）约瑟夫·坎贝尔：《千面英雄》，张承谟译，上海：上海文艺出版社，2000 年，第 37—38 页。
⑤（美）约瑟夫·坎贝尔：《千面英雄》，张承谟译，上海：上海文艺出版社，2000 年，第 34 页。

重复过的旅程。英雄最终发现，他所进入的新世界是他所离开的旧世界被人们遗忘的部分。英雄到达的终点实际是出发的起点。人们需要不断地踏上自己的英雄之旅，在这些死而复生的旅程中，才能激活作为自己潜能的英雄。所以，英雄之旅是重复和循环。

最后，英雄旅程甚至成为坎贝尔自己阐释神话的立足点，他试图站在英雄所在的世界中心阐释神话。英雄是宇宙力量进入世界的通道，他站在所有对立最终消融的世界中心。而坎贝尔的神话阐释在于找到这一中心，该中心是他所引用的、彼此不相关，甚至相互冲突的理论交融的圆点。他希望成为融会各种对立的英雄，因此，他不会纠缠这些理论之间的差别，只关注这些理论的神秘同一。在坎贝尔那里，东方与西方的不同观念，甚至西方心理学的不同派别都能融会在一处。比如，他将弗洛伊德和荣格都笼统地称为精神分析心理学家，坎贝尔只关注这些理论给予他的启发，而忽略了它们之间的分歧。

三、自我与英雄旅程

在坎贝尔的《千面英雄》中，"自我"这一概念融合了印度神秘主义与现代心理学的相关思想。英雄探险的过程也是"自我"不断扩充的旅程。英雄需要突破弗洛伊德所提出的幼年期阈限，在荣格的原型世界中探险，最终达到印度神秘主义的"梵我合一"的境界。英雄的旅程，是英雄的"自我"逐渐发现丢失的本质，并向本质（"梵"）回归的旅程。"梵我合一"是英雄探险的终极启悟。

坎贝尔认为弗洛伊德所处理的是人生前期（幼儿期和青春期）必须面对和跨越的阈限，而荣格所要面对的是人生后半期面临的危机，即人应该如何面对死亡。[1] 在弗洛伊德那里，个体失败是因为他没有建立外在自我，沉迷在童年的世界和意象之中。个体需要摆脱对本能和父母的依赖，在社会中找到宣泄本能的渠道，从而摆脱暴力和乱伦。能将本能社会化并满足本能的人就会成为英雄。荣格认为个体失败是因为失去了内在自我。所以，人需要重新建立与无意识之间的联系，这是人生后半段需要面对的问题。[2] 坎贝尔的英雄从弗洛伊德那里起步，不过，他需要面对包括弗洛伊德的前半生和荣格的后半生的所有阈限。

英雄首先面对弗洛伊德式的困境。人蜷缩在俄狄浦斯情节之中因而患了精

---

① （美）约瑟夫·坎贝尔：《千面英雄》，张承谟译，上海：上海文艺出版社，2000年，第9页。
② Robert A. Segal, *Joseph Campbell：An Introduction*, New York：Garland Pub., 1987, pp.6-8.

神疾病。这些幼儿期的精神意象是英雄成长需要突破的阈限：

　　我们一直和未被被除的幼年的形象拴在一起，因此不想跨越那必须跨越的成年阈限。①

　　在这里，坎贝尔将弗洛伊德心理学的术语"俄狄浦斯情结"与通过仪式的术语"阈限"融合使用。情结是个体走向成年必须突破的阈限，是他的英雄旅程中必须克服的考验，而固恋在俄狄浦斯情结之中就会成为永恒男孩。

　　不过，坎贝尔很少论述弗洛伊德的其他思想，比如泛性论、人格的三层（自我、本我和超我）结构等等。下面是《千面英雄》中很少出现的、提及弗洛伊德的"自我""本我""超我"的句子：

　　与天父和解只不过是抛弃自己想像出的双重妖怪——想像成上帝的毒龙（superego，即超我）和想像成罪恶的毒龙（受抑制的 id，id 即本我）。②

　　从上面的引文可以看出，坎贝尔并没有生搬硬套地使用弗洛伊德的人格三层模式，在他看来，"超我"和"本我"的对立是英雄在旅程中需要突破的阈限和需要参透的幻象。

　　并且，在很多情况下，坎贝尔用荣格的思想阐释弗洛伊德的俄狄浦斯情结。英雄在神秘世界探险的过程中与女神或者女神的代表结婚，并与父神和解。英雄的行为并不是幼儿杀父娶母冲动的置换变形，因为女神并不是母亲，所以此种结合不构成弗洛伊德意义上的乱伦。父神、女神和英雄都是原型，是人格的一部分。在英雄探险的过程中，这些原型与英雄融合为一，从而扩展英雄的灵性世界，这是坎贝尔在荣格的理论框架下论述英雄的旅程。所以，坎贝尔从弗洛伊德的心理学开始，最终归结于荣格的理论。

　　但是，仅仅从荣格与弗洛伊德融合的角度阐发《千面英雄》还远远不够，否则，下面的引文便无法理解：

　　因此在这些故事之中既无怜悯、又无恐惧——而是充满着一种超越于物质世界的无名状态的喜悦，这种无名状态存在于一切在时间中生、在时间中死、以自我为中心的、进行战斗的自我之中。③

　　引文中的"自我"，以及"自我"之中所包含的"超越于物质世界的无名

①（美）约瑟夫·坎贝尔：《千面英雄》，张承谟译，上海：上海文艺出版社，2000 年，第 8 页。
②（美）约瑟夫·坎贝尔：《千面英雄》，张承谟译，上海：上海文艺出版社，2000 年，第 125 页。
③（美）约瑟夫·坎贝尔：《千面英雄》，张承谟译，上海：上海文艺出版社，2000 年，第 38 页。

状态的喜悦"已经超出了荣格和弗洛伊德为代表的现代心理学的理论框架。引文中的"自我"是"梵我合一"的"自我"。超脱时间领域的无名状态则是超越"梵"而无法言说的终极神秘。因此，从"梵我合一"入手，才能更深入地理解《千面英雄》中的英雄探险。

英雄在神秘世界－无意识世界中探险，他的探险过程是自我不断展开、灵性世界不断扩充的过程。在此过程中，英雄逐渐找回在日常世界中失落的"自我"。这个本质上的"自我"既是一个个体（"我"），又是一个与宇宙融合在一起的大我（"梵"）。他所获得的关于宇宙终极奥义的启悟，也就是自我与宇宙融合为一的奥义。这就是坎贝尔在《千面英雄》中始终所坚持的"梵我合一"。

坎贝尔在《千面英雄》以及其他著作中反复引用《奥义书》所表达的"梵我合一"思想段落。世界起初只有一个"原我"，"原我"产生了关于自我的观念，因此有了恐惧和孤独感，为了逃避此种感觉，他分裂为两个，随后一步步分化出世间万物。这则故事说明由于人产生了关于自我的观念，而最终与原我失去了联系，沉迷在摩耶所制造的各种幻象之中。这是《大森林奥义书》的《第四梵书》中关于"自我"创造世界的典故。① 坎贝尔首先在《千面英雄》中引用，随后在其他著作中反复引用。② 这个"自我"又被称为"梵"，宇宙万物便是在自我分化的基础上诞生的。这个"自我"是宇宙万物的创造者，也是世界万物中每个自我的本质。因此，"梵"无处不在，遍及宇宙万物的各个角落：

---

①参见（印度）《奥义书》，黄宝生译，北京：商务印书馆，2010 年，第26—27 页。原文为："确实，在太初，这世界唯有自我。他的形状似人。他观察四周，发现除了自己，别无一物。他首先说出：'这是我。'从此，有了'我'这个名称。因此，直到今天，一旦有人询问，便先说'我是'，然后说别的名字。

"在所有这一切出现之前，他已经焚毁一切罪恶。因此，他成为原人。确实，任何人知道这样，他就能焚烧想要优先于他的人。（1）

"他惧怕。因此，一个人孤独时，会惧怕。然而，他又思忖道：'除我之外，空无一物，我有什么可惧怕的？'于是，他的惧怕消失，因为没有什么可惧怕者。确实，有了第二者，才会出现惧怕。（2）

"但是，他不快乐。因此，一个人孤独时，不快乐。他希望有第二者。于是，他变成像一对男女拥抱那样。他将自己一分为二，从而出现丈夫和妻子。因此，正像耶若伏吉耶所说，自己如同木片的一半。这样，妻子占满空间。他与她交合，由此产生人类。（3）

"她思忖道：'他自己生下我，怎么能又与我交合？让我躲藏起来吧！'她变成母牛，而他变成公牛，仍与她交合，由此产生群牛。她变成母马，而他变成公马。她变成母驴，而他变成公驴。他仍与她交合，由此产生单蹄兽。她变成母山羊，而他变成公山羊。她变成母绵羊，而他变成公绵羊。他仍与她交合，由此产生山羊和绵羊。这样，他创造了包括蚂蚁在内的一切成双作对者。（4）

"他知道：'确实，我是创造，因此我创造了这一切。'任何人知道这样，他就会处于这种创造中。（5）"

②Joseph Campbell, *Myths to Live By*, New York：Bantam Books, 1980, pp. 79-80.

他进入一切，乃至指甲尖，就像剃刀藏在刀鞘中，火藏在火盆中。人们看不见他，因为呼吸的气息，说话的语言，观看的眼睛，听取的耳朵，思考的思想，这些只是他的种种行为的名称，并不是完整的他。如果一一沉思这些，并不能知道他，因为只具备其中之一，并不是完整的他。

确实，应该沉思自我，因为所有这些都在自我中合一。自我是这一切的踪迹，依靠他而知道这一切，正像人们依据足迹追踪。任何人知道这样，他就会获得名声和赞颂。①

"梵"即是"我"，"我"即是"梵"。任何小我都需要沉思，发现自己的本质。"任何人知道这样，他就会处于创造中。"也只有"我"在认识到这种道理的时刻，才能达到"梵我合一"，"自我"就成为宇宙的创造者。坎贝尔试图用《奥义书》中的"梵我合一"的"自我"扩展弗洛伊德和荣格的观念。英雄所面对的问题是如何达到微观世界与宏观世界的合一。微观是英雄的自我，宏观则是英雄所生存的包括宇宙万物的世界。

这二者——英雄和他最终的神，即寻求者和被找到者——可以理解为是单一的反映自我的奥秘（这种奥秘和世界的奥秘是同一的）的外表和内涵。②

这段引文可以看出荣格的心理学与《奥义书》的融合。英雄和神是无意识中的原型，英雄与神的合一是自我的不同侧面的融合。引文中"自我的奥秘"与"世界的奥秘"的同一则是对印度"梵我合一"思想的应用。

在坎贝尔那里，每个个体在这种体悟中，达到与宇宙的创造者合一的境界。人从在时间领域中受到生命和差异法则所控制的个体转变为永恒世界的创造者。在每个个体之中，都沉睡着一个等待去唤醒、去激活的宇宙创造者。英雄探险的终点是英雄找到这一宇宙的创造者，并且与这一宇宙的创造者神秘地合一。坎贝尔在"梵我合一"的意义上，改造了佛教的相关思想，并以此为基础阐释其他神话传统的形象：

我们都是这菩萨形象的反映。我们心中的受苦者就是这位菩萨。我们和那作为保护者的父亲是同一个人。这就是使人得救的悟性。作为保护者的父亲是我们遇到的每一个人。……

---

①（印度）《奥义书》，黄宝生译，北京：商务印书馆，2010 年，第 28 页。
②（美）约瑟夫·坎贝尔：《千面英雄》，张承谟译，上海：上海文艺出版社，2000 年，第 31 页。

……所有的神、菩萨和佛陀都包含在我们之中，就像他们包含在这位全能的手持宇宙莲花者的光圈之中。①

在上面的引文中，西方基督教中的"上帝"成为代表每个人潜能的"上帝"，成为众神之一。坎贝尔试图从东方神话观念质疑西方的神人对立观念。坎贝尔这种从印度思想解读西方思想甚至扩充西方理论范式的具体实践值得借鉴。然而，如果缺少了印度思想的知识背景，坎贝尔的语言就像疯子的呓语，毫无意义。

不过，坎贝尔对神话的阐释并不值得效仿。上帝是基督教和犹太教至高无上的神，坎贝尔强行将其脱离使其具有意义的语境，将其纳入东方神话的框架。他继而从印度教的《奥义书》和佛教的思维出发强行述说基督教的上帝，并将东方的神人关系也强行注入西方神话，这种做法非常武断，其谬误也是显而易见的。

此外，坎贝尔在西方张扬个体主义的语境中阐述这些观点，他的思想是否可能成为个体自我膨胀的借口？虽然，坎贝尔曾经说过，如果人将自己看成世界的上帝，那么上帝就成为他的噩梦。② 但是，在美国个人英雄主义至上的语境中，坎贝尔的英雄也无法避免陷入唯我独尊的极端个人主义的危险。

四、悖论与英雄旅程

在探险的途中，悖论是促进英雄精神顿悟的动因。悖论是同一层面的对立元素相互冲突③，英雄突破悖论则是他的精神逐渐回归世界源头的过程。坎贝尔认为世界通过二元对立的方式分化，最终形成世间万物。他的这一思想来自乔伊斯。在《千面英雄》的注释中，坎贝尔引用了《芬尼根守灵夜》中涉及悖论的文字：

产生于同一自然力量或精神力量的具有对立面的等同物，那种力量以这些等同物为唯一的条件和方法来不时表现自己；这些等同物并被两极分化，以便能通过不相容之物的联合来实现其重新的结合。④

自然力量和精神力量通过分化的两极对立来表现自己。世界的创造从本源开始，不断地递次产生相互对立的事物，世界由此便分为永恒世界与生命世界、

---

①（美）约瑟夫·坎贝尔：《千面英雄》，张承谟译，上海：上海文艺出版社，2000 年，第 153—154 页。

②（美）约瑟夫·坎贝尔：《千面英雄》，张承谟译，上海：上海文艺出版社，2000 年，第 55 页。

③赵毅衡：《符号学原理与推演》，南京：南京大学出版社，2011 年，第 211 页。

④James Joyce, *Finnegans Wake*, New York：Viking Press, 1939, p. 92.

无意识的世界与意识的世界等等，最终产生出我们所生活于其中的千变万化的世界。这个过程与《奥义书》中的创世过程类似，世界的创造者"我"不断分化，最终创造出世间万物。不过，这些被对立化的事物又会通过重新组合，回归至本源之处。英雄的精神之旅也就是世界创造过程的逆向运行，各种被分化了的处于对立中的事物又重新融合：

> 英雄——无论他是男性的神还是女神、是男人还是女人，是神话中的人物还是梦境中的做梦者——发现他的对立物，并用吞食对立物或被对立物吞食的方法来将对立物同化。抵抗一个接一个地被粉碎。他必须把他的骄傲、品德、美貌和生命放在一边，并且向那绝对难以忍受的东西鞠躬或屈服。然后，他发现他和他的对立物并非异类、而是同宗。①

英雄在神秘的回旋上升式的体悟中，与宇宙的演化逆向运行。英雄从醒觉的状态进入梦的世界，他的世界从多变为一，并最终返回万物同一的世界本源，从而窥见世界的终极奥义。

与这一悖论相契合的是《千面英雄》中随处可见的悖论式语言。《千面英雄》试图用此悖论式句子或者论断将不同的、彼此冲突的观念同时呈现在人们眼前：

> 在认为会杀死另一个人的地方我们将会杀死自己；在认为会旅行到外界去的地方我们将会进入自我存在的中心；在认为会独自一人的地方我们将会和整个世界在一起。②

这些在坎贝尔的著作中大量存在的悖论性语言，他将相互冲突的双方进行并置的述说方式，是读者理解他的思想的主要障碍。不过，在英雄的精神旅程中，英雄只有剥离层层二元对立所构成的悖论，才能到达宇宙奥义的本源，也即世界所有的神话形象得以产生的始基。坎贝尔的著作中大量存在的悖论性语言也是推动读者思考的动因，是使读者向更高级的元语言探索的催化剂。这些悖论的最重要的用途在于质疑人们在日常生活中所应用的二元对立的思维方式，

---

①（美）约瑟夫·坎贝尔：《千面英雄》，张承谟译，上海：上海文艺出版社，2000年，第105页。

②（美）约瑟夫·坎贝尔：《千面英雄》，张承谟译，上海：上海文艺出版社，2000年，第19页。另参见《千面英雄》第125页："最终他会发现父亲和母亲互相反映出彼此的形象，父亲和母亲本质上是同一的。"第153页："我们都是这菩萨形象的反映。我们心中的受苦者就是这位菩萨。我们和那作为保护者的父亲是同一个人。这就是使人得救的悟性。作为保护者的父亲是我们遇到的每一个人。"第155页："……而在这两个冒险中都发现（不如说回忆起）英雄所要寻找的就是他自己。""'与女神相会'和'与天父和解'合二为一。"

从而直达元语言领域。这些悖论性的语言刺激人们超越差异，关注永恒和同一，这是坎贝尔这种悖论式的写作的妙处。

从坎贝尔对大众文化的影响来看，单一神话模式成为美国好莱坞电影普遍运用的叙述结构（详见第五章）。从本节的分析可以看出，这一奠定美国影视帝国宫殿骨架的模式，并不仅仅是西方世界的产物，而是东西方文化融合的结晶。并且，也只有在东方神秘主义的框架下，才能理解英雄在终极大决战中的绝地反击，比如《黑客帝国1》中的尼奥、《功夫熊猫》（*Kung Fu Pahda* 1、2）中的阿宝等等。在这些电影中，只有透彻领悟宇宙奥义的英雄，才能拥有战无不胜的力量。

总之，单一神话之所以被广为接受，并产生巨大的影响力并非偶然，与其所拥有的深厚的学术渊源和文化传统相关。单一神话并不是突兀的存在，人类不同传统中丰富的英雄神话是它得以形成的研究基础，而坎贝尔立足于西方英雄神话研究的学术传统并超越了该传统，融合了印度神秘主义和现代心理学，从而形成自己的神话元语言。正是这种广博和宽容的文化视野，才使单一神话具有了超强的生命力；正是东西方神话传统特质的结合，才使该模式具有了超强的融合力。最终，单一神话广阔而深远的文化影响使世俗世界的文化事象具有了神话世界的灵性之光。

第二节　单一神话的灵性向度

一、历　练

单一神话模式是坎贝尔对世界各地无数的神话英雄探险过程的总结。英雄的探险是外在世界的探险与灵性世界的旅程融合为一的过程。英雄的旅程首先是在外在世界的探险。英雄"离开世界；进入某种力量的源泉；然后带着促进生命的力量归来"[1]。英雄离开日常生活，经历各种磨难，完成伟大的功绩，带回金羊毛，或者是给世人带来恩赐的火，或者是带回能够将人类从荒原之中拯救出来的圣杯。不过，英雄的探险更是历练精神促其成长的旅程。英雄开始仅仅是一个与无意识世界切断联系的庸常个体。英雄是这一个体潜在的需要被发

---

①（美）约瑟夫·坎贝尔：《千面英雄》，张承谟译，上海：上海文艺出版社，2000年，第27页。

现的侧面①，当个体踏上英雄旅程的时刻，这一潜在的维度被唤醒。在旅程中，英雄要杀死毒龙，突破一重重意想不到的障碍。不过，英雄要与之战斗的敌人代表曾经的自己，自己的对立面，他们是英雄内心必须克服的障碍。② 英雄只有战胜内心束缚自己的对立面（恶魔），才能在未知的神秘世界扩充自己的精神太空。

在探险的历程中，英雄需要突破众多对立元素之间的冲突：生命世界生与死之间的对立，生命世界与永恒世界之间的对立，英雄与天父之间的对立，意识世界与无意识世界之间的对立，等等。这些对立是英雄在朝向宇宙奥义的过程中需要突破的阈限。只有在突破这些障碍之后，英雄才能成为两个世界的主人，才会寻找到神秘世界与日常世界合一的秘密。

二、阈 限

阈限是个体成长必须要克服的障碍。阈限代表个体不能超越的边界，阈限守护者将个体束缚在固有的疆界之中。

> 这些守护者在东南西北四个方位上——还有上和下——形成世界的边界，他们代表英雄目前的活动范围或生活视野，在这些守护者外面的就是黑暗、未知的事物和危险；就像在父母照看范围以外的地方对幼儿就有危险，在社会的保护范围以外之处对部落成员就有危险一样。③

众人在阈限保护者所守卫的边界之内生活，也被这些阈限守护者所守护的边界束缚。个体从小所被灌输的"你必须，你应该……"之类的规则成为英雄开拓全新世界的障碍。英雄之旅的伟大之处在于英雄勇于突破这些阈限的束缚。他勇敢地进入被阈限的守护者称为危险和禁忌的未知领域，在各种奇遇中开拓自己灵性世界的疆界。

只有发现日常世界的精神缺失的人才能获得踏上英雄之旅的机会，意义的缺失在呼吁英雄关注的中心"从外部世界转移到内心世界，从宏观世界转移到微观世界，从荒原的绝望境地转移到内心世界永恒王国的宁静中去"④。来自无意识－未知世界的信息，表明人们在日常生活中所忽略的神秘存在。它们是英

①（美）约瑟夫·坎贝尔：《千面英雄》，张承谟译，上海：上海文艺出版社，2000年，第31页。
②（美）约瑟夫·坎贝尔：《千面英雄》，张承谟译，上海：上海文艺出版社，2000年，第105页。
③（美）约瑟夫·坎贝尔：《千面英雄》，张承谟译，上海：上海文艺出版社，2000年，第72页。
④（美）约瑟夫·坎贝尔：《千面英雄》，张承谟译，上海：上海文艺出版社，2000年，第13页。

雄突破阈限边界的引路人。只有捕捉这些暗示，并为之着迷的英雄，才能踏上追寻的旅程。

三、启迪

宇宙终极奥义向英雄呈现的过程，也是所有对立递次分解的过程。神话意象在反复向人们述说必须遵循的对立法则。温柔却又残忍的充满悖论的女神代表生命世界的全部知识，双性同体代表永恒世界与生命世界的合一。英雄只有艰难地突破阈限所代表的各种对立，获得精神启迪，才能最终窥见宇宙的本源。

首先，生命世界的阈限是英雄需要跨越的第一重阻碍。当英雄突破日常生活法则的阈限，进入未知的充满象征形象的世界的时刻，他便进入被坎贝尔称为代表未知领域的鲸鱼的腹腔。在这个世界之中，前来求知的英雄与女神相遇，女神代表生命世界的全部知识。然而，进入这一未知世界的英雄，只有放弃在日常世界中所遵循的二元对立的法则，才能体悟生命世界的全部真谛，才能穿越对立的、砸碎旅行者的相互碰撞的岩石。

坎贝尔以印度神秘主义大师罗摩克里希那所提及的幻象来说明突破此种阈限的艰难。罗摩克里希那在幻觉中看到恒河中幻化出一名美丽的妇女，她温柔地抱着自己所生的孩子喂奶。但是，这个女子的形象逐渐变得恐怖，并最终将孩子吃下去，再次沉入恒河。温柔和恐怖是两个截然相反的极端，"只有具有最高理解才能的人才能够忍受这位女神无比庄严形象的全部显示"①。生命世界的生死法则通过这种相互冲突的方式凝聚在这一形象身上。温柔地养育生命却又残忍地吞噬生命的母亲，代表生命世界不同极限的悲剧和喜剧。这种超越了人类的善恶对立观念的悖论形象，意指道德法则之外的生命法则，呈现了生命世界的全部真理。生与死的两种不同极端，被统一在一起，涵盖了人所生存的生命世界的所有奥义。只有突破这些二元对立的法则，才能体悟女神世界的真谛。因此，生命世界所创造的大幻象就像爱尔兰神话中守护水井让人亲吻的丑陋老太婆。只有看透二元对立的表层世界的人，才能破除魔法，使受到诅咒的老太婆再次恢复容貌，变回美女。

其次，英雄进入永恒世界，与天父和解。母亲的温柔与残忍所构成的悖论代表时间世界和生命世界的悖论。由于天父代表的永恒世界需要在生命世界中

---

①(美)约瑟夫·坎贝尔：《千面英雄》，张承谟译，上海：上海文艺出版社，2000年，第112页。

开展，因此，世界便带有由于生命母亲的触摸而留下的阿喀琉斯的跟腱。① 英雄只有刺破生命世界的跟腱，才能与父亲和解，超越生命世界，进入永恒世界。

英雄只有直面生命的残酷法则的全部庄严，才能理解悖论背后所暗藏的永恒的宁静世界。坎贝尔从卑微的主神那里发现了这些盲点。创世却又喜欢制造不和的恶作剧精灵小丑埃德舒，一边美丽一边却腐烂的死神，秘鲁主神哭泣的维拉科查像乞丐般在世间流浪②，这些是坎贝尔反复提到的形象，他们的缺点代表英雄需要跨越的盲点。这些形象将最极端的、相互否定的特质融合在一起，这类神话意象在挑战人类智慧的极限，因为人类从所生存的有限性的生命世界无法臆测来自永恒世界的奥义。

最后，二元对立的终极消融。生命世界与永恒世界的对立，是英雄需要突破的最后阈限。二者对立的消融，也代表所有对立的消融。坎贝尔从英雄精神旅程的角度重新解读佛教中关于观音的神话。观音在离开尘世的最后时刻，选择留在尘世，普度众生。在他看来，观音窥破了二者之间虚幻的对立，成为消融生命世界与永恒世界的英雄。观音以男性和女性形象相继出现在佛教神话中，也具有特殊的神话学意义。观音起先是男性，后来在中国和日本成为女性形象，坎贝尔认为这是世界神话中反复出现的双性同体形象。在诺斯替教派中，上帝便是双性同体，而上帝按照自己的样子创造了亚当。夏娃被创造出来，也就是将双性同体中的女性形象分化出来。湿婆和他的妻子也组成了双性同体的形象。双性同体代表时间和永恒还未分裂的本源状态。③ 有学者指出坎贝尔认为人最理想的状态是双性同体的状态，然而现在已经远离了那种最和谐的状态。④ 也就是说，双性同体象征着母亲的生命世界与父亲的永恒世界在本源上是同一的。英雄探险的最高领悟则是向此种和谐的状态回归。两个世界的消融意味着日常世界与神秘世界界限的消失。神的世界和人的世界实际为一个世界。

总之，英雄的旅程是英雄寻求宇宙奥义的精神启悟之路。英雄通过不断地否定和融合各种二元对立，从而最终包容了整个宇宙，甚至直达宇宙本源。英雄在扩展内在灵性世界的过程中，最终融解了神秘世界与日常世界的对立。英

---

①（美）约瑟夫·坎贝尔：《千面英雄》，张承谟译，上海：上海文艺出版社，2000年，第141页。

②（美）约瑟夫·坎贝尔：《千面英雄》，张承谟译，上海：上海文艺出版社，2000年，第136—140页。

③（美）约瑟夫·坎贝尔：《千面英雄》，张承谟译，上海：上海文艺出版社，2000年，第146—149页。

④Marc Manganaro, "Joseph Campbell: Authority's Thousand Faces," in *Myth*, *Rhetoric*, *and the Voice of Authority*: *A Critique of Frazer*, *Eliot*, *Frye*, *and Campbell*, New Haven: Yale University Press, 1992, pp. 151- 185.

雄探险的目的是更深地进入人所生存的世界。"神的世界是我们已知世界的一个被遗忘的方面。英雄的业绩的全部意义就在于他自愿地或者非自愿地去探索那个被遗忘的方面。"① 英雄的归来是旅程的完美终结。英雄带着来自神话世界的恩赐回到他曾经离开的世界。恩赐成为沟通两个世界的桥梁。跨越归来阈限的英雄成为两个世界的主人,这一参透宇宙奥秘的英雄可以自由出入代表时间幻象的现实世界与代表神圣奥秘的神秘世界。

第三节　单一神话与通过仪式

本节在人类学家维克多·特纳的仪式理论与坎贝尔的单一神话模式之间展开对话。神话学家约瑟夫·坎贝尔和人类学家维克多·特纳都扎根于通过仪式理论,但是,他们却发展出不同的理论倾向。笔者试图从两种观点的相互阐释和互补中凸显他们的贡献,并反思他们的缺陷。

特纳和坎贝尔分别发掘了通过仪式对人类具有重要意义的不同维度。对个体精神变形的关注是他们的理论中共有的精神品性。特纳的仪式理论是自我再生神话的仪式书写。虽然他们都从通过仪式理论发展出自己的理论体系,但是他们之间却存在着很大的差异。特纳更关注通过仪式的举行对社会的重要意义以及仪式主体之间的关系,这些却是坎贝尔所忽略的地方。因此,两者的思想形成了相互补充的品质。

一、通过仪式理论的不同支脉

法国著名人类学家范热内普在其著作《过渡礼仪》(也译为《通过仪式》,英文 *Rites of Passage*)首先提出"通过仪式"这一概念。他认为人的生命总是从一个阶段向另一个阶段的转化,在转化的过程中需要一个通过仪式:

> 从一群体到另一群体、从一社会地位到另一地位的过渡被视为现
> 实存在之必然内涵,因此每一个体的一生均由具有相似开头与结尾之
> 一系列阶段所组成:诞生、社会成熟期、结婚、为人之父、上升到一
> 个更高的社会阶层、职业专业化,以及死亡。其中每一事件都伴有仪

---

① (美) 约瑟夫·坎贝尔:《千面英雄》,张承谟译,上海:上海文艺出版社,2000 年,第 223 页。

式，其根本目标相同：使个体能够从一确定的境地过渡到另一同样确定的境地。①

通过仪式是为了使人能够安然地从一个群体过渡到另一个群体、从一种社会地位过渡到另一种社会地位。因此，在范热内普看来，过渡仪式使人处以一种确定的状态之中，也就是从一个确定的境地过渡到另一确定的境地，通过仪式的作用是为了最大限度地减少人生和社会中某种转变带给个体的不确定性。此外，范热内普将通过仪式分为三个阶段：分离阶段（separation）、边缘阶段或者阈限阶段②（margin）、聚合阶段（aggregation）。特纳也探讨了通过仪式对个体的重要意义。他继承了范热内普三个阶段的分法。在分离阶段，仪式主体与原来的身份、地位等分离；在阈限阶段，仪式主体脱离原来的身份而没有获得新的身份的模糊不清的阶段，也可以说是在结构上不存在的地带；在聚合阶段，仪式主体又获得新的地位和身份，也相应地获得新的权利和义务。特纳认为"每个人的生命经历之中都包含着对结构和交融及状况和转换的交替性体验"③。从仪式与神话关系的角度来讲，通过仪式是自我再生神话的仪式展演。在这种交替的过程中，个体就在结构与反结构的旋涡塑造的仪式过程中完成从分离（象征性死亡）、阈限（回归母体）到聚合（再生）的过程。

范热内普通过仪式的三个不同阶段的划分成为坎贝尔的单一神话模式的核心单元：

> 神话中英雄冒险的标准道路是成年式所代表的公式的扩大，即：分离——传授奥秘——归来；这种公式可以称之为单一神话的核心单元。④

坎贝尔借鉴了通过仪式理论中的阶段的区分，这也使单一神话模式具有了通过仪式的品质。坎贝尔的单一神话模式成为个人化的通过仪式，它可以使人从通过仪式的视角来看待人生的历程。然而，坎贝尔对通过仪式的三个阶段进行了自己的表述。他将分离阶段、边缘阶段、聚合阶段三阶段演变为分离、传授奥秘、归来三个阶段。通过仪式所具有的在分离和聚合之间的阈限阶段，被坎贝尔用传授奥秘的阶段代替。

---

①（法）阿诺尔德·范热内普：《过渡礼仪》，张举文译，北京：商务印书馆，2010 年，第3—4 页。

②阈限阶段（liminal phase），起源于拉丁文 limen，具有"门槛"的含义。

③（英）维克多·特纳：《仪式过程：结构与反结构》，黄剑波、柳博赟译，北京：中国人民大学出版社，2006 年，第98 页。

④（美）约瑟夫·坎贝尔：《千面英雄》，张承谟译，上海：上海文艺出版社，2000 年，第23—24 页。

"阈限"的含义在坎贝尔与特纳那里差异非常大，这种差异也就注定了两者不同的理论倾向。在坎贝尔那里，阈限是需要突破的障碍，它是边界、门槛，是个体精神成长、命运转变需要跨越的障碍。这些阈限包括与人生阶段不相容的心理固恋，英雄的精神体悟中需要突破的各种悖论。不过，在英雄探险的过程中，需要突破的阈限成为促进英雄成长的契机。英雄需要突破社会法则的阈限，才能进入神秘的世界；在神秘世界中，英雄需要突破母神所象征的生死同一的生命世界的阈限，才能进入永恒世界；从传授自己的奥秘的神秘世界归来，双性同体成为英雄融合两个世界必须克服的阈限。

然而，特纳的阈限阶段包容坎贝尔的阈限和传授奥秘的阶段。在特纳那里，阈限是一种在离开与归来之间的神秘状态。特纳认为阈限与结构之间的对立促进了社会的发展，并且阈限对个体和社会都具有重要的意义。

二、特纳仪式理论与英雄旅程

对个体来说，通过仪式是自我再生神话的仪式书写。身份是自我的人格面具，荣格认为人格面具（the persona）是人格的四种原型之一，它作为自我公开展现的一面，表明自我在群体中所拥有的角色和位置。[①] 通过仪式的显著特征是旧身份的脱落和新身份的获得。在人所拥有的诸多身份中，有些身份（比如成人、丈夫、妻子、父亲、母亲等）只能在人生的某些阶段才能获得，这些身份就成为人生历程的界碑。通过仪式是利用象征符号书写个体变形的故事。在仪式主体经历通过仪式的过程中，身份的脱落和重新获得代表自我面具的失去和重新获得。另外，通过仪式的举行是弗雷泽的基于相似律的"顺势巫术"或者"模拟巫术"。这种巫术是通过相似性的模仿产生相似的效果。[②] 蛇通过蜕皮而获得再生，而在通过仪式中，身份作为自我的面具，身份的脱落与聚合就是对蛇蜕皮再生的模仿。坎贝尔认为神话可以穿透各种不同的仪式，带领人经历人生的不同阶段：

> 神话可以透过各种仪式——像成年礼、婚礼、生育仪式、葬礼等
> ——带领人穿过生命历程中各个不可避免的阶段，而人类的生命历程，

---

①（美）C. S. 霍尔、V. J. 诺德贝：《荣格心理学入门》，冯川译，北京：生活·读书·新知三联书店，1987年，第48页。

②（英）詹姆斯·乔治·弗雷泽：《金枝：巫术与宗教之研究》，徐育新、汪培基、张泽石译，北京：大众文艺出版社，1998年，第19页。

自远古开始，就跟今日没两样。①

通过仪式的举行，是神话进入人所生存的世界的过程。在仪式过程中，人成为神话中的角色，通过仪式成为由象征符号来展演的自我再生神话。在仪式过程中，身份是再生神话展演的道具：在分离阶段，自我与身份仪式性地脱落，仪式主体在所生存的结构世界中消失，仪式性地展示出自我的死亡；在聚合阶段，新的身份与自我聚合，自我复活再生。因此，通过仪式的三个阶段分别代表了：分离，自我光谱的深度位移；阈限，重回母体的象征；聚合，王者归来的述说。

（一）分离：自我光谱的深度位移

分离阶段，是仪式主体象征性的死亡，结构上被抹去的阶段。在分离阶段，仪式主体离开他所生活的社会，被隔离起来。他们或者被要求戴上面具，或者穿上奇奇怪怪的与日常生活不同的衣服，以表示他们与众不同，他们已经从众人之中分离出去。② 国王在因克瓦拉一个全国性初果节仪式中全身被涂成黑色，而且被隔离起来处于一种黑暗的状态之中。③ 仪式主体被隔离，或者戴上奇怪面具，穿上奇怪衣服，全身涂黑等，这些方式都是仪式性地表示仪式主体曾有身份的脱落。仪式主体在分离阶段，自我在自我光谱向下深度位移。

自我问题一直是思想史的焦点问题，因此在思想史上存在许多不同的关于自我的概念，比如笛卡尔（Rene Descartes）的绝对中心自我、埃德蒙德·胡塞尔（Edmund Husserl）的责任自我、弗洛伊德的本我、乔治·赫伯特·米德（George Herbert Mead）的人类社会学自我和查尔斯·泰勒（Charles Taylor）的社群主义自我。这些关于自我的概念组成一个光谱：

> 这个光谱的一端，是人内心隐藏的本能、非理性的、自由无忌的"无担待自我"（unencumbered self），克里斯蒂娃称之为"零逻辑主体"（zerologic subject）。而另一端可以是"高度理性"的由社会和文化定位的个人（socially-situated self）。④

---

①（美）菲尔·柯西诺主编：《英雄的旅程——与神话学大师坎贝尔对话》，梁永安译，北京：金城出版社，2011年，第182页。

②（英）维克多·特纳：《象征之林——恩登布人仪式散论》，赵玉燕、欧阳敏、徐洪峰译，北京：商务印书馆，2006年，第96页。

③（英）维克多·特纳：《象征之林——恩登布人仪式散论》，赵玉燕、欧阳敏、徐洪峰译，北京：商务印书馆，2006年，第108页。

④赵毅衡：《符号学原理与推演》，南京：南京大学出版社，2011年，第355页。

仪式主体在分离阶段,脱落原有的身份的过程,也同样是在自我光谱向下深度位移的过程,是仪式主体从社会或者文化定位的人这一端向内在本能、非理性、自由无忌的自我深度位移的过程。在印度传统的思想中也探讨了自我深度位移的问题。他们认为人有五层自我,即五鞘:食物鞘、呼吸鞘、心灵鞘、智慧鞘、极乐鞘。①而从食物鞘到极乐鞘是逐步内化的过程,同时也是一个自我从自我光谱向下深度位移的过程。

(二) 在分离与聚合之间的"空我"

在特纳那里,阈限成为重回母体的象征。处于阈限阶段的人被称为阈限人。阈限人由于曾有身份脱落而没有获得新的身份,是无身份之身份,是分离与聚合之间的"空我"。阈限人是各种对立的矛盾纠结的奇特状态,而这种状态是超越二元对立,重回世界创生之前万物神秘合一状态的模拟。巴巴拉·梅厄霍夫(Barbara Myerhoff)这样评价脱落原有的身份,进入阈限阶段这一过程对仪式主体的作用:

> 各种界限均被逾越,身份的象征被全部剥夺,熟悉的角色与习俗都暂时中止了。这时人们很可能会体验到一种极端独处、独一无二、极端自由的感觉,这是不可逆转的内省时刻。②

在恩登布人的通过仪式中,交流圣物成为阈限阶段最为重要的事情,圣物会将文化的基本假设刻入阈限人的心中,使这些人充满神秘的力量,从而具有担任新角色的能力。阈限阶段所独有的万物合一和众人合一的神秘体验,以及交流圣物的教育,为仪式主体担任新的角色,重新融入他所生存的世界奠定了基础。

阈限人所处的阈限阶段是在象征死亡的分离与象征再生的聚合之间的阶段。如果说社会的基本模式是位置结构,阈限人脱离了一个结构,而没有被纳入另外一个结构,所以是未被结构化的。阈限人处于两个结构之间,他们在结构上是不可见的。在阈限阶段,他们被剥离了任何结构上的东西,没有姓名,没有财产,成为"纯粹的可能性的领域",成为具有纯粹潜能的无定型状态。那么,我们是否可以将阈限人的这种状态称为"空我"呢?"空我"的概念借鉴了庄子

①(美) 菲尔·柯西诺主编:《英雄的旅程——与神话学大师坎贝尔对话》,梁永安译,北京:金城出版社,2011 年,第 243 页。

②(美) 巴巴拉·梅厄霍夫:《过渡仪式:过程与矛盾》,见维克多·特纳主编:《庆典》,方永德等译,上海:上海文艺出版社,1993 年,第 145 页。

"吾丧我"的思想和符号学中"空符号"的概念。在《庄子·齐物论》中，庄子描写了一种"吾丧我"的状态。

> 南郭子綦隐机而坐，仰天而嘘，荅焉似丧其耦。颜成子游立侍乎前，曰："何居乎？形固可使如槁木，而心固可使如死灰乎？今之隐机者，非昔之隐机者也。"子綦曰："偃，不亦善乎，而问之也？今者吾丧我，汝知之乎？女闻人籁，而未闻地籁，女闻地籁而未闻天籁夫！"①

"吾"与"我"都是自我的代称，"丧我"之"吾"即为"空我"。在南郭子綦"吾丧我"的过程中，"今之隐机者"依然存在，而"昔之隐机者"已不存在。"形如槁木""心如死灰"是一种象征性的死亡，南郭子綦经历了一个"吾"与"我"的分离、"丧我"，然后"吾"与"我"再聚合回归的过程。"吾丧我"的过程，是自我在自我光谱上深度位移的过程，在这一过程中能倾听天籁并感受物我齐一的畅达。

"空我"概念也是空符号概念在自我领域的延伸。"符号是携带意义的感知"②，如果作为携带意义的符号载体是非物质的，是物质的缺失，空白、黑暗、寂静、无语、无臭、无味、无表情和拒绝的答复等等，这些能够被感知的缺失就是空符号。空符号的主要特征是在物背景对比之下而显现出来的缺失。③ 另外，特纳引用《道德经》中"三十辐，共一毂，当其无，有车之用"④这句体现"有无相生"思想的名言讨论反结构的交融与结构之间的关系：如果没有中心的空隙就没有轮子之间的连接，与结构相比，交融（communitas）就是中心的虚无。⑤ 同样，阈限人与其身份分离之前和其身份聚合之后的状态相比，也是中心的虚无。阈限人，脱离了原来的身份，而未曾获得将来的身份；在分离之前和聚合之后两种不同的状态的对比之下则可以显现为空。阈限人是没有身份的身份，是分离与聚合之间的"空我"。

（三）重回母体：神秘体验与孕育再生

阈限人是由各种不同的对立成分纠结在一起组成的神秘状态。阈限人的这

---

①郭庆藩辑：《庄子集释》，北京：中华书局，1978 年，第 43—45 页。

②赵毅衡：《符号学原理与推演》，南京：南京大学出版社，2011 年，第 1 页。

③赵毅衡：《符号学原理与推演》，南京：南京大学出版社，2011 年，第 25—26 页。

④王先谦撰：《老子校释》，北京：中华书局，1984 年，第 43 页。

⑤（英）维克多·特纳：《仪式过程：结构与反结构》，黄剑波、柳博赟译，北京：中国人民大学出版社，2006 年，第 128 页。

种由截然对立的多种特性聚集一体的完满与在分离与聚合之间的"空我"又组成更高一层的元语言冲突。巴巴拉·梅厄霍夫认为这些矛盾有助于仪式主体获得神秘体验：

> 它们往往难以理解，有时甚至不可言传，然而我们可以在仪式提供的安全感、可预测性与内在魔力中体验到这一真理。这时我们就有可能发现人类命运的不可触及的参量。[1]

阈限阶段的独特状态会"将新入会者带入与神或超人的力量、与那种事实上常被当作无边无际的、无穷无限的和不受约束的东西紧密联系中"[2]，最终发现"人类命运不可触及的参量"。各种对立共生恰恰是超越二元对立重回母体的具体体现，阈限状态使人"返回到世界的子宫中、世界的肚脐中、地上乐园中"[3]，从而获得新生。庄子所提到的"吾丧我"也是重回母体的过程。"丧我"之"吾"在自我的光谱向下位移的时刻，得以倾听天籁，而达到物我齐一的境界。坎贝尔认为离开日常生活，有勇气面对神秘体验是英雄的挑战，也是英雄的功绩。

> 有勇气去面对考验，并且能够将一整套可能性体系带入被阐释的体验领域让其他人去体验，这是英雄的功绩。[4]

英雄进行内在探险获得神秘体验的过程，也是在从自我的光谱深入位移的过程，在这一过程中，可以与无边的广阔的神秘的东西紧密相连，从而才可以获得神秘的力量。这也就是为何许多的先知、艺术家、萨满和圣方济各修道会都有成为阈限人、边缘人或者临界人的倾向。他们这些人中，萨满或先知是"神圣的局外人"状态，处于世俗社会结构的之外的"没有地位的地位"（stateless state）。[5] 而圣方济各修道会的弟兄处于社会结构的边缘与缝隙，他们处于永远的阈限阶段，"过渡却成了一个永久性的状态"[6]。由于处于阈限阶段或者类阈限阶段，他们得以与无边无际的神秘联系起来，从而获得一种通神的能力和超

---

①（美）巴巴拉·梅厄霍夫：《过渡仪式：过程与矛盾》，见维克多·特纳主编：《庆典》，方永德等译，上海：上海文艺出版社，1993年，第146—147页。

②（英）维克多·特纳：《象征之林——恩登布人仪式散论》，赵玉燕、欧阳敏、徐洪峰译，北京：商务印书馆，2006年，第97页。

③（美）约瑟夫·坎贝尔：《千面英雄》，张承谟译，上海：上海文艺出版社，2000年，第84页。

④Joseph Campbell&Bill Moyers, *The Power of Myth*, New York: Doubleday, 1988, p.49.

⑤（英）维克多·特纳：《仪式过程：结构与反结构》，黄剑波、柳博赟译，北京：中国人民大学出版社，2006年，第117页。

⑥（英）维克多·特纳：《仪式过程：结构与反结构》，黄剑波、柳博赟译，北京：中国人民大学出版社，2006年，第108页。

人的力量，可以触及人类命运"不可触及的参量"。

（四）聚合：王者归来的述说

聚合阶段是通过仪式的完成阶段，仪式主体被赋予新的身份，重新返回他所生存的社会。聚合意味着再生神话的完成，因此是通过仪式举行的最终目的。比如，恩坎加仪式是恩登布人女性的成人礼，在经过了分离、阈限的过程之后，在聚合阶段仪式主体以刚刚获得的成人身份回到她曾经生活过的群体。在仪式主体重新回归群体的场合，仪式主体是关注的焦点，这是王者归来的欣悦，也是群体为他们的英雄归来的欢呼。"从她的观点来看，这是她的恩坎加仪式，她生命中最激动人心和自我满足的阶段。"[1] 在他们重新归来的时刻，他们与他们所生存的社会神秘地合一，而社会也将它的印记打在个体身上。这也正如墨菲所说：

> 仪式构造了过渡，为该人进到新的地位提供了标志物，并且把接近他的人都召集在一个聚会中，给新人和全体参与者带来心理上的加固。[2]

（五）聚合的缺失：作为阈限另类面具的疯狂与禁忌

玛丽·道格拉斯（Dame Mary Douglas）认为，不清楚的就是不纯洁的。过渡的东西具有污染性。人有将世界万物清楚归类的倾向，模糊不清的就是污染或者是禁忌。她在其成名作《洁净与危险》中分析了《旧约·利未记》中的食物禁忌。她认为，《创世记》将世界分成三部分，即大地、海洋和天空。而生活在世界这三个部分的动物都会有与之相对应的特征：飞禽有翅膀在天空飞翔，兽是用足在大地上跳跃或者爬行，有鳞的动物才可以在水中生存。因此，不符合这个分类系统的都是肮脏的，是亵渎神圣。分类系统与社会现存的秩序是一致的，肮脏不仅仅代表着人类认知的困境，也是对现代社会秩序的威胁。因此肮脏即为禁忌。[3] 特纳认为，玛丽·道格拉斯混淆了两种不同的概念。含义不清

---

①（英）维克多·特纳：《象征之林——恩登布人仪式散论》，赵玉燕、欧阳敏、徐洪峰译，北京：商务印书馆，2006 年，第 23 页。

②（美）罗伯特·F. 墨菲：《文化与社会人类学引论》，王卓君、吕迺基译，北京：商务印书馆，1991年，第 229 页。

③（英）玛丽·道格拉斯：《洁净与危险》，黄剑波、卢忱、柳博赟译，北京：民族出版社，2008 年，第 71—72 页。

和自相矛盾的状态或许会有道格拉斯所说的污染性，但这仅仅是一种静止的状态；而特纳是从动态的角度来思考阈限问题，每个人的生命历程都必须交替体验结构和交融（或状况与过渡）。① 因为聚合阶段的存在，阈限状态只是一种曾经的状态，或者将会成为曾经的状态，因为聚合是再生完成的标志，最终人生也就成为状况与转换的交替性旅程。圣方济各修道会的弟兄的状态是永恒的阈限。此生的永恒阈限是升入天堂的通道，他们的聚合阶段发生在他们去世以后，也因为这种潜在的聚合的可能性，才使他们的永恒阈限富有意义。

可是，如果聚合缺席了呢？如果这一潜在的聚合也缺席，通过仪式恰恰是在阈限阶段便戛然而止。阈限阶段成为持续张开的等待聚合却没有聚合的阶段。也就是说，当分离的仪式已经发生，聚合的仪式却缺席，而阈限或者边缘期被无限延长，这样，阈限人没有完成最终的身份的聚合，而原来的身份又无法回去。通过仪式成为永远持续的没有完成的状态。阈限人便永远在途中，在一种未完成的状态里，重复曾经的、已经成为梦幻的复活神话。他的存在，是在结构上已经消失的隐形状态。阈限人会成为禁忌、疯子，甚至魔鬼。

聚合阶段缺席，动态转变为静态。特征模棱两可的阈限人会被认为是不洁的，具有潜在的危险性。阈限人因此成为禁忌，成为污染，所以遭到隔离与驱逐。米歇尔·福柯（Michel Foucault）的《疯癫与文明》中提到西方历史存在的装载疯子的疯人船。② 在文明社会被压制的疯子，是不允许在这一代表进步的文明社会中存在的，因此这些人只能遭到驱逐，让其在结构上消失。疯人船也是一个世界往另外一个世界的过渡，然而由于两个世界所代表的是洁净与污染的对立，过渡成为驱逐！在苏美尔神话中，众神造人，却最终制造出一些身体孱弱，或者没有性别，缺少性器官的怪胎，这是一种未完成却无法完成的状态。③ 同样，在通过仪式过程中，聚合缺失，再生未能完成，阈限人成为被排斥在这个世界之外的非人、非神。魔鬼并不是邪恶，有时仅仅是一个失败的英雄或者是一个被废除的远古神。他们在结构上的位置被褫夺而打入了隐性的存在，只有在与光明相对的黑暗中生存，并且代表未知世界的恐怖成为污染的源头并被

① （英）维克多·特纳：《象征之林——恩登布人仪式散论》，赵玉燕、欧阳敏、徐洪峰译，北京：商务印书馆，2006 年，第 97—98 页。

② （法）米歇尔·福柯：《疯癫与文明：理性时代的疯癫史》，刘北成、杨远婴译，北京：生活·读书·新知三联书店，2007 年，第 8 页。

③ 叶舒宪：《文学与人类学——知识全球化时代的文学研究》，北京：社会科学文献出版社，2003 年，第 200—202 页。

标记为禁忌！

三、两者的理论互补

特纳和坎贝尔都从自己的视角挖掘通过仪式所具有的治疗价值。特纳和范热内普是在西方的仪式理论范式中探讨通过仪式的意义。可是，坎贝尔试图在传统神话已经衰微的困境中，建构一种书写个人神话的模式。坎贝尔更加注重个体在英雄的旅程中的精神体悟，而这种精神体悟又与坎贝尔所借用的印度神秘主义和现代心理学的背景联系起来。坎贝尔试图借用东方的心理修炼，把英雄旅程改造成个人化的通过仪式，从而成为人们用来书写个人神话的心灵地图。与坎贝尔更加注重个体的精神治疗不同，特纳在思考通过仪式带给个体精神蜕变的同时，更加关注通过仪式在融合仪式主体之间的关系，以及通过仪式在治疗整个社会矛盾方面所发挥的作用。然而，这些特纳所关注的焦点问题，却是坎贝尔在《千面英雄》中所忽略的地方。因此，特纳的仪式理论恰恰与坎贝尔的神话学形成互补。

首先，特纳关注通过仪式的过程中所带来的仪式主体之间的神秘同一，以及整个社会所体现出的超越了日常结构区分的节日化氛围。特纳认为，在阈限阶段，仪式主体之间的关系具有神秘的同一性。在阈限阶段，受礼者之间的关系是完全平等的，因此他们会形成深厚的友谊。比如，关系比较好的几个受礼者会在晚上围着棚屋的火堆睡觉，而他们的这种友谊会持续一生。这样"一个人拥有得到亲切招待的特权"[1]。

人与人之间的神秘同一还体现在交融[2]阶段。交融是"仪式的阈限阶段的某些社会属性"[3]，也就是说，交融是在社会中所体现出来的与阈限类似的特质。在日常生活中，各种社会纽带（如阶级、种族、阶层等）将人们连接和区分，这是人与人之间的结构关系。交融是与社会结构相对的模棱两可的界域，是没有结构或者弱结构，是世俗的结构之内或者之外的存在，是时间之内或者之外

---

①（英）维克多·特纳：《象征之林——恩登布人仪式散论》，赵玉燕、欧阳敏、徐洪峰译，北京：商务印书馆，2006年，第100页。

②Communitas 一词在国内的特纳著作译本中的翻译很不一样，在《象征之林——恩登布人仪式散论》中被翻译为"公共域"，在《仪式过程：结构与反结构》中被翻译为"交融"。

③（英）维克多·特纳：《仪式过程：结构与反结构》，黄剑波、柳博赟译，北京：中国人民大学出版社，2006年，前言。

的片刻。① 交融是社会中人彼此间关系的一种超结构（extra-structural）或者超越结构（meta-structural）的状态。② 在交融中，人们没有差别，人与人之间是平等的，他们只服从一个仪式领袖。在交融中，人与人之间的关系是马丁·布伯所说的我与你的关系。在这种关系中，我与你进行的是面对面的交流。这种交流是直接的、及时的、全面的对话。在这样的一种对话和交流之间，社会具有神秘的同一性，是没有结构的交融。通过仪式的重要价值在于融合了个体与个体之间的关系，他们之间成为没有差异的存在，而这种存在对他们之间的关系具有重要的意义。

与此相反，坎贝尔在《千面英雄》中所宣扬的却是极端的个人英雄主义和精英主义。在寻找圣杯的途中，圆桌骑士中的每个人都是独自进入前人没有涉足过的黑森林中，而这种独行侠式的探索成为坎贝尔一再宣扬的美德。虽然坎贝尔一再宣称每个个体都具有成为英雄的潜力，甚至"上帝"就是你遇到的每一个人③，而极端的自我帝国主义会将自己困入弥诺陶诺斯的迷宫。坎贝尔试图从超越对立的永恒世界的视角出发，用充满主体间性的语言，抹杀英雄与普通人之间，甚至人与神之间的界限。然而，在坎贝尔那里，英雄是人要实现的潜能，而未实现这一潜能的人就成为忙于世俗事物，被摩耶的魔障所阻碍的庸人。这种英雄与庸人之间的对立值得商榷。他对所谓的浑浑噩噩的庸人的鄙视，无疑沦为自恋的精英主义。

特纳的"神圣的边缘人"与坎贝尔的英雄有共同之处。特纳通过两种对立元素的混杂呈现神圣边缘人的独特性。这些人是处于永恒阈限之中的伟大的弱者。"没有地位的地位"成为他们借此获得超越被结构束缚的人们的特权。坎贝尔的英雄却是秉持精神自由的个体。英雄通过探险中的精神历练获得精神启悟，进而突破神秘世界与日常世界之间的界限，神秘的世界便成为日常世界被遗忘的面向。萨满精神修炼的最高境界是消解曾经压制他们精神自由的宇宙法则。昆达林尼瑜伽（Kundalini Yoga）精神修炼的最高阶段是冲破他们所崇拜的偶像这一最后的屏障。这些也展示出坎贝尔神话学的个人英雄主义的面向。

其次，特纳的仪式理论弥补了坎贝尔单一神话模式在社会维度的缺陷。特

① （英）维克多·特纳：《仪式过程：结构与反结构》，黄剑波、柳博赟译，北京：中国人民大学出版社，2006 年，第 96 页。
② （英）维克多·特纳：《仪式过程：结构与反结构》，黄剑波、柳博赟译，北京：中国人民大学出版社，2006 年，前言。
③ （美）约瑟夫·坎贝尔：《千面英雄》，张承谟译，上海：上海文艺出版社，2000 年，第 153 页。

纳从动态的过程中审视仪式的举行对社会的重要价值，他认为通过仪式的举行对整个社会具有治疗作用。涂尔干（Emile Durkheim）和拉德克利夫－布朗（A. R. Racliffe Brown）注重仪式的凝聚功能，而马克斯·格鲁科曼（Max Gluck-man）却认为社会矛盾会在仪式的展演过程中被夸大，但同时也得到释放。这样，仪式展演就达到消除矛盾、巩固社会团结的目的。① 基于马克斯·格鲁科曼的理论，特纳也着重研究在仪式过程中展演出的冲突。仪式往往在恩登布人陷入紧张关系时才举行，因此，对恩登布人来说，仪式的举行具有释放矛盾、融合集体的效果。特纳将仪式看成结构与反结构相互转化的过程，并将仪式放在社会发展转变的语境中，展示仪式对社会运作进程的作用和功能。社会也在结构与代表反结构的交融两种对立状态的转换中辩证发展。

虽然坎贝尔从人类社会所面对的精神荒原开始他的神话学探索，但是他的理论焦点体现在个人英雄主义的英雄探险上面。与特纳不同，坎贝尔只关注个人与世界之间的关系。坎贝尔认为英雄旅程的目的就是带给整个社会救赎的恩赐，就像圆桌骑士最终所寻找到的圣杯。寻找恩赐的过程是个体英雄传奇的书写过程。在坎贝尔的单一神话模式中很少涉及个体与个体之间、个体与社会之间的关系。英雄需要在旅程中找到自己的中心，归来的英雄又成为整个社会的轴心。英雄即为通道，"因为作为神的化身，英雄本身就是世界的肚脐，就是永恒的能量进入时间所通过的中心点"②。英雄是宇宙力量进入世界的孔道，英雄探险的轮回促进社会的演变。整个世界成为以英雄为核心运转的星系，不过，在这个星系中，英雄之外的其他因素的作用都被弱化。

再次，坎贝尔的英雄经常与社会群体处于紧张的关系中。在坎贝尔看来，此种紧张关系是积极的、有益的，可以使英雄从本地的束缚中超越出去，进入神秘世界进行探险。③ 坎贝尔甚至将这种对立归咎于由仅仅关注经济和欲望的庸人所组成的社会。众人是处于日常生活的束缚中等待被英雄拯救的群体。他们是柏拉图的洞穴寓言中的被捆绑着的只能看到墙壁上幻影的众人，甚至是《黑客帝国》之中沉迷在母体所制造出的幻境中的人们。

坎贝尔浪漫化了英雄与社会之间的关系。英雄之旅也是个体成长的旅程，

①王建民：《维克多·特纳与象征符号和仪式过程研究——写在〈象征之林〉中文版出版之际》，载《中南民族大学学报》（人文社会科学版）2007 年第 2 期。

②（美）约瑟夫·坎贝尔：《千面英雄》，张承谟译，上海：上海文艺出版社，2000 年，第 34 页。

③（美）约瑟夫·坎贝尔：《千面英雄》，张承谟译，上海：上海文艺出版社，2000 年，第 336 页。另参见 Joseph Campbell, *The Masks of God: Primitive Mythology*, London: Penguin Books, 1987, pp. 249-250.

是个体脱离原来的身份，最终以英雄的荣誉归来的旅程。但是，坎贝尔没有回答归来的英雄怎样才能被他曾经离开的社会接受，并被尊奉为英雄。如果经历过英雄旅程的英雄或者萨满巫师得不到所在社会的认同，他们最终的结局又是怎样的呢？他们是否被视为疯子甚至白痴，又被排斥在群体之外？

坎贝尔后期逐渐重视神话对社会的重要价值。虽然坎贝尔在《千面英雄》中曾经宣称神话包容个体、社会和宇宙的一切①，但是，人们却无法在他的《千面英雄》中找到他的这一宣称的理论根据。总之，忽略神话与社会之间的关系是《千面英雄》的缺陷。坎贝尔后来提出神话拥有四种功能。其中，神话的教化功能体现了神话对社会群体的重要作用。神话可以通过仪式将社会铭印铭刻在个体的心理之上，并将个体打造成群体中的一部分。② 坎贝尔还将被刺杀的肯尼迪（John Fitzgerald Kennedy）总统的葬礼看成凝聚整个美国的仪式。对处于悲伤和震惊中的美国民众来说，肯尼迪总统葬礼的举行是一个补偿仪式。通过这一葬礼，所有的人都感受到一个个体在其生命最辉煌的时刻悄然逝去的命运，并同时感受每个人都无法避免的命运，从而发现人类神秘命运的起因并与这伟大的受难者合二为一，一个国家便在葬礼举行的时刻神秘地团结在一起。③ 这些都说明坎贝尔努力改正在《千面英雄》中所表现出的过于单一的理论倾向。

第四节　单一神话与人生叙事

一、人生故事

英雄旅程是关于个体变形的神话。坎贝尔将最古老的人类叙事与自我追寻的当下主题完美结合。神话是当代人寻找自我的途中，走出心灵迷宫的阿里阿德涅线团④，也就是说，通过开启远古的秘索斯（Mythos）的智慧，能打开尘封在潘多拉的魔盒中救赎的希望。

---

①（美）约瑟夫·坎贝尔：《千面英雄》，张承谟译，上海：上海文艺出版社，2000年，第392页。

②（美）菲尔·柯西诺主编：《英雄的旅程：与神话学大师坎贝尔对话》，梁永安译，北京：金城出版社，2011年，第181页。

③Joseph Campbell, *Myths to Live By*, New York：Bantam Books, 1980, pp.52-53.

④（美）约瑟夫·坎贝尔：《千面英雄》，张承谟译，上海：上海文艺出版社，2000年，第17页。

在传统神话已经不能引导个体通过人生不同阶段的时代，在个体英雄主义至上的美国文化传统中，单一神话成为人们与神话英雄同一的中介，它因此成为许多人书写人生故事的指南。几十年之后，许多学者、作家和艺术家都表达了对坎贝尔的感激之情，因为坎贝尔的著作使他们找到了人生的方向。① 坎贝尔后来在讲座中将单一神话模式看成书写人生故事的情节模式。② 每个个体都是自己故事中的英雄，然而这些英雄如何书写自己的传奇？依据单一神话模式，每个个体都可以书写属于自己的千变万化的人生传奇，就像世界英雄神话中的英雄那样。单一神话给了人们反观自己人生的媒介，人活在故事之中，永远用各种方式书写自己的故事。

> 我对叙事隐喻的兴趣立基于一种假设：人们藉由将生活中各种事件的经验放进可解读的架构中，并赋予这些经验意义。我的结论是，叙事结构提供了主要的解读架构，在每天的生活中进行创造意义的活动。③

叙事隐喻给人们解读人生提供叙述框架。单一神话恰恰是这样的叙事隐喻，它给人们提供了一个与人生旅程进行对话的方式。通过这一模式，碎片化的人生被连接成具有情节的故事。叙事治疗认为，在叙述人生故事的时候，由于选择的主题和视角不同，人生的经历就会被编织成不同的故事，比如求学的故事，车的故事，等等。④ 因此，人们以单一神话为基础，融合各自生活的具体情境，可以演绎出千变万化的英雄故事。

在人生故事中，人首先是故事的叙述者，同时又是一个角色。叙述者和角色的双重身份始终伴随着人的生命历程。单一神话模式为人生故事的叙述者提供一个俯瞰人生可能性的地图，它会指出人所处的人生位置⑤，从而为人用行动书写故事提供引导。在人生故事的叙述中，人既是自己故事中的主角，也是故事的读者。在这种双重视角中，单一神话模式使"我"的故事转变为"他"的

---

①（美）菲尔·柯西诺主编：《英雄的旅程：与神话学大师坎贝尔对话》，梁永安译，北京：金城出版社，2011 年，第 207—210 页。

②Joseph Campbell&David Kudler, eds., *Pathways to Bliss*: *Mythology and Personal Transformation*, Novato, Calif. : New World Library, 2004, p.113.

③Martin Payne：《叙事治疗入门》，陈增颖译，台北：心理出版社，2008 年，第 63 页。

④Martin Payne：《叙事治疗入门》，陈增颖译，台北：心理出版社，2008 年，第 81 页。

⑤（美）克里斯托弗·沃格勒：《作家之旅——源自神话的写作要义》，王翀译，北京：电子工业出版社，2011 年，第二版序章，第 xxvii 页。

故事，人从"他"的故事审视"我"所生活其中的世界，审视"他"的故事与书写"我"的故事同时进行。

通过单一神话，人的生命难题与伟大的神话建立连接，人可以从神话中寻找启迪。在人们生活的社会中依然上演着美女与野兽的故事，在述说着离人类并不遥远的神秘世界。

俄狄浦斯的最新化身、续集的美人与兽正站在第四十二街和第五大道拐角处等候红绿灯变换颜色。①

作为前生的英雄和美女的故事已经为后人开辟了道路。人如果倾听这些故事，那么，在人的探险旅程中，英雄的足迹成为引导人生历险的线团。"我们甚至不需要独自冒险；因为过去时代的英雄们已经走在我们面前；对迷宫的奥秘已经了如指掌；我们只需要沿着标明英雄足迹的麻线走。"② 英雄的旅程是生命历程无数次的循环中所传承下来的生存智慧。它可以使人进入绵绵不觉的英雄的队伍，融入这些千万原型的故事，完成生命中再生轮回的循环。因此，每个个体的人生都有可能成为这一故事库中具有自己特色的故事，只要他相信神话的力量，并用自己的行动书写自己的传奇。

二、选择

坎贝尔曾问："到底我们去追寻圣杯还是荒原？也就是说，你是准备去追求灵魂的创意性探险，还是只追求经济上保障的生活？是准备活在神话里，还是让神话活在你心里？"③圣杯与荒原是两种不同的人生态度的象征，是《查拉斯图特拉如是说》中所说的"你应该"还是"你要"之间的对立。人是追求安全的生活，还是踏上寻找圣杯的探险？也就是说，人是在精神的荒原中苟延残喘，还是寻找精神的复活之路？萨特认为存在先于本质，人在不断的选择中塑造人的本质，也在不断的选择中构筑了人生的故事。④ 人必须从两者之间做出选择，从而书写自己的英雄传奇。

英雄的旅程在某种缺失中展开。在精神的迷宫中，个体受困于欲望和利益

①（美）约瑟夫·坎贝尔：《千面英雄》，张承谟译，上海：上海文艺出版，2000年，第2页。

②（美）约瑟夫·坎贝尔：《千面英雄》，张承谟译，上海：上海文艺出版，2000年，第19页。

③（美）菲尔·柯西诺：《英雄的旅程：与神话学大师坎贝尔对话》，梁永安译，北京：金城出版社，2011年，引言，第7页。

④（美）撒穆尔·伊诺克·斯通普夫、詹姆斯·菲泽：《西方哲学史》，丁三东、张传友、邓晓芒等译，北京：中华书局，2005年，第681—682页。

的束缚，沉睡在残存的躯壳之中，在庸常的生活里，褪去了生命的激情。他们固恋某种安宁的生活状态，并被这种安宁的生活状态所吞噬。这正是《黑客帝国》中生活在母体幻觉中的人们。缺失是精神的觉醒，意味着英雄对庸常生活的拒绝。冒险的呼唤在于使英雄关注的中心从日常生活进入未知世界①，它们引导英雄踏入未知的领域，从而经历一段充满奇特魅力的探险。在人生之梦这一未来之可能性的昭示和呼唤下，个体踏上寻找梦想的探险。在梦的召唤之下，人进入因的领域，从而开启个体的内在旅程，重新建立与内在世界的桥梁。人也在这种选择以及克服各种各样考验的探险中重塑自我的本质。《阿凡达》中的杰克·苏力，在纳美人的传统中书写英雄传奇。《黑客帝国》中的英雄尼奥，倾听召唤，顺从了自己的命运，从而逃离出母体所控制的世界。

三、心灵迷宫

现代社会缺少与被坎贝尔称为阿拉丁的洞穴的无意识建立联系的方式。在传统社会中，神话和宗教通过象征符号和仪式引导个体通过心理危机。在现代社会中，在神话已经破碎的时代，这些心理危机需要个体独自面对。② 在人类依然需要突破各种阈限的时刻，是否有一种力量成为他们的人生向导？这是坎贝尔写作《千面英雄》的初衷。

由于缺少走出心灵困境的精神力量，人被困于内心与外在世界之间的迷宫中。③ 创伤纠结成的内心阴影成为心灵迷宫中的弥诺陶洛斯。透过迷宫的墙壁传来的怪兽吼叫，在宣示已经无法还原的人生。这些由于压抑而重复出现的声音，成为无法摆脱的梦魇。偶然之间所聚集的无法压制的冲击，将个体内心纠结的阴影化为在人生的某个时刻与自己相遇的恶魔，使之陷入绝望。因此，困在迷宫中的个体需要引导走出迷宫的线团。

单一神话勾勒出这种使人走出迷宫的阿里阿德涅线团。单一神话使每个个体成为治疗者，自己拯救自己。当个体被抛入与世界隔离的荒诞情境，个体的创伤性体验使之与群体之间产生隔膜。单一神话是试图弥合被抛的个体与他所生存的世界之间的裂痕的中介。遭受驱逐、背离社会原型轨迹的个体所踏上的

---

①（美）约瑟夫·坎贝尔：《千面英雄》，张承谟译，上海：上海文艺出版，2000年，第53页。
②（美）约瑟夫·坎贝尔：《千面英雄》，张承谟译，上海：上海文艺出版，2000年，第101页。
③（美）约瑟夫·坎贝尔：《千面英雄》，张承谟译，上海：上海文艺出版，2000年，第17页。

与众不同的、充满艰辛的人生之途，是英雄探险的开始。被抛的过程是通向英雄之路必须经历的磨难。创伤是宏大的人生故事中的小小插曲。创伤不是在孤独的异域漂泊，而是寻求恩赐的征程。这种创伤性体验是人与自己的内在本质、宇宙本质进行对话的契机。真正的智者在混乱与挣扎中走出。由于他们经历了常人所无法经历的苦痛，他们才会获得超越常人的智慧。

> 寂寞与孤独的另一面便是自由。当我们将生活掌握在自己手中时，我们便能塑造我们自己，成为我们人生故事的作者。[①]

英雄的旅程就在脚下，因为神话告诉人在绊倒的地方存在着宝藏。[②] 使人成为英雄的契机在人所生存的世界所给予的磨难中。磨难即为变形的历练。人需要克服磨难，进入永恒的源泉，从而获得精神的重生。

四、变形

在传统神话已经崩塌的社会中，坎贝尔将单一神话打造成个人建构自我神话的模式。因此，在坎贝尔那里，单一神话拥有成年礼的特质。

每个人都有需要跨越的阈限，然而，有许多人在阈限和变形的边缘徘徊。他们一直与幼年形象拴在一起，未能跨越必须跨越的阈限。[③] 他们被困在了俄狄浦斯情结所形成的迷宫之中，固着在幼年的感情和意象之中，从而导致与自我、社会和宇宙之间的关系断裂。如何使个体从与自己的年龄并不相称的育儿室的固恋中解脱出来？这是坎贝尔的单一神话模式试图解决的心理问题。

坎贝尔单一神话模式的重要价值在于对此种精神固恋的救赎和治疗。坎贝尔从精神分析师那里借来使个体走向成熟的精神力量。心理学家罗洛·梅（Rollo May）认为正是由于传统神话世界的崩塌导致了心理治疗的勃兴。[④] 精神分析师在现代社会扮演着智者在传统社会中所扮演的角色，他们为人们解释梦的意义，从而引导个体通过精神危机的关口。坎贝尔借用精神分析的理论资源，使神话为个体的生命赋予意义。对个体来说，英雄探险是旧的自我死亡、新的自我诞生的旅程，英雄探险是从残缺走向完美的变形。这是一种缺少成年礼的

---

① （英）维克多·特纳主编：《庆典》，方永德等译，上海：上海文艺出版社，1993 年，第 171 页。

②John M. Maher & Dennie Briggs, eds., *An Open Life：Joseph Campbell in Conversation with Michael Toms*, New York：Harper & Row, 1989, p.26.

③（美）约瑟夫·坎贝尔：《千面英雄》，张承谟译，上海：上海文艺出版，2000 年，第 8 页。

④（美）科克·J. 施耐德、罗洛·梅：《存在心理学——一种整合的临床观》，杨韶刚、程世英、刘春琼译，北京：中国人民大学出版社，2010 年，第 2 页。

现代人急切需要的精神资源。同时，单一神话也是一幅外化的心灵地图。通过此地图，人们可以找到走出心灵迷宫的路径。在传统社会通过神圣仪式建构出的神圣空间中，人被赋予了神圣的力量。在英雄的旅程中，神圣空间在英雄的内心，英雄剥离果的领域（日常世界），进入深层次的因的领域（心理世界），在这一过程中，英雄获得与宇宙的终极力量进行对话的方式，英雄的内心成为宇宙力量进入人类世界的通道。在此神圣空间中，英雄通过领悟宇宙奥义，完成了精神的变形。通过单一神话模式，人们可以感受英雄所感受到的神秘力量，从而开启宇宙力量注入个体的通道，寻找到精神的救赎。这是坎贝尔单一神话模式的精神启迪。

五、单一神话的缺陷

单一神话在美国崇尚个人英雄主义的土壤中产生，是美国梦的心理化、神话式书写。单一神话因此被当成获得世俗成功的路径，在被褫夺了宇宙奥义的世俗时代，它成为人们在世俗社会获取成功的法宝。

不过，坎贝尔的英雄旅程带有浓厚的精英主义色彩。他的思想对文学家、艺术家、电影导演、学者等文化精英产生重要的影响。按照坎贝尔的说法，这些人是实现自我潜能的文化英雄，他们代表人类潜能的最高峰。[①] 但是，并不是每个人都能成为坎贝尔所赞扬的文化英雄。那些没有成为文化英雄的普通人的生命就没有意义了吗？也就是说，普通人被剥离在英雄旅程之外，除非这些人能够放弃世俗利益而去从事与梦想相关的职业，实现自己的潜能。有论者对坎贝尔此种观点提出异议：这个时代不需要浪漫英雄，而需要更多的圣人。一个人度过变幻不定的中年危机，在精神沉闷的时刻，拒绝了生物本能的召唤，他最终选择与家庭和妻子在一起。虽然他不会是英雄，但他是圣人。[②] 虽然这位持异议的牧师将英雄的探险贬低为倾听生物本能的召唤，是对坎贝尔观点的误读。但是，他的观点恰恰是对坎贝尔观点的补充。因为没有去探险，却勇于承担家庭责任的普通人同样伟大，虽然他们不是浪漫英雄，但是他们却是圣人。

此外，根据单一神话，探险的英雄最终都能获得完美的结局，他们的故事

[①]Joseph Campbell&David Kudler, eds., *Pathways to Bliss*: *Mythology and Personal Transformation*, Novato, Calif.：New World Library, 2004, p.108.

[②]Owen Jones, "Joseph Campbell and the Power of Myth," in *Intercollegiate Review*, Vol.25, No.1 (Fall, 1989), p.13.

代表人类生存的原型轨迹，这些轨迹不会因为这个世界的悲剧而改变。然而，生活在这个世界的人们如何从充满悲剧的世俗世界走向完美的喜剧世界，这是坎贝尔没有回答的问题。

叙事治疗更注重个体的碎片化式的、独特的人生经历。从叙事治疗的视角来看，虽然坎贝尔的单一神话模式能够给个体带来指引，但是，此种宏大的结构未必切合具体而微妙的个人化的人生故事。坎贝尔的单一神话模式给予重述人生故事的模板。这些经过选择而重述的故事成为指导人生历程的地图。但是，人生不是故事，人生只有在选择和重述中才会出现情节，成为故事。通过单一神话，拥有不同经历的人生是否也因为选择和重述而成为表面千变万化而内容单一的故事？在此种情况下，人生是被神话化，还是被模式化？此类同质化的人生述说成为对每个个体的生命独特性的扼杀，最终，那些代表个体与众不同的独特的人生阅历，也在这种宏大的普世性的叙述结构中被埋没。

第五节　小结

《千面英雄》的一大贡献是为文学和电影创作提供了可资借鉴的叙述结构。这是后面章节要处理的内容，此处暂略。

在《千面英雄》中，坎贝尔的神话阐释是介于结构主义和心理学之间的理论。虽然坎贝尔的著作中始终没有出现克洛德·列维－斯特劳斯（Claude Levi-Strauss）的名字，可是在他的具体操作过程中，坎贝尔却利用了类似列维－斯特劳斯结构主义神话学的方法。列维－斯特劳斯认为神话只存在于各个成分的组合之中。这些属于神话的组成成分被他称为"神话素"。这些神话素是一些相互关联的关系素。神话素只有通过这些关系的组合方式才具有表意功能。[1] 化约最小的神话素，然后将这些二元对立的元素进行组合，通过展示他们之间的关系从而得出结论。这是列维－斯特劳斯的思路。坎贝尔将通过仪式作为单一神话模式的大框架，用类似结构主义的方式化约出英雄旅程中的元素，并按照单一

---

[1]（法）克洛德·列维－斯特劳斯：《结构人类学》，张祖建译，北京：中国人民大学出版社，2006年，第223—227页。

神话的过程对这些元素进行组合。从这个角度来说，坎贝尔是一个善于制造二元对立的学者。不过，与列维-斯特劳斯不同，神话素在坎贝尔那里变成了神话形象，并且坎贝尔更热衷于展示英雄在探险过程中如何融合他所建构出的各种对立。在神秘世界与日常世界之间对立（其背后是无意识世界与日常理性世界的对立）的宏大框架下，英雄在探险中经历了父神世界与母神世界，英雄与巨龙，英雄与天父等不同组的对立。

神秘世界（无意识世界）⎰父神世界（永恒世界，超越二元对立）
　　　　　　　　　　⎨双性同体的神话意象则代表两者的融合
　　　　　　　　　　⎩母神世界（时间世界，二元对立）
日常世界（关注经济和世俗利益的世界）

在探险的过程中，英雄需要消融这些二元对立，获得最终的精神启悟。也就是说，英雄的探险成为融合各种对立的旅程，英雄最终的启迪是神秘世界与日常世界的合一。

此外，坎贝尔在《千面英雄》中所提到的英雄仅仅是男性而没有女性，这一点成为被人诟病的缺陷。坎贝尔在后来的讲座中对此做过解释。他认为这是世界英雄神话本身存在的问题。他的《千面英雄》仅仅是对世界已经存在的英雄神话的阐释，由于这些英雄神话都是父系时代的产物，神话的创作者都是男性，所以，只存在关于男性英雄的神话。

女听众：你能不能讲述一下女英雄的旅程？这一旅程和男性的旅程一样吗？

坎贝尔：世界上所有伟大的神话和大多数的神话故事都是从男性的视角讲述的。当我在写《千面英雄》的时候，我曾想将女英雄加进去，然而，这时我不得不转向童话故事。这些故事是女性讲给儿童听的，你知道，并且你获得了一个截然不同的视角。大多数伟大的神话都是男人讲述的。女性在那时太忙了，她们被迫做太多的事情而没有时间坐下来思考故事。[1]

在男权社会中并不存在以女性视角讲述的英雄神话，所以，坎贝尔的《千面英雄》中的单一神话是对男性英雄的冒险故事的总结，他也仅仅是尊重历史

---

①Joseph Campbell&David Kudler, eds., *Pathways to Bliss*: *Mythology and Personal Transformation*, Novato, Calif.: New World Library, 2004, p.145.

事实。如果将男权社会中的不平等现象归结为坎贝尔著作的缺陷，也是不公平的。坎贝尔在书中引用了许多女性探险的故事，比如女神普绪刻寻找丈夫丘比特的故事等等。[①] 坎贝尔后期的许多研究都是为了弥补性别差异的缺陷，他是最早研究女神文明的神话学家之一。坎贝尔赞美创造现代神话的神话诗人，宣扬书写个人奇迹的个人神话，这些观点都是针对所有人，没有性别的区分。因此，在坎贝尔的受奖仪式上，许多女性艺术家和学者都表达了对坎贝尔的感激[②]，正是他的书让她们找到了人生的方向。

最后，坎贝尔认为世界所有神话都是表面千变万化、内容如一的故事，他将一些碎片式的神话纳入一个统一的作者意图中阐述出来，并将自己的此种解释说成是神话本身所具有的特征。[③] 他的这种神话阐释使自己陷入了独断论，从而使自己的观点缺少信服力。

① 参见（美）约瑟夫·坎贝尔：《千面英雄》，张承谟译，上海：上海文艺出版社，2000年，第95—96页。

②（美）菲尔·柯西诺：《英雄的旅程：与神话学大师坎贝尔对话》，张承谟译，上海：上海文艺出版社，2000年，第207—209页。

③William Kerrigan, "The Raw, the Cooked and the Half-Baked," in *The Virginia Quarterly Review*, Vol. 51, No. 4（Autumn, 1975）, pp. 646-656; Marc Manganaro, "Joseph Campbell: Authority's Thousand Faces," in *Myth, Rhetoric, and the Voice of Authority: A Critique of Frazer, Eliot, Frye, and Campbell*, New Haven: Yale University Press, 1992, pp. 151-185.

第二章

坎贝尔史前神话研究

在《神的诸种面具》中，坎贝尔主要关注世界神话的共同性和表现形式的差异性。《神的诸种面具》代表着坎贝尔思想的转变，他从对世界神话共同叙述模式的建构转向对世界神话不同表现形式的展示。《神的诸种面具》一共四部，分别为《原始神话》《东方神话》《西方神话》《创造神话》。这一系列书的英文原名是 The Masks of God，坎贝尔用基督教和犹太教中独一无二的"上帝"意指宇宙中不可言说的终极奥义。他认为，世界神话都是这一奥义的不同面具，而他的《神的诸种面具》所要展示的是这些不同面具各具特色的表现形式。

灵视进入先知的梦境，他们继而将这些神圣启迪传播给人类。人类的历史就是这些神圣启迪的历史，也是人类与神秘世界建立协约的历史。[1] 各个民族的神话，由于地理、历史等的差异而具有不同的特征，从而在人类历史中出现了神的不同面具。这些不同面具的演变、更迭构成了人类的精神历史。坎贝尔由此勾画神与英雄的自然史，这是所有曾经扮演神的面具的神圣存在（包括动物、植物以及其他事物）的历史。他坚信在光辉的众神世界中存在着经过一系列演变的过程，而这些演变由某种规则统治着，阐释这种规则是他要建立的比较神话的科学的目标所在。[2] 坎贝尔的神和英雄的自然史表现出三种不同的倾向：首先是神话缘起的探索（这种倾向主要体现在《原始神话》中）；其次是对传统神话的重估（这种倾向主要体现在《东方神话》和《西方神话》中）；最后是寻找再造现代神话的契机（主要体现在《创造神话》以及坎贝尔后期所写的其他著作中）。

本章侧重阐述坎贝尔在《原始神话》中对神话意象同一性的讨论和他对史前神话的探索。坎贝尔认为自己的宏大任务面对三个深渊：生物学的深渊，历史的深渊和心理学的深渊。[3] 他首先为人类神话的同一性寻求理论依据。他从神话意象的缘起，探索人类神话共同性的根源；他从人类所属"人"的生物学特性和心理特征，探讨人类神话的共同性；他继而在人类历史的源头这一无穷的深渊之处，试探性地探讨史前神话，分析在人类源头之处神话给人类所留下的

---

[1]Joseph Campbell, *The Masks of God*：*Primitive Mythology*, London：Penguin Books, 1987, p.3.

[2]Joseph Campbell, *The Masks of God*：*Primitive Mythology*, London：Penguin Books, 1987, p.5.

[3]Joseph Campbell, *The Masks of God*：*Primitive Mythology*, London：Penguin Books, 1987, p.6.

精神遗产。

　　按照坎贝尔的原定计划，他希望写一套六卷本的关于世界神话的巨著，在该系列中，他用两卷的篇幅讨论神话的基本理论。① 不过，这原计划中的两卷最后浓缩成《原始神话》开头一百多页的内容，可见这一百多页在坎贝尔的神话理论中所占的突出地位。在这一百多页中，坎贝尔综合不同的思想资源探索神话意象的起源。虽然他被认为是美国荣格主义者的突出代表②，但是，在探讨人类神话意象源起的问题上，坎贝尔并没有接受荣格早期对原型的解释。他融合了荣格的前辈阿道夫·巴斯蒂安和动物行为学家的理论，从人类先天遗传的神经结构与后天经验相结合的双重视角，探讨神话意象的缘起。人类的神经结构中拥有与动物不同的、极易受到后天铭印影响的先天反应机制，这种机制是世界神话意象共同性的生理基础，而人类需要面对的自然情境和生命历程是世界神话意象共同性的后天条件。神话意象是人类在后天铭印的刺激下所创造出的超常符号刺激，这种人类所创造出来的符号刺激与人类开放的先天反应机制相结合，从而激发出人类的精神能量。在先天生理基础和后天环境的共同作用下，世界才拥有了根本同一却又有不同表达方式的神话奇观。

　　在探讨了神话意象的同一性之后，坎贝尔继而破除神之面具的虚幻性。他认为神话是神圣的游戏。神话世界拥有与日常世界不同的法则，这两个不同世界可以转变和融合。通过"信以为真（as if）"的炼金术，一方面，人从日常世界进入神话世界；另一方面，人从神圣世界中获得能够拯救日常世界的恩赐。不过，坎贝尔认为神话仅仅是神之面具的多样化表现。通过神话所铭刻的生存的永恒和沉重，人类能够感受到决定自己命运的神秘原因。然而，人类最沉重的苦难在于他们曾经所信奉的一切神话只是神的假面，也恰恰是这一最沉重的苦难，可以帮助人们揭开这一假面，直达无法言说的终极奥秘。

　　在探索无文字表述的史前神话时，坎贝尔根据他们的生存方式以及神话所表现出的不同特质，将史前神话分为史前猎人神话和史前农人神话。他主要讨论猎人神话中萨满所代表的个体自由精神，农人神话中所出现的对宇宙法则的遵从。这两种神话所拥有的代表不同精神力量的神话因子，成为人类精神中的宝贵遗产。

---

　　①Ritske Rensma, *The Innateness of Myth: A New Interpretation of Joseph Campbell's Reception of C. G. Jung*, New York: Continuum International Publishing Group, 2009, p.115.

　　②Ritske Rensma, *The Innateness of Myth: A New Interpretation of Joseph Campbell's Reception of C. G. Jung*, New York: Continuum International Publishing Group, 2009, pp.1-2.

此外，坎贝尔对没有文字记载的史前神话的研究，也给今天的神话学带来启迪。在本章的最后两节中，笔者将从中国神话学所探讨的大小传统和多重证据法的相关论题出发，分析坎贝尔的神话阐释对当下的启迪，并反思他的研究范式的局限性。

第一节 神话意象的源起

一、先天反应机制

动物学家将在神经系统中遗传的行为结构称为"先天反应机制（IRM，Innate Releasing Mechanism）"，而将激发动物反应的外在因素称为"符号刺激（Sign Stimulus）"。这种遗传的先天反应机制是确保动物在错综复杂的世界中产生自保行为的生理基础。因此，刚刚出壳不久的小鸡发现老鹰飞来就会跑，甚至老鹰的模型在鸡笼子上面拉过，也有同样的效果，然而它们见到鸽子却不会跑；刚刚诞生不久的海龟就会飞快地向大海方向爬去。在这些动物的反应中，老鹰或者大海是使小鸡或者海龟产生反应的符号刺激，而决定它们产生这些反应的生理基础，是这些动物的神经系统中所遗传的先天反应机制。

此外，在面对外在符号刺激时，先天反应机制有两种不同的反应：模式化的方式和开放的方式。在模式化的方式中，神经系统中内在反应结构与外在符号刺激是固定的关系。小鸡对老鹰的反应属于这一类，刚刚诞生的乌龟就知道向大海爬去也属于此类反应。开放的方式则是建立在后天经验的基础之上。这种反应机制的结构是敞开的，易于受到后天铭印的影响，人类对外界的反应属于此类。因为人类在还没拥有照顾自己的能力的情况下已经诞生，所以人类没有遗传像其他动物那样多固定的、程式化的反应。与动物相比，人类更容易受到后天的影响。

基于人类神经系统中所具有的这种开放的先天反应机制，坎贝尔反思荣格和人类学家巴斯蒂安的思想。坎贝尔不认同荣格早期提出的关于原型的定义。[①]荣格认为集体无意识的内容就是原型，原型也称为原始意象，类似小鸡的神经系统中鹰的形象。这是一种印象的积淀，由数不清的相似经历浓缩而成。[②] 坎贝尔认为荣格是从人类种族先天固有的遗传意象来解释人类神话意象的同一性，他对这种阐释采取了审慎的态度。他不能确定这种阐释神话意象同一性的角度能够推行多远，然而，他认为过早地否认这种方式与宣称这是一种深思熟虑的方法都是不恰当的。[③] 因此，坎贝尔回到了荣格之前的巴斯蒂安。坎贝尔认为荣格的原型理论是对巴斯蒂安理论的推进。巴斯蒂安将人类的观念分为普遍观念（elementary ideas）和族群观念（ethnic ideas）。人类的普遍观念具有一致性，族群观念则是这些共同形式的具体化、本地化显现。不过，巴斯蒂安也承认纯粹的普遍观念是找不到的，普遍观念只能通过由本地情境所决定的族群观念表现出来。在气候、地理环境和历史进程所决定的民族传统的影响下，形态各异的族群观念便出现了。[④] 坎贝尔认为巴斯蒂安的普遍观念是人类物种的内在神经结构，包括先天反应机制（IRM）和中枢兴奋机制（CEM）。这些在人类中央神经系统中的遗传结构，构成了人类所有经验和反应的根基。族群观念则是由符号刺激所组成的语境，人类行为在其中得以释放，此观念任何社会都拥有，然而却会受到各种后天条件的限制。[⑤] 总之，人类所共同具有的神经结构为人类神话意象的共同性奠定了基础，不过，由于不同民族处于不同的地理环境和历史进程中，所以，不同民族的神话意象具有不同的特征。但是，在坎贝尔那里，所谓的族群观念与代表人类同一的普遍观念相对而言，它是基本概念的本地化表现，也是史前神话中的萨满、后代的神话诗人，甚至是比较神话学家这类的学者和文化英雄需要超越的束缚。

坎贝尔试图为人类神话的共同性寻找根基，他对同时代的人类学家非常不

①Carl G. Jung, *Psychological Types*, London: Routledge & Kegan Paul, 1923, p.556. 根据有关学者的研究，荣格一生对其主要理论一直在修改，他前期的提法和后期的有很大不同；而且荣格著作的表述有时很模糊，两个不同的学者阅读他的书可能会有截然不同的理解。此处是坎贝尔依据荣格早期的著作所提出的看法，坎贝尔在后期集中阅读荣格的著作并编著了《荣格读本》后，接受了荣格后期的观念。参见 Ritske Rensma, *The Innateness of Myth: A New Interpretation of Joseph Campbell's Reception of C. G. Jung*, New York: Continuum International Publishing Group, 2009, pp.190-201。

②（瑞士）C. G. 荣格：《心理类型学》，吴康、丁传林、赵善华译，西安：华岳文艺出版社，1989 年，第 533 页。

③Joseph Campbell, *The Masks of God: Primitive Mythology*, London: Penguin Books, 1987, pp.44-45.

④Joseph Campbell, *The Masks of God: Primitive Mythology*, London: Penguin Books, 1987, pp.32-33.

⑤Joseph Campbell, *The Masks of God: Primitive Mythology*, London: Penguin Books, 1987, pp.37-38.

满，认为他们是只关注差异的"近视眼"。美国人类学家之父弗朗茨·博厄斯（Franz Boas）在《原始人的心灵》第一版中承认人类在心灵特质和某些文化类型方面拥有同一性。然而，在该书第二版中，他却删掉了这些观点，转向了文化间的差异性。坎贝尔对此种改变感到惋惜。此外，坎贝尔认为涂尔干否定康德的知觉的先验性的做法是没有理论根据的。涂尔干从祖尼人与欧洲人对空间的不同体验出发，否定康德的知觉先验性概念。坎贝尔认为这是涂尔干在对康德的肤浅理解基础上做出的否定。也就是说，在坎贝尔看来，出问题的并不是康德的理论，而是涂尔干对康德的理解，仅仅纠结于文化差异的涂尔干不能认识到康德思想的伟大之处。坎贝尔甚至认为英美世界只关注差异的人类学家都患了"涂尔干式的近视症（Durkheimian myopia）"。[1] 不过，坎贝尔没有进入别人的论述语境就对他们进行裁决和审判，这也不是讨论问题的态度。并且，在今天群体冲突日益激化的情境中，坎贝尔人类同一的理想非常渺茫。他无法为人类所面对的冲突和困境提供出路，却仅仅独断地宣扬人类同一，也不过是近乎偏执的普遍主义论者而已。

二、超常符号刺激

动物学家认为动物受到自然情境的刺激才会产生反应，不过，如果自然刺激并不是最佳选择的时候，先天反应机制可能会提供更有效的刺激情境，而这种被创造出来更加有效的符号刺激，就是超常符号刺激（supernormal sign stimulus）。比如，眼蝶（grayling）在择偶的时候，往往容易选择深色的雌性，如果放入颜色更深的模型，雄性则会疯狂地追逐这个模型。坎贝尔认为，如果从超常符号刺激的角度思考神话、诗歌与艺术，或许能够找到通向神话、诗歌与艺术的根基之处的道路。"超常符号刺激最能引导我们通向它们力量的根基之处，并且使我们能体会它们在促进生命的人类之梦时，所发挥的功能。"[2] 人类游戏的天赋可以使人类利用创造性的神话意象和结构形式为人类自身创造新的符号刺激。在新石器时代的考古遗物中发现了加深眼线的化妆品，这说明女性在那个时代就懂得了超常符号刺激的作用。人类世界中的众多文化现象（比如人类的仪式、宗教艺术、面具和国王加冕时穿的皇袍）都可以看作人类依靠自己的想象力所创造出的超常符号刺激。

---

[1]Joseph Campbell, *The Flight of the Wild Gander*, Chicago：Henry Regnery Company, 1972, pp. 44-45.
[2]Joseph Campbell, *The Masks of God*：*Primitive Mythology*, London：Penguin Books, 1987, p. 42.

作为超常符号刺激的神话意象是激发人的自然能量的刺激。诗人豪斯曼（A. E. Housman）将诗歌的意象分为释放能量的意象和传播思想的意象。前者对身体具有冲击性，这种冲击使我们身体从脊柱所传来的震颤，喉咙发紧，两眼湿润。诗歌通过观念、意象和形式的展示来传递这种冲击。① 由于神话是艺术的母亲，所以，神话就是激发能量的意象。也就是说，神话应该被看成人类神经系统的某种功能，是释放和引导自然能量符号刺激汇集而成的组织。"神话可以被定义为文化所保存的符号刺激的汇集，这些符号刺激促进和激活了人类的某种或者某些生活方式。"②

坎贝尔在此后的其他著作中引用了精神病学的某些观点进一步说明神话意象的这种重要作用。加州大学的著名精神病学教授佩里（John W. Perry）博士将神话象征称为"感动意象（affect image）"。③ 这种意象直接与人的感官系统进行对话，并促使感官系统回应，而对这种意象的回应就产生了人的内在共鸣。

不过，坎贝尔又将人类所创造的提升自然的符号刺激，追溯到自然的根基之处。这些超常符号刺激并不是人类超出自然的地方，因为人是自然之子，这些符号刺激也是自然本身所创造出来的，因为"我们的大脑自身仅仅是大自然中最令人惊叹的花朵"④。坎贝尔对这种符号刺激的双重特性进行总结：

> 因此，每一个神话都是由文化情境中释放的符号构成的组织，其中的自然与文化的成分是如此的水乳交融在一起，以至于在许多情况下将二者分开是不可能的；并且，就像野兽对自然符号的刺激做出反应那样，这种由文化决定的信号激发人类神经系统中带有浓厚文化印记的"先天反应机制"。⑤

因此，神话是人类自身所创造出来的激发人类最神秘的本质的超常符号刺激。然而，笔者认为，这种符号刺激是在自然与文化之间暧昧地存在，这种存在抵消了两者之间对立的基础，也在昭示自己的双重性特征。它们既是自然之子的独特创造，也是自然力量的彰显。因此，神话彰显了人与自然之间无法割断的脐带，也只有在面对自然母亲的时刻，人类才能真正进入神话所诞生的本源。

---

①A. E. Housman, *The Name and Nature of Poetry*, London：Cambridge University Press, 1933, pp. 34-47.

②Joseph Campbell, *The Masks of God：Primitive Mythology*, London：Penguin Books, 1987, p. 48.

③Joseph Campbell, *Myths to Live By*, New York：Bantam Books, 1980, p. 219.

④Joseph Campbell, *The Masks of God：Primitive Mythology*, London：Penguin Books, 1987, p. 42.

⑤Joseph Campbell, *Myths to Live By*, New York：Bantam Books, 1980, p. 219.

三、铭印与神话

在悬隔了共同的神话意象来自人类种族的遗传这一思路之后，坎贝尔结合后天的经验与先天的神经结构解释世界神话意象的源起。人类独特的神经结构是共同的神话意象产生的生理基础，不过，人类这个种族的神经结构的开放性使自己极其容易受到后天铭印（imprints）的影响。铭印是一个动物学的术语，它指的是动物在某些关键时刻所遭遇的刺激，这些刺激导致它们无法更改的行为方式。在人类所生存的世界中，深深地刻在人类精神结构深处的共同铭印是什么？为了回答这一问题，坎贝尔详细地探讨了人类的自然环境、人类所无法摆脱的悲剧命运、人类生命征程中所遭遇的铭印与相关的神话意象之间的关系。这些铭印构成了人类共同的神话意象的后天基础。坎贝尔尝试寻找比荣格的原型更为可靠的理论。在荣格那里，原型由人类无数相似经历积淀而成，是可以遗传的。坎贝尔则认为神话原型未必可以遗传，但是，人类共同的生理根基和外在环境使人类拥有共同的神话意象。

（一）苦难的铭印

坎贝尔认为世界神话中共同的铭印源于人类命运的"阴郁而连续的苦难"。这是坎贝尔从乔伊斯的英雄斯蒂芬·迪达勒斯那里找到神话的跨文化比较研究的原则。在《一个青年艺术家的肖像》中，斯蒂芬·迪达勒斯将悲剧的材料定义为"人类阴郁而连续的苦难"，而作为悲剧性情感的怜悯与恐惧的定义分别为：

> 在人类阴郁而连续的苦难面前，占据了人类心灵并与受苦受难的那个人连接起来的情感，叫做怜悯。在人类阴郁而连续的苦难面前，占据了人类的心灵并把这苦难与那神秘的原因连接起来的情感，叫做恐惧。①

通过沉思人类苦难中的"阴郁和持续"，人从道德固着中解放出来，在悲剧性的怜悯中与受难者合二为一，在悲剧性的恐惧中感受那神秘的原因。悲剧是神话的诗性折射，悲剧的净化（catharsis）对应于仪式的净化，悲剧可以改变人的心灵焦点，将痛苦转化为狂喜，人通过狂喜而懂得生存的神秘原因，而这一

---

① （爱尔兰）詹姆斯·乔伊斯：《都柏林人：一个青年艺术家的肖像》，徐晓雯译，南京：译林出版社，2003年，第415—416页。

切原因超越了人类的体验、思想和语言的边界，意指那无法言说的终极神秘。①
正如罗摩克里希那所说，"没有人能够用语言来形容神的本性"②。坎贝尔试图从
神话学视野拓展亚里士多德的净化说。正是由于神话和仪式的净化力量，才促
成悲剧的净化。不过，与亚里士多德甚至现代心理学的净化观不同，坎贝尔将
净化与印度神秘主义联系起来。此种悲剧性体验使人获得超越道德边界的神秘
体验。通过这一体验，人才能穿透人类道德的温情脉脉的虚幻面纱，融入无法
言说的宇宙之道，感受宇宙的神秘力量。

（二）自然和社会情境的铭印与神话意象

坎贝尔从人类的基本情境以及人类所面对的相似力量，解释神话基本主题
的同一性。③四季的更替、日夜的交替、月亮的阴晴圆缺和男女性别的差异，这
些人类所面对的共同的自然情境，成为世界神话拥有共同意象的基础。

1. 幼儿早期铭印与神话意象

对人类影响深远的结构体系是人类成长和感情的自然阶段，它们超越了文
化、地理的差异，是所有人都要经历的阶段。这一阶段（幼儿到成年）的内外
刺激在人类神经系统中所形成的铭印，成为许多神话意象的源泉。④ 坎贝尔试图
通过幼儿的成长历程以及幼儿生活环境中的刺激，分析他们的铭印，并尝试用
这些人的生命历程中无法避免的铭印，解释世界神话中的共同意象。比如，与
出生相关的神话有通道的意象、水的意象以及大地（作为生育母亲）的意象等
等。幼儿在母亲怀中吃奶是幸福的体验，然而，与母亲分离就会产生危险甚至
毁灭的幻想。因此，在神话和民间传说中，母亲的意象往往与祝福或危险、诞
生或死亡、养育的乳房或妖怪的爪子相联系。在某些传统中，幼儿对排泄物的
热情是需要通过道德净化的原罪。因此，地狱就是粪坑，而天堂是完全纯洁的。
从神话学的视野来看，炼金术从廉价的金属中提炼出黄金，是试图将地狱与天
堂融合起来。印度认为牛粪具有神圣性，他们在仪式中涂抹各种黏土和草灰。
其他民族也有在身体上涂抹具有保护魔力的涂料和黏土的仪式。在坎贝尔看来，

---

①Joseph Campbell, *The Masks of God: Primitive Mythology*, London: Penguin Books, 1987, p.51.

②（印度）摩亨佐纳特·格塔：《室利·罗摩克里希那言行录》，王志成、梁燕敏译，北京：宗教文化
出版社，2008 年，第41 页。

③Morris E. Opler, "The Masks of God: Primitive Mythology by Joseph Campbell," in *The Journal of Ameri-can Folklore*, Vol.75, No.295 (Jan.-Mar., 1962), pp.82-83.

④Joseph Campbell, *The Masks of God: Primitive Mythology*, London: Penguin Books, 1987, pp.61-78.

这些仪式都源于幼儿对排泄的热情。

神话和民间故事中经常出现"长阴茎的母亲"（pallic mother）、"有牙齿的阴户"（toothed vagina）等形象，这种释放能量的超常符号刺激与男孩对阉割的恐惧的铭印相关。俄狄浦斯情结可以看成是综合了内在符号刺激与外在符号刺激的铭印。大概在五六岁的时候，孩子（重复）卷入了家庭的浪漫剧之中。人们几乎可以在所有神话中发现与俄狄浦斯情结相关的符号刺激。

在孩子成长的过程中，这些零散的符号刺激，逐渐地系统化。所有儿童都会自发产生主体与客体相互渗透、万物有灵（animism）和万物由超级存在创造的观念（artificialism）。这些观念先于教育，以这些观念为基础，产生了宗教和魔法信仰。[1] 总之，坎贝尔试图借助铭印这一概念，通过详细分析尚未成年的儿童的生命历程和他们所面对的共同刺激，希望能够解释世界神话为何拥有诸多相同或者相似的神话意象。坎贝尔的这些探索处处闪现出弗洛伊德思想的影子。神话意象与男孩的阉割恐惧、俄狄浦斯情结的关系，人类社会通过神话仪式净化孩子的排泄欲望，这些都是坎贝尔从弗洛伊德那里寻找的理论资源。虽然坎贝尔将动物行为学引入神话研究，为未来的神话研究奠定了基础[2]，但是，坎贝尔对儿童生命阶段的区分并没有令人信服的理由，甚至每个阶段的符号刺激与神话意象之间的关系，也往往出于主观臆测和随意关联，难道某种符号刺激一定能产生某种神话意象吗？坎贝尔的回答是肯定的，但是他的确信没有让人信服的理论支撑。

2. 部落的本土化情感体系

成年礼是一部由仪式书写的变形记，在将部落中的孩子转变为成年人的过程中发挥着重要的作用。[3] 成年礼将生命能量融入神话语境，使它们与社会职责相融合，与独特的、由历史所决定的群体情境保持一致，这种情境包含着经过无数次的思考所获得的古老的宇宙观念。在举行成年礼的时候，作为能量释放的符号铭印被重新认识，并通过一系列非常生动、令人恐怖、使人无法忘记的体验进行了重塑。因此，部落的情感系统融合了孩子的灵性根基，部落的意识形态进而融入孩子们的心理。

总之，成年礼将孩子们只关注快乐和欲望的心理能量进行了重新组合，使

①Joseph Campbell, *The Masks of God*：*Primitive Mythology*, London：Penguin Books, 1987, pp.81-85.

②Philip Rieff, "The Masks of God：Primitive Mythology," in *American Sociological Review*, Vol.25, No.6 (December, 1960), pp.975-976.

③Joseph Campbell, *The Masks of God*：*Primitive Mythology*, London：Penguin Books, 1987, pp.88-118.

它们在某些社会职责中展示出来，从而使这些孩子成为社会中值得信赖的一员。因此，决定心理转变的独特意象体系不仅仅是由一般的心理规律所决定的，更是由当地特殊的社会利益所决定的。

3．死亡的冲击

死亡是人类共同的宿命，死亡的冲击是人类无法回避的拷问，所以，神话中的死亡意象突破了地域的局限，具有普适性的意义。死亡的强烈冲击给人类留下了深刻的铭印，因此，当步入老年的时候，人们已经从日常生活转向了永恒事物。所以，在所有的社会中，宗教都由老年人来维护，他们成为奥义和法律的守护者。由于遭受的符号刺激不同，史前农人和史前猎人拥有不同的死亡神话。① 在史前农人那里，播种在大地上的种子死了，植物才能诞生，因此，在他们看来，死亡是一种自然的现象，死亡与复活是生命的不同部分而已。他们的神话中与死亡相关的往往是截然相反的特征融合在一起的意象。比如，一半鲜活一半腐烂的死神，或一半鲜活一半干枯的树木，等等。然而，在史前猎人那里，被杀而吃掉的动物会成为备受崇拜的图腾。

总之，坎贝尔的思路是对人类可能遭受的铭印进行分类，从而归纳出促进人类神话意象产生的最小刺激因子。此外，在探讨后天铭印促进神话意象产生的时候，坎贝尔将人类纳入一个宏大的情境，来自宇宙各处的刺激都为神话意象的产生提供了契机。苦难的铭印和死亡的冲击使神话能够揭示人类无法回避的终极命运，自然情境和人生历程不同阶段的铭印是与人类相伴相行的刺激，成年礼的铭印则弥补了个体与社会之间的裂痕。在他那里，神话是一种永恒的现象。在人类的开放的先天反应机制已经形成的情况下，只要有适当的刺激，神话就会被激发。

四、坎贝尔的独创性

坎贝尔为自己的神话研究赋予了直面当下的文化使命。由种族差异而引发的大屠杀是二十世纪人类的悲剧，为了杜绝这一悲剧，坎贝尔从自己所说的历史的、生物学的、心理学的深渊寻找人类的同一性反对种族差异。在他看来，共同的外在环境、共同的种族起源、共同的身体（神经或者心理结构）特质、共同的人生历程构成了人类多元传统神话的共同根基。

---

①Joseph Campbell, *The Masks of God：Primitive Mythology*, London：Penguin Books, 1987, pp.127-129.

坎贝尔被称为"兼容并蓄的学者"，甚至"调和论者"。[①] 他努力将表面看来相互冲突的思想融合在一起，吸收各家之长而不拘泥于各种理论之间的差异。不过，坎贝尔是博采众长与思想独立相结合的学者。他试图跨越与融合不同的学科，寻找自己的答案。民俗学家巴斯蒂安有关普遍观念与族群观念的划分，动物学家关于先天反应机制和铭印的观念，为坎贝尔神话理论提供了基础。他将这些术语应用到神话学的研究中，为未来的神话研究开辟了广阔的空间。[②] 人类学家拉德克利夫－布朗（Aifred Reginald Radcliffe-Brown）认为地域利益决定神话观念，这一思想被坎贝尔借鉴来分析成年礼。[③] 坎贝尔与文学也有颇深的渊源，甚至可以说是文学家所哺育的神话学家，在他的著作中，文学家托马斯·曼、乔伊斯甚至诗人 A. E. 豪斯曼的影响随处可见。

虽然很多人对他产生过巨大的影响，但是，坎贝尔从来不迷信权威，他从对前辈思想的扬弃过程中寻找属于自己的道路。许多学者将坎贝尔与荣格相提并论，认为他是荣格主义在美国的代表。但是，坎贝尔不是一个完整的、教条主义的荣格主义者，他的书中借用了弗洛伊德的许多思想。坎贝尔在其著作中探讨了梦与神话的关系，孩子的阉割恐惧、对排泄物的热情、俄狄浦斯情结对神话意象的产生所具有的重要作用，原始猎人对图腾动物的弑父情结等问题，这些讨论都可以见到弗洛伊德思想的痕迹。

不过，坎贝尔对弗洛伊德主义者将神话甚至人类文化的诞生都转化为育儿室中的三角恋爱的论调特别不满，他并不认为俄狄浦斯情结是人类文化诞生的本源力量。在他看来，精神病不是被压制无法释放的力比多所造成的，而是因为人没有完成第二次重生。[④] 也就是说，在即将成年的关口，个体没有完成从幼儿到成人的死而复生的历程。因此，促进成长的神话和仪式对人类具有重要的意义，它们重组孩子幼儿期的铭印，从而使他们转变为成年人。

虽然坎贝尔的这些观点有诸多缺陷，但是无法否定他的开创之功。坎贝尔将神话看成是符号刺激的汇集，甚至通过神话意象对身体的冲击而讨论神话力量的源起。他的解释非常具有启发意义，也就是说，文学的力量、艺术的力量

①Ritske Rensma, *The Innateness of Myth: A New Interpretation of Joseph Campbell's Reception of C. G. Jung*, New York: Continuum International Publishing Group, 2009, p. 107.

②Philip Rieff, "The Masks of God: Primitive Mythology," in *American Sociological Review*, Vol. 25, No. 6 (December, 1960), pp. 975-976.

③Joseph Campbell, *The Masks of God: Primitive Mythology*, London: Penguin Books, 1987, p. 34.

④Joseph Campbell, *The Masks of God: Primitive Mythology*, London: Penguin Books, 1987, p. 63.

甚至电影的力量都与符号刺激有密切的关系。比如，剧本理论家沃格勒就受其启发而论述电影特效与符号刺激的关系，甚至讨论如何设计动画形象和故事情节，才能调动人的身体反应。[1]

第二节　神圣游戏

荷兰历史学家、文化学家约翰·赫伊津哈（Johan Huizinga）在《游戏的人》一书中探讨游戏在文明中的重要作用，他认为人类文明打上了游戏的烙印，带有游戏的性质。"文明是在游戏之中成长的，是在游戏之中展开的，文明就是游戏。"[2] 神话、宗教和仪式是人类的神圣游戏，"游戏因素正是位于一切仪式和宗教的核心"[3]。室利·罗摩克里希那也曾说过宇宙是神的游戏，神与创造物游戏，神在游戏中创造、维系和毁灭世界。[4] 在赫伊津哈等人的基础上，坎贝尔将神话看成神圣的游戏。在他那里，神话是众神和魔鬼的世界，是面具的狂欢，是"信以为真"的游戏。

一、双重世界

游戏是有别于平常生活的、具有鲜明特色并且意义隽永的一种活动。在游戏举行时，游戏暂时进入一个带有自己倾向的领域。"游戏在特定的时空范围内展开，遵守固定的规则，井然有序。游戏促进社群的形成，游戏的社群往往笼罩着神秘的气氛，游戏人往往要乔装打扮或戴上面具，以示自己有别于一般的世人。"[5] 而古老的神圣表演是一种神秘的真实。"在这样的表演里，一种看不见

---

①（美）克里斯托弗·沃格勒：《作家之旅——源自神话的写作要义》，王翀译，北京：电子工业出版社，2011 年，第 22 页。

②（荷兰）约翰·赫伊津哈：《游戏的人：文化中的游戏成分的研究》，何道宽译，广州：花城出版社，2007 年，自序。

③（荷兰）约翰·赫伊津哈：《游戏的人：文化中的游戏成分的研究》，何道宽译，广州：花城出版社，2007 年，第 219 页。

④（印度）摩亨佐纳特·格塔：《室利·罗摩克里希那言行录》，王志成、梁燕敏译，北京：宗教文化出版社，2008 年，第 51 页。

⑤（荷兰）约翰·赫伊津哈：《游戏的人：文化中的游戏成分的研究》，何道宽译，广州：花城出版社，2007 年，第 14 页。

的、非真实的现实呈现出迷人的、真实而神圣的形式。"① 因此，神圣游戏世界与现实世界之间拥有截然不同的法则。

在现实世界之中，事物彼此之间是截然区分的，这是遵从矛盾律与排中律的世界，是关注政治和经济利益的世界。矛盾律要求 a 不能同时是 a 又是非 a，是与不是在逻辑上是肯定与否定，所以肯定与否定同一对象不能同时为真。排中律认为 a 不能既不是 a 又不是非 a。② 由于现实世界遵守矛盾律和排中律，所以，事物之间是彼此区分的。人们在现实世界中还受到罗摩克里希那所说的"金钱与女人"的束缚③，因为人们只关注政治与经济的利益。

神话世界则是事物之间的区分被打破、事物相互转化的世界，是列维－布留尔（Lvy-Bruhl）所说的遵循互渗律的世界。在这样的世界中，a 可以同时是 a 又可以是非 a，事物之间的区分消失。因为阿龙塔人遵循互渗律，所以在他们那里，某一个体可以同时是不同事物：

> 每个个体在同一时间里是现在活着的某某男人或某某女人，又是在阿尔捷林加神话时代活过的某某祖先（他可能是人或者半人），同时他又是自己个人的图腾，亦即他是与他所冠名称的动物或植物种的实质神秘地互渗着。④

在"原始人"的思维中，亚里士多德的矛盾律、同一律甚至排中律是不起作用的。列维－布留尔认为原始思维中所遵循的互渗律恰恰是"原始人"原始、落后的体现。他的这种观念代表着欧洲中心主义和白人优越论的偏见。与这种论调不同，坎贝尔却认为遵循互渗律恰恰是神圣游戏的魅力所在，是神圣游戏的法则高于现实世界的地方。在仪式中，面具是它所代表的神圣存在的到场，戴着面具的人与神是同一的，他就是神。"乔装者或戴面具的人'扮演'另一个人的角色，成为另一个人。他就是另一个人。"⑤ 在欢庆神圣节日的时刻，人们也抛弃了世俗的时间。在这种游戏之中，神圣的节日废除了所有的时间法则，

---

①（荷兰）约翰·赫伊津哈：《游戏的人：文化中的游戏成分的研究》，何道宽译，广州：花城出版社，2007 年，第 15 页。

②汪子嵩、范明生、陈村富等：《希腊哲学史》（第三卷），北京：人民出版社，2003 年，第 198—201 页。

③（印度）摩亨佐纳特·格塔：《室利·罗摩克里希那言行录》，王志成、梁燕敏译，北京：宗教文化出版社，2008 年，第 7 页。

④（法）列维－布留尔：《原始思维》，丁由译，北京：商务印书馆，2009 年，第 96 页。

⑤（荷兰）约翰·赫伊津哈：《游戏的人：文化中的游戏成分的研究》，何道宽译，广州：花城出版社，2007 年，第 14 页。

远古成为当下，死者死而复活。① 神圣场所代表的神圣空间也将世俗世界的逻辑法则排除在外。在通向神圣世界的入口往往有令人恐怖的守卫，这些守卫的作用就是使那些在他们中间经过的人丢掉世俗世界的规则，从而能够进入众神游戏的世界。

二、神圣的"迷狂"

坎贝尔坚信神话世界与日常世界具有不同的特质，在这一点上，他与讨论过该问题的宗教现象学家鲁道夫·奥托（Rudolf Otto）、米尔恰·伊利亚德（Mircea Eliade）以及社会学家涂尔干等人有相近的地方。不过，在坎贝尔那里，神圣游戏的"迷狂"使世俗世界发生了转变，使它成为神圣世界，最终两个世界在游戏的场域融合为一。这是他与前人不同的创见。

涂尔干认为，宗教思想以神圣与世俗的对立为基础对所有事物进行分类。整个世界因此被分为具有不同性质的两部分（神圣世界与世俗世界）。它们彼此区隔、相互对立。通过某种标记，人们将神圣与世俗断然分开，人们借此可以离开一个世界进入另一个世界。宗教徒的隐修就是为了摆脱世俗生活，而他们的苦行则是为了剔除与世俗生活相关的所有东西。② 瑞典神学家内森·索德布鲁姆（Nathan Soderblom）认为神圣才是宗教最本质的特征。神圣与神秘不可分割，然而又具有某种神秘力量和实体性。并且，在宗教领域，神圣与世俗的区分非常重要。③ 在《论神圣》中，奥托延续了索德布鲁姆关于宗教神圣性的探讨。他认为神圣与世俗之间是截然不同的，神秘体验具有至高无上的力量。而神圣观念的核心就是剔除了道德与理性因素的非理性特质，即努密（numinous）④。努密是外在与内在的融合，也就是外在于自我的神秘者与某种神秘心态的融合。神秘者与人之间拥有不可跨越的鸿沟，它超出了人们的理解，是与人们完全不同的相异者。所以，人在神秘者面前战战兢兢、充满畏惧，然而，神秘者所拥有的强大魅力又使人持有与之融合的神往感。⑤ 伊利亚德以此为基础展开他关于神圣与世俗的研究。伊利亚德认为，"神圣和世俗是这个世界上的两种存在模

---

① Joseph Campbell, *The Masks of God: Primitive Mythology*, London: Penguin Books, 1987, p.21.

②（法）爱弥尔·涂尔干：《宗教生活的基本形式》，渠东、汲喆译，上海：上海人民出版社，2006年，第42—45页。

③ 张志刚主编：《20世纪宗教观研究》，北京：北京大学出版社，2007年，第493页。

④ 转引自《20世纪宗教观研究》中的翻译。

⑤（德）鲁道夫·奥托：《论"神圣"——对神圣观念中的非理性因素及其与理性之关系的研究》，成穷、周邦宪译，成都：四川人民出版社，1995年，第1—43页。

式，是在历史进程中被人们所接受的两种存在状况"。显圣物是"神圣的东西向我们展示它自己"。这是不属于这个世界的存在向我们自我表证自己。显圣物是绝对对立的神圣与世俗之间的通道。显圣物的出现为人所生存的世界建构了神圣空间与神圣时间。神圣空间代表宇宙的中心，人们欢庆的节日则是神圣时间，在人们欢庆节日的时刻，人们可以回到世界创造之时的状态。① 总之，在奥托等人那里，神圣世界和世俗世界是截然对立的，并且在神圣世界的对照之下，世俗世界成为邪恶和虚幻的世界。人们通过神圣游戏从世俗世界进入众神的世界，在神话游戏的世界中发现了世界的终极真实并在那里获得了狂喜、和谐和重生，因此，他们便不愿回到曾经离开的代表邪恶与虚幻的世俗世界。

然而，坎贝尔希望能够超越这些观点。他认为这种神圣与世俗的截然对立是可以打破的，通过神圣游戏，世俗世界也可以转变为神圣世界。在印度，人们进入圣殿或者参加节日都会有被某种精神所附着的体验（梵语，anya-manas），这是一种充满魔力的、超越自身的状态，也就是游戏的"迷狂"状态。② 凭借"信以为真"的炼金术，作为神圣游戏的神话和仪式使世俗世界转变为神圣世界。比如，一个小女孩用火柴玩女巫的游戏。突然，小女孩惊恐地尖叫着，将火柴扔给在一边认真工作的父亲。在那一刻，火柴成了真的女巫。坎贝尔将人类学家利奥·弗罗贝纽斯（Leo Frobenius）所举的这个例子看成是被女巫附身（a child's seizure by a witch）的典型案例。游戏的过程展示出充满魔力的神话体验。③ 同样的道理，在戏剧或者仪式领域，事物被接受是因为他们被体验为真实存在，这是"信以为真"的逻辑发挥效用的结果。

天主教的弥撒和印度的神话都是基于这种逻辑。当弥撒举行的时刻，世界已经从日常生活的逻辑转入了神圣游戏的逻辑。面包和酒就是耶稣的血和身体。而圣礼是作为宇宙的创造者、审判者和拯救者的上帝直接来到尘世拯救人类从亚当夏娃开始已经堕落的灵魂。在印度，人们认为神将神秘的物质注入神像，神像因此被看成是神的宝座，甚至每件事物都会被看成是神的宝座。通过神圣的游戏，某些具有天赋的游戏者甚至发现世间万物都会成为神的身体，或者世间万物都是神存在的见证。④ 19 世纪印度神秘主义大师罗摩克里希那说，当他进入"三摩地"状态时，他感觉到神存在于所有生命里面，甚至在一只蚂蚁里

①（罗马尼亚）米尔恰·伊利亚德：《神圣与世俗》，王建光译，华夏出版社，2002 年，序言。
②Joseph Campbell, *The Masks of God*：*Primitive Mythology*, London：Penguin Books, 1987, p. 25.
③Joseph Campbell, *The Masks of God*：*Primitive Mythology*, London：Penguin Books, 1987, pp. 21-22.
④Joseph Campbell, *The Masks of God*：*Primitive Mythology*, London：Penguin Books, 1987, pp. 24-25.

面。整个宇宙就是湿婆，而世界的植物都变成花，装饰着神的宇宙形象。

神圣游戏运用"信以为真"的炼金术，改变了整个世界。这个世界也成为神的世界，成为神的游戏领域。人可以通过弃绝、否定世界的万物去认识梵，这个过程就像人慢慢通过楼梯走向屋顶，可是当人到了屋顶，才发现楼梯与屋顶用着相同的材料。"人不能够长时间地住在屋顶上，他要再次走下来。在三摩地中认识梵的人也会回落下来，发现梵已经成为宇宙和所有生命。"①有些人爬上楼梯却永远不能下来，而有些人可以随便上下楼梯。正如游戏，游戏有一个起点，到了某一个时刻，戛然而止，走向自己的终结。然而，即使在游戏终结的时候，游戏所具有的特殊魅力也会对社群产生持续的影响。

返回世俗世界也是神圣游戏的最终目的。人从世俗的世界进入节日的游戏领域，经历了从喜悦到狂喜的体验，在他那里，日常世界的经济、道德和政治法则解体，人们回到堕落之前的天堂。在天堂中，没有关于善恶、对错、真实与虚幻的知识，最后，人们带着游戏者的观念和视角回到日常生活之中。②英雄在魔法世界中获得拯救这个世界的万能药。人从日常世界进入神圣游戏世界的目的就是从游戏世界中获得给这个世界带来祝福的恩赐。

总之，为了纠正基督教世界对异教的偏见，索德布鲁姆主张从宗教本身的特质（即神圣性）来研究异教。奥托则以神圣性为基础将人类世界划分为神圣与世俗决然对立的两部分。不过，伊利亚德并不认为两者是决然对立，显圣物则是神圣世界与世俗世界之间的通道。与他们一样，坎贝尔同样尊重不同宗教的合理性，然而，坎贝尔更强调两个世界（神圣与世俗）间的转变与融合，他将游戏精神赋予这两个不同的世界，将爱与美赋予这两个世界。

三、超越者的面具

神话是神的乌帕蒂（upadhis）。在梵语中，upadhi 有欺骗、伪装的意思，同时也有限制、特征等含义。神向不同的人显现不同的形象，这些形象也就是神的特征。世间所有的宗教都是神的道路，都是神向人的显示，所以，人类信仰不同的道路都能得救。坎贝尔的这一思想是对神秘主义大师罗摩克里希那的继承。罗摩克里希那希望从一种更高的视野为世人所信奉的任何宗教寻找到合法

---

①（印度）摩亨佐纳特·格塔：《室利·罗摩克里希那言行录》，王志成、梁敏燕译，北京：宗教文化出版社，2008 年，第 24 页。

②（美）约瑟夫·坎贝尔：《千面英雄》，张承谟译，上海：上海文艺出版社，2000 年，第 24 页。

性，并通过全人类的情怀化解不同宗教之间的纠纷，同时他也希望世人能够跳出自己宗教的樊篱，与其他宗教进行对话，并能与之和平相处。

> 我看见谈论宗教的人会经常互相争论。印度教徒、梵社成员、性力派信徒、毗湿奴派信徒、湿婆派信徒，所有教派信徒都互相争吵。他们都没有智慧去明白被称为克里希那的也是湿婆和原初能量；此外，他也被称为耶稣和安拉。只有一个罗摩，但他有一千个名字。真理是一个；只是被称为不同的名字。所有人都在寻找同样的真理；不同的是因为气候、气质和名字，每个人都在通往神。如果他们拥有真诚和渴望的心，每一个人都会认识神。①

但是，如果将神的道路、神的特征认为是神本身，那么这种特征就成为限制，成为神的"伪装"和对人的"欺骗"。因为"神已创造了不同宗教以适应不同的渴望者、不同的时代和不同的国家。所有的教义都仅仅是众多的道路；但道路绝不是神本身"②。神在游戏中创造的这个世界叫作"摩诃摩耶"，即大幻象。人必须打破幻象的枷锁，才能认识神。③ 宗教的终极意指是无法言说的，许多虔诚地依赖传统神话所生存的人被欺骗了，然而，欺骗和黑暗也是生存的一部分，超越这些苦难，人们才能面对面具之后的神秘。许多萨满、圣人和先知都懂得这种无法言说的神秘。人类的"阴郁而连续的苦难"所产生的体验，或者至少是通向这一体验的方式，是所有宗教的终极目的，所有神话和仪式的终极意指（refences）。④ 因此，神话的全景式（paramount）主题，不是追寻的痛苦，而是启示的狂喜；不是死亡，而是复活。所以，苦难本身是一种欺骗，因为它的内核是狂喜，狂喜具有启迪的特征。

总之，坎贝尔认为神话意指无法言说的神秘。这一观点他又回到了奥托。在奥托那里，高出万物的创造者是不可接近的，也无法言说。而他认为在终极神秘面前，人的语言没有任何作用，人只有在穿透神话的面具之后，才能体验

---

① （印度）摩亨佐纳特·格塔：《室利·罗摩克里希那言行录》，王志成、梁燕敏译，北京：宗教文化出版社，2008年，第125—126页。同书中类似的段落还有第235页："罗摩只有一位，但他有上千个名字。被基督教称为神的也被印度教称为罗摩、克里希那、自在天和其他的名字。"第83页："毗湿奴派会认识神，性力派（坦陀罗）和吠檀多派，还有梵社都一样。穆斯林和基督徒也会认识神。如果他们有真诚的心，所有的道路都会认识神。"

② （印度）摩亨佐纳特·格塔：《室利·罗摩克里希那言行录》，王志成，梁燕敏译，北京：宗教文化出版社，2008年，第150页。

③ （印度）摩亨佐纳特·格塔：《室利·罗摩克里希那言行录》，王志成、梁燕敏译，北京：宗教文化出版社，2008年，第36页。

④Joseph Campbell, *The Masks of God*: *Primitive Mythology*, London: Penguin Books, 1987, p.51.

这一终极神秘。人与这一终极神秘之间的关系，坎贝尔在《原始神话》中没有进行深入探讨。在《指引生命的神话》以及坎贝尔死后被人整理出版的其他著作中，坎贝尔转向了《奥义书》中的"梵我合一"的观念，他认为人自身就是那一终极神秘[1]。

第三节　探索史前神话

一、人类文化大传统

叶舒宪先生所提出的大小传统的观点，是反用人类学家罗伯特·雷德菲尔德（Robert Redfield）定义。他以人类文字的产生为分界线，将以非文字符号为载体的文化传统定为大传统，以文字为载体的文化传统定为小传统。他的观点在学术界引起广泛的讨论。本节则以他的相关论述为基础审视坎贝尔史前神话研究的得失。

在《乡民社会与文化：一位人类学家对文明之研究》（*Peasant Society and Culture：An Anthropological Approach to Civilization*）一书中，雷德菲尔德提出了大小传统的概念：

> 在一个文明之中，存在有思想的少数人的大传统，也存在不用思考的多数人的小传统。大传统是在学校和神庙中培养出来的，小传统则是在其自身中运作，并在无文字的俗民之村社生活中得以延续。[2]

这位人类学家将是否具有思想与文字书写相等同，并以此为基础区分大小传统，从而将掌握文字书写权力的少数人的传统定为大传统，而将没有文字的大多数人的传统定为小传统。掌握文字书写的阶层是精英阶层，是有思想的特权阶层的标志，被排斥在文字之外的群体则是没有思想的俗人。他的这种区分是文人自恋式的自我标榜。但是，他的大传统的精英文化与小传统的俗民文化一直为学界所沿用。叶舒宪先生则从后殖民主义的视角，反思被学界广泛认同

---

①Joseph Campbell, *Thou Art That：Transforming Religious Metaphor*, California：New World Library, 2001.

②Robert Redfidld, *Peasant Society and Culture：An Anthropological Approach to Civilization*, Chicago：The University of Chicago Press, 1956, p.70.

和采用的观点背后的文化精英主义色彩：

> 我们如今提出重新划分大小传统，希望能够扬弃雷德菲尔德的文化精英主义倾向，从后现代知识观出发，并自觉认同后殖民批判的立场，把无文字民族的文化遗产和文化传统看成和文明传统一样重要。为此，判断传统的大与小，不看是否掌握文字书写权力，而需要用历史时间的尺度来重新权衡。先于文字而存在的口传文化传统，当然应算比较"大"的；后于文字而出现的书写传统，相对来说就只能是"小"的。①

叶舒宪先生借用这位西方人类学家的观点，审视中国神话研究的问题。他重新区分大小传统，以便探讨人类知识建构中所存在的被文字书写遮蔽的现象。不过，对大小传统的探讨也可以应用到世界史前文化、神话的研究之中，因为关于大小传统的讨论并不仅仅是中国学界的问题，而是任何研究史前文化的学者都要面对的问题。

虽然坎贝尔并没有提出大小传统的观念，但是，他的《原始神话》却是对固守文字传统的神话观的挑战，也在探讨人类史前文化大传统。该书研究文字产生以前的人类神话，它以公元前 3500 年左右的苏美尔神庙的建立作为界碑，探讨在此以前的人类神话的历史。这些历史的突出标志是人类并没有掌握文字书写，神话学家只有通过考古所发现的文物和图像，获得关于这段人类历史的神话讯息。

在《千面英雄》中，坎贝尔就讨论过文字对人类知识的遮蔽。他的这些思想源自印度神话对他的启迪。印度神话中早于文字记载的神话意象说明人类神话的历史远远长于文字的历史。印度各个不同宗教都共同述说着宏大宇宙从混沌产生到灭亡的永恒轮回的过程：

> 我们知道这个图像所表达的是东方哲学的一个基本思想。究竟这个神话原先是这种哲学公式的图解，还是后者是从这个神话中提炼出的精华，对此我们今天很难作出结论。当然，神话可以追溯到远古时代，可是哲学也同样可以追溯到远古时代。谁又能知道逐步形成这个神话，珍视它，并把它传给后世的那些古代圣者头脑中想的是什么呢？在分析古老象征符号、探索其秘密的过程中，人们往往不得不感到，

①叶舒宪、阳玉平：《重新划分大、小传统的学术创意与学术伦理——叶舒宪教授访谈录》，载《社会科学家》2012 年第 7 期。

我们普遍接受的哲学史的概念是以一个完全错误的假设为基础的，即假设抽象的形而上学思想是从它出现于我们现存的文字记录之时开始的。①

从印度神话传统来看，人类学家雷德菲尔德关于大小传统的区分也是无法立足的，早于文字的神话图像也同样具有思想。远远超过文字书写历史的关于世界轮回的神话意象，在质疑人们以文字为载体的神话观。印度众多宗教的神话意象都是对史前大传统之神话母题的继承。坎贝尔在《神的诸种面具》中延续了对文字为载体的神话观念的质疑。《千面英雄》以文字文本为主要载体的神话转向了史前的以文化文本（考古实物、图像等）为主要载体的神话。从《原始神话》按照历史由近及远的章节排列方式，也可看出作者对人类史前神话大传统追本溯源式的探索。该书的前两章是谈论神话基本理论，主要关注人类神话意象的共同根基。从第三章到第六章分别探讨新石器时代的史前农人神话、旧石器时代的史前猎人神话，直至追溯到公元前 60 万年的近人（Plesianthropus）时代的神话。国外学者认为坎贝尔的这些探索在前人没有着手之处具有开拓之功②，他的研究也会为国内神话学研究提供借鉴。

二、原型编码

为了研究神话与文化之间的关系，叶舒宪先生提出了 N 级编码理论。他认为文字之前的神话是原型编码，此后的人类文化现象都是以此为基础而产生的。

> 如今我们倡导用历时性的动态视野去看文化文本的生成，将文物和图像构成的大传统文化文本编码，算作一级编码，将文字小传统的萌生算作二级编码的出现，用文字书写成文本的早期经典则被确认为三级编码。经典时代以后的所有写作，无非都是再再编码，多不胜数，统称 N 级编码。③

从大传统到小传统，从一级编码到 N 级编码，文化的演变就像层层累积的文化土层，逐渐递增。在 N 级编码的理论框架下，神话编码与后代创作之间的关系与弗莱等原型理论家所讨论的神话与文学之间的关系有异曲同工之妙。因

---

①（美）约瑟夫·坎贝尔：《千面英雄》，张承谟译，上海：上海文艺出版社，2000 年，第 273 页。

②Stephen P. Dunn, "The Masks of God: Primitive Mythology," in *American Anthropologist*, Vol. 62, No. 6, 1960, pp. 1115-1117.

③叶舒宪：《文化文本的 N 级编码论——从"大传统"到"小传统"的整体解读方略》，载《百色学院学报》2013 年第 1 期。

此，N 级编码理论是围绕文化的大小传统问题，对弗莱等人的神话－原型理论的拓展和深化。

不过，大传统是谁的大传统？如果基于当下的国别甚至族群的范畴来限定，此种大传统还是大传统吗？后代文化往往由于国别、族群的差异，而被分割为各种故步自封的狭小领域。① 大传统和神话原型编码恰恰可以超越这些后世小传统的狭隘划分。神话学研究从文化小传统转向史前大传统，从第 N 级编码转向神话原型编码，这是突破后世小传统故步自封的狭小疆域的过程。

虽然 N 级编码理论在其产生之初是为了解决中国神话研究所面对的问题，该理论主要探讨的也是同一传统内部各层文本之间的关系，但是叶舒宪先生发表的研究成果已经将这一理论延伸和应用到中国之外的其他神话传统之中。② 在文化大传统相对确定的情况下③，N 级编码理论所面对的问题是如何思考不同的文化大传统中的一级编码间的关系？从纵向的历时的文化演变转向横向的不同文化传统比较，比较神话学如何面对这些一级编码之间的共同性和差异性？比较神话学将源自不同大传统的一级编码进行并置，是否能够接近人类灵性世界的源初状态？

神话学家列维－斯特劳斯将神话的基本元素追溯到神话素，并以此为根基建构普世性的叙述结构。伊利亚德的著作则是展示世界神话中的不同显圣物。坎贝尔有关神的不同面具的提法起源于印度的"真理只有一个，圣者用不同的名字称呼它"。这句《吠陀》中的名言成为他探讨世界神话共同性的基础。他预设了高于一级编码的超级所指，这种超级所指代表不同神话之间的共性。神的不同面具是这一超级所指在不同的情境中表现出的不同状态。后世文化小传统会出现不同的神话，而这些神话就是神的面具，即一级编码。它们成为文化演进的原点和核心。

在坎贝尔那里，人类文化史是某种断裂式的演进。文化以神话为核心向外蔓延，从而成为 N 级编码累积的形态。从历时的角度来看，文化就在一个核心向另一核心的跳跃中展开；从共时的角度来说，不同的神话核心形成不同的编

①叶舒宪的《熊图腾：中华祖先神话探源》试图突破后世国家和族群疆域的束缚，从亚欧大陆文化带思考史前考古发现的神话学意义。

②叶舒宪：《八面雅典娜：希腊神话的多元文化编码》，载《兰州大学学报》（社会科学版）2014 年第 1 期。

③如果继续追根溯源，所谓的文化大传统之前还有大大传统……这就会追究至人类源头晦暗不明的深渊。为讨论的方便，这一问题暂时搁置。

码累积形态，从而形成不同的文化。坎贝尔的神和英雄的自然史则是展示这些文化核心的转变。这些核心就是神的不同面具。只有突破这些面具的遮蔽才能体会神话的奥义。

另外，在不同的文化核心交接或重叠的地方，都会出现文化编码扭曲、断裂的现象。坎贝尔利用考古学的知识展示这些扭曲和断裂，甚至被遮蔽、压制的更加古老的神话核心所残存的编码信息（比如史前萨满和父系神话中的女神象征），这些残存的编码信息代表着神话更加古老和原始的维度。

不过，N级编码的历时演进是一种理想化的模式，掌握话语权的群体使此种模式变得更加复杂。文化的演进会由于世俗利益的固着而停滞，从而陷入坎贝尔反复宣称的精神荒原之中。在他那里，能够突破群体权力话语的阻碍，进入神话原型世界，从而带来属于时代的精神恩赐的人，便为文化英雄。文化英雄因此而形成新的文化核心。文化以此核心为原点，开始新一阶段的编码累积演变的过程。

坎贝尔在探讨史前神话具体案例的时候，并没有继续此前所尝试的从跨学科的视野对人类神话的共同性进行演绎性阐释。超越死亡的神话与群体的生存基础密切相关。不同的生存方式（农业和狩猎）给予史前人类不同的精神启悟，而这种精神启悟也会通过不同的编码形式展示出来，从而形成不同的神话。按照史前人类的生存状态，坎贝尔将其分为史前猎人神话与史前农人神话。它们成为后世小传统的原型编码，这两种基因特质以不同的面貌对立冲突，最终演变为后世小传统千变万化的神话世界。

史前猎人与史前农人时代之间的区别大体与旧石器时代与新石器时代的分野相一致，两者以人类掌握谷物的种植和牲畜的饲养技术作为分界线。然而，坎贝尔预设了一个精神自由的伟大时代：史前猎人时代。这个时代是萨满所代表的自由精灵的时代，是个体得以全面发展的时代。可是，人类社会由狩猎转向农业定居之后，猎人神话被农人神话代替，萨满所代表的自由精神被压制，个体仅仅成为群体之中的个体。

三、史前猎人神话与史前农人神话

坎贝尔将人的神圣表述追溯到人类共同的动物性根源。既然地球上所有的人都可以称为人，那么，这就证明人类在物种上具有同一性，而此同一性又成为神话意象具有共同特性的依据。他从人类物种产生的历史源头去追溯神话产生的根源。这是他所称的人类历史的深渊。① 史前猎人神话与史前农人神话则是人类物种同一的两种不同的文化表达方式。"神话是文史哲等未分家之前，最初的表述和编码形式。"② 坎贝尔对此两种最初的编码和表述方式（史前猎人神话与史前农人神话）进行分析，呈现这些神话的精神特质。

（一）死亡与神话

神话与人类相伴而生，人类对死亡的超越成为神话产生的动力。③ 史前农人和史前猎人通过神话而展示他们面对死亡的不同方式，而这些方式也成为他们得以超越死亡恐惧的精神支撑。农人和猎人在面对他们赖以生存的动物世界或者植物世界的时候，形成了不同的死亡观。

史前猎人持有魔法式的死亡观念。在史前猎人那里，人必须通过杀戮动物，才能获得生存的根基，而这种杀戮是生命吃生命的自然法则的体现。因为猎物死亡是由魔法所致，所以猎物的灵魂会报复活人。出于对此种报复的恐惧，史前猎人神话主要关注如何与动物建立协约。动物是他们食物的主要来源。通过与它们建立协约，猎人屠杀动物就拥有了合法的根基。而被杀戮的动物，也通过人类为其举行的仪式而复活。因此，狩猎便成为一种神圣的仪式，而舞蹈、圣诗与杀害猎物都是这种神圣仪式的一部分。他们坚信，通过这一神圣的仪式，人类世界与动物世界可以相互理解。④ 史前农人依然残存着源自史前猎人神话的屠杀观念。在猎人神话中，猎人将骨头看成不死的物质，通过对这些骨头做一种神秘的仪式，曾经死去的猎物会得以复活。农人的神话也是如此。人与植物神搏斗，经过多次的失败，人最终将其杀死。植物神的尸体被肢解，种在地上，然后就出现这些群体所赖以生存的植物。

在史前农人那里，植物世界不仅仅为他们提供食物和衣物，也向他们展示生命奇迹的一种模式。只有种子播种在大地中死了，才有植物的诞生。因此，死亡被看成自然现象，死亡与重生仅仅是生命的不同部分而已。在植物的世界中，生与死都是一个单一的、更高级的、无法摧毁的力量所转变的不同表达方

---

① Joseph Campbell, *The Masks of God：Primitive Mythology*, London：Penguin Books, 1987, pp.5-6.

② 叶舒宪：《文化文本的 N 级编码论——从"大传统"到"小传统"的整体解读方略》，载《百色学院学报》2013 年第 1 期。

③ Joseph Campbell, *Myths to Live By*, New York：Bantam Books, 1980, p.20.

④ Joseph Campbell, *The Masks of God：Primitive Mythology*, London：Penguin Books, 1987, pp.291-295.

式。① 这种生命模式就成为农人要模仿的神话原型，以便赋予他们自身以意义。在他们的神话中，死亡通过谋杀降临到人类世界，而他们这些群体所依赖的食物源于这次谋杀，对他们来说，"没有死亡的生殖会是一种灾难，正如没有生殖的死亡"②。也就是说，在他们看来，死亡与诞生是相互依存的，它们存在相互补充的方面。而世界依赖死亡，这是植物世界所传达出的奥义。以这种生死观为基础，史前农人神话出现大量的人祭仪式，他们认为只有不断地屠杀，不断地制造死亡，这个世界的生物才能生存下去。因此，他们的神话和仪式都是在展示生命的死亡和重生的可怕神秘，使无法言说的宇宙力量易于接受和控制。③仪式源自人类心灵中的精神启悟和对宇宙力量的敬畏，人们通过神话和仪式来表达这些情感。在史前农人那里，他们的献祭和葬礼都是在模仿植物世界死而复活的循环，他们的目的不是屠杀而是复活，因为他们认为生命会在大地母亲的子宫中更新。因此，人祭仪式是史前人类用血肉所书写的，表达敬畏生命模式和宇宙法则的"物理公式"。

（二）群体主义与个体主义的对立

在坎贝尔看来，个人主义（史前猎人）与群体主义（史前农人）是最早的思想基因，是史前两种神话留给人类的精神遗产，后世神话都是在这些基因的影响下发展出来的。史前猎人神话与史前农人神话的世界观之间的对立集中在萨满和祭司之间的对立上。

萨满是代表个体自由精神的文化英雄。萨满所经历的类似于精神崩溃的症状，使他们与日常世界发生断裂，同时，心理危机也使他们能够摆脱本地实践，转向灵性世界，从而在更深的心理层面超越本地传统。萨满所到达之地是代表终极意义的圣地，是整个世界的源泉和众神的奥秘之处。对他们来说，传统的神话意象仅仅是使他们超越其边界的工具。这些处于精神危机中的个体通过萨满导师的引导，在更高层面得到复原。④ 总之，在坎贝尔那里，史前猎人神话可以看成个体英雄精神的史前源头，萨满的精神修炼是他们的英雄旅程，他们离开部落探险、苦修，最终归来。他们的智慧和精神能量不是源于权力机构的施舍，而是他们自己经过艰苦的修炼而获得的启迪。

①Joseph Campbell, *The Masks of God*：*Primitive Mythology*, London：Penguin Books, 1987, p.137.
②Joseph Campbell, *The Masks of God*：*Primitive Mythology*, London：Penguin Books, 1987, pp.176-177.
③Joseph Campbell, *The Masks of God*：*Primitive Mythology*, London：Penguin Books, 1987, p.179.
④Joseph Campbell, *The Masks of God*：*Primitive Mythology*, London：Penguin Books, 1987, p.256.

在坎贝尔看来，飞鸟是象征萨满精神从群体的狭窄视野解放出来的神话图像。世界神话中的许多鸟的神话图像都带有追求精神自由的诉求。法国南部拉斯科（Lascaux）的旧石器洞穴中穿着鸟的衣服的巫师是人类最早的萨满形象。在印度传统中，瑜伽大师的象征为野鹅。释迦牟尼王子成佛的经历是萨满精神修炼法则的继承，其背后的"卍"字则是精神自由的象征。在中国神话中，人羽化才能登仙。[1] 主张修炼的后世神话（小传统）与此相似的神话图像相伴出现，这也说明后世神话与史前萨满精神（大传统）是一脉相承的关系，而萨满所代表的个体自由精神是史前猎人神话留给人类的宝贵的精神遗产。

与代表自由精神的萨满不同，祭司（priest）是群体法则的代表。祭司是社会群体中的某个阶层，他们是"在被认可的宗教组织中的受到社会化传授，在庆典中正式上任的成员"[2]。也就是说，祭司不需要艰苦的修炼，他们是由外在权力机关授职，从而获得某些特权的阶层。不过，由于祭司代表权力法则而非精神自由，因此，他们的出现意味着个体精神的没落。

祭司的权力特征是由农人所信仰的群体哲学决定的。农人生存必须依靠农作物种植，而农作物又依赖土壤、气候、降雨等外在条件，因此农业生产必须有一个与自然环境密切对应的历法才能组织。农人们也必须按照严格的历法去安排生活，而这种生活方式留给个体非常小的空间。在这样的环境中，个体仅仅是更大的过程中的一个小小瞬间。[3] 在群体占统治地位的农人神话中，个体只有融入群体，才能超越对死亡的恐惧。群体主义的农人神话对个体的压制使个体失去了精神自由，也使个体失去了与灵性世界的关联。神话沦为个体必须遵守的规则。所以，在史前农人神话那里所出现的大多是一些相互关联的象征符号，它们代表人与人之间相互束缚的关系。

因此，祭司成为群体权力和外在束缚的象征。他们体验的范围都在狭小领域之内，受到本地传统的制约。[4] 在外在传统束缚之下，神话的神秘体验堕落为维护群体秩序的法则。总之，在坎贝尔那里，从萨满到祭司的更迭意味着神话从代表神圣体验的自由精神转变为压制个体的群体法则。

---

[1]Joseph Campbell, *The Masks of God：Primitive Mythology*, London：Penguin Books, 1987, pp. 257-258.

[2]Joseph Campbell, *The Masks of God：Primitive Mythology*, London：Penguin Books, 1987, p. 231.

[3]Joseph Campbell, *The Masks of God：Primitive Mythology*, London：Penguin Books, 1987, p. 240.

[4]Joseph Campbell, *The Masks of God：Primitive Mythology*, London：Penguin Books, 1987, p. 265.

（三） 被压制的自由精灵

在人类的狩猎时代，萨满是神话智慧的守护者，萨满的灵性世界在形成人类精神遗产的过程中起到重要的作用。人类社会从猎人社会向农业社会的转变导致萨满所代表的个体自由精神失落，而后世的僧侣城邦也继承了史前农人神话的群体主义。

在人类神话的演变更替过程中，古老神话中的关键形象在神话时代的晚期被隐藏在次要事件之中。也就是说，当人类看待事物的视角从神话的视角转变为世俗的视角，更为古老的神话形象会成为次要的、无关紧要的角色。坎贝尔认为，神话学家可以通过研究神话中的许多次要角色，发现更为古老的神话形象的痕迹。比如，在希腊化时期或者罗马帝国时期，赫尔墨斯等古代神被贬低为城市守护神。[1] 在史前农人和僧侣城邦等群体神话中，崇拜个体自由精神的萨满被贬斥为远古的众神，他们成为作乱的、战败的泰坦，成为破坏宇宙和谐的负面力量。与温顺的众神相比，他们代表了粗鲁的、自我为中心的、无法无天的反叛力量。但是，由于他们受到后世权力话语的扭曲和压制，因而，这些形象表现出相互矛盾的精神特质。在后代占主导地位的权力话语那里，他们代表混乱、无序的原则，成为蔑视禁忌和颠覆疆界的力量。[2] 不过，他们是伟大的精神遗产的存留。这些形象起源于旧石器时代，他们是英雄的原型，是伟大恩赐的赐予者，是盗火者和人类的导师。[3] 这些萨满形象在波利尼西亚（Polynesia）则是毛伊（Maui），在希腊则是赫尔墨斯、普罗米修斯，在北欧和德国神话中则是洛基（Loki）。这些在农人时代已经处于边缘位置的智慧守护者正在等待他们精神力量爆发的时代，而这些时刻是人类精神自由的开端。

不过，坎贝尔的观点值得商榷。史前神话被他分为两种不同的神话，这两种神话又被抽象为不同的主义，从而凸显彼此对立的精神特质。这种抽象化和概念化所得出的最终结果成为他评判这些神话传统的基础。这种方法过于简单和极端。难道就没有代表群体权力的萨满和追求个体精神自由的祭司吗？

---

①（美）约瑟夫·坎贝尔：《千面英雄》，张承谟译，上海：上海文艺出版社，2000 年，第 257—258 页。

②Joseph Campbell, *The Masks of God：Primitive Mythology*, London：Penguin Books, 1987, pp. 274-279.

③Joseph Campbell, *The Masks of God：Primitive Mythology*, London：Penguin Books, 1987, p. 275.

第四节　坎贝尔史前神话研究之方法论

坎贝尔利用考古发现的最新材料，从人类学和心理学的相关理论切入，分析考古实物和图像的叙事，探讨史前人类表述神圣的方式。在《原始神话》1964 年第二版的前言中，坎贝尔提到了 L. S. 李（L. S. Leakey）教授在东非最新的考古发现。这位考古学家在奥杜瓦伊峡名（Olduvai Gorge）距今大约 180 万年以前的地球岩层中发现了类人动物的下巴和头颅骨。坎贝尔欢呼考古学的新发现带给人们对知识的固有范畴的突破。坎贝尔在讲演集《指引生命的神话》中再次提到这一考古发现。[①] 在《原始神话》中，坎贝尔从神话学视野分析了亚述古庙的结构、乌尔城古代坟墓的考古发现、近东出土的陶器上的图样、史前岩洞中的岩画、裸体女神的雕像等等所具有的神话意义，并借此探索史前人类的灵性世界。

新石器时代陶器上所出现的全新图样，意味着人类精神进入了一个新时代。大概在公元前 4500—公元前 3500 年之间，位于今天伊拉克（Iraq）境内的萨玛拉（Samarra）陶器上出现了 "卍" 字状的设计图案，也出现了马耳他（mal-tese）十字架状的图案，甚至其他比较复杂的纹样。在叙利亚（Syria）附近的哈拉夫（Halaf）陶器上出现了公牛头的图案和双斧的图案。这些图案都是在人类定居以后的乡村中出现的。在这些图案中，各种不同的部分融合在一起，形成了新的审美整体。坎贝尔认为这些复杂的图案代表了一种与此前时代不同的精神观念，它们所包含的讯息是：个体仅仅是集体之中的个体，史前猎人那里的个人英雄主义，在这个时代完全消失。[②] 也就是说，生存方式的变换给人们带来了新的精神启迪，这些考古出土的陶器上复杂的图案和纹样成为表述人们精神变化的编码。

一、图像叙事与比较图像学

坎贝尔描述史前神话意象的演变脉络，将它们放入神话意象的源头与各种

[①]Joseph Campbell, *Myths to Live By*, New York：Bantam Books, 1980, pp. 19-21.
[②]Joseph Campbell, *The Masks of God*：*Primitive Mythology*, London：Penguin Books, 1987, p. 141.

变体所构成的关系网络，从而阐释它们的意义。这种方法与叶舒宪先生所探讨的比较图像学有相似之处。比较图像学又被称为原型图像学，该方法从神话意象的源头出发，描画出神话意象的演变轨迹：

> 所谓比较图像学的方法，又可称为原型图像学的方法，力求从最古老的表现传统根源上入手，把握基本的原型，从而洞悉不同文化中各种女神形象源流演变。①

在坎贝尔那里，史前女神神话也是后世小传统共有的源头，这些神话在这一共同源头的基础上变异出各种不同的版本。关于夏娃母亲（Mother Eve）与蛇的伊甸园神话就是其中的一个版本。② 此外，这些不同变体的神话意象构成了家族相似的图谱：

> 在其漫长的历史和更长的史前散播（diffusion）的过程中，食物植物作为本源的核心神话意象（nuclear mythological image）产生了一系列的相互区分、截然不同的变体，每一个变体都揭示了本源形式的某些本性特质或者侧面，但是，与其他变体相比，每一变体都不能代表本源形式。或许可以用兄弟姐妹之间的关系来比喻这些变体所构成的这样一幅画面，每个人都代表家族的一种形式，但是却没有人比其他人更加本源。因此，如果我们能够搜集到更多的例子，比较就会显得更具有魅力和富有幻想。③

坎贝尔基于这些神话意象的家族相似关系，以及它们所拥有的可以类比的结构，推演这些神话意象的意义。他由此认为新石器时代哈拉夫人（Halasfian）关于女神、公牛、鸽子、双面斧的象征系统与伊斯塔尔（Ishtar）和塔穆兹（Tammuz），维纳斯（Venus）和阿多尼斯（Adonis），伊赛斯（Isis）和奥西里斯（Osiris），圣母玛利亚（Blessed Virgin Mary）和耶稣这些伟大的名字有着某种关联，并且与该象征系统相关的肯定是影响力巨大的神话。④ 他由此将史前女神象征纳入他所构建的关系网络，阐释史前女神象征的意义，并推测这些象征系统背后的宏大的神话系统。

坎贝尔在锚定神话传播的源头，确定后世神话意象共同的史前神话根源之后，将后世小传统中的神话意象纳入与史前神话意象（大传统）的关系，揭示

---

① 叶舒宪：《千面女神——性别神话的象征史》，上海：上海社会科学出版社，2004 年，自序，第 1 页。
② Joseph Campbell, *The Masks of God：Primitive Mythology*, London：Penguin Books, 1987, p.191.
③ Joseph Campbell, *The Masks of God：Primitive Mythology*, London：Penguin Books, 1987, p.198.
④ Joseph Campbell, *The Masks of God：Primitive Mythology*, London：Penguin Books, 1987, p.143.

出这些神话意象在各自小传统中被遮蔽的意义。史前女神与其配偶既是母子又是夫妻关系，而伊斯塔尔与塔穆兹（苏美尔），维纳斯与阿多尼斯（希腊），伊赛斯与奥西里斯（埃及），圣母玛利亚与耶稣（基督教），等等，都是具有类似关系的神话意象。在他那里，拥有类似关系的神话意象便具有了同等价值，可以被并置在一起，而这种相似关系也成为推演它们意义的根基。人类进入文明时代以后，史前神话意象被权力话语凝结为宗教中的神话意象。因此，坎贝尔将西方基督教传统中的神话意象（玛利亚、耶稣）纳入更广阔的神话意象群，显示这些神话意象的原始意义和在宗教中被书写而成的意义，试图使人们从根源之处更深刻地理解这些神话意象的意义。

不过，在笔者看来，后世神话意象的独特性恰恰决定了其文化小传统的特质，这些与其他神话意象截然不同的东西可以成为人们进入该文化传统的钥匙。坎贝尔一味地从这些神话意象的共同源头之处，从这些神话意象的关系之中，获得它们所具有的某种相同的意义，最终，这些后世小传统的独特性被抹杀了。因此，此类单一化阐释使后世的神话意象失去了它们本身所具有的多元化的、丰富的意蕴。

因此，笔者认为这些源头与支流以及不同支流的神话意象组成的是可以相互印证的因陀罗网络。在该网络中，它们既有相同或者类似的意义，也拥有属于自身的独特性。人们可以通过它们之间相互印证的关系，推演它们的某些意义。不过，人们更需要通过这些截然不同的特性，寻找进入这些神话意象和它们所在的传统的门径。

二、神话意象的传播与接收

坎贝尔利用考古学发现确定这些神话形象的共同源头，用相似性确定神话传播的路径。从原住民部落所保留的"活化石"反观处于传播源头和中心的神话，这是坎贝尔探讨史前神话意象传播的具体思路。

在坎贝尔看来，人类所有文化都可以看成扎根在天堂之上的大树的枝干，埃及、美索不达米亚、克里特、希腊、印度和中国的文化都起源于共同的根基，"这种共同的根基才能充分揭示起源于神话和仪式结构的同源性形式"[1]。在人类的不同文化中决定着尘世间众生命运的宇宙法则拥有不同的名字，在埃及叫玛

---

[1]Joseph Campbell, *The Masks of God*：*Primitive Mythology*, London：Penguin Books, 1987, p. 202.

特（Maat），在印度叫达摩（Dharma），在中国被称为道。① 居住在海岛上的原住民部落中所具有的人牲仪式来自岛外世界，是古老的僧侣城邦人祭仪式的删减版（regressed）。② 从这个角度来说，古希腊祭祀女神的仪式与印度尼西亚的仪式拥有共同的根基。这个共同的根基就是新石器时代的中东文明。

此外，在神话的传播过程中，神话意象会出现变异。在海岛原住民部落中，史前神话中的大蛇所扮演的角色，可能会被岛上常见的鳗鱼、蜥蜴代替。通过本土化的过程，神话意象在本土扎根。"这片土地在精神上被证实、接受和同化入命运的意象，而这些命运的意象则是人们生命建构的动力。"③ 经过一个复杂的选择和适应的过程，外来神话与在本地传统中类似的或者对应的事物发生联系。通过这种本地化的改造，神话的创造力量被释放出来。在神话的传播过程中，神话意象经历了本地化的改变，这种改造是为了使人们所生活的土地精神化，从而使在这片土地上生存的人们拥有属于自己的灵性根基。

神话在传播和本土化的过程中，神话意象的变更是一个非常具有启发性的论题，坎贝尔的此种阐释虽然有开拓之功，但是也存在先天性的不足。他的结论往往缺乏考古学材料的支撑，神话意象的传播路径需要用事实说话而不能仅仅基于主观臆测。并且，在追溯和确定神话的源与流的问题时往往会凸显或固化文明与野蛮、中心与边缘的预设，这种预设会遮蔽对事实本身的理解。

三、考古学与人类学

坎贝尔从文化传播的角度，探讨人类神话意象的相似性和同源性。这种宏大的人类神话意象传播历程是坎贝尔基于人类学家在田野考察中所获得的活态材料，它们成为阐释史前神话的理论根基。这些由人类学家所搜寻到的在民间或者原住民中流传的故事是透视史前神话的"活化石"。

为了探讨史前存在的杀死神王的仪式，坎贝尔引用利奥·弗罗贝纽斯1912年在科尔多凡（Kordofan）探险时记录下来的关于克什毁灭的故事（Legend of the Destruction of Kash）作为例证。在位于喀土穆（Khartoum）西南的一个小城，一个叫艾瑞克·本·哈苏尔（Arach-ben-Hassul）的人讲述了一个关于杀死神王

---

①Joseph Campbell, *The Masks of God*：*Primitive Mythology*, London：Penguin Books, 1987, pp. 146-149.
②Joseph Campbell, *The Masks of God*：*Primitive Mythology*, London：Penguin Books, 1987, p. 168.
③Joseph Campbell, *The Masks of God*：*Primitive Mythology*, London：Penguin Books, 1987, pp. 199-200.

的仪式最终被废止的故事。① 坎贝尔认为，在人类学家所搜集到的口传故事中，暗含着曾经逝去的一个时代的神秘讯息：

> 在古老城邦的最早期的阶段，当由天空中群星与月亮之间的关系所决定的统治时期结束的时候，国王和他的宫廷都会在仪式中被杀死；因此，克什的故事是来自过去的深渊的回音，被浪漫化地反映在后代的故事讲述者的艺术中。②

最早的僧侣城邦出现了全职的祭司阶层，他们通过观察星象发现五大行星围绕固定的点有规律地运行。这种使行星具有规律运行的法则也应该通过某种神秘的方式指导大地上人们的生活和思想。大宇宙、中宇宙（人类社会）、小宇宙（个体）完美合一是僧侣城邦所追求的目标。人类社会必须严格遵守这一神秘法则，才能获得神圣性和神秘的力量。因此，以群星的运行法则为基础，人间必须根据祭司所观察到的星象演变重复着老国王被杀死、新国王即位的轮回。这些世代传承的故事述说着远古时代的讯息，成为证明远古时代存在杀害神王仪式的"活化石"。坎贝尔又利用考古发现的乌尔王朝的墓葬中的殉葬者，作为证明此论断的材料：

> 在这些殉葬者中保存最好的是一个叫作苏巴德（Shub-ad）的女人，她的旁边躺着二十五个王室仆人，她在一个称作阿巴尔吉（A-Bar-gi）的要人的墓穴正上方，阿巴尔吉周围有大约六十五个殉葬者。穿着华丽的苏巴德是躺在雪橇上被驴子拉进墓穴的；阿巴尔吉，可能是她的丈夫，躺在被牛拉的车上。动物和人都被活埋在巨大的坟墓里：宫廷女侍安详地躺成一排，穿着宫廷服饰，带着金银丝带，珠状袖口的披风，半月形耳环和大量的青金石和金色项链。一位少女竖琴师临死时还把双手放在竖琴弦上或者琴弦曾在的位置上。③

这些被活埋的人，没有任何挣扎的痕迹，这说明这些人是自愿陪葬。在这

①故事的内容简略概述：纳帕塔（Napata）的纳帕（Nap）的国王，只能统治很短一段时间。当观察天象的祭司发现适宜时刻到来时，国王就会被杀死，随后他们选择新的国王。一个来自遥远东方王国的被称为法利马斯（Far-li-mas）的奴隶，擅长讲故事。他的故事具有催眠作用，可以让国王忘记终将到来的死亡。众人都沉醉于他那具有魔力的故事中，并进入梦乡。这些具有魔力的故事也使祭司忘记了他们每晚必须要做的观察星象的任务。这个擅长讲故事的奴隶让这些试图杀死国王的祭司在他讲述故事的过程中死去。这种杀害国王的血腥仪式也从此被废止。参见 Joseph Campbell, *The Masks of God：Primitive Mythology*, London：Penguin Books, 1987, pp. 151-160。

②Joseph Campbell, *The Masks of God：Primitive Mythology*, London：Penguin Books, 1987, p. 164.

③Joseph Campbell, *The Flight of the Wild Gander*, Chicago：Henry Regnery Company, 1972, pp. 64-65.

些人那里，神话并不仅仅是关于神的故事，而是给予人们生存意义，并决定他们行为方式的神话编码。为了这一意义，他们甘愿牺牲自己的生命。这就是他们甘愿陪葬的原因。

坎贝尔通过人类学家所搜集的故事与地下考古学资料，推断史前神话的精神特质。不过，在坎贝尔的书中，此类多种材料相互印证和支撑的例子比较少见。更能代表坎贝尔的研究范式的是他通过人类学家所记载的印第安人或者其他现存原住民部落的神话来解读史前神话。在《原始神话》中，坎贝尔通过北美黑脚部落的一个传奇故事推演出史前猎人神话的特征。这则故事以及他由此所推导出的结论反复出现在此后的其他著作中。在《指引生命的神话》和《神话的力量》等著作中都有提到。① 故事内容简略概述如下：

随着冬天的临近，印第安人发现他们不能为冬天储存野牛肉，因为这些动物拒绝蜂拥跌下野牛坡。即使被赶向悬崖，它们也会在悬崖边上拼命向左右两边逃窜。因此，他们遭受了饥荒。一个小女孩对在悬崖边吃草的牛群说，谁如果能够跳到崖下的牛栏中，她就会嫁给谁。许多牛跳下悬崖摔死了，而一只大公牛撞开了畜栏，将她带到了远离家乡的草原上。小女孩父亲拿了箭和箭筒，顺着他们留下的脚印来到了草原。女孩的父亲希望附近的一只喜鹊能够飞入野牛聚集的泥沼告诉她自己到来的消息。通过小女孩打来的水而嗅到人的气息的大公牛带领着一群野牛跑入泥沼，将小女孩父亲踩成烂泥。喜鹊在烂泥中找到了死去的小女孩的父亲的一段脊椎骨。小女孩在那段脊椎骨上面盖上她的裙子，唱起了歌。逐渐地，那段脊椎骨恢复了小女孩的父亲的身体，然后又有了气息，她的父亲复活了。大公牛教给小女孩的野牛舞，希望小女孩能够学会并且在回去的时候教给部落的人们。因为人们在跳野牛的舞蹈和唱野牛的歌曲的时候，那些被人类杀死的野牛也会复活，就像被野牛踩死的人那样。后来人们就要戴着公牛头罩并穿着野牛的长袍，并表演野牛舞。

在该故事中，猎人与动物主人建立协约，被屠杀的动物可以在猎人的仪式中死而复活。这些是猎人神话共同具有的特质。因此，坎贝尔认为，分析传承至今的原住民的活态材料，可以获得打开没有留下文字记载的史前猎人神话的

---

①参见 Joseph Campbell，*The Masks of God*：*Primitive Mythology*，London：Penguin Books，1987，pp.282-286。另参见 Joseph Campbell，*Myths to Live By*，New York：Bantam Books，1980，pp.37-40。中译参见（美）约瑟夫·坎贝尔：《指引生命的神话：永续生存的力量》，张洪友、李瑶、祖晓伟等译，杭州：浙江人民出版社，2013 年，第33—35 页；（美）菲尔·柯西诺：《英雄的旅程：与神话学大师坎贝尔对话》，梁永安译，北京：金城出版社，2011 年，第15—17 页。

一把钥匙。面对类似的问题，拥有相同生存方式的部落便拥有了类似的神话观念。这是因为他们（原住民猎人部落和史前猎人）拥有相同或相似的符号刺激，在这些符号刺激的作用之下，他们的神话便具有了类似的特征。坎贝尔将这个故事放入整个狩猎神话的大传统，从而激活这个故事中隐含着的神话讯息，他继而将这些讯息当成解读史前狩猎神话的标尺。

坎贝尔将人类学家田野考察所获得的活态神话，作为分析和探讨史前猎人神话的依据。他的此类阐释方法是具有开拓性和前瞻性的大胆尝试。不过，此类阐释方法无法解决史前猎人与当今原住民部落之间的时空差异和文化差异所造成的误读，因此，他所得出的结论也仅仅是推测而非确凿可信的结论。

第五节　坎贝尔史前神话研究与多重证据法

人类史前文化编码中蕴含着丰富的神话学信息，而对这种文化讯息的分析和解读，是坎贝尔史前神话研究的重点。叶舒宪先生所提出的四重证据法是试探性地阐释史前神话的方法，是他在坎贝尔这类神话学家的开拓性研究的基础上，结合中国文化的特性而提出的方法。在面对中国史前神话时，叶舒宪先生将传世文献资料、出土文献、田野考察所获得的民俗学和人类学资料，以及考古学出土的实物和图像等四重证据结合，将史前神话资料置于其生成的语境中，从而从多重证据的相互参照中获得神话意义。[①] 坎贝尔的史前神话阐释类似立体释古所提到的三重证据和四重证据法。因此，可以从多重证据法的角度审视坎贝尔史前神话研究的得失。

一、物叙事

当神话研究从文字所记载的神话转向由图像和考古实物所构成的史前神话的时候，如何从史前遗留下的物和图像中获得关于史前神话的信息，成为神话研究必须思考的问题。如何对史前岩洞和器物中的图像和考古所出土的实物进行阐释，寻找其中暗含的文化讯息？如何寻找证据并基于这些证据对图像和实

---

①叶舒宪：《文学人类学的理论与方法———当代中国文学思想的人类学转向视角》，载《河北学刊》2011 年第 3 期。

物进行阐释？叶舒宪先生基于考古实物和图像对神话学研究所具有的重要意义，将其定名为"物叙事"，并将其作为神话考古的第四重证据法：

四重证据法的提出对应着文化人类学研究的较新的一个潮流，叫做"物质文化"（material culture），也就是直接研究物体本身蕴含的潜在"叙事"，从古代遗留的实物及图像中解读出文字文本没有记录的文化信息。①

此处的"四重证据法"应为"第四重证据法"。古代遗留之物蕴含着值得后人开采的文化讯息。挖掘这些讯息对神话研究具有重要的价值和意义。获取这些讯息的关键在于后人如何解读物的"叙事"②。一个压根不懂玉的小学生，会将一块国宝级的玉看成石头而扔掉，物的"潜在叙事"依然潜在；这种玉的价值及其背后的故事只有懂行的专家才能发现。也就是说，在物叙事的阐释者那里，物从纯然之物向承载文化意义的叙事之物转变，决定这种转变的关键元素是阐释者的能力。在不懂玉器的人那里，由于他们没有解读物叙事的能力，潜在的叙事之物也仅仅是物；而在行家那里，物的潜在叙事才能被读解出来。

美国好莱坞电影形象地诠释解读物叙事所具有的重要意义。这些电影讲述的是神话学家、探险队员、考古学家、符号学家等文化英雄寻找神秘宝藏的历险。这些电影虚构了一些能解读物之意义的理想人物。比如《国家宝藏》中的探险队员，《丛林奇兵》中深入热带地区寻宝的考古学家，《达·芬奇密码》中的神话符号学家，等等。

这些文化英雄都是类似大侦探福尔摩斯式的人物，文化英雄对物的意义的解读，推动故事情节的发展。在这些影视中，物扮演着领路人的角色。物具有的文化意义是故事叙述的基础。通过解读物的叙事，这些人获得常人无法获得的启示。物的文化语境成为塑造英雄行动的背景。掌握物叙事相关神话知识的文化英雄，在其所熟悉的文化语境中进行探险。他们利用专业知识寻找下一步行动的线索，在某种文化迷宫中，展开寻找答案的旅程。

因此，在人探寻物之意义的过程中，物从纯然之物向叙事之物转变。在此过程中，一个丰富的文化世界在阐释者面前打开。在物叙事中，物是线索，是钥匙，是中介，是带领阐释者进入物所意指的文化世界中的向导。马塞尔·莫

①叶舒宪：《物的叙事：中华文明探源的四重证据法》，载《兰州大学学报》2010 年第 6 期。

②本书暂将解读物的符号意义和从物中解读出具有情节元素的故事统称为"物叙事"。关于物的符号意义与物的叙事的区分，以及从物的符号意义到物的探讨非常艰难，如果将这些探讨与史前考古图像和实物的阐释相结合将会是一个很大的课题。不过这些问题与本论题关系不大，所以此处暂搁置。

斯（Marcel Mauss）从物中发现物对其所产生的社会的重要意义，因此，人们可以通过这种重要意义了解这一群体的文化。在西伯利亚的因纽特人的报恩仪式中，物成为人的精神的符号载体，成为神圣之物。这种报恩仪式中的物是理解他们社会的重要精神讯息。① 比较宗教学家伊利亚德在其书中提出显圣物的概念，而显圣物是神圣在尘世中的显像。② 因此，宗教学家只有分析显示出神圣迹象之物，才能进入某一宗教语境。在《神圣的存在：比较宗教的范型》中，他分类整理出世界不同宗教中作为神圣化身的事物。在中国文化中，物成为人身体的一部分，是人的精神存在的延伸，如剑对剑客，文房四宝对文人的重要作用。砚台、纸、笔等都在建构他们的精神世界，承载他们的精神诉求。只有真正了解这些物在他们的世界中的重要作用，才能进入他们的灵性世界。这些物因此成为叙事之物，带领接受者进入它们所意指的世界。在文字出现以前的历史中就出现了大量的考古实物。如果具有解读这些物叙事的能力，人们就会掌握大量的文化讯息。

二、物的符号意义

解读物的符号意义是打开物叙事的基础。在人类世界中，物是物－符号表现体，物在时刻表达意义。"每个物体可以说都有一种隐喻深度，它指涉着一个所指；物体永远具有至少一个所指。"③ 具有深度隐喻的物体与所处的社会是一种互动的关系。物的意义由社会所赋予，物也可以意指给其意义的社会。史前的考古实物就是这种拥有深度隐喻的物体。这些指涉史前文化特征的物，恰恰是解读史前文化的钥匙。罗兰·巴尔特认为"物体（objet）永远是一个记号，这个记号由两个坐标加以规定，其中一个是深度象征坐标，另一个是扩大的分类坐标"④。决定物体意义的是将该物体放入象征坐标和分类坐标之中的社会。黄金在任何不知道其价值的人群中间，没有任何的意义。作家伏尔泰在其小说《老实人》中虚构了一个视黄金为石头的理想国度，而这一国度也是对人类社会拜金主义观念的讽刺。在陀思妥耶夫斯基的小说《卡拉马佐夫兄弟》中，浪荡

---

①（法）马塞尔·莫斯：《礼物——古式社会中交换的形式与理由》，汲喆译，上海：上海人民出版社，2005 年，第 18—25 页。

②（美）米尔恰·伊利亚德：《神圣的存在：比较宗教的范型》，晏可佳、姚蓓琴译，桂林：广西师范大学出版社，2008 年，第 2 页。

③（法）罗兰·巴尔特：《符号学历险》，李幼蒸译，北京：中国人民大学出版社，2008 年，第 191 页。

④（法）罗兰·巴尔特：《符号学历险》，李幼蒸译，北京：中国人民大学出版社，2008 年，第 192 页。

公子德米特里将三千卢布看成是自己走向复活的象征。此时的三千卢布与普通人眼中的三千卢布完全不同，只有进入他的精神世界才能真正理解这些象征的确切含义。但是，由于他的自设象征与群体社会所决定的意义之间的差异，导致了他的悲剧，他被众人看成杀害自己父亲的凶手，被他当成复活象征的三千卢布便成为他杀害父亲的罪证。

从符号学的角度来看，由于符号文本的发送者与接受者之间存在时空差异和文化语境的差异，符号文本的意图意义与解释意义不同一，这种不同一注定了解读物的意义的困难。《图像证史》的作者彼得·伯克（Peter Burke）认为图像所处的时代与解读者的时代出现了距离，所以图像的解读者无法理解图像的叙事习惯或者话语。① 另外一个考古学家也认为"考古学面临的挑战是如何把现在对静态实物的材料的观察逐字逐句地翻译成动态的过去生活"②。

现代符号学的奠基人查尔斯·桑德尔·皮尔斯（Charles Sanders Peirce）将符号看成表现体。在其原始语境中，符号的表现体所意指的是对象，接受者所理解的符号所指向的对象被称为解释项。摆在后代研究者面前的物、图像和文字等媒介的叙事都远离了其生存语境，从而导致符号意指对象的缺席。最理想的解释是对象与解释项的合一。虽然这种合一在具体的阐释中并不存在，但是这一理想却是阐释者追求的最终目标。物在其本源环境所指向的对象，是阐释者解读物之意义时必须依赖的根基。每一种解释都是以表现体所意指的对象为中轴而展开的解释，都是对表现体的试探性解释。如果从符号学家皮尔斯的角度来说，考古学家所进行的此类阐释工作，就是以物－表现体为中轴，尝试建构物的原始语境的过程。

三、从物叙事到多重证据

叶舒宪先生将三重证据法扩展为四重证据法，从而凸显考古实物和图像在神话学研究中具有的重要地位。他希望从人类历史表述的源头出发，从对文字产生以前的神话的文化载体（考古实物和图像）的解读中，找到破除文字遮蔽的方式。

在人类文化的某些时期，某种占主导地位的媒介会排斥和压制其他媒介。"每一种媒介同时又是一件强大的武器，它可以用来打垮别的媒介，也可以用来

①（英）彼得·伯克：《图像证史》，杨豫译，北京：北京大学出版社，2008年，第200页。
②（美）路易斯·宾福德：《追寻人类的过去》，陈胜前译，上海：上海三联书店，2009年，第2页。

打垮别的群体。"① 由于文化凸显某种媒介，压制其他媒介，因此，多媒介共同互动的局面不复存在，被排斥的其他媒介所传递的文化讯息，也会在此种偏见中被遮蔽。在人类文明建立的过程中，文字书写被凸显出来，其他非文字的媒介受到压制。因此，从史前的图像和实物表述向过于偏重文字表述的时代转变的过程中，诸多非文字媒介所传达的讯息被遮蔽。

> 但是书写的词常跟它所表现的口说的词紧密地混在一起，结果篡夺了主要的作用；人们终于把声音符号的代表看得和这符号本身一样重要或比它更加重要。②

神话学研究从文字载体的神话转向文化载体的神话，通过对物叙事的解读，尝试走出文字中心主义，试图让沉沦在历史遗迹中被物化的物体重新述说其所拥有的神秘讯息。

> 视觉符号以具体可感的形象、意象、画面、造型和象征来传达意义，恰好成为弥补"道可道，非常道"的语言缺陷的替代性选择。当我们说"图像的蕴涵远远大于语言和文字"时，也就相当接近了对图像特有的视觉说服力的认识。而当我们在对图像的视觉说服力充分自觉的基础上，开始运用跨文化的图像资料作为人文学科研究中的"第四重证据"时，那也许会有"柳暗花明又一村"的惊叹效果，从语言的贫乏和书写的局限所导致的盲视，转向生动而直观的洞见。③

这更应该被看成一位能够灵活运用物叙事的学者所发的经验之谈和研究心得。四重证据法是对此前三重证据的继承和扩展，而非否定。对传世经典文献谬误的认识和纠正，对唯传世文字经典马首是瞻之态度的质疑，是第二重、第三重和第四重证据法所具有的共同特征。

> 所谓"三重证据法"，包括文字训诂考据为第一重证据，王国维揭示的出土甲骨文、金文等为第二重证据，增添了人类学、民族学的非文本性参照材料为第三重证据。三重证据法的影响，不仅限于文史研究，也给其他学科带来启迪。如法学方面的证据学探讨。在新世纪初，

---

①（加）埃里克·麦克卢汉、弗兰克·秦格龙：《麦克卢汉精粹》，何道宽译，南京：南京大学出版社，2000年，第241页。

②（瑞士）费尔迪南·德·索绪尔：《普通语言学教程》，高名凯译，北京：商务印书馆，1980年，第48页。

③叶舒宪：《第四重证据：比较图像学的视觉说服力——以猫头鹰象征的跨文化解读为例》，载《文学评论》2006年第3期。

文学人类学研究者再度倡导"四重证据法"，吸取了人类学的"物质文化"概念，将出土或传世的古代文物及图像资料作为文献之外的第四重证据，探究失落的文化信息，以期重新进入中国的文明史和史前史。①

不过，四重证据法不是第四重证据法，物叙事并不是用一种新的占统治地位的表述方式（实物和图像）去取代此前的表述方式（文字），而是实现多种不同的表述方式之间的互动和融和。物叙事本身并不是万能的，多重证据需要多重媒介之间的互动，才能最大限度地避免偏重某种表述方式所造成的文化讯息的遮蔽和丢失。"物品、图像、动作可以表达着意义，并且它们实际在大量表达着意义，但是，这种表达从来不是以自主的方式进行的，所有的符号系统都与语言纠缠不清。"② 也就是说，物体不是纯然状态的物体，具有意指性的物体都多多少少与语言混合在一起。③ 因此，第四重证据的提出是对此前三重证据法的扩展，而非否定。笔者以类似格雷马斯矩阵的图表，重新分析四种证据法之间的关系。（如下图）

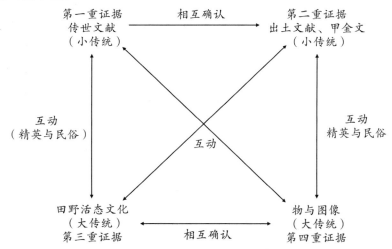

如图所示，证据法从一重证据到四重证据的过程是一个扩展证据法边界的过程，而这一过程是对文字这一单一媒介霸权地位的否定和挑战。第一重和第二重代表在文明社会中占中心地位的文字表述所具有的重要地位。从一重证据

---

①叶舒宪：《文学人类学的理论与方法———当代中国文学思想的人类学转向视角》，载《河北学刊》2011年第3期。

②（法）罗兰·巴尔特：《符号学原理》，王东亮译，北京：生活·读书·新知三联书店，1999年，引言，第2页。

③（法）罗兰·巴尔特：《符号学历险》，李幼蒸译，北京：中国人民大学出版社，2008年，第188页。

法到二重证据法代表文字边界的开拓，是文字所属的小传统内部疆域的拓展。第三重和第四重证据法则是民俗对精英文化的突破，也就是大传统新知识对文字小传统的超越。四重证据法就是在开拓证据疆界的过程中，通过相互确认和互动，从而破除霸权媒介的遮蔽。

四重证据强调不同证据之间互相论证、相互确认和相互开拓的证据间性。它的提出是基于人类文化表述中多种媒介互动的现实，"没有一种媒介具有孤立的意义和存在，任何一种媒介只有在与其他媒介的相互作用中，才能实现自己的意义和存在"①。在人类表达意义的多种方式中，多种媒介是相互作用的。违逆多种媒介所具有的相互关联和相互作用的特性，将多维媒介硬性拆解，并压制某些媒介，会导致讯息的缺失和遮蔽。因此，活态的神话信息被仅仅依赖文字文本的人们遗忘。在多重证据所建构的场域中，意义曾经被遮蔽的神话意象，以原始的方式，述说曾有的神秘意义。

不过，四重证据法也只是为了阐释的需要而建构的比此前的单一证据法更具说服力的阐释场域。四重证据法从多重证据互动的角度，反思文字的遮蔽，从而在活态的表述方式中，多维度地把握文化讯息。四重证据法注定也会被更加理想的方法超越。从一重证据到多重证据，从文字单维孤证到文字书写、口头传承和实物图像多维度的相互印证，证据法的演变是一个不断突破遮蔽的英雄旅程。在坎贝尔的《千面英雄》中，英雄远离日常生活世界（经济利益和日常法则）的束缚和遮蔽，在神秘世界中探险。史前萨满的精神修炼是突破本地化传统法则和神话意象的束缚，从精神的本源世界获得恩赐的探险。坎贝尔试图突破西方传统神话观的束缚，从而在东方神话世界、史前神话世界（史前猎人、农人和女神等）以及印第安等原住民神话世界中探险，从而突破西方宗教权力话语对个体灵性世界的压制。四种证据法（多重证据法）在逐渐克服现有证据法的弊端，突破各种表述方式的束缚，从而获得精神的飞升。

此外，四重证据将对霸权表述方式的质疑上升为对文化本身合理性的质疑。在不同的文化中，表达真理的象征形式（表述方式）会受到不同的待遇，在一种文化中被认为是最真实的表达真理的形式，在另一种文化中可能被认为是琐碎无聊的。② 针对这种表达形式的文化偏见，从物和图像叙事的角度反思书写传

---

①（加）埃里克·麦克卢汉、弗兰克·秦格龙：《麦克卢汉精粹》，何道宽译，南京：南京大学出版社，2000 年，第 248 页。

②（美）尼尔·波兹曼：《娱乐至死》，章艳译，桂林：广西师范大学出版社，2004 年，第 28—29 页。

统所具有的对文字这种表达方式的迷恋，进而反思整个文化偏见，甚至文化本身的合理性。

我们长久以来奉为神圣的所谓"历史"，也可以做新的反向理解：就是被有限的文字记载所遮蔽和所遗忘的东西。①

多重证据法通过对过于偏倚某种表述方式的批判，透视文化建构的历史，并力图在史前文化大传统中，挖掘被遮蔽的信息。坎贝尔神话学研究也有相同的作用。坎贝尔试图突破人类神话中由祭司所建构出的宗教传统，这些传统已经使神话堕落为教条。坎贝尔质疑宗教界对神话传统的文字读解，他将宗教的神话意象放入更为原初的神话语境，从而展示出其被所谓的正统读解遮蔽的意义。

四、反思

坎贝尔史前神话研究有许多自相矛盾之处。有论者认为坎贝尔从历史的角度和非历史的角度研究神话，然而当两者进行转换的时候，就出现了问题。② 也就是说，他的神话意象的缘起的理论和神话意象的传播并没有融合在一起，他也没有认真思考两种观念之间的冲突。在《原始神话》的前几章，坎贝尔从跨学科的角度探讨神话意象的缘起。他从人类的生理特征和所面对的共同情境，寻找人类神话意象的共同根源。这是坎贝尔从非历史的角度进行研究。然而，当他继而阐述众神和英雄的自然史的时候，他又转向了历史的视角。在他那里，世界神话都是同一个源头的不同支脉。他以共同源头的文化流变为基础，梳理不同神话意象的共同性及其嬗变。他没有思考如何处理两种不同理论之间的冲突。

另外，坎贝尔的许多观点因缺乏材料的支撑只能流于臆测。由于精神分析学派的论证方式支配着他的写作，他没有从证据学的角度进行论证。有论者认为，在探讨具体神话意象传播的过程时，坎贝尔在同时代人不敢涉足的地方，进行了自己的开拓。他勾画神话的世界范围的流变，并从这些流变中得出宏大的结论，进行了一些大胆的假设，又将考古学、文化传播以及物质文化等各种不同学科的知识融会贯通。但是，书中的观点基于推测，没有真正的事实材料

---

①叶舒宪：《熊图腾：中华祖先神话探源》，上海：上海锦绣文章出版社，2007 年，第 11 页。

②Morris E. Opler, "The Masks of God: Primitive Mythology by Joseph Campbell," in *The Journal of American Folklore*, Vol. 75, No. 295 (Jan.-Mar., 1962), pp. 82-83.

论证。① 坎贝尔史前神话研究具有开拓之功。然而，他从固定的结论中寻找与他的观点相切合的证据，并将这些材料作为他的理论的注脚，这种理论先行的思维方式是坎贝尔研究方法论的缺陷。

最后，虽然坎贝尔试图走出西方中心主义的框架，但是在文明与原始之间的对立中，他依然被束缚在中心与边缘的二元对立中。在《原始神话》中，坎贝尔试图建立神话意象的源头和中心，并追溯神话传播的路线。在他那里，许多海岛上原住民至今保留的神话，是中心神话变形的、退化的形态。这显然是陈旧到甚至不值得批判的正教观念在神话学中的翻版。

---

① Stephen P. Dunn, "The Masks of God: Primitive Mythology," in *American Anthropologist*, Vol. 62, No. 6, 1960, pp. 1115-1117.

第三章

重估西方神话

在《神的诸种面具》中，坎贝尔将世界各地神话并置为"上帝"的面具。神与英雄的自然史就是展示这些存在于不同时空间中的具有合法性的"上帝"的面具。因此，神与英雄的自然史成为一个宏大的演变历程，而这一有机整体的创造者是人类的文化英雄。

坎贝尔首先探索史前神话，继而向西方世界传播东方神话，并重估西方神话。在人类漫长的史前阶段，奠定人类精神根基的是史前猎人神话和史前农人神话。史前猎人宣扬通过个体精神修炼，从而获得自由的修炼方式；史前农人尊重生命法则和群体利益。这些特质成为后代神话继承下来的精神因子。而僧侣城邦、东方神话、西方神话是对史前神话的不同文化因子的继承和重新书写。

坎贝尔借鉴尼采的思想，重估传统神话。他首先依据神与宇宙法则之间的关系，将世界神话分为东方神话与西方神话，又将它们分成四个不同领域，此类区分为重估神话奠定基础。坎贝尔希望在尼采所说的"比较的时代"开启对话的契机，从而走出西方中心主义。在他看来，双性同体代表时间和永恒还未分裂的本源状态①，也是人类曾经所具有的、现在却远离的和谐状态。② 而坎贝尔又将拥有共同根源的东方神话和西方神话看成建构人类灵性世界的两极，他重估神话的目的是为了融合此两种神话的精神特质，希望能找到促进人类精神和谐的新时代神话。

在坎贝尔那里，神话不仅仅是分析和研究的对象，也是获得精神启迪的途径。他在神话所代表的诗性世界中探险，从而探寻与主张工具理性和实用主义的日常世界不同的恩赐。因此，坎贝尔成为在传统的阈限之外寻找精神恩赐的英雄。从孩提时代开始，坎贝尔就痴迷于印第安神话，成年后他又疯狂地热爱印度神话。他以这些处于边缘或者他者地位的神话观念为基础，反思在西方占主导地位的基督教神话。他的这种文化视野本身就具有英雄探险的意义。边缘之地是一片混沌的未知领域。边缘，因远离守护，而成为危险；因远离神圣，而成为污染；因模糊不清，而成为禁忌。传统是束缚人的思想的边界。是否有

①（美）约瑟夫·坎贝尔：《千面英雄》，张承谟译，上海：上海文艺出版社，2000 年，第 146 页。

②Marc Manganaro, "Joseph Campbell: Authority's Thousand Faces," in *Myth*, *Rhetoric*, *and the Voice of Authority*: *A Critique of Frazer*, *Eliot*, *Frye*, *and Campbell*, New Haven: Yale University Press, 1992, pp. 151- 185.

勇气突破边界，在被传统的话语权力所建构出的象征着边缘甚至邪恶之地的他者世界中寻找光明？是否有勇气踏入那片陌生、充满艰险却又有着无穷回报的国度？这是每个文化英雄所面对的拷问。

神话对当代人类的重要意义一直是坎贝尔所思考的问题。他重估神话的目的是为了治疗西方文化所面对的精神困境。失效的神话造成了西方世界的精神荒原，拯救就需要重新激活神话的力量。神话是需要倾听的神圣启迪，然而，在他看来，宗教使神话堕落为牧师所代表的人人必须遵守的教条，而活态神话可以将宗教从此种困境中解救出来。坎贝尔将基督教放入宏大的活态神话语境，将这些堕落为教条的西方神话，从体制化、缺少生命力的困境中拯救出来。

> 它并不会让你失去你的宗教。你信仰的东西依然在那里，只不过，现在它会用它初始的语言对你说话，而那是原先被神职人员所遮蔽起来的。①

坎贝尔是最早研究女神文明的神话学家之一，他通过分析在父权神话中被压制变形的女神形象，质疑父权神话建构的合理性。他反对西方宗教世界中将神话看成历史事实的观念。此外，坎贝尔向西方世界传播东方神话。他从东方世界中发现在西方世界已经缺失的人与内在灵性之间的关联，并希望通过东方神话将神话与个体的灵性体验重新结合起来。

第一节　神话重估

一、传统神话的分野

在研究史前神话时，坎贝尔总结出拥有不同精神特质的史前农人神话和史前猎人神话。在研究后世神话时，他又延续了此种思路。他认为美索不达米亚城邦是世界文明的发源地，从这里产生了四大文明领域，而这些文明构成了人类文明这一大树的主要枝干。他继而将世界神话区分为东西方神话，又从东方

---

①（美）菲尔·柯西诺主编：《英雄的旅程：与神话学大师坎贝尔对话》，梁永安译，北京：金城出版社，2011 年，第 65 页。

神话划分出远东（中国和日本）神话和印度神话，从西方神话分出黎凡特神话与欧洲本土神话。① 这种区分可以通过下面的表格展示出来：

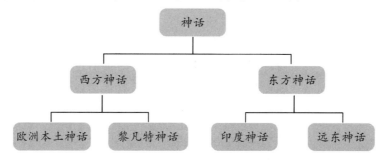

坎贝尔区分东西方神话的主要标准为：是神还是宇宙法则统治整个世界。前者是西方神话的特质，后者是东方神话的特征。根据神话中所表现出的面对宇宙法则的不同态度，坎贝尔又将东方神话分为印度神话和远东神话。在注重神人关系的西方神话中，坎贝尔又分出黎凡特神话和欧洲本土神话，黎凡特神话侧重神人对立，主张人必须尊重神的命令；欧洲本土神话却是侧重神人同形同性。在坎贝尔看来，东西方神话的不同特质具体表现在如下几个方面：

首先，东方神话是轮回的宇宙观，西方神话则是线性演进的宇宙观。在东方神话中，宇宙处于永恒轮回的持续演化中：世界从混沌中诞生，走向繁盛，随后在混乱中分解，最后融入混沌，然后一切又重新开始。这是一个无法改变，也不会停止的过程。宇宙的演化是周期性升起和降落的循环。

在西方神话中，宇宙是直线演化，这意味着时间性神话的兴起。在宇宙的开端，世界被创造出来，然而，世界却由于某种邪恶、黑暗的力量而堕落。代表正义的神和人类一直努力修复此种堕落。在这种宇宙观念中，世界不再是永恒范式在时间中的显现，而是黑暗与光明两种力量冲突的场地。在拜火教中，世界变成了光明之神阿胡拉·马兹达（Ahura Mazda）与邪恶神安哥拉·曼纽特（Angra Mainyu）之间斗争的战场。人类世界成为善良与邪恶、光明与黑暗、智慧与暴力融合的世界。为了使光明获得最终的胜利，每个人都必须加入这场战斗。在此宏大的善恶战争的背景下，每个个体都由善与恶两种不同成分构成，他们必须在两种不同成分之间做出选择。坎贝尔从这种神话中发现了为人类重新定位的法则。这种观念号召人们以上帝的名义为宇宙的革新承担责任。并且，这类神话也孕育出关于圣战的政治哲学。② 这种观念被犹太教、基督教、伊斯兰

①Joseph Campbell, *Myths to Live By*, New York：Bantam Books, 1980, pp. 61-62.

②Joseph Campbell, *The Masks of God：Oriental Mythology*, London：Secker and Warburg, 1962, pp. 7-8.

教继承。因此，西方神话是从道德伦理的角度阐释宇宙的演化进程。宇宙的拯救或者毁灭是光明与黑暗争斗的结果。与此种观念不同，在东方神话中，宇宙的诞生和毁灭像四季轮回或者昼夜交替一样自然，不掺杂任何善恶伦理的评判。不过，西方神话在伦理化地展示宏大的宇宙景观的同时，也建构出神圣的群体，从而推演出神圣群体与邪恶群体之间的对立。圣奥古斯丁后来所发起的上帝子民对"魔鬼子民"的战争早在拜火教时代已经打响。坎贝尔恰恰通过印度神话的非道德的宇宙观来反思和批判黎凡特神话道德化的宇宙景观背后的群体自恋情结。

其次，东方神话注重神人之间的同一，西方神话强调神人之间的差别。在东方神话中，超越神的宇宙法则统治着世界。众神和人一样，都是宇宙法则所统治的宇宙中的小角色，他们的意志无法改变宇宙类似日夜交替的轮回演变进程。

基于神话表现出的对宇宙法则的不同态度，坎贝尔区分出印度神话与远东神话。在他看来，印度神话主张冲破存在的外壳，居住在永恒空虚的狂喜中。然而，远东神话却认为伟大的虚空是万物的推动者，人需要投身到宇宙或者道的节奏之中。[1] 如果从《千面英雄》所总结的英雄探险模式来看，印度神话赞扬沉迷于神秘世界中的圣人；远东神话却更加尊重从神秘世界回到现实世界，最终将两个世界融合在一起的文化英雄。

西方神话凸显人与神之间的区别。在公元前2350年左右，人类思想发生了一次关于神人关系的变革。在更早的神话观念中，国王是神在大地上的化身，但是，从那时开始，国王仅仅是向天上的诸神献祭的祭司。人也不再是神在人间的肉身载体，而是必须尊敬神和为神服务的奴隶。[2] 也就是说，从那时开始，国王不再是神，而是神的仆人。人类沦为神的奴隶，国王是由神创造出来的管理这些奴隶的监工。最终，神话被用于解释以神人差异为基础的神人关系，而这次变革是西方神人关系的萌芽，神王同一的关系被神人之间的区分对立代替。

根据神话对神或人的不同偏向，坎贝尔将西方神话区分为黎凡特神话和欧洲本土神话。在黎凡特神话中，上帝与人是对立的，人必须听从上帝的命令。这是虔诚的宗教，此种关系需要宗教体制的支撑。[3] 与黎凡特神话不同的则是欧

---

[1]Joseph Campbell, *The Masks of God*：*Oriental Mythology*, London：Secker and Warburg, 1962, p.30.

[2]Joseph Campbell, *The Masks of God*：*Oriental Mythology*, London：Secker and Warburg, 1962, p.7.

[3]Joseph Campbell, *The Masks of God*：*Oriental Mythology*, London：Secker and Warburg, 1962, p.4.

洲本土神话，包括希腊、罗马、凯尔特和德国等的神话，它们拥有人性化的（humanistic）特质。[①] 古希腊神话最能体现此种特质。在古希腊神话中，神人是同形同性的，诸神拥有人类的特质和缺点。这些有缺点的神象征微观宇宙和宏观宇宙的力量，同时也代表以人为本的价值观念。

再次，通过心性体验还是参加群体宗教获得救赎是东西方神话观念之间的差异。在坎贝尔那里，印度神话和黎凡特神话之间的对立，最能够体现东西神话之间的差异。

在印度神话中，神秘力量是超验的、无所不在的（immanent），万物皆为神圣（the divine is everything）。个体不是通过加入某些权威的群体才能回归神圣，而是需要改变心理方向（psychological orientation），从而重新发现内在于心灵的神圣。[②] 因此，东方神话的首要目的是传达那既无所不在又超验的神秘与人的同一。东方神话中的所有面向都指向了这种超越思想范畴之外的体验。如果将世间万物都看成神圣的伪装，那么印度神话就成为关于忘记自身和想起自身的游戏。甚至可以说，印度神话就是基于隐藏与追寻、丢失与获得的反复循环的游戏之上的永恒舞蹈。

在西方神话，特别是在黎凡特神话中，个体需要从一个已经失去光辉的世界中解脱出来，完成救赎。在历史的某一时刻开始，神圣与人们的本性体验分离，人们被迫承受某种原罪或者遭受某种流放，但是，人们又渴望从此种无法承受的灾难中解脱出来。[③] 然而，要想从这种罪恶的状态中摆脱出来，人们只能加入拜火教、伊斯兰教、犹太教、基督教等宗教，因为它们是代表上帝之超自然启示的宗教。[④] 这些宗教宣称他们持有某种独特的启示，因此他们的群体是独一无二的组织。只有加入这些与上帝建立圣约的宗教，堕落的人类才能获得拯救，才能在死后进入上帝的国。

总之，坎贝尔将四种神话的特色总结为：自我负责的个体（欧洲本土神话）；源自超自然启示的上帝选民（黎凡特神话）；在永恒而伟大的虚空之下的瑜伽修炼（印度神话）；天空和大地之道协调一致的圣人（远东神话）。[⑤] 不过，虽然坎贝尔此种区分的主要目的是重估，但是他仅仅用某些特质来概括博大精

①Joseph Campbell, *The Masks of God*: *Oriental Mythology*, London: Secker and Warburg, 1962, p. 32.

②Joseph Campbell, *The Masks of God*: *Oriental Mythology*, London: Secker and Warburg, 1962, pp. 12-13.

③Joseph Campbell, *The Masks of God*: *Oriental Mythology*, London: Secker and Warburg, 1962, pp. 35-36.

④Joseph Campbell, *The Masks of God*: *Oriental Mythology*, London: Secker and Warburg, 1962, p. 4.

⑤Joseph Campbell, *The Masks of God*: *Oriental Mythology*, London: Secker and Warburg, 1962, p. 33.

深的神话传统是有问题的，因此，他以这一概括为基础而展开的对这些神话传统的批判，并不能让人信服。有学者指出了坎贝尔的这种缺陷：坎贝尔将犹太教、印度教概括为民族主义的，而认为基督教和佛教是教条主义的。他认为坎贝尔的断言过于轻率。^① 此外，在四种神话传统中，坎贝尔集中论述了印度神话和黎凡特神话之间的对立；他对东西方神话特质的总结，也主要是基于此两种他相对熟悉的传统。在《东方神话》中，远东神话他谈论不多，书中的相关章节也仅仅成为理解印度神话的陪衬。他对远东神话的生疏也使人不得不怀疑他对远东神话精神特质的概况以及由此而得出的结论。另外，欧洲本土神话中所体现出的人性特征和个体主义是他在随后的《创造神话》一书中重点发掘的精神特质。

二、重估传统神话

坎贝尔在神话学领域借用了尼采重估一切价值的思想，而四种神话传统的区分也为重估这些神话传统奠定了基础。在尼采看来，人类处于比较的时代，曾经彼此分隔的价值观念相遇，并因差异而相互冲撞。而尼采认为人们在这个时代的任务是重估这些互相冲突的价值观念。

> 这样一个时代是如此获得其意义的：各种世界观、各种风俗文化在这个时代能得以比较，并且一个接一个地受到体验；这在以前是不可能的，因为以前一切文化都只有地域性的支配地位，所有艺术风格都束缚于时间和地点。现在增加了的审美感受将最终在这么多用来做比较的形式中做出决定：它将让其中的大多数——即所有那些遭遇这种感觉的拒绝形式——死亡。同样，现在在较高道德的形式与习俗中产生一种挑选，而这种较高道德的目标不是别的，正是要让较低的道德消亡。这是比较的时代！^②

在《东方神话》中，坎贝尔引用了尼采的这段写给自由精灵的语言^③，他的目的则是在神话世界推行尼采在哲学世界开启的任务，重估今天依然存在的神话传统。他将产生于共同根源的不同神话放在一起，重估这些保存下来的神话

---

①William Kerrigan , "The Raw, the Cooked and the Half-Baked," in *The Virginia Quarterly Review* , Vol. 51, No. 4（Autumn, 1975），pp. 646-656.

②（德）弗里德里希·尼采：《人性的，太人性的：一本献给自由精灵的书》，杨恒达译，北京：中国人民大学出版社，2011 年，第 33—34 页。

③Joseph Campbell, *The Masks of God：Oriental Mythology*, London：Secker and Warburg, 1962, p. 33.

遗产，从而寻找开启新的神话时代的线索和契机。此种思路在神话研究中处于先锋地位。叶舒宪先生对当下西方反思基督教神话的思潮有过这样的概述：

> 第一，针对以白人为最高文明代表的欧洲中心历史观，让非西方文化的价值观来取而代之；第二，针对以《圣经》神学为基础的基督教的一神论的长久统治，让具有更加悠久传统的巫术—魔法—萨满教的多样性神幻世界来取而代之；第三，针对西方文明史中希腊文化和希伯来文化占主流的传统，让处于边缘的非主流文化如凯尔特文化得到重构和复兴；第四，针对父权制的男性中心的价值观，让女性重新圣化，让更加古老的女神信仰得到复兴并引导未来的人类精神。①

在这些思潮之下，以白人占主导地位的基督教受到激烈的挑战。坎贝尔是开启这些思潮的先头兵。他一直处于不同文化交织而成的漩涡之中。许多分属于中心与边缘、自我与他者的元素在这位神话学家身上凝聚。坎贝尔是在美国出生的北爱尔兰人的后裔，天主教徒，却自幼喜欢印第安神话。后来他又在去欧洲的轮船上遇到印度灵修大师克里希穆那提，并与其成为挚友。坎贝尔师从来美国躲避战乱的德国印度学家支默，跟从他学习印度神话和印度哲学。因此，在坎贝尔身上汇集了天主教、印第安神话、北爱尔兰的凯尔特神话和印度神话等不同的传统。

在《英雄的旅程》中，坎贝尔认为自己的天主教背景使他对神话产生了浓厚的兴趣。他从小就感受到天主教的许多仪式具有诗的特质。② 然而，当他成年以后，他发现天主教甚至广义上的基督教在西方逐渐失去了信众。由于基督教沦落为牧师的宗教，神话被剥离了与个人的生命体验之间的联系，沦为"你必须"遵守的僵化规则。因此，坎贝尔跨越传统的阈限去体验另一种可能性。从孩童时代开始，他就发现印第安神话也有与自己的宗教相似的神话。坎贝尔坚信世界神话源于同一神话母题库。各个民族的不同神话都是根据当地的需要进行了选择、阐释和仪式化。也可以说，宗教的神圣经典仅仅是这些相似的神话中的一种表述方式而已，它们并不是单独属于某个群体所特有的恩赐。在世界神话中有大量与基督教所信仰的神话相似的故事，而基督教的宗教经典也仅仅是将这些故事法典化，并建构为神圣的天启。

---

① 叶舒宪：《谁破译了〈达·芬奇密码〉?》，载《读书》2005 年第 1 期。

② （美）菲尔·柯西诺主编：《英雄的旅程：与神话学大师坎贝尔对话》，梁永安译，北京：金城出版社，2011 年，第 7 页。

神和英雄的历史证明在人们所遵循的由父权神话传统建立的法则之外，有一个曾经在人类历史中存在长达几千年的女神文明；在建构西方人的价值观念的神话传统之外，还有一个秉持不同价值观念的东方神话和印第安神话。因此，在美国处于边缘地位的印第安神话，与西方相对立的印度神话，成为坎贝尔反思西方传统神话的参照系。

坎贝尔阐释基督教神话的方法与诺思洛普·弗莱（Northrop Frye）的研究有相似之处。弗莱反对新批评将文学仅仅固着在文本本身的研究范式，他希望从更大的文化视野中审视和研究文学。① 坎贝尔将基督教神话纳入神与英雄的演变史，从人类精神演变的历程中阐述基督教神话意象的意义。他希望这些意象能够与个体的心灵体验联系起来，使它们成为激发和引导个体精神能量的象征。在他看来，耶稣升天的神话意象是人们提高精神空间的象征。耶稣升天意味着人的心灵回归精神天堂的可能。② 童贞女生子这一神话象征了人类的精神生命的诞生。③ 也就是说，童贞女生子是违反生物学基本法则的现象，此种神话意象意味着人类拥有与其他生物所不同的精神特质，它代表了人类精神生命的诞生。而应许之地象征着神话将人类融入与世界和谐相处的境界。④ 通过这种解读，坎贝尔希望神话意象能够从文字的遮蔽和牧师所代表的权力机构的读解中解放出来，人们因此能够面对活态神话，倾听这些神话所传达的讯息，让神话意象成为激发和引导个体精神能量的意象，从而感受到神话的神圣律动。

总之，在坎贝尔看来，被宗教权威和主流话语所压抑的由史前、边缘和他者所组成的神与英雄的自然史，是宗教经典产生的原初语境，只有将其放入这一活态的神话语境，才能真正理解宗教中的神话意象的意义。

---

① （加）诺思罗普·弗莱：《批评的解剖》，陈慧、袁宪军、吴伟仁译，天津：百花文艺出版社，2006年，第 198 页。

② Joseph Campbell, *The Inner Reaches of Outer Space*：*Metaphor as Myth and as Religion*, New York：Harper & Row, 1988, p.5.

③ John M. Maher & Dennie Briggs, eds., *An Open Life*：*Joseph Campbell in Conversation with Michael Toms*, New York：Harper & Row, 1989, p.23.

④ （美）菲尔·柯西诺主编：《英雄的旅程：与神话学大师坎贝尔对话》，梁永安译，北京：金城出版社，2011 年，第 186 页。

第二节 女神文明与重估西方神话

女神运动是反思和批判统治人类社会长达几千年的父权社会固有价值观念的运动，至今在西方世界还非常兴盛，而坎贝尔是最早研究女神文明的神话学家之一。本节从女神文明的角度审视坎贝尔对西方传统神话的批判，凸显其先锋作用，并反思他的研究缺陷。

一、女神文明的复兴

20世纪中后期以来，由于人类对自然的过度开发，环境污染日益严重，生态危机成为威胁人类生存的大问题。在这一大背景下，更加尊重自然法则的女神文明成为人们关注和讨论的焦点。从其产生的背景来看，女神运动对父权神话传统的批判，并不是神界的性别之战，而是两者所代表的价值观念之间的碰撞。

瑞士神学家巴霍芬（Johann Jakob Bachofen）在其书《母权论》中提出人类史前存在一个母权社会。然而，该人类学家的"母权制"假说只是为人类的社会演变提供了一个过时的阶段而已。牛津大学教授詹姆斯·洛夫洛克（James Lovelock）在20世纪七八十年代提出"该亚假说"（或盖娅假说）。这种假说表明人类所生活的地球是一个有机体，人类如果想在地球上生存下去，必须要学会尊重这一有机体。西方当代社会关于女神文明的著作更是层出不穷，如《女神的观念》《女性主义神话学导读》《女神的语言》《活的女神》《古希腊失落的女神》等等。[①] 在这一背景下，西方的流行文化也借助女神运动的声势，继续推动这一反思父权传统的运动。曾经在全球热播的《达·芬奇密码》就是以被父权社会所压制的女神形象作为知识背景。[②] 2010年创造票房奇迹的科幻巨制《阿凡达》的背后也有女神观念的支撑。在潘多拉星球上，万物都是女神伊娃的子民。纳美人与地球人之间的战争是两种不同的价值观念之间的冲突，影片用

---

①叶舒宪：《西方文化寻根中的"女神复兴"——从"盖娅假说"到"女神文明"》，载《文艺理论与批评》2002年第4期。

②叶舒宪：《谁破译了〈达·芬奇密码〉?》，载《读书》2005年第1期。

纳美人与自然和谐相处的观念反思人类对自然的过度开发。总之，女神文明所代表的生态观念已经逐渐被人们所接受。

女性主义学者汤森德将探讨女神文明的神话研究分为两类：一类以荣格弟子埃利希·诺伊曼（Erich Neumann）等人为代表，他们从荣格的原型理论来研究史前女神文明，将史前女神看成人类集体无意识中的原型；另一类学者利用考古学的资料研究远古时代存在的女神宗教。[①] 第一类代表性的作品是诺伊曼的《大母神：原型分析》；而女考古学家、神话学家玛丽加·金芭塔丝（Marija Gimbutas）则是第二种研究范式的代表人物，术语"女神文明"就源自这位学者 1991 年出版的著作《女神文明》（The Civilization of the Goddess）的书名。该学者从考古实证方面为女性主义神话学提供了理论支持。基于考古新发现，金芭塔丝认为，在早期的古埃及文明、苏美尔文明兴起以前，人类社会在旧石器和新石器时代存在一个由女神掌权的时代。这一时代被其称为"女神文明"。[②] 金芭塔丝与坎贝尔有很深的渊源，他们之间的交往也为人们从女神文明的角度审视坎贝尔的神话研究提供了些许佐证。在坎贝尔晚年的受奖仪式上，金芭塔丝感谢坎贝尔的著作为她的人生找到了方向。[③] 而坎贝尔生前所发表的最后一篇文章就是为金芭塔丝的著作《女神的语言》所写的序言。[④] 据坎贝尔身边的朋友回忆，坎贝尔非常欣赏她的著作。他曾经感慨，如果自己早些读到这位女考古学家的著作，他的《神的诸种面具》将会重写。[⑤] 这些感慨说明坎贝尔对女神文明的重视，以及这位女考古学家的著作对坎贝尔研究的启发。不过，坎贝尔却没有时间修改他的著作所留下的遗憾。因此，从女神文明的视角可以探讨坎贝尔神话研究的开创性，并反思他的研究的不足。

---

①J. B. Townsend, "The Goddess: Fact, Fallcay and Revitalization Movement," in Hurtado, ed., *Goddess in Religions and Modern Debate*, University of Manitoba, 1990, p.179.

②Marija Gimbutas, *The Civilization of the Goddess: The World of Old Europe*, Harper San Francisco, 1991.

③（美）菲尔·柯西诺主编：《英雄的旅程：与神话学大师坎贝尔对话》，梁永安译，北京：金城出版社，2011 年，第 207 页。

④Stephen Larsen&Robin Larsen, *A Fire in the Mind: The Life of Joseph Campbell*, New York: Doubleday, 1991, p.544.

⑤Stephen Larsen&Robin Larsen, *A Fire in the Mind: The Life of Joseph Campbell*, New York: Doubleday, 1991, p.618.

二、坎贝尔史前女神神话研究

坎贝尔一直被认为是美国荣格主义者的代表，然而，他的女神神话研究对汤德森所说的两种研究范式都有所涉及。坎贝尔的研究首先扎根于荣格的原型理论，并运用大量的考古图像和实物材料，从而达到批判西方父权神话的目的。

在其前期著作《千面英雄》中，坎贝尔依据原型理论探讨神话中的女神形象。女神代表充满变化的时间世界，男神代表永恒世界，双性同体的神话意象则象征着这两种拥有不同法则的世界融合为一。[①] 也就是说，在坎贝尔看来，女神象征英雄旅程中需要突破的生命幻象。女神同时也是人所生存的时间和生命世界的全部，是各种不同的矛盾和悖论融汇在一起的人类知识的全域。

在《原始神话》中，坎贝尔依然从幼儿与母亲之间的关系的角度论述神话中截然相反的女神形象出现的原因。[②] 他将男女身体的差异看成促进神话形象产生的自然情境。在类比的神话思维作用下，女性所拥有的生产能力、女性月经时间与月亮的阴晴圆缺之间的轮回关系，都被神秘化。[③] 坎贝尔这些关于女神的观点的理论支撑是弗洛伊德的精神分析和荣格的原型理论。

从《千面英雄》到《神的诸种面具》，坎贝尔的女神研究从第一种研究范式（原型研究）转向了第二种研究范式（神话考古），并融合了两种研究范式。在《神的诸种面具》四个分册中，与女神相关的内容主要集中在《原始神话》、《东方神话》和《西方神话》的相关章节中。

在《原始神话》中，坎贝尔将史前猎人神话与史前农人神话看成人类遗产中截然对立的精神基因。在此种相互对立的大框架之下，坎贝尔分析女神形象在这些不同的神话传统中所占的地位。在新石器时代的史前农人神话那里，女神形象一直占据最主要的地位；不过，在更古老的旧石器时代的史前猎人神话中，女神形象的地位却不同。坎贝尔认为女神形象和女神雕塑只存在于旧石器时代的早期，因为在萨满的眼中，女性代表一种应该被尊重同时又需要被征服的神秘力量。不过，在旧石器时代的后期，女性地位逐渐降低，女神形象被男

---

① （美）约瑟夫·坎贝尔：《千面英雄》，张承谟译，上海：上海文艺出版社，2000 年，第 162—163 页。
② Joseph Campbell, *The Masks of God*：*Primitive Mythology*, London：Penguin Books, 1987, pp. 64-66.
③ Joseph Campbell, *The Masks of God*：*Primitive Mythology*, London：Penguin Books, 1987, pp. 76-77.

神形象代替。①

然而，当女神形象与史前猎人神话、史前农人神话混在一起的时候，坎贝尔的思路出现了混乱。坎贝尔大体将史前猎人神话与史前农人神话看成前后相继的关系。女神形象在史前猎人神话后期被男性神形象替代，然后又在史前农人神话中被重新发现。这种解释并不合理。因此，虽然他的研究有开拓之功，但是他的思考并不能令人信服。当然坎贝尔研究的缺陷并不能完全归咎于他自己，外在的学术环境和研究积累的缺乏使他颇为无奈。因此，坎贝尔感慨，如果早些阅读金芭塔丝的著作，他的《神的诸种面具》将会重写。金芭塔丝拥有考古学新发现的支持，论点更有说服力，而坎贝尔的研究虽然具有启发性和开拓性，却仅仅基于推测，缺乏考古学的支撑，不免底气不足。

坎贝尔还从女神文明的角度反思在人类社会依然占据主导地位的父权文明的建构过程。他所努力勾画的神与英雄的自然史在向人们证明以基督教为主的西方传统神话并不是唯一的神圣启迪，而是宗教权威的权力建构。各个民族的神话都是受本地传统束缚的族群观念，这些神话会随着人类生存方式的变化，或者社会制度的变化而出现更迭。在更迭的过程中，某些神话形象被扭曲，曾有的意义被篡改。父权社会中的女神形象便是如此。

（一）女神与生命

女神代表万物由其生而最终向其回归的始基，因此，女神意指超越思想范畴的体验，生与死、善与恶等相互冲突的特性仅仅是同一女神的不同侧面而已：

> 原始模型的一个基本特点，是把正面的和负面的属性以及各种属性的组合联合在一起。原始模型的这种对立统一性和二重矛盾性，是意识的初始状况的特征，其时意识尚未分化为对立面。初民把神性中善与恶、友善与恐怖这种自相矛盾的复杂性经验为统一的整体；待到意识发展了，它们才被当作不同的对象来崇拜，例如善良女神和邪恶女神。②

女神赐予生命，同时也毁灭生命，生与死这两种截然不同的状态在女神那

---

①Joseph Campbell, *The Masks of God: Primitive Mythology*, London: Penguin Books, 1987, p.315.
②（德）埃利希·诺伊曼：《大母神：原型分析》，李以洪译，北京：东方出版社，1998 年，第 11—12 页。

里得到统一。女神的神话意象都是与两极状态转化相关的符号。比如，在更为久远的希腊神话传统中，主神就是一个令人类恐怖的女神。她拥有许多可怕的形象，她是生者和死者共同的母亲。虽然她有许多负面的形象，如果她的消极面被驱散，世界便会拥有健康、幸福、丰产和果实。① 也就是说，在与女神相关的神话和仪式中，光明与黑暗的方面受到同样的尊重。同时，女神的配偶也象征着死而复活的循环，他们往往以公牛、月亮、蛇等形象出现。他们被杀，又在女神的帮助下复活。

（二）男神、英雄与社会秩序的建构

在父权神话建立的过程中，宇宙的统治者征服了更为远古的神系，建立起新的宇宙秩序。在新的掌权者的神话叙述中，新的众神拥有了善和尊贵的特质，主神变成了太阳神和天空神。而作为女神象征的蛇或者其他形象沦为太阳神和英雄征服的对象，仅仅剩下黑暗和负面的特质。

无论古希腊神话诗人的诗性书写，还是拜火教、闪族三大宗教所代表的祭司阶层的权力建构，它们都在改写史前女神神话中的神话意象。宙斯（Zeus）等人打败了大地女神的诸多儿子和泰坦诸神，建立了新的以父神为主神的宇宙秩序。赫拉成为主神宙斯的配偶，退居次要地位。在雅利安民族的吠陀时代，主神因陀罗（Indra）征服给宇宙带来灾难的洪水怪兽，从而建立了宇宙秩序。在苏美尔神话中，主神马尔杜克（Marduk）战胜了老祖母提阿马特（Ti'amat）。总之，神族权力的更迭述说着人类从女神时代向父神时代转变过程中价值观念的变化。

在父神占据统治地位的时代，为了确立父权的威严，此前的女神神话意象被翻转成主神征服的对象，并带有与女神时代截然相反的意义。坎贝尔将《旧约·约伯记》放入女神文明向父神文明转变的大背景中重新解读。耶和华向约伯夸耀自己的力量，声称打败了原始生命之海中的怪兽力威亚探（Leviathan，

---

① Joseph Campbell, *The Masks of God: Primitive Mythology*, London: Penguin Books, 1987, p. 186.

又译为"利维坦")。① 坎贝尔认为力威亚探是原始海洋中代表女神力量的海怪，而上帝与海怪之间的战争正如宙斯与提丰之间的战争，它们都是为了确立神圣的宇宙秩序。新秩序是以父神为主神的神统建立的，目的是为了彰显其光辉业绩。② 总之，坎贝尔将宗教所宣称的神圣启迪放入宏大的历史语境，将其看成动态的生成过程，从而挖掘这些被牧师尊为神启的文本背后权力建构的痕迹。在此视角之下，《圣经》的叙述从宗教所宣称的全知视角，转换成祭司（牧师）男权的有限视角。经过祭司这些具体历史语境中的特殊阶层的接受和传达，神圣书写被打上男性霸权的烙印。需要指出的是，坎贝尔的此类阐释方式并不是为了否定宗教的救赎精神，而是为了将神圣启迪与权力建构剥离，分解在神圣文本生成的历史中，其所带有的政治权力霸权和性别色彩，从而还原神圣文本的神圣性。

（三）神话考古与价值颠覆

在父权神话中，男神在宇宙中确立统治秩序，史前女神形象遭到扭曲，被重新编码和再书写。曾经在史前女神文明中占主导地位的神话形象被改写为恶魔、边缘性的角色，女性和蛇等形象即是如此。因此，坎贝尔从父权神话中的许多小角色那里，探寻更加古老的史前女神神话的踪迹。这是坎贝尔的神话考

①原文为："1 你能用鱼钩钓上力威亚探吗？能用绳子压下它的舌头吗？2 你能用绳索穿它的鼻子吗？能用钩子穿它的腮骨吗？3 它岂向你连连恳求，向你说温柔的话吗？4 它岂与你立约，让你拿它永远作奴仆吗？5 你岂可拿它当雀鸟玩耍？岂可将它系来给你幼女？6 合伙的鱼贩岂可拿它当货物？他们岂可把它分给商人呢？7 你能用倒钩扎满它的皮，能用鱼叉叉满它的头吗？8 把你的手掌按在它身上吧！想一想与它搏斗，你就不再这样做了！9 看哪，对它有指望是徒然的；一见它，岂不也丧胆吗？10 没有那么凶猛的人敢惹它。这样，谁能在我面前站立得住呢？11 谁能与我对质，使我偿还呢？天下万物都是我的。12 我不能缄默不提它的肢体和力量，以及健美的骨骼。13 谁能剥它的外皮？谁能进它的铠甲之间呢？14 谁能开它的腮颊？它牙齿的四围是可畏的。15 它的背上有一排排的鳞甲，紧紧闭合，封得严密。16 这鳞甲一一相连，气不得透入其间。17 互相连接，胶结一起，不能分开。18 它打喷嚏就发出光来，它的眼睛好像晨曦。19 从它口中发出烧着的火把，有火星飞迸出来。20 从它鼻孔冒出烟来，如烧开的锅在沸腾。21 它的气点着煤炭，有火焰从它口中发出。22 它颈项中存着劲力，恐惧在它面前蹦跳。23 它的肉块紧紧结连，紧贴其身，不能摇动。24 它的心结实如石头，如下面的磨石那样结实。25 它一起来，神明都恐惧，因崩溃而惊慌失措。26 人用刀剑扎它，是无用的，枪、标枪、尖枪也一样。27 它以铁为干草，以铜为烂木。28 箭不能使它逃走，它看弹石如碎秸。29 它当棍棒作碎秸，它嘲笑短枪的飕飕声。30 它肚腹下面是尖瓦片；它如钉耙刮过淤泥。31 它使深渊滚沸如锅，使海洋如锅中膏油。32 它使走过以后的路发光，令人觉得深渊如同白发。33 尘世上没有像它那样的受造物，一无所惧。34 凡高大的，它盯着看；它在一切狂傲的野兽中作王。"（《约伯记》41：1-34，和合本修订版）

②Joseph Campbell, *The Masks of God*: *Occidental Mythology*, London：Penguin Books, 1964, pp. 22-23.

古。他展示父权神话叙述中女神神话形象被丑化或者意义暧昧的状态，进而质疑父权神话之神圣文本的权威性与合理性。

古希腊神话将女神形象压制在更为深层的区域，而《圣经》传统则将女神的象征打成邪恶的形象。在古希腊节日中，妇女的仪式和神秘的崇拜表明在光明的奥林匹斯山下面存在令人恐惧的古老仪式和习俗。① 因此，在后代的文字书写的小传统中依然不时地冒出史前神话大传统的讯息，"来自过去深渊的回音被浪漫化地反映在后代的故事讲述者的艺术中"②。罗马作家奥维德所写的《变形记》中也展示出被扭曲的女神象征。先知忒瑞西阿斯（Tiresias）在森林中看到两只交合的蛇，他便将它们赶开，因此受到诅咒，眼睛变瞎，同时却具有了预言能力。

在坎贝尔看来，忒瑞西阿斯的形象来自被奥林匹斯山众神覆盖的希腊神话遗产的最底层，不过，因为这些遗产仅仅是被覆盖并没有完全被压制，所以，源自深层的力量可以在上层的某些神话角色之间移动。正在交配的蛇是宇宙力量的象征，先知闯入了拥有创造力量的大地女神的秘密森林，因此受到了诅咒。先知所能看到的太阳照耀的世界是二元对立的理性世界。失明象征他拒绝了太阳神话所代表的二元对立的世界，进入与超越二元对立的精神力量相联系的月亮神话的世界，因此瞎眼的忒瑞西阿斯被赐予了月亮神话的智慧。他被剥夺了日常世界的眼睛，却因此打开了精神世界的眼睛，而精神的眼睛能穿透存在的黑暗，他便拥有了预言的能力。③ 在坎贝尔的分析中，希腊神话的父神神话覆盖更为久远的女神文明，而某些边缘角色成为两种文明所组成的文化土层之间的裂缝，坎贝尔便从这些角色那里发现理解希腊多层神话编码的钥匙，通过揭示在它们身上所遗留的被父权话语遮蔽的信息，从而更为清晰地展示史前女神神话的特质。然而，坎贝尔的分析并没有仅仅停留在这里，他又进一步追问和解读这些神话带给人们的神圣启迪。不过，非常遗憾的是，坎贝尔的分析虽然精彩，但是，这种读解方式存在无法回避的硬伤。他试图通过分析古罗马作家奥维德的《变形记》，从而得出关于古希腊神话的结论，但是他在分析的过程中忽略了古希腊文化与古罗马文化之间的差异。

---

①Joseph Campbell, *The Masks of God*: *Occidental Mythology*, London: Penguin Books, 1964, p.40.

②Joseph Campbell, *The Masks of God*: *Primitive Mythology*, London: Penguin Books, 1987, p.164.

③Joseph Campbell, *The Masks of God*: *Occidental Mythology*, London: Penguin Books, 1964, pp.26-27.

与古希腊神话的情境不同，《圣经》中的许多象征存在价值摇摆的特性。史前女神象征经过后世父系神话男权视角的重新阐释，原有的意义与被强制赋予的意义之间相互冲突，而该象征因此成为史前女神和后世父系神话博弈的场域。"它们传达给心灵的视觉信息与传达给心灵的文字信息之间出现了矛盾"①。因此，坎贝尔从女神神话与父系神话彼此冲突的角度重新解读《圣经》中的相关形象。在他看来，夏娃是史前女神的人性维度，也可以说是所有生灵的母亲。在史前女神神话中，蛇是死而复活的英雄的象征。但是，在《圣经》的语境中，这些形象都具有了负面特性，蛇成为罪恶的代表，是促使人类始祖犯罪的引诱者。不过，为何摩西的权杖会变成了蛇？耶和华向摩西所彰显的神迹带有史前女神神话的特征。因为在女神神话语境中，蛇是女神的配偶，具有死而复活能力的英雄，所以坎贝尔认为耶和华具有蛇的能量，是大地女神的配偶。② 在《圣经》的语境中，蛇的象征意义也在游移，这说明后世神话虽然翻转了史前女神神话形象的意义，却无法消除那些意义。因此，这些神话的生命并没有被完全吸收和毁灭。它们的残余依然存在，暗藏在深处，并且会流溢出来。③ 在后世神话中，史前女神神话经历了一个去神话化，被妖魔化的过程。这种形象在原始语境中的意义与被权力改写而扭曲的意义混杂在一起。这些形象深层的神圣与浅层的邪恶在某些时刻呈相互冲突的骑墙状态。坎贝尔的神话考古就是通过分析这些被书写的神话形象的骑墙状态，揭露神圣文本的权力书写的痕迹，从而将这些因权力压制而被遮蔽的意义，用原初的语言展示出来。

虽然理论家罗兰·巴尔特的"神话"与坎贝尔的"神话"完全不同，但是两者的思路却有相似之处。在坎贝尔看来，父权神话时代的史前女神神话形象出现了意义的更改和扭曲，这是双重编码叠加和累积的结果。巴尔特的《神话修辞术》研究被资本主义意识形态扭曲的消费神话。在巴尔特那里，神话有两个不同的系统：初生系统和次生系统。初生系统为语言系统，次生系统由作为元语言的神话系统构成。初生系统的符号（由能指和所指构成）在次生系统中变成单一能指。在神话系统中，该能指既是初生系统的终端（意义），又是神话次生系统的开端，所以在这个意义上将其定义为形式。最终神话的能指既是充

①Joseph Campbell, *The Masks of God*: *Occidental Mythology*, London: Penguin Books, 1964, p.17.
②Joseph Campbell, *The Masks of God*: *Occidental Mythology*, London: Penguin Books, 1964, pp.29-30.
③Joseph Campbell, *The Masks of God*: *Occidental Mythology*, London: Penguin Books, 1964, p.25.

实的意义，又是空洞的形式。神话的意指作用将初生系统的符号的意义抽象成形式，使其远离得以赋予其意义的价值系统而转化为形式。这样一个空洞的形式需要新的意指作用来填充。在巴尔特看来，因为神话将历史转化为自然，将意义转化为形式，这样神话是一种具有劫掠性的语言。在神话中，因果关系是人为虚假的，却又显得朴素自然。神话是一种在装扮中呈现的自然。①巴尔特希望在貌似自然的叙述中捕捉到藏匿其中的意识形态的幻象。正如他所说："倘若把'集体表象'看作符号系统，就能期望从尽责的揭露中摆脱出来，就能深入细致地了解神话制作过程（mystification），这过程将小资产阶级文化转变成普遍的自然。"②

巴尔特的理论不仅仅是消费神话的符号学分析，更是探讨被意识形态扭曲的所有文化现象的理论工具，因此，可以从他的理论来分析史前女神形象被后世父权神话更改的过程。父权神话的制造过程是意识形态更迭的结果。父权神话是寄生和重新书写的神话系统，是基于权力建构而形成的劫掠性系统。在父权神话对史前神话的重写和颠覆的过程中，女神文明中的神圣形象的所指被抽空，成为形式，而整个神圣形象成为次级系统中的新的能指，然后被赋予新的所指。因此，女神神话中具有重要地位的神话意象，在人类进入父权神话时代以后，就出现了意义的翻转。在整个父权神话语境中，曾经的神圣形象成为要遭受屠杀和摒弃的恶魔。

叶舒宪先生提出了多层编码理论。③ 在他那里，文化的演变史是从一级编码到 N 级编码的动态叠加过程。在此过程中，不同层次的文化编码彼此混杂、重叠，深层的文化编码甚至被重新书写。父权社会的小传统重写史前的女神文明的大传统，由此也产生了两层不同的编码系统。这种神话初级编码向次级编码转换的过程，是一个权力建构影响文化表述的过程。叶舒宪先生的《熊图腾》以及其他诸类的文章都在挖掘中国的文化语境所出现的被改写的史前神话形象。

总之，坎贝尔从英雄和众神的自然史的角度，反思各大文明中占据主要地

---

①（法）罗兰·巴特：《神话修辞术/批评与真实》，屠友祥、温晋仪译，上海：上海人民出版社，2009 年，第 172—175 页。

②（法）罗兰·巴特：《神话修辞术/批评与真实》，屠友祥、温晋仪译，上海：上海人民出版社，2009 年，第 27 页。

③叶舒宪：《文化文本的 N 级编码论——从"大传统"到"小传统"的整体解读方略》，载《百色学院学报》2013 年第 1 期。

位的父权神话的建构过程，质疑这些神话所宣扬的价值观念的合理性。他将曾经封闭的神圣文本敞开，展示原初编码的再表述过程中权力操作的痕迹。伴随时代的更迭，神话意象意义被扭转，价值翻转。人们只有通过理解这种神话意象书写的过程，才能真正挖掘其转变的过程中被遮蔽的文化讯息。

不过，坎贝尔并不尊崇基督教意义上的夏娃和蛇的邪恶特征，因为这种尊崇是以认同父权神话的权力书写为基础。在父权神话语境中，史前女神神话中的形象的神圣意义被褫夺，并被硬性加上邪恶的特性。因此，在《圣经》中，人类母亲夏娃负有原罪，蛇成为邪恶和引诱恶魔。同时，伴随着价值的翻转，女神文明所尊重的生命法则也被厌恶和摒弃。基督教固守拒绝生命的法则，生命在其诞生之后便拥有了原罪，而此种原罪需要加入某些与上帝建立协约的群体才能得到救赎。最终，曾经与自然和谐相处的史前女神神话，变成了征服自然，彰显父性价值的父权神话。父权神话的观念导致人类当下的生态危机。

坎贝尔重估甚至翻转西方神话系统，从而使人类与大地母亲和解。他从神话意象的流变中审视被扭曲的形象，还原这些形象所具有的正面意义，并通过反思父权神话，重新发扬在当代具有日益重要的生命法则的价值。在其后来的著作中，为了表达人类与地球休戚与共的关系，坎贝尔将人类说成是地球的眼睛、耳朵、鼻子。[①] 在他看来，重新认识史前女神文明的目的是使人类与大地和解。人类并不是从大地之外的某个地方来到这片暂时栖居的地方，当去世之后，人类依然回到他们曾经栖居的家园。大地是人类的家园和最终的归宿。

第三节　从印度神话反思基督教神话

一、坎贝尔与西方世界中的东方转向

源于拜火教的直线演变的宇宙观渗透到人类思想史的各个角落，欧洲18世纪启蒙主义对人类光明前景的预设、达尔文的《物种起源》中的人类进化论、

---

①Joseph Campbell, *Myths to Live By*, New York: Bantam Books, 1980, p.254.

社会达尔文主义等等，都在重复着此类思路。而重新发现东方促进了 19 世纪末以来西方思想的转向，叔本华借鉴《奥义书》建立了宏大的演变体系，尼采的永恒回归更是借用东方神话反思西方直线式的历史演进观。①在文学领域中，泰戈尔带有浓厚的宗教色彩的诗歌在西方广受欢迎；美国诗人庞德、艾米·洛厄尔推崇中国唐诗，从而掀起意象派诗歌运动；垮掉的一代推崇禅宗……这些案例都说明西方世界从异域世界寻找精神资源，反思自我，从而拯救日益严峻的精神危机。② 坎贝尔从印度神话批判西方神话，也是这一转向在神话学领域的体现。

坎贝尔从印度近代圣人罗摩克里希那和灵修大师克里希那穆提那里借鉴了大量思想。在宗教领域中，罗摩克里希那在 19 世纪复活了《奥义书》中的精神。在《奥义书》中，梵是众神、仙人和众生等世间万物的创造者，同时又在他所创造的世间万物之中：

> 人们说："祭祀这位神！祭祀那位神！"其实，每一位神都是他的创造，因为他是所有这些神。
>
> …………
>
> 他进入一切，乃至指甲尖，就像剃刀藏在刀鞘中，火藏在火盆中。人们看不见他，因为呼吸的气息，说话的语言，观看的眼睛，听取的耳朵，思考的思想，这些只是他的种种行为的名称，并不是完整的他。如果一一沉思这些，并不能知道他，因为只有具备其中之一，并不是完整的他。③

罗摩克里希那在新的语境中给印度教的传统思想加入了更为广阔的全人类视野，在他那里，"真理只有一个；只是被称为不同的名字"。

虽然罗摩克里希那独断的同一未必获得多少人的认可，甚至会遭受宗教人士的强烈反对，但是，当今世界因为信仰差异而发生的各类惨剧说明罗摩克里希那的这种类似疯人的呓语恰恰表达了人们突破宗教隔阂的愿望。罗摩克里希那的学生辨喜（Vivekananda）继承并发展了老师的思想。他参加国际宗教会议和在欧美各地讲学，将罗摩克里希那的思想传入西方。辨喜在西方引起了轰动，他归国后被印度尊称为英雄。他在欧美各地广泛地建立修道机构，将通过瑜伽

---

① 叶秀山：《试释尼采之"永恒轮回"》，载《浙江学刊》2001 年第 1 期。

② 叶舒宪：《文学与人类学——知识全球化时代的文学研究》，北京：社会科学文献出版社，2003 年，第 42 页。

③ （印度）《奥义书》，黄宝生译，北京：商务印书馆，2010 年，第 27—28 页。

修炼达到神秘体验的现代印度教传播到欧美各地。① 坎贝尔帮助尼基兰南达（Swami Nikhilananda）翻译《室利·罗摩克里希那言行录》（*The Gospel of Sri Ramakrishna*），这是一本记录圣人罗摩克里希那言行的书。② 坎贝尔后来将讲述佛教的《亚洲之光》和关于达·芬奇的传记列为对自己产生重要影响的著作。在去欧洲度假的船上，他碰到了灵修大师克利希那穆提，从而发现了一个与西方传统截然不同的东方。德国印度学家支默的妻子是犹太血统，在二战期间，为躲避德国法西斯的追杀，他和妻子逃亡到美国，坎贝尔是他在美国为数不多的几个学生之一。后来，支默不幸因肺炎去世，留下了几部尚未完成的关于印度哲学和艺术的遗稿，而坎贝尔又花费了十多年的时间为自己的师友整理这些稿件。博林根出版社是荣格主义者的聚集地，致力于向西方出版东方的经典，坎贝尔与这个出版机构合作了很多年，他的许多书都是这个机构出版的。这个出版社最为畅销的书是中国的经典《易经》。

这些交往和学习奠定了坎贝尔深厚的印度神话的基础。坎贝尔从走向他者到返归自我，用西方传统之外的印度神话审视和反思西方传统神话。他认为伦理批判、人神对立和将神话等同历史是黎凡特神话的特征，而印度神话成为他借以反思西方传统的镜像。

二、伊甸园：从驱逐到回归

如果说从史前女神文明反思西方传统神话，是坎贝尔从历史演变的角度消解宗教文本的神圣地位，那么，从东方神话反思西方神话，则是他从源于同一源头却具有不同特质的神话批判西方神话。亚当和夏娃被逐出伊甸园的故事是黎凡特传统中确定人类本质的一则神话。人类违背上帝的旨意，吃了智慧果，被驱逐出天堂，人类也因此从出生便带有原罪。在比较神话学的视野下，坎贝尔为这则建构西方传统价值观念的故事树立了一个东方标尺。他将佛祖如来在菩提树下悟道的神话与伊甸园神话并置，从而质疑伊甸园神话的合理性：

> 这是两则关于树的故事。在其中一个故事中，蛇受到抵触，人们对这种动物深恶痛绝。而在另一个故事中，蛇却被人们接受。两个神话均以某种方式使蛇与树联系在一起，并使蛇享有树的果实。在圣经

---

①（英）韩德编：《瑜伽之路》，王志成、杨柳、段力萍译，杭州：浙江大学出版社，2006 年，第 15—20 页。

②（美）菲尔·柯西诺主编：《英雄的旅程：与神话学大师坎贝尔对话》，梁永安译，北京：金城出版社，2011 年，第 95 页。

神话中，人类的父母被驱逐出有那棵树的园子；而在佛教传统中，人类却得到了邀请。据说，那棵佛祖盘坐在它的正下方的树相当于伊甸园中的第二棵树。正如人们所说，树的位置不再是具体的某个地方，而是人类灵魂的花园。那么是什么阻挡我们返回那里，并像佛祖一样坐在那儿呢？那两个天使是谁，是什么样的人呢？佛教教徒是否也知道他们？①

坎贝尔试图通过来自不同传统的两则神话的碰撞，揭示被宗教机制压制的意义。与伊甸园神话相似，佛祖如来的神话中也出现了树和蛇。在坎贝尔看来，伊甸园中的第二棵树是生命之树，这棵树与佛祖的菩提树具有相通的意义，它们都是永恒生命的象征。不过，佛祖悟道代表人类拥有获得永恒的修炼方式，而伊甸园神话则拒绝了人类获得永恒生命的可能。

在坎贝尔那里，这两则神话共同的史前女神神话源头是两者具有可比性的依据。在《西方神话》中，他用大量的史前考古出土的印章、图像来论证树和蛇在史前女神神话那里所具有的意义。蛇因为蜕皮而成为死而复生的象征，是女神的配偶；树代表永恒的生命。② 后世神话小传统中的树和蛇等神话意象来自史前女神神话的大传统，不过，这些神话意象在新的语境中被重新编码，赋予了不同的意义。坎贝尔一方面将伊甸园神话放入宏大的历史语境，进行反思。如果关于人类堕落的伊甸园神话不是神圣启迪，而仅仅是父系社会中祭司的权力建构，其主要目的是为了颠覆史前女神文明的价值观念，那么，这则神话所宣称的人类与生俱来的原罪便没有了任何依据。另外，两则神话的神话意象都来自共同的源头，却出现截然不同的意义。坎贝尔用佛祖神话所代表的另一种可能性来质疑伊甸园神话的合理性，并宣扬另一种可能性带给西方人的积极意义。

三、修炼：印度神话的精神救赎

在传统社会中，神话智慧的阐释者是部落中的圣人，现代社会能够解读神话意义的是精神分析学家。通过精神分析等心理学派，人们才能与无意识世界建立联系，而这也是探险中的英雄所获得的精神恩赐。以这些思想为基础，坎贝尔重点挖掘注重个体精神体验的神话传统。因此，史前猎人神话和印度神话，

①Joseph Campbell, *Myths to Live By*, New York：Bantam Books, 1980, p.26.

②Joseph Campbell, *The Masks of God：Occidental Mythology*, London：Penguin Books, 1964, pp.11-14.

被坎贝尔当成在精神荒原之中拯救人类的精神启迪。

在坎贝尔看来，基督教神话所推崇的群体主义和扼杀个体精神体验的传统造就了西方现代社会的精神荒原。史前农人神话与史前猎人神话之间的对立被东西方神话继承。西方神话是将神人对立推到极端的群体中心主义。西方神话虽然继承了史前农人神话的群体主义，却没有继承其尊重自然法则的特质。在西方神话观念中，代表正义的神与某些群体建立了契约，而这些人就成为这个世界独一无二的存在。神与人类的和解只有通过这些特殊的群体才能实现。个体也只有加入这些群体才能获得救赎。然而，这些群体却鼓吹通过圣战在尘世中实现光明。^① 这种极端的群体主义，阻断了个体与精神根源之间的关系，群体自恋也为人类世界带来了无穷的灾难。

因此，坎贝尔主张向注重精神修炼的印度神话学习。印度神话的瑜伽修炼继承了萨满的自由精神。坎贝尔在其著作中反复提到释迦牟尼王子成佛的历程，印度的瑜伽修炼的心理学意义。这些史前萨满教在印度文化中的遗产，代表着与西方的黎凡特神话不同的精神价值。在坎贝尔看来，东方世界中的天堂之门是向所有人敞开的，他们需要找到自己内心的修炼法则。这对西方人的启示就是，个体只有通过艰辛的精神修炼，才能获得解脱，重新回到心灵的天堂。

总之，在坎贝尔看来，西方神话的神人关系导致了群体中心主义，只有某些群体是神圣的，个体必须加入这些权威群体才能获得救赎。印度神话宣称人可以通过精神修炼，获得人神合一的体验，从而获得解脱。此种精神体验可以避免体制化的宗教所带来的群体中心主义弊端。

四、文化英雄的磨难与涅槃

在坎贝尔那里，印度神话所给予的启示是：神话述说着个体通向天堂的精神历史，神话为个体的精神拯救提供了道路。神话是人类的心灵地图，这些神话在书写人类心灵的伟大故事，人们通过阅读这些神话能够发现与心灵建立联系的旅程。人类重新返回天堂的道路存在于人的精神征程中，因此，人不需要参加某些赎罪的宗教体制。坎贝尔因此反复提到佛祖的故事和瑜伽修炼的精神历程。

在《千面英雄》中，坎贝尔从现代心理学的角度阐释菩提树下佛祖悟道的过程，而这种阐释在此后的《东方神话》《西方神话》《创造神话》等著作中多

---

① Joseph Campbell, *The Masks of God*：*Oriental Mythology*, London：Secker and Warbury, 1962, pp. 11-12.

次出现。佛祖与不同妖魔之间的战斗，实际是他的精神历程中无法回避的考验，他只有克服这些历练才能获得最终的胜利。也就是说，他所面对的所有困难都归咎于心灵的幻影。在坎贝尔看来，佛祖与魔鬼的战斗，也成为他与自己阴影之间的战斗，佛祖只有找到自己的中心，战胜在自我（ego）复归自性（self）的过程中由摩耶所制造的各种障碍，才能悟道。

坎贝尔动用多种思想资源阐释佛祖在菩提树下成佛的过程。在揭示佛祖精神修炼的大背景下，坎贝尔指出释迦牟尼王子成佛的过程就是他与自己的不同情感、与世界的价值观念进行战斗的过程，佛祖最终从情感的束缚、自我的束缚、世俗价值的束缚中解脱出来。

在菩提树下的释迦牟尼是在宇宙的中心和支撑点上。他的地点是心理学超越二元对立的中心。这一中心是旋转着的世界之轮的中心，是汇集所有对立的中心。在《奥义书》中，世界最初只有一个"我"，当其有了"我"的观念的时候，便有了恐惧和欲望。① 然而，由于释迦牟尼没有了"我"的观念，也就不会产生恐惧和欲望。他虽然被世界的幻象袭击，却不为所动。死神的几个女儿代表着欲望，她们在他的面前妖艳地表现自己，由于佛祖在世界的中心和心理的中心，他分解了关于"我"的观念，超越了生死、善恶、我与你之间的对立，因此不会感觉到她们。佛祖在不动点上，就在无法战胜的位置之上，因而死神屡次进攻，都无济于事。死神试图用佛祖应该承担的世俗职责，劝说佛祖应该回到他所生活的社会，担负他应该承担的责任。在印度社会中，个体要经历几个阶段：爱与快乐阶段（kama），权力与成功的阶段（artha），法律秩序和道德的阶段。快乐与成功的阶段被弗洛伊德的快乐原则所控制，人成年后这两个原则被达摩（dharma）原则镇压。人在幼儿时的"我要"屈服于成人时的"你应该"，个体需要服从世俗的法则。佛祖最终所战胜代表快乐原则的"我要"和束缚个体的"你应该"，获得了解脱。② 坎贝尔在一定程度上激活了这则神话的心理学意义，在他的阐释中，个体的生命与这则神话关联起来。但是，佛祖成了坎贝尔式的英雄，这种阐释是否过于简化？

总之，坎贝尔在心理学的框架下重新发掘注重内心体验和心性修炼的东方神话，并用东方神话来突破西方的理论范式的障碍，从而使现代心理学与注重内心体验的东方神秘主义相结合。神话在他那里不是为了获得某些结论而被研

---

①（印度）《奥义书》，黄宝生译，北京：商务印书馆，2010 年，第 26—27 页。

②Joseph Campbell, *The Masks of God*：*Oriental Mythology*, London：Secker and Warbury, 1962, pp.14-21.

究的对象，而是通达人类精神潜能的线索。他所阐释的佛祖悟道的神话，也成为许多个体的心灵地图，成为他们走出心灵迷宫的启迪。如果说英雄是宇宙力量进入世界的孔道，那么，坎贝尔的阐释就成为神话的奥义进入个体生命世界的孔道。这种阐释的目的并不是要穷尽这则神话中的所有奥义，而是树立一个中介，使远离人的理解能力的神圣奥义，能够为人们所接受。因此，坎贝尔站在人类与神话信息的路口，他成为现代的宗教英雄。坎贝尔的这种阐释方式是学界近年来所讨论的"强制阐释"在神话学领域的突出案例。在彰显个人英雄主义的传统中，佛教神话便以一种独特变异的方式，指引着个体的灵性修炼。坎贝尔的这种处理方式给予注重灵性修炼的新时代运动以启迪，他甚至也被尊称为新时代运动的"先知"。由于坎贝尔对美国电影的深远影响，这些被重新阐释的神话，便成为展示英雄心灵地图的美国电影的文化背景，从而使这些电影拥有了深厚的文化内涵。

五、瑜伽修炼者的旅程

坎贝尔在著作中反复提到瑜伽，他试图通过阐释瑜伽修炼所具有的精神意义，批判人只能通过加入某一特殊群体才能获得拯救的观念。体制化的西方宗教扼杀了个体的精神体验，最终造成西方的精神荒原。而印度神话引导人们去体验无法言说的终极存在。它使人关注自身的体验，通过寻找合适的体验方式，达到与神圣的合一，最终直至超验。① 因此，在坎贝尔看来，印度的瑜伽是获得此类神秘体验的最佳修炼方式，而昆达林尼瑜伽所展示出来的精神旅程，对处于精神荒原中的人们具有伟大的启迪。昆达林尼瑜伽的修炼代表精神由下而上，逐步提升的过程，是修炼者不断克服某些欲望和需要，最终超越此世法则，获得精神自由的过程。

昆达林尼（Kundalini）原意是"蜷曲着的"，代表上升的精神力量。这种神秘的力量，盘桓在身体的最低处，是需要修炼者通过修炼唤醒的沉睡着的大蛇。人从头到脚有七个心理中心，分别为海底轮、腹轮、脐轮、心轮、喉轮、眉心轮、千顶花瓣。每个心理中心即是"莲花"，也就是"脉轮"，这些脉轮都处于潜在的渴望被激活的状态。在上升的精神力量的刺激下，脉轮会焕发光彩，获得生命。在瑜伽修炼的过程中，人的精神也是一个逐渐上升的过程。第一个脉轮是海底轮，意思是"根基"，位于会阴处，被此种脉轮控制的人是贪婪成性的

---

①Joseph Campbell, *The Flight of the Wild Gander*, Chicago: Henry Regnery Company, 1972, p.225.

卑鄙小人。在生殖器的位置是腹轮，被此种脉轮控制的人只关注性，是一个弗洛伊德主义者。在肚脐的位置是脐轮，被此脉轮所控制的人只关注权力，坎贝尔称此类人为阿德勒（Adler）类型。在他看来，瑜伽修炼的伟大之处在于它所昭示出的超越西方理论范式的启示：

> 因此可以认为弗洛伊德和阿德勒及他们的追随者只是单纯用生殖轮和脐轮来解释精神现象，这也充分说明他们无法使人类的神话象征或人类的渴望变得更为有趣。[1]

瑜伽对西方理论范式的超越在第四脉轮到第七轮脉轮中体现出来。梵语中第四脉轮意思是"没有碰撞"，也就是"此声并非由两个物体碰撞发出"。第五脉轮位于咽喉，因此被称为喉轮，意思是"净化"。第六个脉轮是眉心轮，意思是"权威、控制"。第七层是超越所有范畴、意象、情感和思想的千顶花瓣。[2]从第四轮到第七轮，是一个修炼者超越日常世界的法则，进入超验的灵性世界的过程。这个过程是修炼者在灵性世界中的内在旅程。第四轮的没有碰撞而发出的声音，是声音之前的原始沉默，是宇宙能量的声音。这种悖论是需要修炼者突破的阈限。人只有在第四轮倾听到宇宙能量的声音，体悟世俗悖论背后的世界，才能突破日常生活的阈限，从对性和权力征服的欲望的关注中超脱出去，进入神秘世界。第五轮的"净化"，代表修炼者在内在旅程中需要突破的考验。人只有突破各种考验，才能面对自己所崇拜和敬畏的上帝。如何面对并突破自己所崇拜的对象是第六脉轮所代表的最后阈限，也是修炼者通往第七层脉轮（千顶花瓣）的终极考验。只有突破这最后的关口，修炼者才能达到顶峰。这一不断地调动小宇宙的精神潜力的修炼过程，也是个体透彻领悟宇宙奥秘的过程。在瑜伽的修炼者不断地激发出潜在的精神力量的同时，他也逐步深入地理解关于宇宙的奥义。在此过程中，大、小宇宙神秘地同一。瑜伽的修炼过程是修炼者突破各种固有观念的束缚，逐渐遁入虚空，与概念所无法描述的终极要义合一的过程。

瑜伽修炼的伟大之处在于引导个体精神朝向超越世俗法则的神秘维度。这种理性和道德无法通达的、超越了语言范畴的、人无法言说的神圣，就是神话的指向。瑜伽的修炼就是使人的精神逐渐通向这一维度的过程。

总之，坎贝尔从英雄旅程的角度解读瑜伽的修炼阶段，在现代心理学与印

---

[1]Joseph Campbell, *Myths to Live By*, New York：Bantam Books, 1980, pp.111-112.

[2]Joseph Campbell, *Myths to Live By*, New York：Bantam Books, 1980, pp.110-116.

度智慧相互阐释、补充的基础上，将七个不同层面的修炼过程情节化，串联成过程跌宕起伏而最终功德圆满的伟大探险。这种个人英雄主义的阐释方式更易为西方读者所接受，从而成为指引他们走出精神困境的精神启迪。

第四节　东方幻象与思想转向

一、东方幻象

坎贝尔建构的东方是理想化的、虚幻的东方。坎贝尔在许多书中都提到他曾经质疑西方传统宗教的代表马丁·布伯：

> 词语"上帝"在整个讲座中含义暧昧，变幻莫测，于是我小心翼翼地举手发问。马丁·布伯博士停下来关切地问："有什么问题吗？"
>
> "今晚在您的讲座中有一个词语很是令我费解。"
>
> "哪个词语？"
>
> "上帝！"我回答说。
>
> 他瞪大了眼睛，身子微微倾斜着问："你说你不明白'上帝'这个词语？"
>
> "我只是不明白您所谓的上帝。"我说，"就在刚才你还兴致勃勃地说上帝隐去了肖像且不再现身人间，然而我刚从印度回来（的确在去年，我到过印度），我发现印度人无时无刻不在与上帝沟通。"[①]

然而，这个被坎贝尔反复讲述的，展示他自己独立精神的情境反而凸显出坎贝尔自己的问题。在他与马丁·布伯的争论中，坎贝尔试图从印度神话批判基督教神话。在他看来，在基督教中，人与神是对立的，神在人类世界隐匿，人无法与神沟通；而在印度中，人们与"上帝"时时刻刻都在交流。然而，印度确实如此吗？这种人们时时刻刻都与"上帝"交流的情境，是发生在现实世界中，还是发生在坎贝尔的理想世界中？很显然，这种理想状态仅仅是坎贝尔一厢情愿的虚构。对他来说，这个与自己传统相异的他者，是他借以批判自己传统的理想世界，也是反衬西方进步的没落世界。坎贝尔后期从前者转向了后

---

①Joseph Campbell, *Myths to Live By*, New York：Bantam Books, 1980, pp.92-93.

者，他用西方传统中的个体主义反对印度神话中压制个体的观念。

另外，"上帝"和印度教中的众神属于不同文化体系，他用"上帝"意指印度的众神，也就是用一个文化体系中的观念去涵盖另一文化体系中的神话形象，这种忽略了文化间不可通约性的做法，已经为当今学界所抵制。

二、重估印度神话

坎贝尔将印度神话放置在现代心理学的理论架构中进行探讨，他所呈现的是在西方英雄观念的框架下才能理解的印度故事。然而，他并不满足仅仅用西方的理论阐释印度神话，他从中性的视角将各种不同的观念放在一起审视，在两种思想的并置中，相互扩充，相互碰撞，西方固有的理论范式便在这种碰撞中被扩展。坎贝尔对伊甸园神话的阐释以及他从印度瑜伽反思弗洛伊德和阿德勒的心理学范式就是如此。

坎贝尔转向了印度神话，是为了发掘神话与个体心灵的重要价值。可是，印度神话所体现出的泯灭个体的群体观念，他无法接受，所以，他又转向了古希腊神话所推崇的个体主义。坎贝尔1954年的印度之旅并不成功，他理想中的印度与现实中被各种政客把持的印度之间形成强烈的反差。这次印度之行使坎贝尔重新回到西方个体主义的立场，他开始赞扬西方个体的独立性，并重估印度神话的弊端。[①] 在他看来，虽然印度神话继承了史前萨满的个体精神修炼，但是在宇宙法则占主导地位的印度世界中，此种精神修炼的最终目的却是消融人的自我观念。这是生活在张扬个体精神的西方世界的坎贝尔无法接受的地方。在他看来，西方主张个体从幼儿的欲望和屈服的原则中走出，用他自己的体验和意志，勇敢地与外在世界建立关系。他用冒险精神来面对无法预测的事情，勇于担当自己决策的后果。[②] 也就是说，个体拥有自由意志，他通过自我选择，塑造自己的本性。这是坎贝尔所尊崇的西方个体精神。

在他看来，东方没有分清楚自我和本我。弗洛伊德将本我（id）定义为本能冲动，此种冲动在快乐原则的驱使下活动。而自我（ego）则是使个体与外部经验现实联系起来的心理能力。印度神话将自我（包括本我和自我）指责为利比多式的幻象原则，自我就是意愿、欲望和恐惧，必须被分解掉。[③] 印度神话的

①Robert A. Segal, *Joseph Campbell*：*An Introduction*, New York：Garland Pub.，1987，p.75.

②Joseph Campbell, *The Masks of God*：*Oriental Mythology*, London：Secker and Warbury, 1962，p.22.

③Joseph Campbell, *The Masks of God*：*Oriental Mythology*, London：Secker and Warbury, 1962，p.15.

聚焦点在社会秩序。在印度神话中，西方世界所推崇的独一无二的个体，仅仅是一个标准角色的演员。个体的任务就是扮演好社会赋予他的角色，他的自我被社会法则所要求的原型吞噬。因此，在此种观念的统治之下，种姓制度在印度非常兴盛，丈夫去世后，妻子必须按照原型妻子（suttee）应该做的方式殉葬。① 总之，在印度神话中，过于关注自我、渴望获得救赎的人，反而被束缚的越紧，远离救赎。因为正是这种自我意识造成了他自身的痛苦，而印度神话中的理想状态就是自我被摧毁、消融的状态。

坎贝尔后期对印度神话的批判值得反思。黑格尔在《历史哲学》中认为东方人不知道自由，不懂得自我意识。② 坎贝尔认为印度世界沉迷在集体的迷梦之中，沉迷在"你应该"所代表的社会法则之中。他的这种观点滑向重复黑格尔的老调，也为美国影视创造陈旧的东方幻象寻找到了借口。具有反讽意味的是，这位曾经大力批判西方霸权的学者，却在人生的晚年走向了他所曾经反对的一面——西方中心主义。因此，对西方民族中心主义或者文化中心主义来说，坎贝尔的观念是前进了一步，然而，与后代的许多人类学家相比，他的观念却非常陈旧。

文化人类学家克利福德·格尔兹认为文化是人编织的意义之网，人将自己悬挂在这个网中。文化是可解释性符号组成的交融体系，文化分析是探寻意义的阐释性科学。③ 在他看来，民族志学者实际面临复杂的概念结构，他们需要努力把握这些奇怪、不规则的结构，然后加以描述。这需要站在所要分析的文化内部来分析，需要用角色的眼光来建构和描述。这是从角色看问题的主位分析方法。角色分析需要具有角色参与的意识，具有接触陌生人的生活和科学的想象力，尽最大可能地去理解他们进行活动的想象宇宙，并分析社会行为对实行该行为的社会角色所具有的意义。④ 与此种文化阐释相比，坎贝尔阐释神话象征的方法太简单。坎贝尔没有从文化人类学的主位视角阐释东方神话，他制造了一个理想化的东方，这个东方是他可以从中探险并获得恩赐的梦幻世界，它代表着与西方拥有截然不同特质的他者。

---

①Joseph Campbell, *The Flight of the Wild Gander*, Chicago: Henry Regnery Company, 1972, p.163.

②（德）黑格尔：《历史哲学》，王造时译，上海：上海书店出版社，2001年，第106—107页。

③（美）克利福德·格尔兹：《文化的解释》，纳日碧力戈、郭于华、李彬等译，上海：上海人民出版社，1999年，第5页。

④（美）克利福德·格尔兹：《文化的解释》，纳日碧力戈、郭于华、李彬等译，上海：上海人民出版社，1999年，第17—19页。

不过，这个坎贝尔沉迷于其中的东方神话的迷梦，在面对庸俗印度现实时被唤醒。因此，由于现实中的印度与他曾经制造的印度幻象之间的差距，坎贝尔从理想化的印度世界转向了现代西方世界。在《西方神话》的结尾，坎贝尔宣称一个时代已经结束①，在个体时代和科学时代到来的时刻，东方已经走向了没落。张扬个体精神的西方世界注定会诞生新的神话？至少，坎贝尔是这样认为的。因此，他从对西方中心主义的批判又转向了西方霸权话语的代言人。

最后，坎贝尔的东方神话研究存在硬伤。坎贝尔对中国神话的论述过少，他所谈论的禅宗主要是日本的禅宗。《东方神话》讨论远东神话的篇幅太少，涉及中国神话的篇幅不到一百页②，许多章节仅仅是在罗列朝代和人名，涉及《庄子》的内容不到一页③，虽然该书关于日本神话的篇幅只有六十页，思路却比讨论中国神话的内容清楚很多。虽然不能奢求一个学者精通他所论述的任何一个领域，但是，这也显露出坎贝尔知识面的狭隘和不足。坎贝尔为了理解禅宗精神，在五十岁的时候又开始学日语。④然而，禅宗的发源地在中国，即使精通日语，他就能深刻理解禅宗？

①Joseph Campbell, *The Masks of God*：*Occidental Mythology*，London：Penguin Books，1964，p. 518.

②Joseph Campbell, *The Masks of God*：*Oriental Mythology*，London：Secker and Warbury，1962，pp. 370-460.

③Joseph Campbell, *The Masks of God*：*Oriental Mythology*，London：Secker and Warbury，1962，p. 427.

④Stephen Larsen&Robin Larsen, *A Fire in the Mind*：*The life of Joseph Campbell*，New York：Doubleday，1991，pp. 403-404.

第四章

归来的文化英雄

《创造神话》标志着坎贝尔后期研究的转向。这部著作是《神的诸种面具》中所展示的神和英雄的自然史的总结。他希望为人类所处的时代寻找到走出文化荒原的解药，因此将目光投向了中世纪以来天才辈出的西方现代世界。西格尔认为，他的转变可以看成是向《千面英雄》的回归。[1] 神话与现代生活之间的关系，曾是《千面英雄》论述的起点，这时，又成为他后期研究关注的焦点问题。

　　如果将四卷本《神的诸种面具》看成坎贝尔在神话世界中的英雄之旅，那么《创造神话》则代表归来的英雄从神话世界中所获得的恩赐。归来的坎贝尔在神话世界中给这个时代带来怎样的启迪？这一时期，他在许多方面进行了探索：关注创造现代神话的神话诗人，宣扬建构个人神话，呼唤凝聚全人类的与现代科学融合的星球神话，等等。

　　首先，坎贝尔寻找这个时代的神话创造者，他从神话学的视野研究西方现代文学和艺术创作。坎贝尔的神话学一直与中世纪以来的文学创作有着密切的关系。他最初的研究方向是中世纪的诗歌，后来留学欧洲也是为了深化中世纪诗歌的研究；他的第一部与人合作出版的著作是为乔伊斯的名著《芬尼根守灵夜》所写的导读。在提及乔伊斯的《芬尼根守灵夜》和托马斯·曼的《约瑟和他的兄弟们》的时候，坎贝尔认为两者"完全坠入神话的海洋和深渊"，在这些文学名著中，"神话本身成为文本"。[2] 在他那里，作家和诗人是这个时代的神话创造者。

　　其次，坎贝尔宣扬荣格所提出的个人神话。他将《千面英雄》中所提出的英雄旅程的叙述模式应用于现代个体的生存情境之中。每个个体都是他们生活中的英雄。个体生命成为需要书写的伟大作品，建构个人神话能够发挥神话叙述的治疗作用，从而引导处于精神危机中的个体完成精神救赎。

　　再次，坎贝尔在新的时代情境中重新反思神话与科学的冲突。人类需要捕捉新时代的契机，从而书写凝聚人类共同体的星球神话。他从神话学的角度阐释登月之旅，展示全新的宇宙意象带给人类的启迪。

---

①Robert A. Segal, *Joseph Campbell: An Introduction*, New York: Garland Pub., 1987, p.64.

②Joseph Campbell, *The Masks of God: Creative Mythology*, London: Penguin Books, 1968, p.39.

另外，坎贝尔从理论思索到实践都转向了当代社会。坎贝尔在这一时期从学院退休，从而成为现代社会的神话阐释者。他在各种不同的场合举办了大量的讲座。他的书《指引生命的神话》《朝向狂喜之路》等都是讲演集，而《敞开的生命》《神话的力量》《英雄的旅程》等都是采访录。举办大量讲座对已经步入老年的坎贝尔来说，并不是一件容易的事情，他这样做只是为了与更多的人分享神话给予他的启迪。

总之，坎贝尔的神话学著作以及他所举办的大量神话学讲座，使他成为美国备受崇拜的神话学家。

第一节　从萨满到神话诗人

一、解体的曼陀罗

源自史前农人神话，束缚个体的曼陀罗系统已经瓦解。现代科学将代表群体法则的曼陀罗打开，因此人类处于思想解放的伟大时代。[①] 坎贝尔从人类整体思想演变的宏大历程中反思这种解体。西方历史在黎凡特和希腊两种不同思想之间摇摆，在它们的碰撞交汇中发展。欧洲在很长一段时间依赖狩猎，因此本土传统（以古希腊、北欧等为代表）形成强烈的个体意识。而外来的黎凡特传统则尊重集体生活、服从权威，个体仅仅是集体的一部分。因此，旧石器时代的个体原则和新石器时代的群体原则之间的冲突，成为西方文化演进的动力。[②] 也就是说，在坎贝尔看来，旧石器时代的精神特质与新石器时代的精神特质又以新的面貌出现，而欧洲文化则是它们的冲突和融合的结果。黎凡特传统中有限的自由意志却被体制化了的宗教淹没。个体觉醒所代表的萨满精神得到了复兴。因此，人类现代精神转向可以与人类历史中许多伟大的时代相提并论的时代：

> 无数世纪以来的所有的壁垒、所有的界限、所有的确定性，都在分解、摇摇欲坠。此前还从未发生过这类事情。事实上，这个我们依

---

①Joseph Campbell, *The Flight of the Wild Gander*, Chicago: Henry Regnery Company, 1972, p.189.

②Joseph Campbell, *The Masks of God: Occidental Mythology*, London: Penguin Books, 1964, p.34.

然参与其中的拥有持续敞开前景的时代，在其广阔性和前途方面只有公元前 7000 年到前 3000 年的伟大时代可以与之相提并论……①

旧石器时代代表个体自由的萨满与新石器时代遵守规则的祭司之间的冲突构成了人类诞生以来的精神史。猎人神话的萨满为人类的精神留下了弥足珍贵的遗产。史前狩猎部落是由具有同等价值的个体所组成的群体，每个个体都拥有重要的灵性力量。然而，在人类从狩猎转向农业的时代，此前支持史前猎人心理平衡的象征符号变为拥有复杂形式的曼陀罗（mandala）。曼陀罗是人类农业社会的心理遗产。这些围绕中心而组织的结构，象征着统治宇宙的法则。在顺应宇宙法则才具有合法性的国家、社会等群体中，个体需要将自身的创造力量融入群体的目的，他们只能作为群体的一部分行使某种功能，而其独特性被抹杀掉。

总之，曼陀罗的出现标志着神话沦为束缚个体的群体法则的代言人。有学者在其论文《我们赖以生存的神话：坎贝尔、荣格与宗教生命旅程》中将坎贝尔的思想与马丁·海德格尔（Martin Heidegger）的哲学联系起来。海德格尔认为柏拉图遗忘了存在，将西方哲学引入错误的轨道。坎贝尔认为在狩猎社会向农业社会的转变过程中出现的曼陀罗符号也是一个错误，因为这种符号意味着人类忘记了神圣的历史。② 曼陀罗使个体远离了神秘体验，它的作用仅仅是政治性的和功利性的，它将个体融合在群体之中，在个体的心灵之中打上群体法则的烙印，使个体重复群体生活的常规模式。坎贝尔的神话学与海德格尔在哲学领域的努力相似，他试图使神话重新回归正轨，使人们能够体验神话所呈现的神圣智慧。不过，坎贝尔意义上的正规就是真的正规吗？人类最早的猎人神话是西方个人英雄主义的源头，而与之相悖的遵守群体法则的农人神话使神话误入歧途。坎贝尔通过贬低、否定其他传统为个人英雄主义正名，其悖谬和独断之处，已经无须多言。

在象征宇宙法则的曼陀罗的统治之下，追求自由精神的萨满演变成不同的形象。世界神话中因反叛而遭到众神镇压的恶魔象征着曼陀罗法则对个体精神的压制。然而，此种受到压制的精神诉求会通过不同的修炼法则释放出来。这些修炼方式就构成了反抗群体法则的形象谱系。在坎贝尔看来，萨满形象大体

---

①Joseph Campbell, *The Masks of God*: *Creative Mythology*, London: Penguin Books, 1968, pp. 29-30.

②Richard A. Underwood, " Living by Myth: Joseph Campbell, C. G. Jung, and the Religious Life-Journey," in Deniel C. Noel, ed., *Paths to the Power of Myth*: *Joseph Campbell and the Study of Religion*, New York: Crossroad, 1990, pp. 13-28.

经历了四个不同的阶段：

第一阶段，泰坦－恶魔。在该阶段，萨满被贬斥为泰坦－恶魔，这是萨满形象的原始状态。印度神话中的恶魔和古希腊神话中的泰坦便是此阶段最突出的代表，他们因反叛众神的统治而被诸神打败。泰坦－恶魔完全是曼陀罗的囚犯，自由的灵性力量被强大的宇宙法则镇压。这些镇压叛逆的故事阐述着神话的社会功能。群体社会所有神话仪式的功能都是为了压制个体，使个体的力量能够与宇宙的法则融合在一起。

第二阶段，弃世的苦行者。个体逃离尘世，利用灵性修炼驱散和冲破曼陀罗的束缚。此阶段的代表是古印度的森林哲学家。他们在远离尘世的森林中修炼，弃绝神的世界和宇宙的法则，从而获得心灵的宁静和精神的自由。

第三阶段，留在尘世的修炼者。在该阶段，外在逃离转变成灵性的内在探求。修炼者没有弃绝尘世，而是留在尘世，因为他们修炼的核心不是逃避外在束缚，而是寻找灵性的中心。他们的修炼是萨满的神游、坎贝尔的精神旅程。他们通过获得内心平静的支点，用全新的视角观看世界，以便改变自己的精神状态，从而达到摆脱束缚的目的。既然万事万物都是神圣力量的显相（ephiphany），那么，曼陀罗的法则所建构出的神圣与世俗的对立并不存在。最终，修炼者通过拒绝曼陀罗约束个体的象征意指，获得灵性的自由。

第四阶段，觉悟的修炼者。该阶段是第三阶段的进一步推进。修炼者最终要消解一切的关联和束缚。幻象即觉悟，限定即解脱，束缚即自由，解脱和自由的状态就是人当下的状态。该阶段的代表是禅宗。[①] 总之，坎贝尔从萨满神话传统解读世界神话（以印度和中国为代表）中的灵性修炼，试图以文化英雄的灵性修炼包容人类历史中的所有圣人传统。这些修炼法则是史前猎人神话（大传统）在人类历史（小传统）中的演变。他从宏观的视野概括出此类形象的演变谱系。反叛曼陀罗的个体精神，从对法则的反抗、逃避、转化到将其完全消融。最终，在宇宙法则消融之际，世界回归世界，个体回归个体，神圣的奥义在修炼者身上敞开。

坎贝尔对萨满精神的推崇对美国影视影响深远。从某种意义上来说，《黑客帝国》系列中的母体便是曼陀罗法则的影像表现。与母体战斗的自由战士成为高科技时代的萨满。母体幻象与自由净土都是无所不在的母体所操控的世界。只有能够突破两个世界的幻象最终消解此种法则的人，才是救世英雄。影片中

---

①Joseph Campbell, *The Flight of the Wild Gander*, Chicago：Henry Regnery Company, 1972, pp.174-183.

个体突破母体幻象的过程，是对萨满突破曼陀罗的修炼法则的借鉴。《功夫熊猫》（1、2）中的熊猫阿宝也经历了萨满式的精神旅程。熊猫阿宝打败太龙和孔雀的法宝便是精神顿悟而获得的自由。父亲的面汤的无法之法（第 1 部），师傅获得内心平静的太极拳（第 2 部），都成为在关键时刻促进阿宝精神转变的启迪。

在《西方神话》的结尾，坎贝尔认为一个时代已经结束。在坎贝尔看来，农业社会向工业社会的转变，象征着人类的解放。人类当今所处的时代是曼陀罗解体的时代，是需要重新复活萨满精神的时代。人类不再需要农人的虔诚，不用再向日历和太阳神鞠躬。尼采关于上帝已死的宣言，预示着普罗米修斯所代表的泰坦力量的复兴。[①] 也就是说，时代转变预示着神话的更迭。狩猎时代向农业时代转变，农业时代向工业时代转变，神话必须随之发生改变。否则，神话就沦为僵死的教条。神话无对错之分，只能用有效或者无效，成熟或者病态来评判。他将有效的神话称为活态神话（living myths）。[②] 然而，人们所生活的时代是传统神话失效的时代，神话被世俗权威模式化，成为与人的灵性体验无关的教条，从而导致人类世界的文化荒原。[③] 因此，在现代社会，神话对个体灵性世界的引导微乎其微，这些过时的神话甚至成为束缚人的灵性体验的教条，人无法在这个时代寻找到与自己内在灵性世界建立联系的方式，于是，在疯人院中充斥着各样的疯子。因此，只有新的神话、新的预言、新的先知和新的众神的诞生来治愈这种疾病。[④] 不过，在人们曾经传承的神的面具无法表达终极奥义的时刻，谁才是将人们从这种精神荒原中拯救出来的文化英雄？谁是新时代的圣杯骑士？坎贝尔由此关注西方世界天才的创作，因为这些创作促成了里程碑式的人类精神觉醒的时代。在他看来，人类面前正在展开一个拥有全新前景的世界，在这个时代，人们需要复兴从旧石器时代所传承下来的萨满精神：

> 为了支撑这一短暂的生命情境，每个个体必须发现自身之中的泰坦——从而不再惧怕敞开的世界。[⑤]

个体需要像萨满那样，通过灵性修炼获得自由。个体深入内在灵性世界进行探险，拓展精神空间，人"同时从外在世界和内在世界进入体验的根基之处。

---

① Joseph Campbell, *The Masks of God: Primitive Mythology*, London: Penguin Books, 1987, p.281.
② Joseph Campbell, *The Flight of the Wild Gander*, Chicago: Henry Regnery Company, 1972, p.6.
③ Joseph Campbell, *The Masks of God: Creative Mythology*, London: Penguin Books, 1968, p.373.
④ Joseph Campbell, *The Flight of the Wild Gander*, Chicago: Henry Regnery Company, 1972, p.6.
⑤ Joseph Campbell, *The Flight of the Wild Gander*, Chicago: Henry Regnery Company, 1972, p.190.

在那里，普罗米修斯和宙斯，我和天父，存在意义的无意义和世界意义的无意义都是同一的"①。坎贝尔所列举的"普罗米修斯"和"宙斯"，"我"与"天父"，都是古希腊神话或基督教中处于对立的形象。他将曼陀罗体系中对立的形象并置在一起，试图通过具有悖论特性的语言展示曼陀罗法则解体所带来的所有的二元对立消除、精神解放的状态。"存在感觉的无意义与世界意义的无意义"意味着主体与客体世界的对立被打破，因为在灵性世界的中心，这些对立都被融合在一起。也就是说，自由就是突破所有法则、融汇所有对立所达到的灵性状态。

二、现代文化英雄：神话诗人

坎贝尔将作家、艺术家和哲学家等表达个体体验的文化英雄，看成传承萨满精神的现代神话的创造者，即神话诗人。他们表达个体觉醒的创作被称为创造神话。创造神话的血脉在西方文学中持续存在。西方许多伟大作家都可以看成神话诗人，"以这一方式，莎士比亚和塞万提斯的艺术成为我们现在正在发展的人类真正的活态神话的启迪、文本和章节"②。小说家托马斯·曼和乔伊斯使19世纪自然主义的小说创作"转向了神话智慧和象征入会仪式的世俗载体"③。因此，

> 无论是在文学领域，还是在哲学领域中，这些个体创作都表现出了广度和深度以及变化的多样性，他们因而成为文明的精神引导和建构性的力量。④

文化英雄——神话诗人是创造力量爆发的火山口，日常生活理性和世俗权威则是这种力量的冷却剂。正是由于此种冷却剂，人类才一次次地陷入文化荒原。人类需要重新深入精神的原乡，激活文化的创造力。在这个时代能够完成这一任务的正是神话诗人。

在坎贝尔那里，诗有三个不同的种类：诗人的诗，被过度阐释的诗（先知），已经死亡的诗（牧师）。先知过度解释灵视，将诗歌意象当成超自然的现实，因而他们创作出过度阐释的诗歌；牧师有可能成为具有创造性的诗人或者先知，然而，在大部分牧师那里，诗已经死亡，因为他们只能重复由宗教权威

①Joseph Campbell, *The Flight of the Wild Gander*, Chicago: Henry Regnery Company, 1972, p. 192.

②Joseph Campbell, *The Masks of God: Creative Mythology*, London: Penguin Books, 1968, p. 36.

③Joseph Campbell, *The Masks of God: Creative Mythology*, London: Penguin Books, 1968, p. 309.

④Joseph Campbell, *The Masks of God: Creative Mythology*, London: Penguin Books, 1968, pp. 3-4.

认可的陈词滥调。① 与他们不同，神话诗人必须将诗从牧师的陈词滥调中拯救出来：

> 在传统神话的语境中，象征会在社会保存的仪式中展示出来。个体需要参加这些仪式，去体验，甚至假装已经体验到了某些智慧、情感和责任。与此相反，在被我称为的"创造"神话中，这一顺序被颠倒了：个体已经拥有他自己的某种体验——关于法则、恐惧、美或者仅仅是兴奋的体验——他努力通过符号来表达这些体验；如果他的认识已经达到了某种深度，他的表达将会拥有活态神话（living myth）的力量——也就是说，他们是通过自身的认识来接受这些神话并对其做出回应，而不是被强迫接受。②

在坎贝尔看来，传统神话强迫个体接受，是群体法则打在个体身上的烙印。神话诗人不会被动接受强加在自己身上的群体规则，他们会自己寻找和创造。神话诗人因此成为自由精神的代表，他们的创造是复兴注重个体灵性体验的萨满精神。

三、萨满神游与诗歌创作

坎贝尔认为每个个体都有成为萨满－艺术家的潜力，这需要他们通过获得新的灵性体验，从而唤醒存在最深刻的特征。③ 而如何在人所生存的日常世界，在世俗的人身上，寻找到神话世界的表达方式，是这个时代神话诗人的首要任务。

科学造就了去魅化的理性时代和庸俗化的日常生活，而神话诗人的创作则是为了实现现代生活的神话复魅。现实与幻想的融合是古代文化的特征。但是，此种融合被现代科学打破。从 1492 年开始，人类的科学革命使新的世界诞生。世界由此而被分为两个不同的世界：日常世界和梦幻世界。④ 知识分子从梦幻世界转入日常世界，而人类从神圣历史观转向了科学历史观。在他看来，"要怎样

①Joseph Campbell, *The Masks of God*: *Occidental Mythology*, London: Penguin Books, 1964, pp. 580-581.

②Joseph Campbell, *The Masks of God*: *Creative Mythology*, London: Penguin Books, 1968, p. 4.

③Richard A. Underwood, "Living by Myth: Joseph Campbell, C. G. Jung, and the Religious Life-Journey," in Deniel C. Noel, ed., *Paths to the Power of Myth*: *Joseph Campbell and the Study of Religion*, New York: Cross-road, 1990, pp. 13-28.

④Joseph Campbell, *The Flight of the Wild Gander*, Chicago: Henry Regnery Company, 1972, p. 129.

才能让外在的世界与内在的世界交汇，这在今日当然是艺术家的任务"①。因此，在这个时代，神话诗人成为《千面英雄》中的英雄。他们需要在前人没有探索的暗区冒险。② 而创作也成为萨满的灵性修炼。印度 AUM 是使人能够达到"梵我合一"的中介，萨满的鼓也是使他们进入迷狂状态的催化剂。神话诗人的想象被某些象征（此前的神话和文学艺术创作）激发，它们引导诗人和艺术家摆脱传统，最终转向文字背后的终极真理（the Word behind words）。他们在自身的体验中重新触到旋转世界中心静止的原点，他们用自己的方式到达象征停止的沉默座席。当他们回到现实世界时，他们已经从自己的内在深度学会了神秘创作的语法，并为创作赋予了新的生命。③ 他们创造性的思想摆脱了本地传统观念的束缚，从而能够表达原型观念，这成为他们创造力的源泉。受坎贝尔影响的剧本理论家沃格勒在坎贝尔的基础上进行了发挥。在他看来，"写作一般都是向内探索灵魂深度的危险之旅，带回来的万能药就是一个好的故事"④。总之，这种探险就是神话诗人的英雄之旅。他们像中世纪的圣杯骑士那样，远离日常世界，在神话世界探险。他们通过个体体验到达灵性世界，进入神话的源头。他们在人类的精神原乡中探险，最终获得引领人们重新连接两个不同世界的恩赐。

神话世界仅仅是日常世界被遗忘的维度，英雄的伟大功绩在于重新将日常世界与被遗忘的世界连接起来。英雄在旅程中获得了融合两个世界的启悟，成为两个世界的主人。西格尔认为，在坎贝尔那里，乔伊斯和托马斯·曼的小说中的人物都是进入另外一个世界并最终回来的英雄。归来是因为他们在日常生活中发现了另外一个世界。他们在肉体中发现灵魂，在大地发现了天空，在人之中发现了神。⑤ 也就是说，托马斯·曼和乔伊斯中的人物是融合两个世界的英雄。他们的创作意味着人类重新与大地和解，重新与人类自身和解。现代艺术家会超越在现代社会已经破碎的象征，铸造新的意象，从而引导个体（新时代的萨满）踏上寻找自我的旅程。

①（美）菲尔·柯西诺主编：《英雄的旅程：与神话学大师坎贝尔对话》，梁永安译，北京：金城出版社，2011年，第209页。

②Joseph Campbell, *The Masks of God*: *Creative Mythology*, London：Penguin Books, 1968, p.226.

③Joseph Campbell, *The Masks of God*: *Creative Mythology*, London：Penguin Books, 1968, pp.93-94.

④（美）克里斯托弗·沃格勒：《作家之旅——源自神话的写作要义》，王翀译，北京：电子工业出版社，2011年，第269页。

⑤Robert A. Segal, *Joseph Campbell*：*An Introduction*, New York：Garland Pub., 1987, p.72.

第二节　神话与文学

一、世俗神话之圣杯传奇

从 12 世纪以来，个体创作成为西方文化创造力的源头。新时代的神话诗人依靠个体的灵性体验，反抗权威的束缚。中世纪的英雄骑士继承了萨满的探险精神，许多作家也释放出了萨满自由创造的能量。

在爱情、哲学和科学领域兴起的异端思想象征着新的精神能量的诞生。中世纪哲学大师艾伯亚德（Abelard）和哀绿绮思（Heloise）的爱情悲剧宣告了个体精神的觉醒。哀绿绮思认为世俗家庭生活会侮辱一个哲学家的尊严，因此她宁愿做这位哲学大师的情人，也不愿让他们的爱情被婚姻的锁链捆绑。在这对情侣那里，婚姻成为束缚个体体验的世俗法则的代表，他们拒绝婚姻是为了反抗此种法则。

德国诗人戈特夫里德·冯·斯特拉斯堡（Gottfried von Strassburg）写出关于特里斯坦（Tristan）和伊索尔德（Isolt）的爱情悲剧，沃尔夫兰·冯·艾什巴赫（Wolfram von Eschenbach）创作了圣杯传奇。坎贝尔认为艾什巴赫的《帕西法尔》（*Parzival*）是世俗化的基督教神话（secular Christian myth）。这部著作具有跨时代的重要地位，因为它体现了被神圣化的世俗世界，代表了生活在这个世界的人类表达神圣的方式。这部著作是为在这个世界生活的人创作的，这些人追求世俗的和人性的目的。爱情的忠诚和个体的本性成为他们的精神支撑。[1] 也就是说，在坎贝尔那里，《帕西法尔》代表人类精神的新时代——世俗时代的到来。世俗神话说明天堂在人类所生活的这个世界，而不是另外的世界。神话诗人的创造是为了在这个世界寻找到精神家园。这个时代神的故事已经转变为关于国王、骑士和贵妇人的传奇。这些属于这个时代的英雄探险源于诗的魔力，就像传统神话那样，它们也展示出了自然的未知维度。[2] 这些传奇就成为这个世界人类生活的神秘书写。"艺术家的任务就是把永恒的奥秘透过当代生活的脉络

①Joseph Campbell, *The Masks of God*: *Creative Mythology*, London: Penguin Books, 1968, p.476.
②Joseph Campbell, *The Masks of God*: *Creative Mythology*, London: Penguin Books, 1968, p.566.

呈现出来"。① 这些书写将永恒的奥秘通过他们那个时代的生活呈现出来。而《帕西法尔》所书写的骑士探险故事中暗含着有关人类堕落和救赎的永恒奥秘。年轻的圣杯之王——安佛特斯（Anfortas）象征着基督教国家所陷入的危机。受伤的渔王需要具有治疗效用的圣杯。同时，基督教世界呼唤着救赎的力量。在书中，圣杯这一核心象征与凯尔特神话和古希腊神话联系起来，圣杯成为治愈时代的良药。圣杯是超越宗教、超越文化束缚的护身符。人从世俗权威之中解放出来，在探险中完善自己的本性，为这个世界服务是通过完美的爱来实现。②这是坎贝尔从圣杯传奇中发现的代表西方社会新的救赎力量的圣杯神话。

在《帕西法尔》中，帕西法尔与渔王的对立是史前萨满与祭司对立的现代翻版。在史前神话中，萨满与祭司拥有不同的精神特质：前者象征个体自由精神（史前猎人神话），后者则是群体法则的代言人（史前农人神话）。与这种对立相似，圣杯骑士是按照自己本性行动的人，渔王仅仅是因世袭而继承了渔王这份工作。

帕西法尔的探险是一个向本性复归的过程。在帕西法尔毫无准备的情况下，圣杯城堡向他敞开大门，他进入城堡。如果他从自己的本性出发，向渔王询问受伤的缘由，表达对渔王的同情，圣杯就会出现。然而，他却由于矜持而压制了自己的本性，从而与圣杯擦肩而过。最终，他被放逐到远离圣杯之城的地方。③ 由于同情受伤的渔王，帕西法尔重新踏上寻找圣杯城堡的旅程。

然而，这部英雄传奇所表达的意义已经远远超越了那个时代。在帕西法尔探险的过程中，他遇到一位阿拉伯骑士。他在与对方交战的过程中，突然发现那人是他的同父异母兄弟。在两个相互厮杀的兄弟停下来彼此相认的时刻，圣杯城堡再次出现。在坎贝尔看来，这个细节暗含着深邃的哲理：

> 显然，这关键的相遇暗含着对那时的两大对立宗教的讽刺性指涉
> ——基督教和伊斯兰教。"两个高尚的儿子"，也就是说，"一父所生"。
> 绝妙的是，当兄弟俩发现他们的关系时，圣杯的信息出现了，邀请他
> 们两个去圣杯之城——这在十字军东征年代的基督教著作中确实是一

①（美）菲尔·柯西诺主编：《英雄的旅程：与神话学大师坎贝尔对话》，梁永安译，北京：金城出版社，2011年，第240页。

②Joseph Campbell, *The Flight of the Wild Gander*, Chicago: Henry Regnery Company, 1972, pp. 216-219.

③John M. Maher & Dennie Briggs, eds., Campbell & Michael Toms, *An Open Life: Joseph Campbell in Conversation with Michael Toms*, New York: Harper & Row, 1989, p. 33.

个显著的细节!①

这种和解已经超出宗教领域从而具有了属于全人类的意义。犹太教、基督教和伊斯兰教同源于闪族,彼此之间拥有颇为深厚的密切关系,然而,这些宗教却相互仇视,甚至同一宗教的不同派别之间也会互相屠杀。然而,因差异而相互厮杀的现象并不仅仅发生在宗教领域,本为一体的人类也因为各种差异而分裂,因此,当互相歧视、仇恨、屠杀的人们在对方身上发现彼此之间的血缘亲情的时刻,代表整个人类救赎的圣杯就会出现。因此,《帕西法尔》中的和解代表一种新的精神启迪,人们应该从世俗的相互区分的法则超越出去,从人的本性出发,消除因仇恨所导致的分裂,这就是圣杯带给人类的救赎力量。

总之,坎贝尔分析和总结骑士传奇中的英雄旅程。圣杯是骑士需要通过一系列冒险才能获得的拯救世界的恩赐,因此,骑士必须远离"有超越教会的虚假的神圣化的中心所控制和监控的地方,在精神的领域持续地去寻求,他们不时地进入前人所没有探索的暗区进行冒险"②。他们在外在世界冒险的过程中,灵性世界也会开启。因此,帕西法尔在经历了一番冒险之后,他所获得的启迪成为他进入城堡的钥匙。

二、世俗神话之禁忌之恋

坎贝尔将中世纪突破世俗道德束缚的爱情命名为禁忌之恋(Amor,艾莫尔),这是中世纪的恋人和游吟诗人所表达的爱情。在他看来,禁忌之恋不仅代表着人类爱情观的改变,而且象征着人类精神的质变:

> 因为世界上根本不存在像纯粹的精神之爱和纯粹的肉体之爱这样的事物。人(Man)由肉体和精神(如果我们依然可以用这类术语的话)构成,因此在他自身之中就拥有本质的神秘;并且这一神秘的最深邃的核心[从戈特弗里德(Gottfried)的观点来说]正是在爱的神秘之中被(by-and in-the mystery of love)触动和唤醒的原点,这一神圣的纯洁与任何对肉身和感觉的压抑、拒绝无关,而是包括甚至依赖肉体的认识。③

在西方历史上,纯粹的精神之爱是圣爱(Agape,爱家倍),纯粹的肉体之

---

① Joseph Campbell, *Myths to Live By*, New York: Bantam Books, 1980, p. 170.
② Joseph Campbell, *The Flight of the Wild Gander*, Chicago: Henry Regnery Company, 1972, p. 226.
③ Joseph Campbell, *The Masks of God: Creative Mythology*, London: Penguin Books, 1968, p. 248.

爱是性爱（Eros，厄洛斯）。厄洛斯是古希腊的爱神，他是最年轻也是最古老的神，他的魔力可以使宙斯在人间处处留情，也可以使理性的太阳神阿波罗（Apollo）失去理智，拼命追求自己钟爱的仙女达芙妮，而达芙妮为了逃避他的追求，最终化为月桂树。性爱代表人的生物本能冲动。圣爱是精神之爱，是基督教所宣扬的爱邻如己、没有区别的大爱。

在坎贝尔看来，此两种爱情观都是人的身体纬度或精神纬度的片面表达，同时抽空和压制了与其特性相反的维度。禁忌之恋的伟大之处是它超越性爱的纵欲主义和圣爱的唯灵主义。它将人的身体中已经被分裂的两个极端重新融合起来。有学者高度评价坎贝尔的爱情观。在坎贝尔那里，爱情使个体超越自己的狭小界限，从而使他与所爱之人融合为一。因此，浪漫爱情是使个体超越二元对立，从而达到完满融合的爱情关系。① 最终，爱成为神秘的力量，打开了融合的可能，互相区分的彼此通过爱之神秘确认了自身。

禁忌之恋成为个体觉醒的宣言。在中世纪，青年男女仅仅是世俗世界经济和权力游戏中的棋子，完全被剥夺了婚配的自主权。而禁忌之恋的重要意义在于突破了权力对爱情的束缚。恋人所爱的是独一无二的对方。这种爱从眼睛和心灵之中诞生。从眼睛看到形象传到心灵而从心灵做出回应。② 总之，通过触犯禁忌的爱情，生活在此世的个体向世界宣示他的存在。

此外，禁忌之恋与东方神秘主义的爱情观不同。在东方神秘主义传统中，爱情是获得精神升华的方式，女性因此成为男性体验至高无上的光明的机缘。苏菲神秘主义大师哈拉智（al-Husayn ibn Mansur al-Hallaj）的爱情便是如此。公元922年，哈拉智因宣称与他所敬爱的上帝是一体的而被逮捕，在受尽折磨之后被处死。他把自己对上帝的爱比作飞蛾对火的爱。飞蛾痴恋于灯火，因此长时间绕着燃烧的灯飞舞，最后带着灼伤的翅膀回到朋友们面前，告诉它们自己发现的美好事物。次日夜晚，因为渴望完全融入那美好的事物，它飞进了火焰。在这位神秘主义大师那里，上帝便是他的火焰，出于这种疯狂的爱，他不惜因此而失去生命。

在神秘主义者的爱情观中，女性被爱并不是因为她们是具有性格和魅力的个体，而是因为她们被注入了崇高的精神，从而成为神圣意义的载体。传统印

---

① Joseph K. Davis, "Campbell on Myth, Romantic Love, and Marriage," in Kenneth L. Golden, ed., *Uses of Comparative Mythology*: *Essays on the Work of Joseph Campbell*, New York: Garland Publishing, 1992, pp. 105-119.

② Joseph Campbell, *The Flight of the Wild Gander*, Chicago: Henry Regnery Company, 1972, p. 210.

度一般将情感分成几个层次，分别为仆人对主人之爱、朋友之爱、父母对子女之爱、夫妻之爱。而触犯禁忌的爱情超越了这些情感。因为大神黑天与已经嫁人的拉达（Radha）的爱情传奇表达了印度神秘主义将卡玛（Kama，性爱）转变为帕尔玛（Prema）的努力。在坎贝尔看来，卡玛就是代表欲望的厄洛斯，帕尔玛是神圣的爱情。而世俗肉体的爱情向神圣爱情的升华是这则传奇的要义。[①]也就是说，在这些传统中，被爱的女性仅仅是某种中介，是超越世俗世界的桥梁和通道。在此类爱情中，女性个体的独特性被抹杀，仅仅沦为承载某种神秘意义的工具。而禁忌之恋则是人性化的爱情，所爱的是作为活生生的人的对方，而不是某种神秘的法则。

不过，在这种爱情中，恋人会被一种超越自身的魔鬼般的力量所控制。坎贝尔将特里斯坦和伊索尔德在森林中约会的洞穴看成是女神的秘密洞穴。它成为代替基督教祭坛的爱情之纯净的异教教堂。[②] 他们的爱情毒药将相爱双方的精神和肉身结合在一起。相爱双方一旦结合，就不能分离；如果分离，就会成为行尸走肉。爱情所促使的肉身与精神合一类似于双性同体的意象所象征的伟大意义，是夏娃被创造出来以前亚当与夏娃完美地融合为一体的状态，也是古希腊的众神并没有将人类分开之前的状态。这些状态象征着时间世界与永恒世界的融合。也就是说，禁忌之恋所代表的爱情跨越神圣与世俗的边界，在这种爱情中，爱人成为对方进入天堂的门径。

在坎贝尔看来，禁忌之爱的悲惨结局也具有重要的神话学意义。相爱的两人由于触犯禁忌而悲惨地死去，因此，禁忌之恋所给予的冲击，恰恰与史前农人的性与死亡的入会仪式类似。[③] 在史前农人的神话中，性与死亡往往是仪式中的核心主题。此种凸显性与死亡的仪式源自史前农人生死一体的观念。在中世纪，死亡是那个时代的爱情无法避免的宿命，相爱的双方由于背德而被处死。在禁忌之恋所代表的爱情中，性与死是融合在一起的。最终，禁忌之恋所代表的爱情的甜蜜和死亡的惩罚是"人的时代"的入会仪式。

爱情悲剧是西方文学中的传统主题。在精神与肉体之间将两者进行融合的禁忌之恋也有向两者游移的危险。它会向无私的圣爱或者纵欲的性爱偏移。《包法利夫人》中的爱玛滑向了纵欲的性爱。她渴望骑士与贵妇人式的浪漫爱情。

---

① Joseph Campbell, *The Flight of the Wild Gander*, Chicago: Henry Regnery Company, 1972, pp. 210-212.

② Joseph Campbell, *The Flight of the Wild Gander*, Chicago: Henry Regnery Company, 1972, p. 212.

③ Joseph Campbell, *The Masks of God: Creative Mythology*, London: Penguin Books, 1968, p. 67.

然而，她却生活在庸俗的环境中，被缺少浪漫的丈夫的无聊阴影环绕，最终，她对浪漫爱情的渴望幻化成过度透支的肉欲，而被释放出来的性爱也成为最终将其吞噬的魔咒。在这种神秘的激情和强大的世俗机器的夹缝中，《安娜·卡列尼娜》中的安娜的心灵被扭曲、生命被吞噬。总之，按照世俗需要而完成的婚姻成为压制个体精神的牢狱，这个在中世纪已经诞生的人类精神之花，在压制人性的世俗世界被扼杀、摧残，最终枯萎。爱情悲剧就在一代又一代人的生命中轮回上演。

三、世俗神话的弊病

在坎贝尔那里，骑士探险和禁忌之爱是"人的时代"的世俗神话。骑士传奇中可以找到现代版的萨满精神，因此，这些探险、考验和获得恩赐的故事成为世俗时代的精神启迪。然而，坎贝尔的"世俗神话"真的能带来人间天堂吗？在人的时代，人已摆脱了束缚的铁链和保护的外壳自由地飞行，但是，最终的结果却是一个伟大的时代在没有开始之前就已经夭亡。也就是说，人类由于沉迷于生命本然状态的自由，尚未飞升，或即毁灭。

在中世纪，宗教之间、城堡领主之间不断爆发各种战争。骑士传奇却将残忍的事实浪漫化为歌咏的故事，世代相传。然而，残忍的现实不会因为这些浪漫化的述说而被抹去。因此，有论者就对坎贝尔浪漫化地处理中世纪的骑士传奇提出质疑。在充满血腥的中世纪，骑士们杀人或者被杀，浪漫爱情仅仅是高贵的鸦片。[①]在这些故事中，骑士们的决斗和偷情代表人的破坏欲和性欲。骑士传奇将力比多中的原始力量用浪漫化的方式保存下来。这些虚幻展示西方残忍历史的浪漫故事能代表新的时代精神吗？历史现实与文本中的浪漫虚构之间的反差，使人不能接受坎贝尔的观点。

虽然坎贝尔的浪漫爱情观存在问题，但是，美国影视大量出现的超越群体差异的爱情故事都受到坎贝尔爱情观的影响。"俄狄浦斯的最新化身、续集的美人与兽正站在第四十二街和第五大道拐角处等候红绿灯变换颜色。"[②] 美女和野兽之间跨越群体差异的不朽爱情，依然在现代社会中上演。《阿凡达》是科幻版的《罗密欧与朱丽叶》，它讲述了地球人杰克·苏力与"蓝猴子"纳美人之间的

---

①Alfred Sundel, "Joseph Campbell's Quest for the Grail，" in *The Sewanee Review*, Vol. LXXVIII, No. 1 (Winter, 1970)，pp. 211-216.

②（美）约瑟夫·坎贝尔：《千面英雄》，张承谟译，上海：上海文艺出版社，2000 年，第 2 页。

爱情故事。电影《暮光之城》（*The Twilight Saga*）、动画《精灵旅社》（*Hotel Transylvania*）都讲述了人与吸血鬼之间的恋爱故事。

在这些书写禁忌之恋的影视中，爱情具有突破群体差异的魔力。地球人杰克·苏力自己变成了"蓝猴子"纳美人；在《暮光之城》系列中，与吸血鬼相恋的人类变成了吸血鬼。与此相比，中国当今许多爱情影视缺乏这种精神力量。《仙剑奇侠传3》演绎了女娲后人紫萱与三世凡人（顾留芳、林业平、徐长卿）之间的恋爱故事。女娲后人几个世纪的等待只能换回一曲任性的恋爱悲歌。在这些爱情故事中，爱情缺乏超越群体隔阂和个体宿命的精神力量。群体之间的差异成为不可逾越的界限，而这些界限注定了人们无法突破命运的轨迹。对相恋的双方来说，偏离轨迹的恋人演绎出一曲曲爱情悲歌，被诅咒为"孽缘"的爱情遭到扼杀，他们也只有在执着与挣扎后无奈地面对被注定的命运。

第三节　星球神话与精神启蒙

从启蒙时代建立理性法庭之后，神话成为人类思想进步的反衬，受其影响，弗雷泽、弗洛伊德都认为神话注定会被科学所取代。然而，与这些代表19世纪的传统神话学的思路不同，坎贝尔认为神话是人类走出野兽所代表的蒙昧时代的精神启迪。他试图从神话与科学产生的源头将对立双方融合，神话和科学都起源于人类走出蒙昧的精神探索，并且这个时代高度发达的科学所继承的是史前猎人神话中代表精神探索的萨满精神。在科学所催生出的新的世界意象的启迪下，人类会出现属于这个时代的人类同一的神话。坎贝尔的神话学成为好莱坞借此创造影视奇观的理论根基。在好莱坞世界的科幻影视作品中，人类所处的时代情境与传统神话观念相遇；在科学观念所激发出的新的宇宙景观中，世界的拯救与英雄的救赎融合在一起。

一、神话何为？

坎贝尔认为人类赖神话而生存，人的身体需要食物来补充营养，而人类的精神则需要神话的滋养。[①] 人类只有在"与人类相伴而生的神话"的滋养之下，

[①]Joseph Campbell, *The Flight of the Wild Gander*, Chicago：Henry Regnery Company, 1972, p.3.

才能最终超越对死亡的恐惧，而死亡是人类必然的宿命，"人类对自身必死性的认识以及超越死亡的愿望是神话产生的原动力"①。

死亡是神秘的宇宙力量在人身上的体现，当人类与这种神秘的宇宙力量相遇的时刻，也是在人类的灵性世界中激发出渴望复活与永恒的时刻。考古学家在距今三万年前的尼安德特人那里发现了墓葬和陪葬品，而这些墓葬就成为生命和死亡两种不同的状态关联在一起的标志。通过神话，生与死在一种更大的概念中被融合在一起。墓葬和陪葬品甚至代表着一种超出了人类现在所能够理解范围的生命的另外一种状态的入口。人类各大文明中所建造的宏伟的教堂、金字塔，都是在超越死亡的神话观念的推动下完成的，也只有在神话观念之下，某些民族匪夷所思的习俗才能真正得到理解，如由于牛是印度教徒的圣物，他们即使饿死也不会吃牛肉。

坎贝尔认为不能用对错来评判神话，而只能从是否发挥作用来看待神话，在人类的生活中依然发挥作用的神话，就是活态神话。活态神话在人类社会中发挥着神秘主义、宇宙论、道德论以及保持个体内心和谐等四种不同的功能。②通过活态神话的这些功能，人类与所生存的世界关联在一起。《原始神话》认为，在人类文明诞生之初，在苏美尔人那里，苏美尔神庙将大宇宙与中宇宙社会和小宇宙个体融合在一起。③也就是说，每个社会总会在大宇宙的终极神秘的启发下建构社会形式，以期将个体融入该社会，并且使个体拥有能够与终极神秘和内在自我进行对话的方式。活态神话通过神话的四种功能，将个体与其所生活的世界的三重宇宙完美地结合在一起，从而使个体完成对死亡的超越。

二、建构现代神话的契机

传统宇宙景观是基督教神话的根基。在历史上，基督教神话也能够使与人类息息相关的三重宇宙完美和谐地融合在一起，这些宇宙景观因此成为人间秩序的基础，人们道德信念的依据。④ 然而，在现代社会中，科学的发展冲击着《圣经》等传统神话给社会所提供的宇宙图景，使这一人间秩序和道德法则的基础失去了根基，曾经完美地融合在一起的三重宇宙出现断裂，神话的资源在现代社会失去了效果。缺少神话力量哺育的现代荒原给社会与个体带来无法摆脱

①Joseph Campbell, *Myths to Live By*, New York：Bantam Books, 1980, p. 20.

②Joseph Campbell, *The Masks of God：Creative Mythology*, London：Penguin Books, 1968, pp. 4-5.

③Joseph Campbell, *The Masks of God：Primitive Mythology*, London：Penguin Books, 1987, pp. 147-148.

④Joseph Campbell, *Myths to Live By*, New York：Bantam Books, 1980, p. 2.

的痼疾，这些无法回避的痼疾也在召唤具有拯救力量的现代神话。

1543 年，哥白尼日心说的提出驳斥了基于肉眼观察所形成的地心说。现代望远镜表明地球所在的太阳系仅仅是银河系中微不足道的一部分，而整个宇宙也有数不清的像银河系这样庞大的星系。在高度发达的科学给人类所带来的宏大的宇宙景观面前，《圣经》所提供的宇宙图景仅仅成为"玩具室中的图画"，这种图景在现代社会失去了号召力：

> 《圣经》基于 5000—6000 年前古老的苏美尔人的星象观察和已经
>
> 不合时宜的人类观念，在现在看来其号召力显得是那么微乎其微。[1]

《圣经》所提供的象征形式是西方社会文明和道德秩序的精神支柱，如果这些象征形式的意义被褫夺，个体生存的意义就会缺失，最终导致社会的失衡。在现代社会，那些具有神秘意义的、朝向未知世界的、相互关联并代表未知世界的道路的路标与入口已经封死，象征形式的意义被褫夺。神圣世界的门口关闭，而人只能在一个单维的自我中面对被橱窗的镜子反射出的碎片化的影子，于是现代社会成为精神的荒原。生命需要精神支柱，如果精神支柱垮掉，社会就会崩溃，变得邪恶和疾病缠身。所以，在现代社会，犯罪、精神失常、自杀、吸毒等各种问题层出不穷。

中世纪传奇中的圣杯骑士帕西法尔历尽千辛万苦也要寻找具有治愈奇迹的圣杯，而面对现代社会这些无法回避的痼疾，坎贝尔就像他最喜欢的帕西法尔那样，希望为治疗现代社会的痼疾寻找良药。他期望在科学高度发达的现代社会，神话依然可以拥有巨大的治疗能量：

> 难道就不存在一种智慧能够超越幻觉和真理的冲突，并且通过这
>
> 种智慧众生能够再一次被融合在一起？[2]

在此基础上，坎贝尔重新反思了科学与宗教之间的冲突问题。宗教是神话的法典化形式，神话是宗教的前期形态，而神话具有宇宙论的功能，神话所提供的宇宙图景与神话被创造的那个时代的科学所提供的宇宙景象一致，现代科学与神话的法典化形式——宗教的冲突也仅仅是两个不同时代的科学之间的冲突而已：

> 事实上所谓的科学与宗教之间的冲突根本就与宗教毫无瓜葛，仅
>
> 仅是两种不同科学之间的较量：公元前 4000 年的科学对阵公元 2000 年

---

①Joseph Campbell, *Myths to Live By*, New York：Bantam Books, 1980, p.90.

②Joseph Campbell, *Myths to Live By*, New York：Bantam Books, 1980, p.9.

的科学。①

传统神话是吸收了同时代的科学所给予的宇宙意象而形成的②，那么现代社会应该有依据这个时代的宇宙意象而建立起来的现代神话。现代神话吸收了现代科学所提供的宇宙意象从而避免了科学的冲击，并且能够治疗这个时代所无法回避的痼疾；依据这个时代的宇宙意象的现代神话能够使人重新与内心的神秘进行对话，使人重新回到作为"内心风景"的伊甸园。③ 建构现代神话，是坎贝尔面对现代痼疾所开出的良药，因为人类还需要这些给予人类精神力量的梦幻。

三、探月之旅与现代神话

坎贝尔在重新反思宗教与科学之间的冲突的同时，也从神话学的角度对科学进行解读。他认为科学家继承了史前狩猎时代萨满所代表的自由精神：

> 我们今天科学的创造性研究和令人惊叹的勇敢更多继承了萨满的狮子精神而不是牧师和农民的虔诚。④

在史前神话中，萨满代表突破本地传统束缚的自由精神。他们由于遭遇精神危机，而被迫进入人类精神的源头，从而也拥有了突破本地的传统的机会，他们是通过艰苦的精神修炼，最终获得恩赐归来的英雄。⑤ 在新石器时代后期，人类社会转入农业社会以后，这种注重个体精神体验的自由精神受到压制。个体仅仅是群体之中的部分的观念，在新石器时代出现的曼陀罗花纹中表现出来。⑥ 不过，萨满追求自由的精神被科学家继承，并且从新石器农业社会所传承下来的压制个体的曼陀罗的边界也被科学家突破了：

> 真理的曼陀罗的边界已经被打破，边界已经敞开，我们航行在更加宽阔的海洋上。⑦

在突破传统的基础上，科学家对外在世界的探险给人类带来了具有启迪意义的全新的宇宙图景，这一图景是建立新的神话的基础。探月之旅是科学发展

---

①Joseph Campbell, *Myths to Live By*, New York：Bantam Books, 1980, p.90.

②菲尔·柯西诺主编：《英雄的旅程：与神话学大师坎贝尔对话》，梁永安译，北京：金城出版社，2011年，第184页。

③Joseph Campbell, *Myths to Live By*, New York：Bantam Books, 1980, p.25.

④Joseph Campbell, *The Flight of the Wild Gander*, Chicago：Henry Regnery Company, 1972, p.192.

⑤Joseph Campbell, *The Masks of God*：*Primitive Mythology*, London：Penguin Books, 1987, p.256.

⑥Joseph Campbell, *The Masks of God*：*Primitive Mythology*, London：Penguin Books, 1987, pp.141-143.

⑦Joseph Campbell, *The Flight of the Wild Gander*, Chicago：Henry Regnery Company, 1972, p.189.

的结果，代表人类对外在世界探索所达到的一个全新的领域，坎贝尔因此将探月之旅称为"所有时代最伟大的探险"。科学固然对传统宗教所提供的宇宙景观带来了冲击并随之产生诸多问题，不过全新的宇宙景观同样也给人类带来全新的启示，人类应该倾听这些启示，从而在这个充满巨大转变的时代将这些启示转化为建构新神话的契机。坎贝尔因此认为探月之旅是"20世纪最重要的神话事件"①，它给人类带来了全新的宇宙图景，也给新的星球神话的诞生带来了启迪。探月之旅意味着人类并不是从地球之外的世界来到地球并终将回归那里的陌生人；它带给人们的是关于宇宙意象的重大转变：人类一直把天空看成神和天堂的居所，然而当人类开始太空冒险的时候，他们在月球、火星甚至更远的地方来看地球，地球也将成为遥远的天堂。人类是地球这个宇宙荒漠中的绿洲所结出的果实，地球是人类生命的庇护所和圣地。②天空是神所居住的神圣之地，超出人类所生存的尘世，探月之旅表明人类所居住的大地也在天空之中，那么曾有的天堂与尘世对立已经不复存在，人类也生活在天堂之上。因此，这一探险正在改变人类关于宇宙的观念，而这种新的关于宇宙的意象能够催生出与这种全新的意象相关的新的神话，融合这些具有新时代意义的宇宙意象，是现代神话得以建立的根基所在。

科学不仅仅突破外在世界，而且也开拓了人的内在心灵的边界。坎贝尔将科学家对外在世界的探索看成英雄的旅程。英雄"离开世界；进入某种力量的源泉；然后带着促进生命的力量归来"③。英雄的旅程是英雄对外在世界与内在世界的双重探险：一方面，英雄从日常生活世界出发，进入充满魔幻的异域世界，经历各种探险，战胜各种神秘的力量，最终获得恩赐归来。另一方面，英雄也在进行内在精神的探险。英雄的探险是自我在梦幻的世界中不断扩充自己，不断获得精神启悟的探险，这种探险最终扩充了英雄的内在精神空间。既然科学家所进行的外在世界的探索也是英雄内在精神的探险，那么，科学家对外在世界的探索也同时是对人类内在潜能的激发。坎贝尔以20世纪70年代非常著名的科幻电影《2001》中的一个场景为例，分析对未知的好奇心对人类潜能的激发作用。影片的开头出现了一群南方古猿，它们正在打闹嬉戏，其中一个离开群体，去观察一块神秘的石板。这种对未知的好奇、敬畏和探求，成为激发人

①Joseph Campbell&David Kudler, eds., *Pathways to Bliss*: *Mythology and Personal Transformation*, Novato, Calif.: New World Library, 2004, p.106.

②Joseph Campbell, *Myths to Live By*, New York: Bantam Books, 1980, p.252.

③（美）约瑟夫·坎贝尔：《千面英雄》，张承谟译，上海：上海文艺出版社，2000年，第27页。

类潜能的方式：

> 但是，这些类人猿中的一个，在他正在发展的灵魂中已经拥有了成为更好事物的潜力；在未知之前的敬畏感中，在接近与探索的渴望驱使下的令人着迷的好奇心中，他的那种潜力是非常明显的。[①]

南方古猿基于好奇心而开启了萨满式的英雄旅程。他会从其他同类所代表的、只关心经济和政治利益的传统中突破出去。萨满在未知的领域中进行神秘的探险，而这种探险可以使人类与更为神秘的力量建立联系，从而也促进内在太空的疆界的开拓。对未知的探究恰恰是促进人类诞生最不可缺少的因素。在对外在世界的探险过程中，人的内在世界打开了，这种被好奇的渴望所激发的内在潜能最终完成了人类的转变。[②] 科学家由于好奇心而去探索世界，是人类内在精神潜能的表现，也最终激发出这种潜能。科学探索是一种伟大的英雄旅程，也是人的自我实现过程中的伟大的创造，是激发内在潜能的方式。代表科学伟大成就的探月之旅改变并且深化了人类的灵性世界，开创了人类精神的新纪元：

> 我们处在这一时刻，正在参加人类精神对知识的最伟大的飞越之一，这种知识不仅是关于外在自然的，也是关于我们精神层面的神秘，它或许已经发生，或者将要发生。[③]

这种人类精神的新纪元也在召唤着人类建构新神话的契机。探月旅行表明一个人类同一的现代神话的时代正在到来，而现代神话就是凝聚整个人类的神话。坎贝尔认为人类如今所处的时代是一个充满魅力与希望的新时代，这个在人类历史上具有重要意义的时刻也在召唤与这个时代相符合的现代神话。

> 无论如何，我们今天终于还是达成了共识，即我们正在——以这种或者那种方式——进入一个全新的时代，一个迫切需要智慧的时代。这种智慧，确切地说不是过去经验的简单的汇总，而是对未来蓝图的全新绘制；这种智慧可以逾越年龄差异所带来的鸿沟，不管是老是少，我们都会被其同化，成为当中的一分子。[④]

在这个新纪元到来的时候，现代神话就是新时代所迫切需要的智慧。这一智慧将人类凝聚在一起，无差别地包容人类的全体成员，从而成为人类共同拥有的神话，我们的神话则是在这些伟大的神秘的基础上建构出来的。莎伦·温

---

① Joseph Campbell, *Myths to Live By*, New York: Bantam Books, 1980, p.247.
② Joseph Campbell, *Myths to Live By*, New York: Bantam Books, 1980, p.247.
③ Joseph Campbell, *Myths to Live By*, New York: Bantam Books, 1980, p.255.
④ Joseph Campbell, *Myths to Live By*, New York: Bantam Books, 1980, pp.87-88.

特在其论文《坎贝尔：新时代的先知》中认为坎贝尔的神话学传播新时代的观念，他是新时代的先知，他拥护关于新世界希望的哲学，这种哲学也是一种同一的星球文化。①人与人之间不会因为民族、文化等等的差异而出现地位不同的现象，这是探月之旅所昭示的神秘启迪。这个地球上的所有人，每个人都是地球这艘宇宙飞船上的乘客②，所有的人都是平等的。自我与他者之间的区分已经成为历史。人类所需要共同面对的生态危机等问题将人类紧密地联系在一起，而新时代的神话就是重新凝聚在大地上所诞生的人类的智慧，"不管是老是少，我们都会被其同化，成为当中的一分子"。

坎贝尔这种同一的星球神话是建立在对传统观念批判的基础上。上帝选民的观念认为某个民族或者某个团体是上帝或者神的唯一选民，他们所居住的地方就是世界的中心，而他们能够直接与神圣的世界建立联系，所以，他们是神圣的民族，而其他民族都是需要臣服的民族。③ 这种民族中心主义的上帝选民观念所产生的自我与他者之间的对立是世界的争端、仇恨与歧视的来源。早在《千面英雄》中，坎贝尔就批判了圣奥古斯丁所发动的神的公民对魔鬼的公民的战争。在他们那里，爱仅仅保持在自己民族之内，而恨则是面对其他民族，爱的原则与恨的原则截然分开。双面神在自己民族与他民族之间呈现出不同的、两个极端的形象。神在自己的孩子面前是一个慈爱的父亲，而在其他民族那里却又成为张着血盆大口的死神！然而，探月之旅表明宇宙的任何一个地方都可以成为宇宙的中心。④ 曾有的中心与边缘、自我与他者的区分已经陈旧和过时！

四、神话乌托邦

坎贝尔在《千面英雄》中认为神话可以使人类在相互理解的意义上达到统一⑤，而建构人类同一的现代神话则是他的这种理想的进一步深化。在现代神话的名义下，从人类面对世界的终极神秘的角度寻找科学与神话融合的基础并探讨人类精神力量继续传承下去的可能性。而这一终极神秘就是产生一切对立冲突的世界肚脐⑥，而所有的冲突也会在这一原点得到汇集和消融。

---

①M. A. Sharon Winters, *Joseph Campbell*：*Prophet for a New Age*, The University of Texas at Dallas, 1993, p. 64.

②Joseph Campbell, *Myths to Live By*, New York：Bantam Books, 1980, p. 262.

③Joseph Campbell, *Myths to Live By*, New York：Bantam Books, 1980, p. 8.

④Joseph Campbell, *Myths to Live By*, New York：Bantam Books, 1980, p. 243.

⑤（美）约瑟夫·坎贝尔：《千面英雄》，张承谟译，上海：上海文艺出版社，2000 年，序。

⑥（美）约瑟夫·坎贝尔：《千面英雄》，张承谟译，上海：上海文艺出版社，2000 年，第 36 页。

他摒弃传统宗教中的种族中心主义，用星球神话建构了一个人类的大同世界，而这种人与人之间没有任何差别的人间天堂也是基督教、伊斯兰教、佛教等伟大宗教的梦想。不过，他的人类同一的星球神话仅仅是一个具有美丽前景的神话乌托邦。与这一美丽的情境相比，人类当下正处于充满冲突的悲剧时代。由于彼此界限的解除，各种曾经被分隔的力量相遇，这些高傲的力量的冲突使这个时代充满了仇恨、谴责甚至骚乱。然而，坎贝尔认为这也是曾经孤立的文化邂逅的伟大时刻，也是人类要以西方的科学技术为载体初次团结在一起的伟大时刻。① 人类正在进入一个伟大的时代和全新的情境：

> 我们正在驾驭着这一现实：驾驭着它前往新时代，获得新生，达到人类的全新情境。②

可是，被神话学家西格尔称为浪漫主义者的坎贝尔③是否真正思考过：人类到底如何超越这些冲突驾驭这种现实呢？拥有不同神话的民族怎样才能融合在这个同一的星球神话之下？坎贝尔认为人们首先需要做的是在科学知识的基础上对古老的神话进行筛选：

> 一旦需要将现代科学知识的影响施加到融合所有传统体系的古老信念上，同时把支撑我们种族到现在的智慧（wisdom-lore）保留下来，并明智地传给任何一个未来时代，我们就该毫无异议地确信，这其中一定包含大量的筛选工作。④

各个民族的传统神话与科学之间的冲突是人们正在面对或者将要面对的问题，所以，坎贝尔希望利用科学知识对古老的信仰进行筛选。但是，人们具体要怎样展开筛选工作呢？此外，到底由谁基于科学知识来建构现代神话呢？由于不同民族的科学发展的不平衡性，基于高度发展的科学的现代神话是否在事实上成为现阶段科学高度发达的民族才拥有的特权？而对科学落后的民族来说，现代神话是否仅仅成为一种奢望？由于各个国家科学发展的差异性，人类社会又从同一滑向了差异，那么现代神话是否也会成为基于现代科学的变相的种族主义呢？

此外，有论者认为坎贝尔将科学过于理想化，科学在这个时代正在成为新

---

①Joseph Campbell, *Myths to Live By*, New York：Bantam Books, 1980, p.87.

②Joseph Campbell, *Myths to Live By*, New York：Bantam Books, 1980, p.263.

③Robert A. Segal, "The Romantic Appeal of Joseph Campbell," in *The Christian Century*, Vol.107, No.11 (April 4, 1990), pp.332-335.

④Joseph Campbell, *Myths to Live By*, New York：Bantam Books, 1980, p.263.

的专制，在这个时代科学也不是万能的。① 并且，坎贝尔在将科学神圣化的时刻，是否也在一厢情愿地忽略科学与神话在人类社会中产生的某些无法避免的冲突呢？利奥塔尔在《后现代状态》中将人类的知识分为科学知识和叙事知识，科学属于科学知识，神话属于叙事知识，而我们这个时代正是科学知识吞噬故事知识的时代：

> 科学知识把它们归入另一种由公论、习俗、权威、成见、无知、空想等构成的思想状态：野蛮、原始、不发达、落后、异化。叙事是一些寓言、神话、传说，只适合妇女和儿童。在最好的情况下，人们试图让光明照亮这种愚昧主义，使之变得文明，接受教育，得到发展。②

在被科学知识吞噬以后，基于高度发展的科学的现代神话是否仅仅成为拥有神话外衣的空壳？那么，坎贝尔的同一星球神话是否也只是拥有美好前景的虚幻的乌托邦？

第四节　个人神话

在1970年左右，坎贝尔以"个人神话"为题目举办过多次讲座。他后来在采访录《神话的力量》《英雄的旅程》《敞开的生命》中又对自己的这一观点进行了相应的发挥。

荣格所提出的问题成为坎贝尔探讨个人神话的起点。荣格曾经问自己赖以生存的神话是什么，而这一问题促生荣格思想的转变。坎贝尔将荣格的问题推演到生活在现代社会中的所有人们。在现代社会中，每个人赖以生存的神话是什么？他认为，伴随着近代以来西方世界个体的觉醒，宇宙的中心已经转到每个个体身上。在传统神话失效的时代，每个个体需要书写面对世界苦难的个人神话。

①Philip Rieff, "The Masks of God: Primitive Mythology," in *American Sociological Review*, Vol. 25, No. 6, (December, 1960), pp. 975-976.

②（法）让－弗朗索瓦·利奥塔尔：《后现代状态：关于知识的报告》，车槿山译，北京：生活·读书·新知三联书店，1997年，第57页。

一、觉醒的个体

从史前农人神话那里继承的群体法则被萨满精神的当代代表——科学家们冲破，个体重新获得了自由。因此，每个个体的命运发生了改变。他们的故事和角色再也不会被预先注定，他们可以通过自由选择，书写自己的传奇，成为自己的英雄神话中的主角。尼采曾经如此描写过此种自由状态：

> 大解脱突然像地震一般降临到那些受到如此束缚的人们头上：年轻的心灵一下子受到震颤，扯断了束缚，解脱出来——它自己也不知道发生了什么事。一种冲动和压力像一道命令一般支配并控制了它；一种意志和愿望觉醒了，更不惜一切代价地离去，无论去向哪里；在它的一切感觉中都燃烧着、躁动着一种对一个尚未发现的世界的强烈而危险的好奇心。①

坎贝尔在神话学领域回应了尼采所提出的问题。在传统社会，个体必须按照社会的原型模式生活，自由选择的权利被剥夺。印度的种姓制度是这方面的突出代表。在这种制度下，人的命运已经被所属的种姓决定，他们出生时就被安排为某种角色，必须按群体所规定的原型角色生活；他们的人生轨迹注定要重复祖辈单调的模式。这是曼陀罗法则对个体命运的预设，人无权更改。

不过，史前猎人神话中萨满所代表的自由精神在这个时代复活。他们获得了自由意志，成为自由选择的个体，通过选择书写属于自己的神话，而不会被打上枷锁，成为在某种"你应该"的规则下批量生产的模型。他们摆脱了遵循本地传统模式的封闭的人生轨迹，走向开敞的、需要自己探索、自我建构的人生。因此，他们有权力成为自己故事中的英雄，书写自己的传奇。

在《神的诸种面具》中，坎贝尔用基督教和犹太教中独一无二的"上帝"意指不可言说的终极奥义。世界神话都是这一奥义的不同面具，而他的《神的诸种面具》所要展示的是这些不同面具各具特色的表现形式。他坚信在个体时代，个人神话同样是这一终极奥义的面具。坎贝尔甚至模仿印度神秘主义的言说方式凸显个体在这个时代的重要地位：

> 每个个体都是自己神话的中心，他自己的精神特性是显现的

---

①（德）弗里德里希·尼采：《人性的，太人性的：一本献给自由精灵的书》，杨恒达译，北京：中国人民大学出版社，2011 年，前言。

上帝。①

此处的"上帝"不是基督教意义上的"上帝",坎贝尔用这个词意在说明个体是自我(个体小宇宙)意义和价值的创造者,而人的生活则是一部需要认真创造的作品。在个体时代,个人－造物主创造了属于这个时代的彰显自由的伟大作品。因此,每个个体(不是某个特殊的个体,而是所有的事物和事件),以自己所存在的样子(粗劣抑或优秀)成为上帝的面具。② 坎贝尔在此处用古希腊的方式书写东方思想。印度神秘主义大师罗摩克里希那的神秘体验也成为他张扬个体精神的理论依据:

> 我曾经在卡利神庙崇拜神。突然间,她向我透露,所有一切都是纯粹的精神。崇拜的器具、祭坛、门框——所有一切都是纯粹的精神。人类、动物和其他生命——都是纯粹的精神。然后,我像疯子似的,开始向各个方向撒着鲜花。我看到什么就拜什么。③

坎贝尔后来在《英雄的旅程》用自己的语言重述了这位神秘主义大师的思想:

> 你应该知道,这个世界上的一切形相,都是同一个永恒者的光芒闪现,因此,你们应该尊重每一个形相,因为它们之中包含着生命的魔法。④

坎贝尔从张扬个体精神的角度创造性地重新解读东方神话哲学。既然"所有的存有都是佛性的存有"⑤,一切都是"纯粹的精神",那么,每个个体也应当如此,因此,在这个时代,个体成为"上帝的面具"。

此外,坎贝尔意义上的个体的精神特性(intelligible character)与哲学的理智和理性是不同的,他的意思是指与日常生活不同的灵性世界,而人们需要通过神话才能与灵性世界建立联系,个体需要通过艰苦的修炼才能架起这一桥梁。

总之,新时代的个体需要以寻找圣杯的骑士为榜样。圣杯骑士独自进入没

---

①Joseph Campbell, *The Masks of God: Creative Mythology*, London: Penguin Books, 1968, p.36.

②Joseph Campbell, *The Masks of God: Creative Mythology*, London: Penguin Books, 1968, p.647.

③(印度)摩亨佐纳特·格塔:《室利·罗摩克里希那言行录》,王志成、梁燕敏译,北京:宗教文化出版社,2008年,第121页。另参见同书第24页:"人不能够长时间地住在屋顶上,他要再次走下来。在三摩地中认识梵的人也会回落下来,发现梵已经成为宇宙和所有生命。"

④(美)菲尔·柯西诺主编:《英雄的旅程:与神话学大师坎贝尔对话》,梁永安译,北京:金城出版社,2011年,第262页。

⑤(美)菲尔·柯西诺主编:《英雄的旅程:与神话学大师坎贝尔对话》,梁永安译,北京:金城出版社,2011年,第187页。

有路的黑森林，探索属于自己的道路，而新时代的个体也需要在没有道路的黑森林中探索自己的人生轨迹。在个体求索的过程中，被传统束缚的人生轨迹得以开拓：

> 人的重要价值在于成为自己的目的和价值，在自己的不完美中成为独一无二的个体。也就是说，人在自己的探求中，在他实际成为或者他有潜力成为那一个体的过程中，他是独一无二的个体，而不是他"应该"成为的那一个体。①

二、世界苦难与个人神话

在传统神话失效的时代，对所有人都起作用的共同神话已经不存在。神话意象所指涉的是千年以前的事情，它们无法激活人们生活在其中的体验。因此，当外在意象无法激起人的心理参与感的时候，人们就会转向内在层面，他们会利用各种药物、毒品，或者通过冥思与灵性世界进行交流。② 这也就是现代社会人们痴迷于致幻剂等药物的原因：

> 宗教曾是获得心醉神迷狂喜状态的一种最传统的方式，但是如果人们在神庙、圣殿或教堂或修道院中不再能发现它，那么就会到别处去寻找它，在艺术、音乐、诗歌、摇滚、舞蹈、毒品、性或体育运动中去寻找。③

因此，在充满危机、传统神话却失效的时代，还有什么力量能够使个体生活下去，直面生活中毫无缘由的灾难？

> 假如我完全陷入了困境，假如我热爱的所有事物和我所为之奋斗的思想都被摧毁，我将如何生存下去？假如回到家中，我发现我的家人被杀，房子被烧掉，或者是我所有的事业都被这种灾难或者那种灾难毁掉，还有什么能够支撑我活下去？④

人依然需要应对突然而来的毁灭性灾难的精神力量。宇宙奥义、死亡和人

---

①Joseph Campbell, *The Flight of the Wild Gander*, Chicago: Henry Regnery Company, 1972, p.223.

②Joseph Campbell&David Kudler, eds., *Pathways to Bliss: Mythology and Personal Transformation*, Novato, Calif.: New World Library, 2004, p.100.

③（英）凯伦·阿姆斯特朗：《叙事的神圣发生：为神话正名》，叶舒宪译，载《江西社会科学》2008年第8期。

④Joseph Campbell&David Kudler, eds., *Pathways to Bliss: Mythology and Personal Transformation*, Novato, Calif.: New World Library, 2004, p.88.

的内在本质是神话必须回答的三大问题。[1] 超越死亡的焦虑是神话产生的原动力，而如何面对死亡的质疑成为通向神话世界的门径。尼安德特人的坟墓代表人类最早通过情节连接不同的生命状态，而这种努力也可以看成神话产生的动力。人只有融入神圣叙述之中，通过分有神话的意义，才能摆脱对死亡的恐惧。

面对世界苦难的问题，坎贝尔回到了《旧约·约伯记》中约伯所面对的人生困境。无辜受难给予个体敬畏生命终极奥义的契机。宇宙用魔鬼般恐怖的方式摧毁和吞噬生命，这是生命的本然状态。这个世界本来如此。在无法改变世界律动的时刻，人只能对此保持敬畏，并将自身融入世界毁灭和救赎的游戏中。

神话世界中凸显孕育与毁灭的形象，意指"生命吞噬生命"的生存法则，激发人们对宇宙终极奥义的敬畏。史前女神大都是将生与死、善与恶等截然对立的特质融合在一起的神话意象。此种揭示生命本然状态的悖论能够激发出无法言说的神秘体验，指向超越群体道德法则的宇宙奥义。16 世纪印度黑迦梨女神（Black Goddess Kali）寺庙中依然存在着人祭现象。女神嗜血的肚子是永远无法填满的空虚，而她的子宫却又一直在创造宇宙万物。[2] 此种拥有截然对立特质的印度女神形象是史前女神文明的大传统在文字小传统中所保存下来的遗产。印度神秘主义大师罗摩克里希那曾经看到恒河幻化出一位美丽的女子，她温柔地抱着自己所生的孩子喂奶。然而，这个女子的形象却变得越来越狰狞，最终将孩子吃掉，沉入恒河。这是一位伟大的神秘主义者的敏感心灵所揭示出的宇宙本然状态，而这则幻象则说明，宇宙母亲孕育人类，最终又会将人类吞噬。

面对遵守"生命吞噬生命"法则的宇宙，人类只有将自己融合在神圣的叙述之中，才能使自身获得意义。以神话为根基的文化将为人提供唤醒参与其中的象征，这些象征是具有生命的、活态的关联，它们会将人与最深邃的神秘和文化自身关联起来。这是神话产生的动因。"一种神话世界或者神话传统起源于某种迷狂——使你离开自身，超出自身，超出所有理性范式的一种状态。文明便是基于这些迷狂而建立的。"[3] 金字塔、大教堂甚至艺术家的创作都基于这种神秘的迷狂，这些创作代表无法用理性解读的神秘存在。

---

[1]Joseph Campbell&David Kudler, eds., *Pathways to Bliss*: *Mythology and Personal Transformation*, Novato, Calif.: New World Library, 2004, p. 96.

[2]Joseph Campbell, *The Masks of God*: *Oriental Mythology*, London: Secker and Warburg, 1962, p. 5.

[3]Joseph Campbell&David Kudler, eds., *Pathways to Bliss*: *Mythology and Personal Transformation*, Novato, Calif.: New World Library, 2004, p. 91.

如果诗人、艺术家甚至普通的个体利用这种迷狂，或许能够将之转换为书写人生神话、实现精神升华的契机。虽然个体只有在某些偶然的机缘中才能获得这种体验，但是，活态的神话象征可以引发和支撑这种敬畏感，而先知、诗人和艺术家的创造性心灵也能发现这种神秘感。诗人和艺术家捕捉某种属于这个时代的神话意象，从而激活我们生活在其中的世界。华人导演李安所拍摄的《少年派的奇幻之旅》（*Life of Pi*）就借用了类似的神话意象。在影片中，一座无名小岛上有一潭神秘的池水。当夜晚到来的时候，那些白天在其中欢快生活的海洋生物都纷纷浮上水面，瞬间成为白骨。这潭白天养育生物夜晚却又吞噬它们的池水是生命之母的象征。

在坎贝尔看来，书写个人神话，并生活在其中，才是个体面对人生的不确定性的精神良药：

> 那可能是对同情心是否完善的终极考验：能够毫无保留地按照世界本来的样子肯定这个世界，带着狂喜承受所有痛苦的欢愉，再疯狂地让每个生灵都这样认为。①

书写个人神话，首先，要寻找感动自己的神话意象。与生命的本然状态和谐相处，并融入世界的韵律，是许多神话都需要解决的问题。在人类历史上，人类发现了许多表现终极力量的神话意象。以这些神话意象为基础形成不同的神话，这些神话曾经发挥着重要的作用，它们使人类具有了超越死亡的精神力量。在史前猎人时代，作为部落主要食物的动物成为他们神话的核心意象，猎人的神话是他们与这些动物建立的盟约。动物成为他们神秘力量的来源，他们通过一系列的模仿动物的仪式使这些动物死而复活，并通过模仿动物的动作、戴上动物的面具而获得神秘的力量。

在史前农人那里，植物世界向人类展示了丰产大地的奇迹。嫩芽会在腐烂的植物上生长出来。所以，史前农人就拥有了死亡孕育新的生命的观念，死亡与复活只是生命的两种不同状态。所以，在他们那里有一系列关于死而复活的神话，他们通过牺牲自己群体中最优秀的成员的残忍仪式来获得灾难的解除或者大地的丰收。

在近东的远古时代，人们发现七大宇宙天体有规律地运动。人类社会的模型便来自对有规律运动的天体的模仿。人类通过仪式、装束还有建筑，构造梦幻般的神话世界，希望借此使每个进入这个世界的人能够与神秘的世界建立

---

① Joseph Campbell, *Myths to Live By*, New York：Bantam Books, 1980, p.233.

联系。

　　然而，在坎贝尔看来，神秘的中心从中世纪晚期开始已经转向了人类自身，"人作为自身成为神秘和奇迹的存在"①。现代神话成为关于人类自身的神话，人们需要从自己充满悲剧的命运中发现宇宙的奥义。然而，传统神话未必能激发每个个体对宇宙本然状态的敬畏感，因此个体必须自己去寻找能向自己言说并能激发敬畏感的神话意象。个体通过想象带入与这些神话象征有关的游戏，而象征的能量打开了一条通向神秘核心的道路。② 通过倾听这些神秘的象征，个体寻找到进入灵性世界的门径，一切创造力的源泉，重新建立与内在灵性世界的联系。如果没有找到此类神话意象，或者基于某些理由拒绝了这些神话意象，人就失去了与自己最深层部分之间的联系。

　　其次，要"追随你的狂喜"（follow your bliss）。坎贝尔并没有确切定义"狂喜"这一术语的具体含义。他只是用这一术语意指内在灵性被激发时的一种状态。"你已经被神秘体验，沉醉和敬畏所唤醒——意识到你的狂喜。"③有学者认为坎贝尔的"狂喜"是精神的、超越层面的"狂喜"。④ 这是人被生命本身的奇迹震撼而产生的心灵状态。如果人能够与最深邃的灵性世界建立联系，并在此基础上寻找到自己的中心，寻找到在自己身上真正感动自己的东西，寻找到自己的激情、自己的命运并生活于其中，那么，他就处于一种"狂喜"的状态。⑤而要达到此种状态需要人去思考什么是最让自己着迷的事情，从而可以借此重塑自己的原点。如果一个人拥有追随危险的勇气，生命就会随着探险的路线敞开。在一个追随"狂喜"的人那里，"狂喜"会使他深入内在的世界，并使他感觉"狂喜"就是生命，灵性世界的门将会为他敞开。⑥ 当一个人经历一系列不可避免的探险，踏上没有人曾经经历的道路，并开始进入黑暗时，帮手或者精灵出现，同时，在探险的过程中，某种潜能会被打开。

---

　　①Joseph Campbell, *Myths to Live By*, New York：Bantam Books, 1980, pp.57-58.

　　②Joseph Campbell&David Kudler, eds., *Pathways to Bliss：Mythology and Personal Transformation*, Novato, Calif.：New World Library, 2004, p.97.

　　③John M. Maher&Dennie Briggs, eds., *An Open Life：Joseph Campbell in Conversation with Michael Toms*, New York：Harper & Row, 1989, p.22.

　　④Coralee Grebe, "Bashing Joseph Campbell：Is He Now the Hero of a Thousand Spaces?," in *Mythlore* 18, No.1 (Autumn, 1991), pp.50-52.

　　⑤Joseph Campbell&David Kudler, eds., *Pathways to Bliss：Mythology and Personal Transformation*, Novato, Calif.：New World Library, 2004, p.102.

　　⑥John M. Maher&Dennie Briggs, eds., *An Open Life：Joseph Campbell in Conversation with Michael Toms*, New York：Harper & Row, 1989, p.24.

然而，如果一个人拒绝了召唤，生命就会枯萎，从而丧失创造力。辛克莱·刘易斯（Sinclair Lewis）的小说《巴比特》中的主人公经常说自己一生从未做过一件想做的事情。坎贝尔认为这是失败人生的例子。[①] 一个小姑娘听到奇妙的音乐，后来拒绝了此种召唤，到60多岁时，她感觉自己从来没有活过，她错过了自己的生命。[②] 所以，如果一个人没有勇气活出激发潜力的生活，那么，一个人的生命就失去意义。书写个人的神话，需要像画家保罗·高更（Paul Gauguin）那种完全将自己投身于神话之中的勇气。只有在此种勇气的鼓舞下，人才能成为个人神话的创造者，而自己会成为"朝向超越者透明的符号"，并生活在个人神话之中。[③]在坎贝尔那里，通过书写个人神话，个体获得与宇宙终极力量对话的途径。而个人神话的标志是个体成为超越者的透明符号，成为神秘力量进入日常世界的中介，现代神话的创造者。

总之，坎贝尔的个人神话内涵特别丰富，包容个体的生活以及个体的创作（文学、艺术、影视等等），并试图将人生哲学和文化创作结合起来。个人神话一方面是彰显自我救赎的个人英雄主义的人生哲学，另一方面又是诗人、哲学家和艺术家等神话诗人书写的、超越自我体验的当代神话。也就是说，个人神话使个体成为坎贝尔意义上的文化英雄。然而，这两者之间的冲突，他却没有考虑。

三、内在旅程与神话治疗

神话是人的心灵地图，是人走出精神迷宫的阿里阿德涅线团。英雄旅程成为坎贝尔外化精神状态的工具。在此模式下，人的精神苦痛成为书写伟大故事的过程中必须经历的考验。从这一意义上来说，坎贝尔外化精神苦痛的方式与叙事治疗有共同的地方。

所谓叙事治疗，是指治疗师通过倾听他人的故事，运用对话引导的方法，帮助叙述者寻觅遗漏和隐蔽的片断，使内在积压的问题外显化，从而引导当事人重构积极故事，唤起他（她）发生人格转变的内

①（美）菲尔·柯西诺主编：《英雄的旅程：与神话学大师坎贝尔对话》，梁永安译，北京：金城出版社，2011年，第245页。

②John M. Maher&Dennie Briggs, eds., *An Open Life*：*Joseph Campbell in Conversation with Michael Toms*, New York：Harper & Row, 1989, p.27.

③Joseph Campbell&David Kudler, eds., *Pathways to Bliss*：*Mythology and Personal Transformation*, Novato, Calif.：New World Library, 2004, p.108.

在力量的过程。①

叙事治疗通过故事表述问题，利用故事凸显问题，指导病人通过具体行为书写人生故事，在重构人生故事的过程中解决这些问题。叙事治疗使人生故事化的过程成为赋予人生意义的过程。在这个过程中，人成为自己故事中的英雄。通过故事，治疗师引导患者发现精神深处积压的问题，而这些问题成为病人康复的过程中无法避免的考验。病人直面并纠正这些问题的过程便成为他们的英雄旅程。

坎贝尔按照英雄旅程的模式分析精神病人的精神状况。在他看来，神话英雄、萨满巫师、神秘主义者、精神分裂症患者内在旅程的原则是一致的②，不过，他们最终的结果却不同：萨满巫师甚至神秘主义者通过了充满磨难的探险，然而，精神分裂症患者却被无意识的海洋所淹没：

简言之，朋友们，我发现我所说的是，我们的精神分裂者实际上正在经历瑜伽修炼者和圣徒曾经努力追求的幸福海洋深层：不同的是后者在海里游泳，而前者却被淹没。③

这些精神旅程是危险的。在修炼的过程中，人或许成为圣人，也可能成为疯子；人的精神旅程就像在刀锋所构成的桥梁上行走，最终或穿越深渊获得救赎，或坠入深渊。一线之隔，却是截然相反的结局。坠入深渊意味着疯子对现实的绝望，他们的疯狂是以极端的方式对理性世界的拒绝。在他们被关入疯人院而遭到众人驱逐之前，他们首先以遁入疯狂的方式拒绝了世界。沉迷在自己为自己所设置的象征中无法自拔，困在了这个与众人无法交流的灵性世界，重复着他们的或者救赎或者堕落的挣扎。

精神病患者同古代的英雄一样，在与日常生活拥有不同法则的内在世界进行着伟大的冒险。所以，他们的精神旅程也可以分为离开、入会、最终归来三个阶段。他们进入心灵最深邃的区域，与内心最黑暗或者最伟大的力量相遇，并进行着一场充满梦幻的冒险，他们或许会获得成就感和勇气，最终带着更加和谐和健康的心态回到现实世界之中。然而，与萨满和圣人的精神旅程不同，许多精神病患者最终却无法回到现实世界，他们为黑暗力量所吞噬。

精神病人的分裂首先从疏远现实世界开始。他的自我可能会分为两个不同

---

①叶舒宪：《文学人类学教程》，北京：中国社会科学出版社，2010年，第83页。

②Joseph Campbell, *Myths to Live By*, New York：Bantam Books, 1980, p.237.

③Joseph Campbell, *Myths to Live By*, New York：Bantam Books, 1980, p.226.

的角色，这些极端分裂的角色代表他已经处于现实世界与灵性世界的边缘。他在这个世界是一个被驱逐、嘲弄、否定的小丑，幽灵，巫师，怪人，是这个世界的局外人。他一方面被众人认为或者自己标榜为愚蠢、滑稽、可笑的形象，另一方面却在内心认为自己是世界的救世主和英雄。随后，他可能会逐渐远离正常生活世界而被无意识世界吞没，他会经历精神的堕落和退化，甚至退化到婴儿、动物、植物阶段。① 沉迷于内心世界的个体需要被引导着从意识的海洋中走出。对精神病患者来说，需要促进个体完成转化和整合的过程，医生不能强行打断这一过程。因为在患者与外在世界重新建立联系是病人最终归来的关键。坎贝尔曾经提到一个病人的案例就是如此。这个病人完全将自己封闭起来，他拒绝与外在世界进行任何交流。然而，有一天他用铅笔画了一个圆圈，并将铅笔放在中间，这是他与外在世界的交流的开始，也是他重新回到现实世界的努力。圈中的铅笔代表他深陷其中的困境。当有人明白其中的含义的时候，这位病人精神探险的回归旅程就会重新开始。② 精神分析师主要作用是引导个体完成死而复活的精神历练过程。精神病人只有从痴迷的精神荒原之中走出，才能获得自由。疯狂使人沉迷于灵性世界的某个角落，而从淹没在无意识的世界中归来需要一个招魂仪式。在现代社会，这个招魂仪式的施行者，不是萨满，而是精神分析师。宗教学家伊利亚德从他所研究的入会礼的角度重新解读精神分析：

但是，甚至精神分析之类的现代特别技艺，仍然保存有入会式的样式。病人被要求深入到自我之中，使他的过去活起来，以使自己再一次面对过去痛苦难忘的经历。从形式上来看，这种危险的操作与入会式中深入地狱、进入鬼魂的国度、与魔鬼格斗很相似。就好像希望入会者从他的磨难中胜利走出一样——简单地说，正如入会者"死去"然后被"复活"，以使他能得到进入一种彻底的、值得信赖的存在、即对精神价值的开放状态一样——现在经历精神分析治疗的病人也必须勇敢地面对自己的、被幽灵和魔鬼纠缠的"无意识"，以便能发现心理的健康和完整，因此也就发现了文化价值的世界。③

坎贝尔将人的心灵世界看成神圣的场域，这是心灵战争曾经爆发，正在爆发，或者未来注定会爆发的地方。"神圣是一种凭借仪式的或符号的氛围而建构

---

① Joseph Campbell, *Myths to Live By*, New York：Bantam Books, 1980, p.225.

② Joseph Campbell, *Myths to Live By*, New York：Bantam Books, 1980, pp.227-228.

③（罗马尼亚）米尔恰·伊利亚德：《神圣与世俗》，王建光译，北京：华夏出版社，2002年，第122页。

出来的'场'。其根本功能之一就在于治疗人们'世俗'中遭遇的各种疾病。"①
在坎贝尔那里，通过英雄旅程，神圣空间被汇集于个体的内心，成为宇宙力量
进入个体生命的通道。英雄的旅程便成为神圣治疗术。那些与社会脱节、完全
沉入无意识深渊的精神病患者，正像英雄那样在灵性世界中探险。也就是说，
成为英雄的契机就在个体所遭受的磨难中，代表救赎的精神就在自己的心灵中。
这些力量就是个体的和谐感、幸福感和勇气的来源，是面对和战胜黑暗力量的
动力。

坎贝尔将魔鬼定义为一个尚未被认识的神。它代表自身之中还未被表达的
能量，此种被压抑的能量给人带来威胁。② 甚至可以说，魔鬼是一个人的局限，
如果魔鬼在英雄探险的过程中被征服，那么英雄的意识就会扩大，从而包容世
界的更多方面。③ 在英雄的旅程中，英雄通过战胜魔鬼，跨越了自身的阈限。由
于经历了常人难以想象的磨难，所以通过内在旅程的探险，归来的英雄会获得
超越常人的智慧。

在坎贝尔看来，精神病患者是在进行一场塑造个人神话的伟大战争，他们
的挣扎代表人类内心最深邃的奥秘。如果群体尊重这种处于精神挣扎中的个体，
并引导他们从沉迷于或者被困住的内在世界中走出，或许，他们的归来会带给
人们宝贵的精神财富。从萨满巫师依格加卡加克（Igjugarjuk）的精神历程可以
看出这些启示。年少时的依格加卡加克在梦幻中经常出现许多奇怪的形象。老
巫师将他带入北极冰雪覆盖的地带。在那里，老巫师为他造了一间只能容一人
盘腿而坐的小屋，让他在小屋中进行充满艰辛的斋戒和精神修炼。在度过了长
达三十五天的斋戒和寒冷考验之后，他的梦中出现了一个终身都会成为他的保
护者的女神形象。最终，他克服了精神危机，并获得了超越常人的精神领悟。
这位伟大的萨满巫师自己这样形容此种智慧：

> 真正的智慧是远离人类的，存在于伟大的孤寂之中，只有通过苦
> 难才能获得。穷困和灾难为一个人开启了心智，使人领悟隐匿着的
> 真理。④

---

① 叶舒宪：《叙事治疗论纲》，载《西南民族大学学报》（人文社科版）2007 年第 7 期。

② John M. Maher&Dennie Briggs, eds., *An Open Life：Joseph Campbell in Conversation with Michael Toms*, New York：Harper & Row, 1989, p.34.

③ John M. Maher&Dennie Briggs, eds., *An Open Life：Joseph Campbell in Conversation with Michael Toms*, New York：Harper & Row, 1989, p.28.

④ Joseph Campbell, *Myths to Live By*, New York：Bantam Books, 1980, pp.211-212.

会唱中国藏族史诗《格萨尔王》的那些伟大的歌者往往也经历了某种精神危机，然而，当他们最终归来的时候，他们所获得的恩赐是能够歌唱他们的民族英雄史诗《格萨尔王》。① 他们所信奉的格萨尔王的伟大故事帮助他们克服精神旅程中的各种危险，在他们归来的时刻，所获得的恩赐就是歌唱这位伟大的英雄格萨尔王的能力。

坎贝尔从英雄旅程模式审视处于精神危机中的个体的内在旅程，给处于精神挣扎中的个体寻找自我救助的途径。精神病人正在经历着与神话中的英雄同样的伟大考验，如果给予这些个体适当的精神引导，这些在灵性世界中经历艰苦考验的个体会带着造福群体的恩赐归来。

第五节　神话隐喻

一、从"梵我合一"到神话隐喻

坎贝尔在《千面英雄》中概括出世界英雄神话基本的叙述结构，在《神的诸种面具》中展示神话和英雄的自然史，不过，他始终没有给神话一个确切的定义。为了弥补这一缺陷，他后来就提到一个概念，他认为神话是对超越者的透明隐喻。这一提法在他的采访录《英雄的旅程》② 和《敞开的生命》③ 中反复被提到。他的神话隐喻观是印度《奥义书》中"梵我合一"的现代化表达。

"梵我合一"展示宇宙终极要义之梵与人的内在精神的一致性，而这种一致性，成为坎贝尔神话隐喻观的起点。在印度文化史中，《奥义书》的出现代表吠陀时代的结束和新时代的开始，它是印度吠檀多哲学的主要哲学文本，是印度后期六派哲学的根基。"奥义书（Upanisad）这一名称的原义是'坐在某人身旁'（动词词根 sad 加上前缀 upa 和 ni），蕴含'秘传'的意思。"④ 因此，《奥

---

① 叶舒宪：《文学人类学教程》，北京：中国社会科学出版社，2010 年，第 163 页。

②（美）菲尔·柯西诺主编：《英雄的旅程：与神话学大师坎贝尔对话》，梁永安译，北京：金城出版社，2011 年，第 44 页。

③ John M. Maher&Dennie Briggs, eds., *An Open Life：Joseph Campbell in Conversation with Michael Toms*, New York：Harper & Row, 1989, pp. 21-23.

④（印度）《奥义书》，黄宝生译，北京：商务印书馆，2010 年，第 4 页。

义书》起先主要在师徒和父子之间传承。《奥义书》中的主要思想是"梵我合一"。"梵"（Brahman）源于印度教的三个主神之一"梵天"（Brahama），"梵在梵文中原有'圣智''咒力''祈祷'等意义，引申而成为'祈祷而得的魔力'，再引申为世界的主宰和哲学的最高本体"①。"梵"后来意指具有超越世间万物而又无所不在的哲学概念。"梵"超出人的知觉和言语能力的范围。"梵"首先具有无法被言说甚至无法被思想的超越性：

> 眼睛看不到，语言说不到，思想想不到；
> 我们不清楚，我们也不知道该怎样说明它。②

同时，"梵"又是无所不在的，遍布世界所有的事物之中，"他进入一切，乃至指甲尖，就像剃刀藏在刀鞘中，火藏在火盆中"③。"我"（atman）同样意指宇宙的终极真实，这是《奥义书》对《梨俱吠陀》中的自我观的继承。④ 所以，《奥义书》往往是"我"和"梵"交替或者混合使用，从而意指超越又无所不在的终极真实。也就是说，在《奥义书》中，"我"和"梵"是同义词。⑤这种思想在《奥义书》的许多篇章中都可以见到：

> 这是我内心的自我，小于米粒，小于麦粒，小于芥子，小于黍粒，小于黍籽。这是我内心的自我，大于地，大于空，大于天，大于这些世界。(3)

> 包含一切行动，一切愿望，一切香，一切味，涵盖这一切，不说话，不旁骛。这是我内心的自我。它是梵。死后离开这里，我将进入它。信仰它，就不再有疑惑。香底利耶，香底利耶这样说。(4)⑥

关于《奥义书》中所表达的"梵我合一"的思想，第一个将此书译成汉语的我国著名学者徐梵澄先生曾经这样总结：

> ……其主旨有约："大梵"也，即"自我"也。宇宙间之万事万物皆在大梵中，大梵亦在万事万物中，大梵即是此万事万物。在彼为此，在此为彼，此即彼也，万物一体。故其口号曰："汝即彼也"，而一而

---

① 黄心川：《印度哲学史》，北京：商务印书馆，1989 年，第 56 页。

② （印度）《奥义书》，黄宝生译，北京：商务印书馆，2010 年，第 254 页。

③ （印度）《奥义书》，黄宝生译，北京：商务印书馆，2010 年，第 28 页。

④ 李建欣：《〈奥义书〉"梵我合一"思想简析》，载《世界宗教研究》2002 年第 4 期。

⑤ （印度）《五十奥义书》，徐梵澄译，北京：中国社会科学出版社，1984 年，第 195 页注释 2。

⑥ （印度）《奥义书》，黄宝生译，北京：商务印书馆，2010 年，第 159 页。另参见同书第 42 页："正像蜘蛛沿着蛛丝向上移动，正像火花从火中向上飞溅，确实，一切气息，一切世界，一切天神，一切众生，都从这自我中出现。他的奥义是真实中的真实。"

万，推至数之无穷，还归太一。①

此处的"汝即彼也"，也就是《唱赞奥义歌》② 中的名句 tat tvam asi（英译为"Thou art That"），意为"你就是它"。在坎贝尔看来，这句话的意思就是，每个个体就是那终极神秘。在个体身上，人的真实自我与宇宙的终极奥义融合为一。基于对《奥义书》中"梵我合一"思想的理解，坎贝尔将东方神话的核心思想概括为关于人神同一的神话，并与关注人神关系的西方神话相对。③ 他指出，在东方神话中，世界的终极真理是超越万事万物，超出了人的语言和思想的表达能力，同时又无处不在。

> 简单来说，主要的观点是宇宙的终极真理、物质、支撑、能量或者真实都超越了所有的定义、所有的想象、所有的范畴和所有的思想。
> 它超出了心灵的边界，也就是，超验。
> ……它超出了定义，超出了边界，却又无所不在。④

显然，他对东方神话的这一特质的总结主要基于《奥义书》中所表达的"梵我合一"的思想。他将这一思想的总结为如下的公式：

$$a \neq = x$$

在这个公式之中，a 代表自我，x 代表终极真实，在现象领域中，a 不是 x，但是在本质上，a 却是 x。由于沉迷在摩耶所制造的宇宙幻象之中，人们沉迷于各种欲望，忘记了人的终极本质，"正像埋藏的金库，人们不知道它的地点，一次次踩在上面走过，而毫不察觉。同样，一切众生天天走过这个梵界，而毫不察觉，因为他们受到不真实蒙蔽"⑤。当人能够突破这些幻象，重新发现内在于心灵的东西，他们便获得关于终极真实的体悟。人最终从幻象束缚中走出，与"梵"合二为一。

二、神话隐喻与唵

坎贝尔的神话隐喻根源于《奥义书》中关于神秘字母唵（Om，分写为Aum）的思考。在印度的《奥义书》中，唵作为神秘奥义的象征，代表"梵我"

---

① (印度)《五十奥义书》，徐梵澄译，北京：中国社会科学出版社，1984 年，译者序，第 6 页。
② 黄宝生译为《歌者奥义书》。
③ Joseph Campbell, *The Masks of God：Occidental Mythology*, London：Penguin Books, 1964, p.3.
④ Joseph Campbell, *The Flight of the Wild Gander*, Chicago：Henry Regnery Company, 1972, pp.195-196.
⑤ (印度)《奥义书》，黄宝生译，北京：商务印书馆，2010 年，第 216 页。

同一的中介。"唵是弓，自我是箭，梵是目标，应该准确命中，与它合一似箭。"① 人沉思唵，人的"我"就会像箭那样与目标"梵"融合为一。萨满的鼓与这一神秘字母 Om 类似。萨满的迷狂就是如鸟一般飞行的羽箭。他的心灵挣脱群体的保护，直接与未知的可怕神秘相遇。在坎贝尔看来，作为隐喻的神话也是如此。神话是将个体抛入"梵我合一"的神秘体验中的弓箭。《五十奥义书》② 中对意识层次的区分成为他进一步深化神话隐喻说的理论依据。

在《奥义书》中，唵被分成三个不同的字母：A、U、M。这三个字母，以及这三个字母的组合 AUM，分别代表意识不同的层面及与此意识相对应的世界。A 代表清醒的意识和物理世界，U 则是梦意识和它的世界，而 M 代表深层的无梦的沉睡状态，而 AUM 则代表环绕着 AUM 的沉默。这四重世界恰恰给坎贝尔一个探讨神话与世界关系的理论架构。

A 代表清醒意识和清醒意识所关注的日常世界。在这一世界中，事物彼此区分，人们仅仅关注经济和政治利益。这个世界是激发人们的欲望和恐惧的世界。这是粗糙物质的世界。坎贝尔甚至认为这是魔鬼靡菲斯特（Mephistopheles）所理解和控制的世界。U 是内倾的梦意识，对象是精细的物质（subtle matter），是自我显像（self-muminous）的世界，这个世界超越了所有的二元对立。这是神秘性参与和互渗律占统治地位的领域。在这个世界中，做梦的人和梦是同一的，主体与客体之间的区分消失。这是先知或者圣人在灵视中获得启迪的神秘世界。③ M 代表无梦的沉睡状态。这是梦所产生、向其回归并最终在其中消失的领域。在无梦的沉睡状态，绝对意识（absolute consciousness）就像财宝一样，被埋在黑暗之中。

①（印度）《奥义书》，黄宝生译，北京：商务印书馆，2010 年，第 301 页。

②（印度）《五十奥义书》，徐梵澄译，北京：中国社会科学出版社，1984 年，第 308—309 页。原文为："唵（Om）这个音节是所有这一切，对它说明如下：过去、现在和未来的一切只是唵（Om）这个音节。超越这三时的其他一切也只是唵（Om）这个音节。

"因为所有这一切是梵。这自我是梵。这自我有四足。

"觉醒状态，认知外在，有七支，十九嘴，享受粗食，这是'一切人'（Vaisvanara），第一足。

"梦中状态，认知内在，有七支，十九嘴，享受细食，这是'光明'（Taijasa），第二足。

"入睡后，无所欲，无所梦，这是熟睡。熟睡状态，合为一体，智慧密集，充满欢喜，享受欢喜，以心为嘴，这是'具慧'（Prajna），这是第三足。

"他是一切之主。他是全知者。他是内在控制者。他是一切之宫。因为他是众生的生和灭。

"不认知内在，不认知外在，不认知内在和外在这两者。不是智慧密集，不是认知，也不是不认知。不可目睹，不可言说，不可执取，无特征，不可思议，不可名状，以确信唯一自我为本质，灭寂戏论，平静，吉祥，不二。这被认为是第四（Caturtha）。这是自我。这是应知者。"

③Joseph Campbell, *The Flight of the Wild Gander*, Chicago：Henry Regnery Company，1972，pp.127-128.

梦意识（U）是清醒意识（A）与无梦的沉睡（M）之间的中介。梦意识的浅层方面是个人化的层面，这一层面主要是来自清醒意识的信息，甚至有来自更早的一些已经被遗忘的个人化信息。在更深层面，梦意识则包括众神的、原型的和本能的层面。个体创作主要介于两者之间，它是在白天知识的领域和生命的深层座席之间交流的渠道。因此，神话和象征性的文学艺术一方面在本地的、个人的和历史化的层面，一方面又扎根在更深的本能层面。也就是说，"原型可能用本地的体验来表达，但是它们固着在人类种族的身心结构之上"①。在清醒的意识之中，通过梦的世界而最终到达无梦的沉睡状态，就能获得一种与终极要义同一（tat tvam asi）的体验。② 这是印度神秘主义精神修炼所追求的"梵我合一"的境界。坎贝尔神话隐喻也在追求这样的目标：

> 一则有效的活态神话的信息传达着深层意识的狂喜领域，在那里，它触及、唤醒和聚集能量；因此，在那一层面作用的象征是释放和引导能量的刺激。③

三、神话隐喻观的现实意义

神话是超越者的透明隐喻。作为隐喻的神话同时具有心理学和形而上学的意义。也就是说，"所有的神都是内在的：内在于你——内在于世界"④。从心理学的角度来说，神话意象是人的精神力量的象征化表现。从形而上学的角度来说，神话的意义在于超越所有的观念和事物，指向终极奥义。神话并不指向事实，而指向超越事实并支撑事实的东西。

通过神话，个体最终发现自己的内在自我与存在始基之间的神秘同一，从而使超验者对个体变得透明。⑤ 神话作为透明的隐喻，向世人展示超越者。因此，神话、隐喻、超越者构成了一个三维关系（如图1所示）。而自我、神话和超越者又构成另一个三维关系（如图2所示），自我与超越者之间的关系以前面所提到的三维关系为基础。

神话 $\overset{隐喻}{\Longrightarrow}$ 超越者　　　　自我 $\overset{神话}{\Longrightarrow}$ 超越者

图1　　　　　　　　　　　图2

①Joseph Campbell, *The Masks of God*: *Creative Mythology*, London: Penguin Books, 1968, p.654.

②Joseph Campbell, *The Masks of God*: *Creative Mythology*, London: Penguin Books, 1968, p.665.

③Joseph Campbell, *The Masks of God*: *Creative Mythology*, London: Penguin Books, 1968, p.671.

④Joseph Campbell, *The Masks of God*: *Creative Mythology*, London: Penguin Books, 1968, p.650.

⑤John M. Maher&Dennie Briggs, eds., *An Open Life*: *Joseph Campbell in Conversation with Michael Toms*, New York: Harper & Row, 1989, pp.21-22.

在自我通过神话通达超越者的过程中，神话为人类打开通向超越者的道路。个体探索宇宙奥义的过程出现了一个回返的循环：你就是你最终寻找的答案，"奥秘早就在你自己身上，只等着你去发现"①。个体从超越者又回归自我，完成了一次离开、阈限与聚合的过程。这是一个寻找的循环，这个循环也可以说是咬着自己尾巴的宇宙蛇所象征的生命的最终意义。获得神秘启示成为外在旅程最终完成的标志。

　　总之，坎贝尔在"梵我合一"的大框架下叙述关于神话隐喻的概念。神话隐喻的两个维度，甚至神话隐喻观自身都有"梵我合一"的影子。外在世界和内在世界在"梵我合一"中融合在一起。

　　坎贝尔针对西方神话观念的弊病提出神话隐喻观，因此，他的神话隐喻观体现出强烈的现实关怀。

　　神话隐喻观首先试图避免科学与宗教之间的冲突。在科学高度发达的时代，宗教依然将神话解释为历史或者自然事件，科学证明这些事件从未发生。科学与宗教之间的冲突导致西方宗教在当代社会的衰落。坎贝尔认为东方将神话看成隐喻，看成神的面具，才使他们的神话没有在现代科学的冲击下衰落。② 神话是隐喻，神话不意指物理层面的事实，仅仅指向形而上学和心理学层面，这就避免了神话与科学之间的冲突。

　　神话隐喻观也是对宗教正统观念所体现出的群体中心主义的批判。在坎贝尔看来，基督教用读散文而非读诗的方式来解读神话，是他们所犯的错误。③ 基督教宣称，《圣经》是神的语言，神圣不可侵犯，其他民族都在崇拜魔鬼，这样他们就固着在神的选民的自恋之中，并基于此而引发自我与他者之间的无休无止的征伐。坎贝尔将这种观念称为"病态的神话学"：

　　　　如果你是以散文的方式解读神话，并以神话来证明你的群体或社

　　　会高人一等，那你就会误入歧途。这种阅读神话的方式，我称之为病

---

　　①（美）菲尔·柯西诺主编：《英雄的旅程：与神话学大师坎贝尔对话》，梁永安译，北京：金城出版社，2011年，第240页。

　　②Joseph Campbell, *The Flight of the Wild Gander*, Chicago: Henry Regnery Company, 1972, pp.128-129.

　　③（美）菲尔·柯西诺主编：《英雄的旅程：与神话学大师坎贝尔对话》，梁永安译，北京：金城出版社，2011年，第187页。

178

态的神话学（pathological mythology）。①

在正教的观念中，其他民族的宗教是神话。坎贝尔则认为，宗教是"被误解的神话（misunderstood mythology）"，因为宗教将神话隐喻解释为对固定事实的意指。② 因为神话是隐喻，这个隐喻就像《奥义书》中的弓箭，弓箭抛射自我，可以将自我与梵合二为一。神话本身不是目的，神话也可以被看成开启智慧的禅宗的公案。神话是次终极真理，是对终极真理的指涉，是帮助人类找到终极真理的路径。如果将神话当成终极真理，当成神的不可更改的启迪，神话就会成为教条，成为被崇拜的偶像，人们最终会陷入偶像崇拜的泥潭。因此，任何将神话看成历史或者从字面解读神话的方式都是不可取的。

坎贝尔的神话隐喻观，就是主张通过对神话的合理解读，将西方宗教从某些错误的观念中解脱出来。在他看来，引导人们通过神话直面超越者，使人们从族群观念跳出，进入普遍观念领域，这是神话隐喻观的作用。他将神话看成需要被看透的形式，成为将人类投射进神秘体验的弓箭。因此，以神话隐喻观为基础，坎贝尔认为地球上所有的人都是神的选民：

> 事实上，所有的人都是上帝的选民。意识到你自己蒙恩选的这一点并不代表你就高人一等，而只表示，每个人都像你一样，是一个神奇的存有，是站在某种奥秘的、超越的基础上的。③

四、神话隐喻观的不足

坎贝尔的神话隐喻观以神话与历史的截然区分、对立为基础。坎贝尔认为宗教权威的谬误在于他们把神话当成历史。"只要神话的诗被解释为传记、历史或科学，神话就被扼杀了。"④ 在坎贝尔看来，将神话当成历史是宗教权威建构的基础，是"你应该"所代表的僵化教条的根源。历史事实所组成的世界是日常意识所生活的世界，是仅仅关注经济和政治利益的世界，是群体束缚个体的

①（美）菲尔·柯西诺主编：《英雄的旅程：与神话学大师坎贝尔对话》，梁永安译，北京：金城出版社，2011年，第187页。

②Joseph Campbell, *The Inner Reaches of Outer Space: Metaphor as Myth and as Religion*, New York: Harper & Row, 1988, p.27.

③（美）菲尔·柯西诺主编：《英雄的旅程：与神话学大师坎贝尔对话》，梁永安译，北京：金城出版社，2011年，第187页。

④（美）约瑟夫·坎贝尔：《千面英雄》，张承谟译，上海：上海文艺出版社，2000年，第259页。

"你应该"的法则存在的世界。将神话当成历史会使人与神话的形而上学和心理学意义绝缘，神话指向超越者的道路被扼杀。通过神话隐喻观，他斩断神话与历史事实之间的关联，从而试图从根源上反对压制个体的宗教权威。不过，神话与历史之间的关系与宗教体制对个体的压制是两个不同的问题，坎贝尔将两个不同的问题混杂在一起。

另外，坎贝尔的神话隐喻还以族群观念与普遍观念的对立为基础。在他看来，普遍观念不能直接体验和表达，只能通过族群观念这一媒介来表现。普遍观念指向神秘体验，代表人类的共同性；而族群观念与历史事实相关联，代表某个群体的观点，受本土传统视野的束缚。将神话看成历史的观点使神话固着在受本地传统影响的族群观念层面，剥夺了神话所具有的代表人类共同性的普遍观念，也无法体现神话指向神秘体验的维度；而神话隐喻观，则是使神话超越族群观念的束缚，展示代表人类共同性的普遍观念。

总之，坎贝尔的神话隐喻观以隐喻与现实的二元对立为基础，继而区分出神话与历史之间截然分明的界限。坎贝尔继而探求神话隐喻所指向的超级所指——超越者。然而，神话仅仅是隐喻？神话与历史之间的界限真如他所设想的那么清楚？神话仅仅是心灵的真实，没有历史的真实？

坎贝尔的神话隐喻观恰恰与学界关于神话历史的探讨相冲突。神话历史就是探讨神话中所蕴含的现实世界的因素。神话历史要打破这种神话与历史之间对立的模式，神话拥有无法割断的历史肚脐。神话历史讨论历史如何在神话的影响下发生改变，神话观的突变如何在人类的文化历史中留下痕迹。从叙述学的可能世界理论来看，神话作为叙述文本，横跨现实、可能与不可能三重世界。[1] 坎贝尔认为神话是超越者的透明隐喻，他剥离了神话与历史真实之间的关系，将神话限定在可能世界与不可能世界。神话历史则关注神话中曾经被忽略了的历史信息，也就是在神话这种跨越三界的叙述文本中寻找实在世界的信息，关注横跨三重世界的神话所意指的真实世界的部分。因此，神话历史是对坎贝尔独断论的纠正。

不过，坎贝尔并没有遵守自己所设立的神话与历史截然对立的区分。在他那里，人类这个种族的历史，是充满光辉的灵视进入先知的心灵的历史，也是

---

①赵毅衡：《广义叙述学》，成都：四川大学出版社，2013年，第176—178页。

世俗群体与天堂建立神圣盟约的历史。人类的整个文化就成为一个整体，成为神秘启示的鲜活见证。① 也就是说，神的诸种不同面具的历史，就是神话进入人类世界的历史。在人类历史的背后是神的面具的更迭，而在诸种面具更迭的背后则是人类精神的演变史。

最后，坎贝尔认为神话意象的具体实践与神话隐喻观之间有密不可分的关系。在坎贝尔那里，由于神话意象都是终极奥义的隐喻，它们具有同等价值，因此可以被并置在一起进行阐释。

他试图用这种独断的、抹平冲突的同一，展示超越凡俗差异和偏见的启悟。不过，这种抹平差异（文化、时空、内外等等）的神话阐释方式能获得人们的认同吗？有学者就对坎贝尔此类独断的方式，提出了质疑和批判。也有研究者并不认同坎贝尔将不同时代的不同故事融合在一起的做法。② 不过，在坎贝尔看来，如果人们无法理解此种悖论的意义，只是因为人们生活在差异法则占主导地位的日常生活领域，只是因为人们受到摩耶幻象的束缚。不过，坎贝尔的申辩也仅仅是自欺欺人而已。

另一学者揭示出坎贝尔阐释策略的学理根源。该学者认为，在弗雷泽和坎贝尔等人的学术传统中，文化已经成为碎片，而阐释者必须重新修补这些碎片，或从部分的模式中填补完整。因此，在坎贝尔的阐释中，文化的各种声音被组合入统一的权威和音。从《打开〈芬尼根守灵夜〉的万能钥匙》到《千面英雄》再到《神话的力量》都体现了这一特性。③ 这位学者的观点能够让人理解坎贝尔阐释策略的理论根基。坎贝尔虚构了一个文化已经成为碎片的现实情境，在该情境的基础上，他将不同传统的神话意象并置在一起，试图获得复兴神话的力量。不过，如果割裂了神话意象与其产生语境之间的关系，仅仅通过阐释者的主观阐释，而将这些不同的意象融合起来，这种阐释方式所得出结论的合理性是值得怀疑的。

---

①Joseph Campbell, *The Masks of God : Primitive Mythology*, London : Penguin Books, 1987, p. 3.

②John Greenway, "The Flight of the Wild Gander : Explorations in the Mythological Dimension by Joseph Campbell," in *American Anthropologist*, New Series, Vol. 72, No. 4 (Aug., 1970), pp. 864-865.

③Marc Manganaro, "Joseph Campbell : Authority's Thousand Faces," in *Myth, Rhetoric, and the Voice of Authority : A Critique of Frazer, Eliot, Frye, and Campbell*, New Haven : Yale University Press, 1992, pp. 151-185.

第六节　小结

坎贝尔在其著作中将人类神话演变史书写成一部伟大的故事。在他看来，这部故事的下一个精彩的章节已经转向了西方。西方人当下所生活的时代是打破了压制个体的曼陀罗的时代。在这个伟大的时代，此前时代的所有法则和对立已经消失。坎贝尔将这一时代的特征概括为神圣的世俗化。也就是说，宗教敬畏感朝向世俗领域敞开，朝向整个世界自身的奇迹敞开。[①] 这个时代焚毁了神圣与世俗之间的对立，决定对立的意义体系也不复存在。在他那里，消解曼陀罗的法则是萨满修炼的最高阶段[②]，因此，他所谓的"神圣世俗化的时代"，恰恰是可以发扬萨满所代表的个体自由精神的时代。

为了给生活在世俗世界的个体寻求天堂的狂喜，坎贝尔从中世纪以来的天才创作中寻找启迪。他甚至将圣杯骑士的传奇尊称为基督教的世俗神话，因为它们用当下的方式述说属于永恒的神秘，重新建立与生命的永恒根基之间的关联，从而成为这个时代的神话。

不过，在人类所生存的世界，上帝不是为人类所杀，上帝是自动退隐，尼采只是说出了事实。因为人们所用的上帝的面具已经褪色，残缺不全，人们无法从这些残缺不全的碎片中获得启迪。然而，在坎贝尔看来，被荷尔德林称为世界黑夜的时代，是人出场的时代。在这个时代，诗人的使命是寻找与上帝对话的路径，诗成为唯一的救赎。他因此将创造现代神话看成解决西方现代社会弊端的良药。坎贝尔意义上的广义诗人成为神话的创造者。[③] 神话诗人是古希腊神话精神的继承者。因为古希腊的神话存在于诗人的诗性道说之中，古希腊给了现代社会复兴神话的希望，也就是，用诗道说神话。神话诗人则是包括哲学家、艺术家和作家在内的广泛的文化创造者。他们是文化英雄，是现代神话得以溢出的通道。坎贝尔式的神话创作更像火山口的爆发，在他那里，火山口就

---

① Joseph Campbell, *The Flight of the Wild Gander*, Chicago: Henry Regnery Company, 1972, p.193.

② Joseph Campbell, *The Flight of the Wild Gander*, Chicago: Henry Regnery Company, 1972, pp.182-183.

③ Joseph Campbell, *The Masks of God: Occidental Mythology*, London: Penguin Books, 1964, pp.518-520.

是文化英雄。从史前猎人神话、史前农人神话到苏美尔神话，甚至到现代他所称的基督教世俗神话或者创造神话，这一系列的神话串联起来，如同一个个火山口串联起来，组成神话的演变史。

坎贝尔将个人神话看成个体自己帮助自己的精神修炼方式。他特别推崇主张自我拯救的禅宗。①因为，当今社会在任何一个国家都不存在对每一个人都发挥作用的共同神话。② 个体从"你应该"所代表的群体中心主义的枷锁中解脱出来，从个体的自然本性中寻找拯救的力量。个体需要在人生道路中努力探索，就像在没有道路的黑森林中探索，寻找圣杯的启示。自由意味着冒险和担当苦难的勇气，自由选择的个体基于自己的选择书写属于自己的神话。

然而，坎贝尔并没有认真思考他的创造神话与人们所说的文学之间的区别。他只是在《西方神话》的结尾提到如果诗过于沉迷于个体体验就会成为不成熟的诗。③ 可是，神话与不成熟的诗歌之间的区别到底是什么？个体创作有上升为神话创作的潜质。坎贝尔从乔伊斯和托马斯·曼的创造中展示此种潜质。然而，在西方文学史中，与托马斯·曼和乔伊斯处于同等级别的作家不在少数。比如卢·格德勒认为坎贝尔忽略了弥尔顿等重要的作家。④ 托马斯·曼和乔伊斯为何从他们之中脱颖而出？他们之所以被坎贝尔选中仅仅是因为坎贝尔自身的阅读范围限制了他的研究。坎贝尔没有给出他所推崇的作家比其他作家优秀的理由，因此，就不能排除学界对他的分类过于随意的质疑。

另外，艾尔弗雷德·苏德尔认为《创造神话》与《神的诸种面具》的其他几卷不协调，这部书没有给《神的诸种面具》一个完整的结尾。坎贝尔在展示世界神话的全景之后，却在一个令人惊讶的狭小时代结尾，显得不协调。在这位论者那里，坎贝尔在《创造神话》中所列举的作家完全不能与神话创造者并列在一起。可以从 N 级编码理论反思坎贝尔的错误。叶舒宪先生认为从一级编码（神话）到 N 级编码（后代创作）的文化创造过程是相继叠加的过程。不过，坎贝尔更倾向认为传统神话与后代创造神话之间是一种并列推演的关系。

<hr>

①Joseph Campbell, *Myths to Live By*, New York: Bantam Books, 1980, pp. 129-130.

②Joseph Campbell&David Kudler, eds., *Pathways to Bliss: Mythology and Personal Transformation*, Novato, Calif.: New World Library, 2004, p. 86.

③Joseph Campbell, *The Masks of God: Occidental Mythology*, London: Penguin Books, 1964, p. 581.

④Lew Girdler, "The Masks of God Creative Mythology by Joseph Campbell," in *The Journal of American Folklore*, Vol. 82, No. 324 (Apr. - Jun. ,1969), pp. 171-172.

然而，需要指出的是，坎贝尔意义上的"创造神话"处于文化史的后期，它们处在文化支流和独创性交叉的十字路口。他仅仅论述了这些作品的创造性，却忽略了传统神话对后世创作的影响。作为文化的支流，创造神话不可避免地生活在传统神话的阴影之中。因此，即使这些创造能够代表人类精神的新觉醒，它们也不能和神话相提并论。

另外，坎贝尔也没有真正思考他的个人神话是否具有普世价值。与他处于同时代并一同参加过国际会议的伊利亚德就对个人神话持怀疑态度：

> 不过现代人的"个体神话"，即他的梦境、他的深思、他的幻想等诸如此类的东西，决不会上升到神话的本体论地位，这正是因为它们不是被整个人类社会所体验到的，因此就不能把一个特殊的状态转换成具有范式意义的状态。①

---

① (罗马尼亚)米尔恰·伊利亚德：《神圣与世俗》，王建光译，北京：华夏出版社，2002年，第123页。

第五章

坎贝尔神话学：
美国影视之符号增值术

坎贝尔呼吁建构现代神话，他的比较神话学成为美国好莱坞电影的符号增值术。沃格勒在《作家之旅》中提到乔治·卢卡斯、乔治·米勒、史蒂芬·斯皮尔伯格、约翰·保曼、弗朗西斯·科波拉等好莱坞著名导演都受过坎贝尔的影响。

坎贝尔为美国好莱坞影视帝国架起通向神话世界的桥梁。他的著作是引导那些导演和编剧进入世界神话的通道。坎贝尔认为这个时代的艺术家应该寻找能够与这个时代相契合的宇宙意象，创造属于这个时代的神话，"把永恒的奥秘透过当代生活的脉络呈现出来"①。也就是说，"艺术家所必须做的是把原型移译为活着的当下，一种体现在行动中或内在体验里的活着的当下"②。

坎贝尔的这一融合当下情境，再造神话的思想，是美国科幻电影导演创造影视奇观的理论基础。许多影视导演和编剧创造性地捕捉属于这个时代的由现代科学所提供的宇宙意象，从而打造这个时代的影视神话。《星球大战》的导演乔治·卢卡斯将坎贝尔尊称为自己的尤达，《星球大战》就是在坎贝尔思想的启发下创造出来的。有论者认为《星球大战》对美国的重要性不亚于亚瑟王对英国、瓦格纳的英雄对德国的重要作用，因为每个时代都需要属于自己国家的英雄，而《星球大战》创造出了属于美国的英雄神话。《星球大战》系列在超前的宇宙图景中演绎个体生存的神话，影片绘制了全新的未来蓝图，并展示出凝聚人类的全新智慧。

《星球大战》系列的成功激励许多导演利用现代科技所提供的宇宙图景展示属于这个时代的神话，这些影片继承了坎贝尔式的超前宇宙景观的浪漫想象。不过，在全球生态危机日益严峻的时刻，生态恶化带来的世界性危机成为美国科幻电影述说新时代的救赎与毁灭故事的主要内容。许多电影因此将传统神话中所出现的个体救赎、世界拯救与人类当下所面对的问题（生态危机以及异化等）紧密结合在一起。

《黑客帝国》基于电脑科技所提供的世界图景，述说个体对精神自由的追

---

① （美）菲尔·柯西诺主编：《英雄的旅程：与神话学大师坎贝尔对话》，梁永安译，北京：金城出版社，2011 年，第 240 页。

② （美）菲尔·柯西诺主编：《英雄的旅程：与神话学大师坎贝尔对话》，梁永安译，北京：金城出版社，2011 年，第 217 页。

求。在影片中，人类成为母体（matrix）的奴隶，由母体所制造的世界繁盛的幻影就像印度神话中摩耶神给人类制造的幻象，与母体斗争的战士就成为印度传统中通过瑜伽修炼而获得精神自由的瑜伽师。这些战士利用现代科技使灵魂进入母体世界进行战斗的过程，就是一次萨满式的灵魂之旅。

生态危机所造成的末世论情境，成为美国科幻电影重新述说人类故事的方式。科幻电影《阿凡达》中没有高科技带来的太空奇景，宇宙飞船、空中飞速前行的火车成为人类生存危机的陪衬。此外，在2013年好莱坞的几部科幻电影中都出现了危机意识和末世论的情景。在《重返地球》中，人类早已经逃离了环境污染严重的地球，因为它已经沦为人间地狱。在《超人：钢铁之躯》中，英雄救世的光辉业绩被氪星人侵略地球所制造的末日景象湮灭。在《环太平洋》中，人类的环境污染给外星人进攻地球提供了契机，空气中增多的二氧化碳更适合他们居住，他们便有计划地派遣巨大的怪兽侵犯地球。总之，坎贝尔的思想在好莱坞导演那里激发出科学时代的神话想象，从而演绎出风格各异的电影奇观。

另外，坎贝尔关于英雄探险的单一神话模式，成为好莱坞导演打造故事的叙述结构。影片《阿凡达》在借用单一神话模式的基础上，创造出了与现代科技观念相结合的宇宙图景，从而讲述了这个时代关于世界危机与拯救的故事。杰克·苏力在纳美人中的探险，也是一次萨满式的精神之旅。

单一神话成为美国影视帝国打造故事的万能钥匙，在美国的电影和动画中存在着大量以单一神话为叙述模式的作品。在探险的过程中，一些在生活中不受欢迎的角色拯救了世界，成为英雄。他们的旅程需要经历像成年礼中的各种考验。他们最终通过各种考验，成为英雄归来。甚至西班牙的《秘鲁大冒险》《僵尸女孩》、韩国的《考拉小子：英雄的诞生》和法国的《亚瑟和他的迷你王国》等动画电影中都有单一神话的影子。在这种批量化生产的大潮中，单一神话通过现代传媒传播到世界的各个角落，成为随处可见的冲击人们眼球的叙述结构。

虽然人们可以指责这种模式已经沦为机器复制时代大批量生产所依赖的工具，但是这些结构相似、表达方式不一的故事，也展示了英雄在完成拯救世界的光辉业绩前，必须克服的精神考验。英雄必须首先直面创伤性的体验所造成的内心阴影，与之战斗，取得决定性胜利，他才能完成拯救世界的光辉业绩。因此，从这一意义上来说，这些故事具有精神治疗的功能。

第一节　从《千面英雄》到《作家之旅》

一、沃格勒的《作家之旅》

在《作家之旅》中，沃格勒将坎贝尔的单一神话改编成适合好莱坞口味的英雄旅程模式，并将坎贝尔后期有关个人神话与叙事治疗的思想介绍到好莱坞世界，他对坎贝尔的思想在美国影视界的传播做出了突出的贡献。

坎贝尔在《千面英雄》中提出了单一神话模式，他认为形式各异的世界神话都在讲述一个内容相同的故事。为了让人们了解人体结构，解剖学的教材提供忽略族群差异的人体结构图样，而他的单一神话也是给人们提供神话讲述这一相同故事的结构。[①] 单一神话描述了人离开日常生活世界，去魔法世界探险，成为英雄得胜归来的历程。坎贝尔沿用通过仪式中的分离、传授奥秘和归来的三段模式，建构他的单一神话。英雄从日常生活世界出发，经历各种危险，进入一个超自然的神奇领域；在那神奇的领域中，英雄遭遇各种难以置信的超自然力量，与它们战斗，并且取得决定性的胜利；于是，英雄完成那神秘的冒险，带着能够为他的同类造福的力量归来。[②] 坎贝尔的这一模式塑造了好莱坞电影的叙述结构。

沃格勒的《〈千面英雄〉实用指南》曾经被美国影视界众多编剧争相阅读，而基于这个小册子而写成的《作家之旅——源自神话的写作要义》更是被誉为业界的圣经。在书中，他将坎贝尔的单一神话扩展、改造为一套可供编剧借鉴的叙述结构。英雄的探险被分成十二个不同的阶段：正常世界，冒险召唤，拒绝召唤，见导师（智慧老人），越过第一道边界，考验、伙伴和敌人，接近最深的洞穴，磨难，报酬，返回的路，复活，携万能药回归。[③] 每个阶段都有自己突出的特征，并且英雄也面临不同的任务。在神话思维中，十二是神秘的数字，该数字意指一年（甚至由许多年所组成的"大年"）的轮回，而沃格勒将英雄探

---

①（美）约瑟夫·坎贝尔：《千面英雄》，张承谟译，上海：上海文艺出版社 2000 年，序。

②（美）约瑟夫·坎贝尔：《千面英雄》，张承谟译，上海：上海文艺出版社，2000 年，第 255—256 页。

③（美）克里斯托弗·沃格勒：《作家之旅——源自神话的写作要义》，王翀译，北京：电子工业出版社，2011 年，第 5—6 页。

险分为十二个阶段，也在暗指英雄的探险是循环的旅程。

坎贝尔将英雄探险概述为英雄远走、探险和归来的循环模式，虽然他也谈论了英雄在每个阶段可能遇到的情境，然而，坎贝尔对具体阶段的区分并不清晰，这就为编剧和导演借鉴此种结构带来困难。而沃格勒的划分恰恰弥补了这些不足，他为编剧和导演提供一套可以借鉴的、清晰的结构。沃格勒的这些努力为英雄探险模式在美国好莱坞影视帝国中的传播奠定了基础。

根据英雄在旅程中所遭遇的不同形象，沃格勒区分出八种不同的原型角色：英雄、导师、边界护卫、信使、变形者、阴影、伙伴、骗徒。① 此八种原型很类似于中国《易经》中的八卦，八卦所代表的八种基本元素可以构成世间万物。而沃格勒的八种原型也有相同的目的，通过各种角色的变形、重组，从而展示形态各异的人物形象。

此外，沃格勒将普罗普的思想与荣格的原型理论相结合，呈现原型角色在故事中所具有的功能。普罗普认为故事中的角色发挥着某种功能，而沃格勒认为原型角色同样发挥着某种功能：

> 原型不是固定不变的角色，而是角色临时履行的功能，从而在故事中达到某种效果。②

也就是说，故事中的同一人物在不同的情境中会是不同的原型角色。在故事中，原型就是人物的面具，人物可以随时摘下和戴上这些不同的面具。随着故事的变化，人物可能会行使另一种原型功能。比如，守卫着超自然世界的边界护卫可能会变成导师，甚至一个人物可能既是导师又是伙伴。因此，这些原型角色就成为许多影视编故事的根基。原型角色是可以排列组合的最基本的因子，编剧和导演们通过不同的组合，演变出各式各样的人物形象。

另外，这些原型又代表完整自我的不同侧面，"原型是英雄的（或者作者的）性格"③。英雄在他的旅程之中，会向这些代表不同侧面的原型吸收能量，学习这些原型所具有的特质，从而扩展自己，使自我趋向完整。

总之，沃格勒在坎贝尔单一神话模式的基础上对英雄旅程进行了细化。根

---

① (美) 克里斯托弗·沃格勒：《作家之旅——源自神话的写作要义》，王翀译，北京：电子工业出版社，2011年，第23—24页。

② (美) 克里斯托弗·沃格勒：《作家之旅——源自神话的写作要义》，王翀译，北京：电子工业出版社，2011年，第22页。

③ (美) 克里斯托弗·沃格勒：《作家之旅——源自神话的写作要义》，王翀译，北京：电子工业出版社，2011年，第22页。

据影视编剧的需要，沃格勒融合了荣格和普罗普等人的思想，从而设定了影视中最基本的角色。在不同的故事中，这些原型角色会有各种不同的变体。沃格勒的这些改变和融合为影视编剧的创作提供了方便。每个角色各种可能的变体与旅程中不同阶段的各种可能进行排列组合，从而分衍出千变万化的故事。因此，这种模式也正在成为好莱坞编剧的公共语言，成为美国电影故事模式的一部分。

二、沃格勒对坎贝尔后期思想的继承

沃格勒的《作家之旅》中还借鉴了坎贝尔后期的许多思想。在该书中，他详细论述了故事对人生的重要启示，故事对人的心灵的治疗作用，而这些思想都是坎贝尔在其后期的著作中反复强调的。在坎贝尔看来，神话与身体有着重要的联系，神话是超常符号刺激，是可以激发和引导人的精神能量的符号：

> 约瑟夫·坎贝尔把原型比作生物概念：它代表着身体的各个器官，建构在人体系统中。这些结构的普遍性使故事成为一种可以在人与人之间分享的经验。讲故事的人本能地选择那些与原型能量相通的角色和角色关系，从而创造出对于所有观众都有效的戏剧性效果。了解这些原型会扩展你对叙事技法的掌控。[1]

坎贝尔引用诗人豪斯曼的理论来述说神话意象对身体的冲击力量。豪斯曼认为释放能量的诗歌意象可以冲击人的身体，使人的身体从脊柱传来震颤，使人的喉咙发紧，两眼湿润。诗歌通过观念、意象和形式的展示来传递这种冲击。坎贝尔借用佩里博士的"感动意象"来说明神话对人的身体的冲击。沃格勒发挥了这些思想，他认为好的故事往往是具有巨大的冲击力、引发身体能量的故事。"让人印象深刻的故事会抓住你的内脏，掐住你的脖子，让你的心跳加快、气喘吁吁，眼睛充满泪水，脸上浮现笑容。"[2]

此外，沃格勒在书中还谈到故事对人生的引导作用。在坎贝尔那里，神话是人在寻找自我的途中，走出现代社会迷宫的阿里阿德涅线团。坎贝尔在其后期的讲座中将自己在《千面英雄》所提出的单一神话模式，看成书写人生故事

① （美）克里斯托弗·沃格勒：《作家之旅——源自神话的写作要义》，王翀译，北京：电子工业出版社，2011年，第22页。
② （美）克里斯托弗·沃格勒：《作家之旅——源自神话的写作要义》，王翀译，北京：电子工业出版社，2011年，第三版序章，第x页。

的情节结构。① 每个人都是自己故事中的英雄，都可以依据这一叙述结构，书写自己的人生传奇。沃格勒也在自己的书中感言：

在我的旅程中，我非常感谢这幅地图对我的指引，它帮助我预见下一个拐弯处的事物。②

在这里，他将各种伟大的故事与人生历程关联起来，英雄之旅是书写人生故事的结构图，它给人指明方向，并且预示人生旅程中可能会出现的问题。也就是说，英雄之旅是人生的诊断图。当人生出现问题的时候，人可以利用故事发现自己所处的人生位置，从而找到走出苦难的方法：

我开始相信故事具有治愈的力量，它们提供人们行为的示范，从而帮助我们处理困难的情感问题。

……我相信故事就是隐喻，人们可以与故事中的角色相比较，从而度量并调整自己的人生。③

故事是隐喻，故事与人生的历程之间具有同构关系。通过此种关系，人们可以与故事中的角色产生认同。在故事中的英雄的指引下，人们可以找到解决自己问题的方法。通过故事的力量，人能够诊断人生的问题，并能从故事中获得解决人生困难的启迪。

沃格勒还继承了坎贝尔关于萨满与作家之间关系的思考。坎贝尔认为萨满象征着个体的精神自由，通过年老萨满导师的引导和自己艰苦的精神修炼，萨满在青春期出现的精神创伤转化为带给群体恩赐的精神力量。④ 在《创造神话》中，坎贝尔将中世纪以来的哲学家、文学家甚至科学家尊称为神话诗人。萨满所代表的个体自由精神在他们那里得到了复兴。神话诗人通过内在旅程的探险，回到神话产生的源头，并从那里为人类带回属于这个时代的恩赐。⑤ 沃格勒在此基础上进行了发挥，他认为写作即为英雄旅程，"写作一般都是向内探索灵魂深度的危险之旅，带回来的万能药就是一个好的故事"⑥。

---

①Joseph Campbell&David Kudler, eds., *Pathways to Bliss*: *Mythology and Personal Transformation*, Novato, Calif.: New World Library, 2004, p.113.

②（美）克里斯托弗·沃格勒：《作家之旅——源自神话的写作要义》，王翀译，北京：电子工业出版社，2011年，第二版序章，第xxvii页。

③（美）克里斯托弗·沃格勒：《作家之旅——源自神话的写作要义》，王翀译，北京：电子工业出版社，2011年，第276页。

④Joseph Campbell, *The Masks of God*: *Primitive Mythology*, London: Penguin Books, 1987, p.256.

⑤Joseph Campbell, *The Masks of God*: *Creative Mythology*, London: Penguin Books, 1968, pp.93-94.

⑥（美）克里斯托弗·沃格勒：《作家之旅——源自神话的写作要义》，王翀译，北京：电子工业出版社，2011年，第269页。

在沃格勒看来，作家是这个时代具有治病能力的萨满，是一个受伤的治疗者，在自我治疗的过程中获得了治疗别人的能力。萨满的歌声具有奇特的治愈力量，而作家则将语言的治愈魔力发挥出来了。写作就成为哈利·波特等人的魔法，"语言的治愈力量是它具有魔力的方面"①。写作重新排列组合文字，具有类似上帝用语言创造世界的神秘力量。作家可以利用充满魅力的文字，创造一个神奇的世界。作家的创作与萨满的精神旅程有相通之处，萨满通过精神的旅程，才能够获得造福群体的能力。

> 我们作家也有萨满巫师般的神性能量。我们不仅能去其他世界，还能创造全新的时空。我们在写作的时候会在想象中真的去这些世界。所有认真写过的东西的人都知道，这就是我们需要独处和集中精力的原因。我们真的回去到另一个时空。②

萨满巫师通过内在旅程所带来的是对他们的部落具有精神治疗作用的恩赐，而作者便是这个时代的治疗者，他所带来的恩赐是能够治愈人的内心创伤的伟大作品。

三、沃格勒模式的缺陷

沃格勒将坎贝尔的单一神话简单化，将单一神话中的诸多神秘主义元素消除，沃格勒的做法使自己的模式容易被好莱坞世界理解和接受，也使他的模式缺少深度。下面将《作家之旅》中所应用的术语与《千面英雄》中的相关术语进行对照③：

《作家之旅》	《千面英雄》
第一幕	出发、分离
正常世界	平日里的世界
冒险召唤	冒险召唤
拒斥召唤	拒斥召唤
见导师	来自超自然的帮助

①（美）克里斯托弗·沃格勒：《作家之旅——源自神话的写作要义》，王翎译，北京：电子工业出版社，2011年，第270页。
②（美）克里斯托弗·沃格勒：《作家之旅——源自神话的写作要义》，王翎译，北京：电子工业出版社，2011年，第271。
③（美）克里斯托弗·沃格勒：《作家之旅——源自神话的写作要义》，王翎译，北京：电子工业出版社，2011年，第5—6页。

跨过第一道边界	跨过第一道边界
	鲸鱼肚

第二幕	**沦落、入会、穿越**
考验、伙伴、敌人	试炼之路
接近最深的洞穴	
	磨难 见到女神
	来自女人的诱惑
	与父和解
	升华
报酬	终极的恩惠

第三幕	**归来**
返回的路	拒斥回归
	魔法般的飞行
	内部救援
	越过边界
	回归
复活	两个世界的主人
携万能药回归	生活的自由

　　沃格勒借鉴被好莱坞世界广泛应用的三幕剧形式，并将三幕分别与英雄旅程中的出发、入会、归来三个不同阶段相对应。他的这种更改和结合有利于熟悉三幕剧的导演和编剧更为便捷地使用英雄探险模式打造故事。

　　然而，沃格勒将坎贝尔在《千面英雄》中所展示出的英雄的精神之旅阉割掉了。在坎贝尔那里，英雄的探险是外在旅程与精神旅程融合为一的征途。英雄在外在世界探险的同时，也经历了精神的蜕变。坎贝尔用来表达精神蜕变的术语是"见到女神""来自女人的诱惑""与父和解""升华"等等。英雄的旅程是突破各种悖论，冲破对立的精神顿悟的探险。女神所代表的生命世界是各种悖论同时展现的世界，而英雄需要冲破女神所代表的生命世界，通过突破各种悖论从而进入父神所代表的永恒世界，而男神与女神合一的神话意象又说明永恒世界与生命世界是融合为一的。归来的英雄只有突破两个世界之间的区分，才能成为两个世界的主人。英雄的探险是关于世界终极奥义的领悟，是对宇宙的形而上的思考。

不过，沃格勒为了方便编剧们借鉴，将坎贝尔使用的"见到女神""来自女人的诱惑""与父和解""升华"等术语都省略了，这种省略会导致英雄旅程精神元素的弱化甚至缺失。沃格勒的此举使电影仅仅沦为一个童话式的故事，缺少深度。为了改正简单化和僵化的弊端，沃格勒在书中又指出英雄的旅程有外在旅程和内在旅程①，并在该书的第三版附录中增加了"故事是活的""两极化""宣泄""身体的智慧"等内容。他的这些努力是用自己的方式向坎贝尔模式回归。

最后，虽然此种模式带有简单化的弊端，但是无论是坎贝尔还是沃格勒都在努力避免此类模式成为生搬硬套、放之四海皆准的模板。

在坎贝尔那里，单一神话具有开放性，许多神话故事不会完全遵守他的模式。许多神话仅仅是单一神话的某个局部过程的反复循环。有些故事是讲冒险周期的一两个典型，而有的则将独立的周期串联起来，从而成为一组故事。"不同的人物或事件可能被融合在一起，一个单一的因素也可能以改变了的形式多次重复出现。"② 沃格勒也在《作家之旅》的尾声中声称，作家和编剧可以根据他的模式的某个片段打造故事。③ 也就是说，他们给人们一个理解世界神话或者影视故事的叙述结构，但是，他们都不希望他们的模式成为创作故事的万能公式，因为这样会使故事僵化，失去活力。所以，沃格勒声称"英雄之旅应该被当作格式，而非公式。它是启发灵感的源泉和参考，而非独裁者的命令"④。当然，不排除这种模式成为急功近利的好莱坞世界中某些导演和编剧的救命稻草，但是，编剧和导演所犯的生搬硬套的错误，不能完全归罪于坎贝尔和沃格勒。

---

①（美）克里斯托弗·沃格勒：《作家之旅——源自神话的写作要义》，王翀译，北京：电子工业出版社，2011年，第7页。

②（美）约瑟夫·坎贝尔：《千面英雄》，张承谟译，上海：上海文艺出版社，2000年，第256页。

③（美）克里斯托弗·沃格勒：《作家之旅——源自神话的写作要义》，王翀译，北京：电子工业出版社，2011年，第217—219页。

④（美）克里斯托弗·沃格勒：《作家之旅——源自神话的写作要义》，王翀译，北京：电子工业出版社，2011年，第二版序章，第 xviii 页。

第二节　杰克·苏力的英雄旅程

影片《阿凡达》创造性地运用了单一神话模式。主人公杰克·苏力在潘多拉星球的纳美人中的探险大体遵循着单一神话模式，他被迫离开日常世界——地球，随后在一次探险中被迫踏入充满未知危险的黑色森林，随后他又进入纳美人的部落学习。在学习的过程中，此前遵循弱肉强食法则的军人杰克重新寻找到与自然母亲之间的联系。重新建立与自然母亲的联系就是拯救人类的万能药。然而，影片《阿凡达》的独创之处在于它并没有将单一神话模式当成教条，而是基于现代的科学观念，增加了两个不同世界之间交错、变幻的情境。归来的英雄并没有受到他所离开的群体的欢迎，影片中的杰克带领纳美人与他曾经所属的人类之间进行战争这一情节是对单一神话模式的拓展。

他离开已经岌岌可危的地球。在历险途中，他需要通过各种不同的阈限，经历各种不同的磨难，最终完成他的变形，成为拯救世界的英雄。在探险的过程中，阈限的守护者总能变成帮助自己的伙伴。负责阿凡达项目的格蕾丝博士成为杰克通向梦之旅途的第一个阈限守护者。由于杰克对科学研究一无所知，所以，在格蕾丝博士的眼中，曾为军人的他需要重新学习。在与阿凡达合体后，他第一次进入潘多拉星球的腹地，由于对这个未知的充满前所未见的动物与植物的世界的好奇，他才招惹到了锤头兽从而引来了桑纳拖死神。为了躲避嗜血而迅猛的桑纳拖死神的捕杀，他被迫离开众人，坠入充满冒险的黑森林。未来的情人奈蒂莉准备射杀他，神迹（灵魂树的种子）向虔诚的纳美人表明杰克身上拥有成为英雄的潜质。"英雄就是潜藏在我们每个人之中的神圣的创造与赎罪的形象的象征，这个形象只是等待着我们去认识、去使之具有生命而已。"① 因此，杰克的旅程是成长的旅行，也是进入坎贝尔所说的夜海的深处，或者鲸鱼腹中重新孕育，并将这种英雄的潜能转化为现实而实现变形的过程。杰克在两个具有不同法则的世界穿行，他慢慢地涤除自己在现实世界所形成的弱肉强食的法则。在充满梦幻的世界中，他重新与人类已经疏离的大地和解，发现人类的生存之根。

---

① （美）约瑟夫·坎贝尔：《千面英雄》，张承谟译，上海：上海文艺出版社，2000 年，第 31 页。

然而，归来的杰克面对的是嘲弄与监禁，格蕾丝博士成为被杀害的先知。影片拓展和补充了单一神话模式。杰克带领纳美人与人类之间的战争代表神圣世界与世俗世界之间的战争。固着于经济利益的人类世界拒绝了拯救人类于危难的神圣法则——尊重自然、重新与大地和解的法则。人类的失败是人类过度开发自然、遭受自然报复的隐喻性表达。由于肆意妄为，人类在地球上已经陷入了困境，然而，不思悔改的人类，在另外一个星球依然遭受同样的命运。

一、英雄的变形

首先，残缺的英雄与拯救的召唤。"很多电影都是以不完整的英雄或家庭开场的。"① 影片《哈利·波特》（*Harry Potter*）中的哈利·波特是一个孤儿，寄居在亲戚家，备受歧视。《狮子王 3》（*The Lion King* 3）中的主角猫鼬丁满希望能够寻找到不用挖洞、没有土狼欺负的世外桃源，然而却处处惹祸，一无所成。《虫虫危机》（*A Bug's Life*）中的蚂蚁菲力充满幻想，敢于创新，然而每次却总以闯祸惹事尴尬收场。在《鬼妈妈》（*Coraline*）中，由于父母忙于工作，小女孩被忽略，缺少疼爱。《博物馆奇妙夜》（*Night at the Museum*）中的父亲在生活中是一个很窝囊的角色。《阿凡达》中在梦中飞翔的未来英雄陷入困境，他在战争中致残，而政府的补助却遥遥无期。科学虽然发达，但是却没有给他这样的人带来任何好处。他只能作为这个世界之外的边缘人，面对这个世界弱肉强食的生存法则。这也正如坎贝尔所说：

> 主宰命运的孩子必须经历一个漫长的微贱阶段。这段时间里充满极端的危险、阻碍或屈辱。他被扔进自己的内心深处或被扔进未被发现的外界领域；无论是进入内心或进入外界，他所接触的都是未曾探索过的暗区。②

在影片的开始，因双腿残废而退役的军人杰克·苏力与戴着防毒面具的人群一起穿过人行道。这一夹杂在人群中的不起眼的小角色却在未来成为决定战局的英雄。在这个残废的身体中，压抑着渴望成为英雄的灵魂。在酒馆中他与那个欺负女人的男人厮打。在弱肉强食的时代，他要成为锤子而不做任人锤打的铁砧。

---

① （美）克里斯托弗·沃格勒：《作家之旅——源自神话的写作要义》，王翀译，北京：电子工业出版社，2011 年，第 89 页。

② （美）约瑟夫·坎贝尔：《千面英雄》，张承谟译，上海：上海文艺出版社，2000 年，第 336 页。

同时，人类世界成了荒原，这个荒原需要能够拯救世界的万能药。陷入危机的世界呼吁具有拯救力量的英雄出现。在空中高速飞驰的火车成为背景，众人只能戴着防毒面具在大街上行走。然而，人类世界的出路在哪里呢？人类去潘多拉星球寻找能源，开采的能源所带来的大量利润能否成为解救人类问题的良药？杰克的双胞胎哥哥吉米就是去异域世界寻找答案的英雄。由于吉米被杀，杰克成为哥哥的替补踏上去异域世界探险的旅程。

其次，作为面具的阿凡达：连接两个世界的桥梁。科学家通过融合人类与纳美人的基因制造出阿凡达。阿凡达成为连接遵循不同法则的人类世界与纳美人世界的桥梁。阿凡达就成为坎贝尔所说的神圣面具，人进入这个人造的躯壳就实现了从一个世界向另外一个世界的转变，就像《纳尼亚传奇》中通往另一个世界的魔橱。

在《原始神话》中，坎贝尔认为神圣世界与现实世界之间拥有截然不同的法则。在现实世界之中，事物彼此之间是截然区分的，这是遵从矛盾律与排中律的世界，是关注政治和经济利益的世界。而神圣世界则是事物之间的区分被打破的世界，是事物相互转化的世界，是遵守互渗律的世界。① 而人们在神圣游戏中所使用的面具则是两个不同世界转化的桥梁。

人类世界与纳美人的世界遵循不同的法则。在人类世界，人类所遵守的是弱肉强食的原则。人们在现实世界中受到罗摩克里希那所说的"金钱与女人"的束缚，也就是受到欲望与贪婪的束缚，只关注政治与经济的利益。② 人们为了经济利益而破坏自然，缺少了与自然相联系的基础。人与人之间又以生存的名义而相互剥削。在弱肉强食的法则之下，人只能依靠这种法则成为强者铁锤，而不能成为弱者铁砧。

纳美人的世界是他们赖以生存的神话所建构的世界，是伊娃的世界。原住民的辫子与尾巴，是他们与自然之间无法割断的联系，也是他们与众生都是伊娃造物的明证。他们可以通过他们的辫子，与许多生物实现连接，而且他们也可以通过辫子与创造者建立连接。在电影中，依靠阿凡达、杰克等人在两个不同世界之间交错穿梭。

再次，英雄与自然：从征服到顺从 。杰克的探险是梦之旅，是神话之旅。

①Joseph Campbell, *The Masks of God: Primitive Mythology*, London: Penguin Books, 1987, p.25.

②（印度）摩亨佐纳特·格塔：《室利·罗摩克里希那言行录》，王志成、梁燕敏译，北京：宗教文化出版社，2008年，第7页。

在杰克进入充满魔法的神秘世界进行探险的过程中，他对自身所在世界的价值法则进行审视，他所遵循的弱肉强食的法则被改变，他的旅程成为精神蜕变的旅程。在纳美人的神话世界中，他实现了新生，学会了顺从。

在寺庙、神殿朝拜的朝圣者需要把世俗的法则留在外面。然而，杰克却将这些法则带入另一个世界开始了他的旅程。在现实世界中，人们只考虑政治、经济利益，并且遵循弱肉强食、强者生存的法则。杰克希望能够成为恶劣环境中生存下来的强者。他混入纳美人部落的初衷就是如此。上校是弱肉强食法则的完美代表，所以他答应上校混入纳美人部落为上校提供情报；作为回报，上校也答应让他拥有完美的双腿。他还没有做好准备成为新世界中的一员。

在杰克第一次真正进入潘多拉星球的腹地执行保护格蕾丝博士等的任务时，虽然他对周围充满新奇，但是，他还是抱着枪紧张地面对这一新奇的世界，随时准备用钢铁机器来应对未知的危险，征服未知的世界，杀戮任何敢于侵犯的生物。因受到野兽桑纳拖死神的追捕，他逃入了未曾踏入的森林。在这充满各种怪叫声和野兽的森林中，他用火抵制未知的危险。在影片中，火使人从自然的怀抱中挣脱出来，它代表对自然的征讨和控制。杰克用火扰乱了安宁的世界，因此也触怒了野兽，引发野兽的围攻。所以，奈蒂莉说他"像一个孩子吵闹着，不知道做什么"。

自诩文明的人类却割断了自身与自然母亲的脐带，造成了地球的生态危机。杰克是否成为英雄，在于他能否在伊娃的世界中，重新回到人类的根基之处，找到人与自然之间的脐带。杰克与阿凡达的合体代表杰克踏上寻找人类根基的旅程。当第一次与阿凡达合体时，他再次拥有了双脚，兴奋地在异域的大地上疯狂奔跑。一个在残废的身躯中被压抑的灵魂得到释放，也在宣告一个迷失的灵魂开始回归，因为他可以重新用身体与大地沟通，从而回到大地母亲的怀抱。

通过向这些人学习，杰克逐渐寻找到与自然之间的连接。在人类看来，这些被称为"蓝猴子"的纳美人拥有更多的动物特征。他们拥有类似野兽的牙齿、尖耳朵、辫子和尾巴。然而，这些身体特征也表明他们是生活在自然之中，生活在伊娃的世界之中。他们的辫子可以与马和女妖兽建立连接，这种连接让他们可以在大地上奔跑，或者在天空中飞翔。他们也可以连接灵魂树，向伊娃祈祷，倾听逝去先人的声音。

在学习的过程中，这个来自危机四伏的世界里的漂泊者，在纳美人的世界中找到了众人融为一体的家园感。人类遵循弱肉强食的法则，彼此之间相互征讨，人类社会也因此分崩离析。由于杰克失去了双腿，他受到军人的嘲笑；由于他的军人身份，他被格蕾丝博士拒绝。在人类社会中，他始终是一个局外人和被排斥的边缘人。他之所以要为上校提供情报，也是希望能够拥有双腿，过正常人的生活。在纳美人的部落中，在他的通过仪式上，他是仪式中的绝对核心，他作为部落的一分子融入部落，与部落的其他成员是地位平等的兄弟姐妹。

因此，杰克离开地球人所在的彼此对立甚至相互厮杀、弱肉强食的环境，在伊娃的世界寻找到人与人、人与自然融合为一的根。伊娃的世界代表人类世界已经被遗忘的方面，杰克之所以能够成为英雄，是因为"英雄业绩的全部意义就在于他自愿地或非自愿地去探索那个被遗忘的方面"①。

同时，"英雄是那个知道何时该顺服和向什么顺服的人"②。杰克从对自然的征服转向对自然的顺从。伊娃的神迹表明杰克拥有成为英雄的可能性，正是神迹使他通过重重阈限，也正是神迹使纳美人接受他来部落学习。"大自然母亲亲自支持英雄的伟大壮举。只要英雄的活动与他的社会中条件成熟的事物相符合，他就好像在随着历史进程的伟大节奏而驰骋。"③ 他顺从了纳美人的传统，将自己融入纳美人流传的神话叙述，然后通过这种叙述唤起拯救整个民族、甚至整个星球的力量。英雄代表宇宙力量进入此世的通道。④ 在纳美人的神话中，幻影骑士代表拯救力量进入此世的通道。在他们的民族记忆中，幻影骑士的到场使陷入灾难情境的他们绝处逢生，使他们在苦难中体会救赎到场的狂喜。依靠背水一战的决心，杰克寻找到迅雷翼兽，成为托鲁克玛托（幻影骑士）。由于幻影骑士是整个纳美人的英雄，是他们赖以生存的神话中将整个民族融合在一起的核心象征，整个潘多拉星球上的纳美人只要听到这样的呼唤，他们无论在潘多拉星球的何处都会凝聚在一起。这也正如坎贝尔所说：

> 正是在社会中的任何一个群体对他们的核心象征产生这样的回应
> 的时刻，某种具有魔力的一致性会将他们融合为一个精神统一体，即
> 便他们遍及五湖四海，天涯海角，只因为他们的存在和信仰的同一。⑤

杰克融入纳美人的故事，从而书写了这个民族的历史。杰克顺从了纳美人

① （美）约瑟夫·坎贝尔：《千面英雄》，张承谟译，上海：上海文艺出版社，2000年，第223页。
② （美）菲尔·柯西诺主编：《英雄的旅程：与神话大师坎贝尔对话》，梁永安译，北京：金城出版社，2011年，第12页。
③ （美）约瑟夫·坎贝尔：《千面英雄》，张承谟译，上海：上海文艺出版社，2000年，第68页。
④ （美）约瑟夫·坎贝尔：《千面英雄》，张承谟译，上海：上海文艺出版社，2000年，第32—34页。
⑤ Joseph Campbell, *Myths to Live By*, New York：Bantam Books, 1980, p.90.

的神话，成为他们的英雄，并将整个民族融合在一起。背叛了人类与纳美人的"双重叛徒"杰克完成了救赎。

二、受难的先知与科学的救赎

首先，归来的英雄与受难的先知。《阿凡达》并没有完全根据坎贝尔的单一神话模式谱写故事的结局。在坎贝尔那里，英雄带着万能药归来，他受到了他所离开的世界的认可，成为他们的英雄。英雄归来需要面对两个不同世界之间的冲突，而他恰恰是两个不同世界之间的媒介，为世人带来那永恒世界的神秘讯息。① 可是，如果人们拒绝了英雄所带回的讯息，又会是怎样的结果呢？

在柏拉图的洞穴寓言中，那个走出洞穴知道真相的探险家，在回到曾经离开的洞穴，向捆绑着的众人讲述真相的时候，他面对的是众人的否定和谋杀。导演卡梅隆前期拍摄的《终结者2》（*The Terminator* 2）中也出现了受难的先知的形象。在《终结者2》中，未来领袖的母亲知道事实的真相，然而，她却被众人当成精神失常的女人。人们沉迷于电脑科技带来的高额利润，不敢面对真相。自诩清醒的众人却是一群生活在迷雾中的白痴，而这个备受嘲笑的疯女人却是唯一清醒的人。"诗人和先知在陪审团的冷静目光面前发现自己就是个白痴。"② 在《阿凡达》中，科学家去潘多拉星球探险是为了寻找拯救地球的答案，他们是异域世界探险的英雄。然而，当科学家格蕾丝博士向军人和资本家说出她关于潘多拉星球的研究成果的时候，她所面对的是质疑、嘲弄和否定，等待她的是禁闭。

其次，万能药与科学的救赎。虽然卡梅隆将《阿凡达》称为为自己拍摄的《星球大战》③，然而，与《星球大战》中各种先进的宇宙飞船相比，《阿凡达》中高度发达的科技与人类陷入绝境的生存状态形成强烈的反差，空中飞驰的火车成为戴着防毒面罩奔走的人群的背景，宇宙飞船也仅仅是在太空中爬行的外观奇特的怪物。人类在潘多拉星球建立的矿厂、林立的烟筒成为这个星球刺目的伤痕。这个星球正在重复地球所遭受的命运。因此，在这部电影中，高度发达的科技成为故事展开的负面点缀。

影片将人类放在一个远离地球的潘多拉星球。这是一个尚未开发的、充满

---

① （美）约瑟夫·坎贝尔：《千面英雄》，张承谟译，上海：上海文艺出版社，2000年，第24、236、255页。

② （美）约瑟夫·坎贝尔：《千面英雄》，张承谟译，上海：上海文艺出版社，2000年，第225页。

③ 姜猛：《〈阿凡达〉导演卡梅隆："我是世界之王"》，载《名人传记》（上半月）2011年第1期。

无限可能性的世界，人类经过几年的太空飞行才到达这个远离地球的地方。这个跨度并不仅仅是空间的跨度，也是时间的跨度。人类从陷入危机、濒临灭亡的世界来到尚未被开垦的世界，从历史的终点又回到了历史的起点，一切又重新开始。在这种全新情境中，在人类重写自己历史的时刻，他们采取怎样的态度面对未知世界？他们是征服还是顺从？

在影片中，科学家的研究是为了在自然面前保持顺从，在世界神秘面前保持敬畏。科学家格蕾丝研究植物，她是为了了解这个世界，从而寻找到顺从这个世界、与这个世界和谐相处的方法。在了解锤头兽和桑纳拖死神兽两种不同动物的特性的基础上，他们可以采取不同的应对措施。在影片中，科学更像是爱尔兰神话中魔法师的大锅，这个大锅可以创造拯救世界的万能药，也会创造出遗毒万世的祸患。① 脆弱的人类无法面对潘多拉星球恶劣的环境，科学创造出机器人和阿凡达从而使人类能够面对新世界的挑战。科学家花巨资建造阿凡达，就是为了建造一个媒介实现两个不同族群之间的交流。他们希望与纳美人所生活的世界对话，从而寻找到在恶劣的新环境中生存下去的方法。机器人和阿凡达都是人类身体的延伸，是扩展人类身体能力的躯壳。他们代表了两种不同的倾向：征服自然或者顺从自然。影片在这两种不同可能性的并置对比中，寻找人类未来生存的可能性。如果要在这个星球生存下去，人类是与机器结合，继续征服自然，从而将这个星球变成第二个濒临灭绝的地球，还是与另一种生命融合，从而实现新生？影片中的人类必须在两种不同的道路中间做出选择。这种选择是充满启示的隐喻，暗示着世界未来的命运。因此，影片最后的上校驾驶机器人与杰克带领的阿凡达之间的战斗实际是人类在新世界的两种不同的生存方式的战斗。最后，所有的野兽对驾驭机器的人类的攻击也恰恰是对人类征伐自然的报复。人类的失败是精神的失败，是神话的缺失所造成的失败。丢失了精神生命、处于荒原的人类需要解除人类的病痛，使荒原获得新生的圣杯。在影片中，阿凡达是科学所制造的复归自然的象征，是拯救荒原的万能药。它代表科学的救赎，代表人类与自然的和解。只有重新唤醒与大地母亲和谐相处的神话，才能使人类走出困境。

---

① （美）约瑟夫·坎贝尔：《千面英雄》，张承谟译，上海：上海文艺出版社，2000年，第206—207页。

第三节　好莱坞"现代战争神话"

一、标出性与群体"我们"的建构

赵毅衡教授认为对立项的不平衡是广泛存在的文化现象。他在对立并且不平衡的正异两项之间加入了第三项：中项。中项在对立的两项之间非此非彼，难以自我界定。它必须靠向一方来表达自身，它所靠向的一项则视为正常的、中性的"正项"，它所离弃的一项则为异常的、边缘的"异项"。这个被排斥的异项就是标出项，"标出项之所以成为标出项，就是因为被中项与正项联合排拒"。①

同样的道理，在群体的全体成员之中，人们会选择朝向或者被迫朝向正项形成"我们"，将与正项迥异的"他们"的品性标出，从而在全体成员中形成处于被标出的异项的边缘人"他们"。正如福柯所说，"人们在监禁他们邻人的至高理性的活动中，通过非疯狂的无情的语言相互交流、相互确认"②。也就是说，在排斥异项疯狂的"他们"的过程中，"我们"完成了作为"理性"的"我们"的特性的书写与建构；也就是说，人类通过排斥作为异项的疯狂，从而完成朝向理性的救赎。

可是，这些被排斥的异项被标出的标准是什么？1994年语言学家艾利斯（Rod Ellis）认为"某种语言特征，相对于其他'基本'的特征而言，以某种方式显得比较'特别'"③。然而，在人类群体中，成员所拥有的什么特性会是"基本"的？什么特性会是"特别"的？什么特性被标出，决定权在拥有话语权力的团体如何对该特性进行阐释？对掌握不同元语言的群体来说，异项会发生变动、翻转。从某个群体中被标出的异项标准来看，该群体中的正项也只是这些异项中间的被标出的异项而已。比如，在普通人之中，海盗作为异项被标出；然而，在《加勒比海盗3》（*Pirates of the Caribbean* 3）中，悲天悯人的牧师在嗜

---

①赵毅衡：《符号学原理与推演》，南京：南京大学出版社，2011年，第281—286页。

②福柯：《〈疯狂与非理性：古典时代的疯狂史〉前言》，见杜小真编选：《福柯集》，上海：上海远东出版社，1998年，第1页。

③Rod Eliss, *The Study of Second Language*, Oxford: Oxford University Press, 1994.

血成性的海盗中成为心慈手软的代表而被标出为异项，海盗们也在对与自己迥异的品性的排斥中获得自恋性的满足。

总之，"我们"只是解释社群利用话语权而建构出来的想象的共同体。被标出的异项处于在群体之中又在群体之外的模糊地带，因为要彰显正项的特性，需要"他们"存在，因为正项要标示所拥有的特权，他们又被排斥在所享受的特权之外。例如，人们要彰显理性特征，所以，需要疯狂存在；因为要彰显理性的特权，疯狂又要被驱逐、监禁。

二、当"他们"成为"它们"

在正项、中项与异项之外还有一个模糊的存在：异类。异项"他们"就是处于作为同类的"我们"与作为异类的"它们"之间的灰色、边缘的地带。异类在标示正项、中项和异项所组成的群体边界。异类是"我们"与"他们"所构成的群体之外的"它们"。虽然疯子会遭到驱逐、监禁，然而只有将疯子看成魔鬼附身从而打成异类的时代，人们才会屠杀这些"魔鬼"。

在人类历史上，群体"我们"利用话语权将某些人标出为异项"他们"，甚至异类"它们"。这种群体的宣称和建构的过程又与自我神圣化的极端自恋的选民观念相契合。"我们"的民族是神的唯一选民，"我们"所居住的地方是世界的中心，是神圣之地，"我们"能够直接与神圣的世界建立联系，所以，"我们"才是独一无二的神圣的民族，其他民族因此会被标出为异项，甚至被打成异类而成为邪恶的民族：

> 如今所有伟大文明的人民都倾向于在字面解释他们的象征形象，然后觉得自己在某方面比别人更优越，因为他们直接与绝对（the Absolute）建立联系。甚至多神论的希腊人、罗马人、印度人和中国人都认为别人的宗教很可怜，而他们自己的宗教很威严，至少更优越。对于一神论的犹太人、基督教徒和伊斯兰教徒而言，其他民族所信奉的神根本都不能算作神，而是魔鬼，他们的崇拜者是邪恶的。几个世纪以来，麦加、罗马、耶路撒冷、贝拿勒斯（Benares）和北京以其特有的方式成为宇宙的核心，直接——由一条热线——与光或者上帝的王国相连。[1]

在希腊人、罗马人、中国人和印度人那里，不同信仰的群体是作为异项的

---

① Joseph Campbell, *Myths to Live By*, New York: Bantam Books, 1980, p. 8.

"他们"；而在一神论中，异教徒只能成为异类"它们"。当群体彼此之间划清了界限，"我们"与"它们"毫不相干、没有任何共同性的时候，屠杀"它们"就具有了合理性。圣奥古斯丁因此发动了神的公民"我们"对撒旦的公民"它们"的战争。《旧约》中也充满关于平静居所被扰乱、被掠夺，甚至被完全摧毁的叙述。比如《申命记》7:1－6和《申命记》20:10－18，而《约书亚记》里面最著名的便是关于耶利哥（Jericho）的灭亡的叙述等等。阿兹忒克文明（Aztec civilization）所举行的被称为"花战（Flowery War）"的战争仪式中，人们不断通过发动对临近民族的战争来获取数以千计甚至万计的俘虏作为人祭。因为只有向各个祭坛献祭才能保证太阳升起和时间的转变。① 显然，被献祭的俘虏已经成为异类"它们"。

在"我们"的建构过程中，对权力的追求与对异项的极端排斥、标出同步进行。在严厉的筛选、递次排除过程中，在宽容的标准下的正项会被排斥为异项，也可能被打成异类，被"我们"排斥出去，群体"我们"的规模因此会逐渐缩小，最终塑造出在权力的顶点拥有特权的群体或者个体。

影片《哈利·波特》中，由于与生俱来的魔法天赋，伏地魔的前身汤姆·里德尔在普通人的世界中备受排斥甚至被关进疯人院。然而，魔法师会利用自身所具有的话语权将这些被视为罪恶的魔法，这种被排斥的标出性转化为独一无二的特性，成为魔法师至高无上的特权。在基于魔法师的元语言所形成的评价体系中，魔法成为正项，而由父母都是魔法师所生的纯种魔法师就拥有至高无上的地位和特权，普通人（麻瓜）所生的魔法师被标出为异项，甚至被打成异类成为被屠杀的祭品。混血儿魔法师在纯种魔法师与麻瓜所生的魔法师所组成的两个极端之间摇摆。而混血而生的伏地魔把对自身之中的劣根（一半麻瓜血统）的仇恨投射到具体的群体麻瓜所生的魔法师身上，他通过清除和纯化这些群体从而完成所谓的种族救赎，制造血统纯正的自我幻象。于是，在魔法世界，异项被转变为异类而受到征伐，这种将群体中的异项排斥为异类的过程是一个使群体走向狭隘、封闭的过程。这个使群体规模萎缩的过程最终会造就拥有特权的某些人，而在这些人的顶端是拥有战无不胜的魔法也拥有至高权力的个体伏地魔。通过这种转换，这些曾经因拥有魔法而罪大恶极的人才能登上权力的巅峰。

---

①Joseph Campbell, *Myths to Live By*, New York: Bantam Books, 1980, pp.178-182.

三、"现代战争神话"

在"现代战争神话"中，在与自身差异很大的群体相遇的时刻，人类又将重复面对在历史原点人类从自己生存的狭小的部落空间走向更大的空间时所面对的问题。也就是说，人类历史中存在的"我们"排斥"他们"，驱逐甚至屠杀"它们"的观念，依然作为阴影笼罩着未来世界。在这些电影中，《星球大战》和《异形》（*Alien*）代表战争的两种极端的倾向：代表超越物种差异的善恶之战；代表赤裸的"我们"与"它们"之间的杀戮。其他许多电影则是在两个极端之间游移，宣传我族中心与对我族中心的反思是其中的两种倾向。前者以电影《变形金刚》（*Transformers*）和《X战警》（*X-Men*）为代表，这些战争或者是人类对具有超能力的异项的战斗（《X战警》系列），或者是人类与入侵地球者的战斗（《变形金刚》系列），或者是人类与自身所创造的机器人之间的战争（《终结者》系列、《黑客帝国》）。然而，这些电影都或多或少迎合了人类思维中根深蒂固的关于天使与魔鬼的战争的观念，宣扬了我族中心主义的观念。对我族中心主义的反思主要是卡梅隆的《阿凡达》。《阿凡达》是导演卡梅隆拍摄的自己的《星球大战》，可是，与《星球大战》充满理想的远景相比，《阿凡达》则展示出人类在通向这个远景的途中所遭受的痛苦与挣扎。

（一）人兽之战与我族中心主义的战争

《异形》系列是太空版的恐怖故事，人类通过出现在太空异域世界的前所未遇的吃人怪兽来宣泄对未知世界的恐惧。那些在人类未曾踏入的领域出现的、未被人类结构化从而未被人类理解的事物都是令人恐怖的异类。玛丽·道格拉斯在《洁净与危险》中分析了《圣经》中的分类系统与禁忌之间的关系。《圣经·创世记》将世界分成大地、海洋和天空三部分。而生活在这三个部分的动物都会有与环境相对应的特征：飞禽有翅膀在天空飞翔，兽用足在大地上跳跃或者爬行，有鳞的动物才可以在水中生存。因此，不符合这个分类系统的事物都是肮脏的，是亵渎神圣的。肮脏不仅仅代表着人类认知的困境，也是对社会秩序的威胁，因此肮脏即为禁忌。① 将那些在人类的秩序之外出现的未被人类理解的事物定为禁忌和污染表明人类对未知世界的恐惧。《异形》就是基于这种人

---

① （英）玛丽·道格拉斯：《洁净与危险》，黄剑波、卢忱、柳博赟译，北京：民族出版社，2008 年，第 71—72 页。

类对未知事物的恐惧创造出来的。当这些未被理解、未被结构化的威胁闯入人类的世界，它们拥有已经超出了人类的抵御范围的超能力，它们的出现代表无法抵抗的灭顶之灾。在《异形》中，人类在外太空探险的过程中遭遇到未知物种的吞噬，人类与它们之间的战争完全是为了生存的厮杀。

这种人兽之战的思维是许多战争的隐性标尺。许多人在发起"我们"对"他们"的战争的时候，将自身对未知事物的恐惧和仇恨投射到与自己迥异的群体之上，从而将"我们"与"他们"之间的战争转化为"我们"与"它们"之间的战争。在影片《女巫季节》（Season of the Witch）中，自诩为上帝的选民的群体将内心沉睡的恶魔投射在作为"他们"的族群身上。屠杀只是因与内心的恶魔相遇。这个史诗所歌唱的英雄辈出的季节仅仅是恶魔在大地横行的时代。群体记忆在这种反复的咏唱中被建构，而被屠杀的"他们"却永远成为恶魔"它们"。在《黑客帝国》的动漫版中，人类不愿意承认在自己所虚构的群体"我们"之外存在具有与"我们"相同特性的群体。人类制造的机器人"它们"并没有人类所引以为豪的人性、生命等特性，"他们"仅仅是供人类驱使、拆卸的工具而已，所以，人类对这些机器人毁坏，甚至杀戮是理所当然的。人类的自恋成为人类与机器人之间爆发战争的主要原因。

总之，未知的力量被幻化为各种不同的角色，而群体"我们"战胜这些角色，最终完成关于"我们"的书写。

在人与异类野兽，人与机器人，甚至人与人类中间的异项的战争中，对手被妖魔化与自我美化是同步进行的。通过这种自我美化，某个民族成为神圣的民族，成为正义的代表。在《变形金刚》真人版中，具有生命和人性的机器人变形金刚是钢铁时代最浪漫的想象。然而，这部钢铁时代的浪漫史诗依然建构在对他们的妖魔化的基础之上，人类自恋情节随处可见。漂泊到地球的外星物种汽车人为了守护新的家园与地球人共同反抗同类霸天虎的入侵。地球成为这些外太空的漂泊者的庇护所。在人与钢铁之间，人成为正项，没有生命的钢铁成为异项，具有生命的变形金刚朝向正项人而标出、抵制没有生命的钢铁。在汽车人、地球人与霸天虎之间，汽车人投向地球人、排斥异项霸天虎而完成朝向正项的选择。此外，由于电影在拍摄的过程中接受了美国军方大量的资助，这部电影更像是美国军方的自我表演，地球上的某个国家的军队成为拯救世界的警察和救世主，成为正义的化身。因此，真人版《变形金刚》堕落为基于我族中心主义的自恋式的书写的典范。

在《X战警》系列中，具有特异能力的群体被普通人视为威胁受到排斥而成为异项，甚至异类。这些被压抑的以万磁王为代表的异项又凭借所具有超能力自诩为高等物种，因此发起了对低等物种的普通人的战争，差异将人类分裂为不同的相互征战的群体。可惜《X战警》缺乏真正的对认同的质疑和追问：具有超能力的战警去屠杀反叛的同类就真正完成了朝向普通人的救赎？他们杀害同类，与这些同类划清界限从而扼杀自己的标出性就完成了向人的复归？

（二）走向"他们"的《阿凡达》

在人类与异项"他们"或者异类"它们"的对比中反思人性是导演卡梅隆电影的共同特色。这些电影质疑基于群体差异所衍生出来的善恶差异的固有思维模式，试图从这种对立中走出并寻找到人之为人的人性法则。《阿凡达》则是对这种特色的继承和发展。

《异形1》中展示了人与动物的绝对的对立。卡梅隆执导的《异形2》出现了唯利是图的资本家。资本家希望将这些具有超强的杀伤力野兽运回地球，制成具有超强破坏力和杀伤力的化学武器，从而赚大钱。对有生命而无人性的动物来说，杀戮仅仅是出于本能，而资本家为了赚钱将这些动物运回地球。为了达到目的，他不惜让同伴成为这些动物的牺牲品，那么人是否强过禽兽呢？"我不知道谁比较坏，但是它们不会为了利益而互相残杀！"女主人公将人与禽兽进行对比时所说的话发人深思。

在《终结者》系列中，人成为具有了生命的机器眼中的"它们"，人类面临的是被自己的创造物屠杀的命运。《终结者》系列从人类自身被机器看成"它们"从而被屠杀的命运来反思人类对异类进行屠杀的战争。在卡梅隆指导的《终结者2》中，在即将到来还尚未到来的核战和机器统治世界的末日情境的笼罩下，在人与终结者的对抗中出现了保护人类的终结者。终结者对人类的追杀和保护仅仅是忠诚地完成交付的使命，然而，与机器的忠诚相比，人类更加懒惰、自私和唯利是图。由于人类痴迷于智能科技所带来的高额利润，所以人类无法相信和面对末日审判的到来。而知道真相的未来人类领袖的母亲却被当成疯子关进了疯人院。所以，主人公实际上是与人性的黑暗面进行战斗。《终结者2》通过忠诚的终结者与软弱的人类对比，从人与机器的对立中剥离人之为人的元素，从而引发关于人性的反思。

《阿凡达》以人类的"叛徒"阿凡达的驾驶者杰克·苏力的视角讲述人类被潘多拉星球上的原住民纳美人打败赶回地球的故事。在"现代战争神话"中，《阿凡达》无论是英雄造型还是关于战争的观念都具有独特的地位。

首先，在影片中，人类"我们"被标出。《阿凡达》中英雄的形象是从与人类迥异的他性标出转向对人类特性的标出。科幻和魔幻电影制造了许多具有标出性的形象来演绎各种不同的恩恩怨怨的故事，异项的标出性成为吸引眼球的噱头，这些电影都在凸显和标出与人类不同的他性特征。在《哈利·波特》中，人情化的魔法师组成了一个令人神往的奇异世界。魔法师的魔法成为被标出的特性。在《黑夜传说3》（Underworld 3）中，着装现代的吸血鬼和狼人依然上演曾经相互仇杀的故事。吸血鬼突然露出的嗜血的牙齿和狼人在愤怒中的变形都成为与常人迥异而被标出的特性。在《X战警》系列中，与普通人相比，X战警被凸显的超能力，比如金刚狼的爪子、万磁王的磁性等等都成为被标出的特性。

在《阿凡达》中，英雄纳美人拥有蓝皮肤、吸血鬼或者野兽的牙齿、尖耳朵、辫子和尾巴。在人类眼中，纳美人由于拥有更多的野兽的特征而被标出为异项，所以他们又被称为"蓝猴子"。然而，在潘多拉星球恶劣的环境中，人只能躲在现代装备的后面，如果丢掉呼吸面罩，人立刻会死去；如果没有现代机器枪支和机器的武装，人也会被凶猛的野兽吞噬。在这种恶劣的环境中，人类的羸弱被凸显出来。在地球陷入困境后，人类向其他星球寻找答案，然而，在潘多拉星球上，人类却成为这个新世界的局外人。人类与这个环境和谐共处的纳美人相比，显得格格不入。因此，由于羸弱，人类"我们"成为被标出的异项。尼采说："猿猴对于人算是什么呢？一个可笑的族系，或是一件耻辱。人对于超人又何尝不也是如此。"①与纳美人这些超人相比，人类才是超人眼中的猴子。

其次，人类的对手是神圣和正义的"他们"。在《阿凡达》中，人类成了潘多拉星球的殖民者，上校所发动的人类对纳美人的征讨是带有自恋性的"我们"与"它们"的战争。人类以生存的名义征讨魔鬼，这是所谓的天使对魔鬼的战争观念的残留，这种战争基于一种自恋的他者想象。当人类将所谓的魔鬼形象投射到与己相异的群体之上时，人类会用最卑劣的手段来压制和摧毁这些"它们"。纳美人的反抗则是反抗侵略和殖民的战争。影片中正义的代表是与人类迥异的纳美人，这场战争是超越"我们"与"他们"之间的战争法则的战争。

在影片中，自诩文明的人类却割断了自身与自然母亲的脐带，造成了地球的生态危机。人类世界处于分崩离析的状态，个体之间遵循的是弱肉强食的以

---

① (德) 尼采：《查拉图斯特拉如是说》，余鸿荣译，哈尔滨：北方文艺出版社，1988 年，第 4 页。

自我为中心的法则。然而，与人类相比，纳美人生活在人间天堂之中，"他们"成了神圣的民族。纳美人与所生活的自然世界融合在一起，纳美人的辫子可以与马和女妖兽建立连接，从而使他们可以在大地上奔跑或者在天空中飞翔。在纳美人的神话观念中，异类野兽和植物也是他们的兄弟。潘多拉星球的所有纳美人都会在共同的核心象征幻影骑士的召唤下统一在一起，对抗共同的敌人地球人。

在纳美人的部落中间，个体与个体之间都是平等的兄弟。杰克·苏力险些被奈蒂莉射杀，也被苏泰称为魔鬼，杰克一开始遭到这些纳美人的排斥和仇视，因为纳美人将他视为异类。后来，纳美人接受了杰克的学习请求，在纳美人中间他从异类转化为异项，也就是需要学习、改造的对象。杰克的通过仪式使其最终成为纳美人中间的正项。外人或者说异类完全可以融入他们的社会，成为社会中不可缺少的一部分。杰克·苏力在人类与纳美人所组成的两个极端之间，选择了纳美人而反抗人类，将人类排斥为异项。在这样的一种选择的凸显之下，人类成为丑化的魔鬼，成为没落的代表，成为要被抵制、反叛的异项。

影片用他者的视角来反思自我的罪恶，通过杰克背叛人类给观众的固有认同带来刺痛，质疑人类固有的我族中心主义的战争观念，刺痛人类自恋式的自我想象，杰克最后的抉择与观众的期待之间的巨大反差形成召唤对话的空间。

（三）超越差异的善恶之战

导演卢卡斯将坎贝尔称为自己的尤达，他的影片是受坎贝尔的思想启发创作出来的。坎贝尔希望人类能够走出天使与魔鬼之战的怪圈，从而走向共荣和同一。他认为探月之旅给人类的启迪是：所有的人都是"地球号"宇宙飞船的乘客，人类应该有与这个时代的宇宙意象相契合的现代神话。人类所需要共同面对的生态危机等问题将人类紧密地联系在一起，而新时代的神话就是重新凝聚在大地上所诞生的人类的智慧。

在《星球大战》中，乔治·卢卡斯创造了一个超越时代的宇宙意象的银河同一的神话。在这一系列的影片中，不同星球的人平等相处，没有因群体差异而导致的绝对的善恶之战，也没有因为物种之间的差异而出现一个物种对另一物种的吞噬和残杀。而貌似弱小的机器人、原住民都成为扭转战局的关键。

然而，西斯大帝希望建立一个唯我独尊的帝国，在他统治的帝国中，整个银河帝国的人类都将成为彰显他的特权的异项。共和军与帝国的军队之间的战争，就是平等与唯我独尊两种极端倾向之间的碰撞。

乔治·卢卡斯基于坎贝尔的人类同一的星球神话而创造了银河系同一的现代神话，然而这种浪漫的前景仅仅是乌托邦式的幻想。导演卡梅隆声称《阿凡达》是他拍摄的自己的《星球大战》，可是《阿凡达》更像是通向银河一体的美好前景中的一个小小的插曲，不过，他使高高在上的神话乌托邦拥有了实现的真正基础。

人兽之战、我族中心主义的战争、反思我族中心主义的战争和超越种族差异的善恶之战是好莱坞"现代战争神话"关于战争观念的四个不同阶段。人兽之战则是我族中心主义战争的隐性的标尺。因此，在面对其他群体时，人类只有从神的公民对魔鬼的公民背后的人兽之战的思维中走出，才能拥有走向同一的可能。在这种反思的基础上，异类被包容进"我们"的异项，然后又被吸收入正项。这个过程是一个逐渐走向开放、宽容的过程。曾经的"我们"逐步融入更大的群体。随着边界的扩大，"我们"成为一种蔓延的、旋涡式的向外铺展的状态。这种向外蔓延、铺展的过程才能逐渐走向人类的同一，银河的同一，宇宙的同一。

第四节　美国动画中的寻梦旅程

一、缘起：中国动画创意缺失

动画激发孩子童年的梦想，是影响他们一生的故事。如果他们的童年仅仅与质量低劣的动画相伴，那么这个国家的未来又在哪里呢？很不幸的是，国人对国产动画创意的缺失已经见怪不怪。很多家长也由抵制国产奶粉蔓延到抵制国产动画，不让孩子看国产动画已经成为很多家长不成文的共识。

中国曾经出品过一大批具有中国特色的优秀动画片，例如《金刚葫芦娃》《黑猫警长》《大闹天宫》《哪吒闹海》等等。不过，如今中国动画的质量却每况愈下。2011 年左右，网络一直盛传在中国孩童这里颇受欢迎的《喜羊羊与灰太狼》系列因为弱智而被法国电视台禁播。[1] 虽然这则新闻的真假有待考证，而且将外国人的评论当成评判中国动画的标准，也不能使人信服。然而，这些新

---

[1] http://news.qq.com/a/20120424/000053.htm.

闻中所列举出的该动画的缺陷却并非凭空捏造。中央电视台于 2013 年批判《喜羊羊与灰太狼》和《熊出没》等动画片中含有过于暴力的情节和粗俗的语言。[①]《魔比斯环》曾经号称要打造成中国动画版的《星球大战》，并且制作方投入1.3亿人民币的巨资，然而它却最终成为一部失败的作品，淹没在了数量众多、质量却并不出众的中国动画的海洋中。2013 年广受好评的《魁拔 2》似乎让人看到了中国动画的希望。然而，该部动画的整体设计有难以掩盖的缺陷，人物造型带有浓厚的日本动画的风格。在《魁拔》系列中，世界由天人、人和魁拔三种不同的物种组成。天人不仅仅拥有超强的法力，更有超越人类的理性。由于人类感情泛滥的非理性行为，他们在与魁拔的战斗中屡战屡败。这种对世界种族的区分，是对希腊神话和北欧神话的片面借鉴，本土化的元素少之又少。伴随孩子成长的国产动画质量低劣，让中国的孩子活在怎样的梦中呢？

中国文化真的缺少促进动画创意的元素吗？美国动画电影《功夫熊猫》将中国国粹武术与国宝熊猫相结合，打造出美国化的中国故事。《功夫熊猫》（包括电影和三季电视剧）的成功，也使人感到困惑：这些引以为豪的国粹为何在中国没有成为一种促进文化创意的元素？美国的梦工厂将国宝熊猫和国粹功夫结合在一起，创作出在世界范围内广受欢迎的作品，而中国的某些动画公司仅仅沉迷于低龄化的"喜羊羊"系列中！美国的另一部有中国特色的长达三季的动画系列剧《通神小子：最后的气宗》也颇受好评。这部系列剧借用了中国的五行观念。在该动画中有四个不同的部落：土强国、水善国、火烈国和气宗。而且这部动画中随处可见国画的风格，土强国的人物形象和宫廷建筑按照清朝宫廷的模式塑造出来，大臣们留有辫子，穿着长袍马褂。从这些例子可以看出，中国并不缺乏文化创意的元素，中国缺乏使这些元素成为金子的炼金术。中国动画缺少观念的更新，动画中的角色也缺少精神蜕变和成长的历程。限制中国动画发展的不仅仅是资金和技术，更重要的是缺少为中国动画奠定理论基础的"约瑟夫·坎贝尔"。

美国动画从坎贝尔的著作中吸取了大量的神话元素，而这些元素能够成为孩子将来面对人生挫折的精神支撑。坎贝尔的神话理论促进了美国个人神话的建构和书写，给电影剧本的创作留下了一笔宝贵的财富。许多电影或许可以看成是对坎贝尔以个人神话为题目所作的讲座的回答。

假如我完全陷入了困境，假如我热爱的所有事物和我所为之奋斗

---

① http://news.sina.com.cn/s/2013-10-14/041028424621.shtml.

的思想都被摧毁，我将如何生存下去？假如回到家中，我发现我的家人被杀，房子被烧掉，或者是我所有的事业都被这种灾难或者那种灾难毁掉，还有什么能够支撑我活下去？①

个体如何应对偶然和无法预测的灾难的冲击？身处绝境中，真正支持人活下去的动力来自哪里？华人导演李安的《少年派的奇幻之旅》就在回答这一具有普世性的问题。派（π）意味着人生就是无理数。人生这种无法预测的特质就像《阿甘正传》中那句著名的话："人生就像一盒巧克力，你永远不知道下一颗的味道。"在派举家迁往大洋彼岸的途中，他们遭遇了狂风暴雨，除他之外，家人都随着轮船沉入海底。一个人如何面对这些突如其来的灾难？如何在充满危险的大海之中生存下去？李安的《少年派的奇幻之旅》回答了这些问题，派用自己的行动谱写了个人神话。在这样的困境中，人必须赤裸裸地面对生命吞噬生命的自然法则，也必须在自己身上发现神秘力量显现的方式，成为自己的神圣中心。只有自己才能将自己在求告无门的困境中解放出来。因此，在远离世俗世界的大海之上，个体成为拯救力量进入此世的通道，自己成为自己的救世主，从而完成了自我救援。坎贝尔认为童年时期所接触的故事对一个孩子未来的生命历程，起到重要的引导作用。

　　但是，如果在孩童时期，你受过很好的儿童神话的熏陶，那就会是另一番光景了，因此，当这一时期到来，这一倒退的沉沦的情境在人们面前展开，人们至少不会感到陌生。至少你知道许多恶魔的名字，还会有应对之法：因为这是一个简单的事实，也是一个非常重要的事实，孩童时代的神话形象被当作理解外界神秘现象的参照，它们事实上是无意识的构造能力（或者荣格将它们称为原型）的象征。②

在坎贝尔看来，伴随着儿童成长的动画并不是小儿科的东西，而是与一个人的精神健康密切相关的神秘力量。这些故事会在人生的某些重要时刻给予人面对生命灾难的启迪。影片《我是传奇》（*I Am Legend*）形象地诠释了动画的此种神秘作用。在影片中，世界突发了某种怪病，周围的人都迅速变异为怪物。英雄陷入孤立无援的荒漠，狗成为他唯一的伴侣。动画《怪物史莱克》（*Shrek*）成为英雄面对困境时的支柱，他甚至将自己的处境类比为怪物史莱克远离人类

---

①Joseph Campbell&David Kudler, eds., *Pathways to Bliss*: *Mythology and Personal Transformation*, Novato, Calif.: New World Library, 2004, p.88.

②Joseph Campbell, *Myths to Live By*, New York: Bantam Books, 1980, p.224.

社会的沼泽。对史莱克来说，那是它的天堂。《怪物史莱克》为困境中的英雄提供了精神力量，就像身处地震中的孩子依靠唱着儿歌，赶跑内心的恐惧。英雄通过模仿《怪物史莱克》中的对白，对抗孤独和恐惧。

数量众多的美国动画采用了坎贝尔所提出的关于英雄探险的单一神话模式。这些动画在运用英雄探险故事作为基本框架的同时，将梦想、爱情、勇气、成长等与孩子一生相伴的问题融入其中。在这些动画中，英雄在梦的召唤下，或者在某种神秘信息的诱惑下，或者由于偶然的失误，而从日常世界进入了神秘世界。他们最终实现了自己的梦想，带着某种恩赐归来。这些经历各种考验并最终获得成长的故事，会使个体在未来的人生苦难中获得直面灾难考验的精神力量和勇气。也就是说，动画的创新与国家的未来密切相关，与文化自信的建立密切相关。因此，有必要分析在坎贝尔影响下的美国动画，总结其创意灵感的来源，从而为中国的动画创意提供启发和借鉴。

二、动画与梦想

梦是个人化的神话，神话是消除了个人因素的梦。坎贝尔的"梦"包容了人夜晚所做之梦与人的梦想。在众多动画中，寻找梦想的主角，并没有仅仅活在白日梦之中，梦想成为他们[①]书写英雄故事的指南针。他们在梦想的呼唤下，踏上寻梦的探险。在动画《浪漫鼠德佩罗》（*The Tale of Despereaux*）中，苏小鼠读到一本骑士拯救困在城堡中的公主的故事。他认为这个故事就是为自己而写，他希望自己能成为故事中的英雄。苏小鼠活在这个故事所打开的未来世界中，活在自己的神话之中。他以故事中的英雄为榜样，拯救了被绑架到鼠穴中的公主，最终成为自己生活中的英雄。在《功夫熊猫》（*Kung Fu Panda*）中，熊猫阿宝活在自己的功夫梦之中。他踏上了充满奇迹的寻梦之旅。在《机器人历险记》（*Robots*）中，出生卑微的机器人罗德尼梦想成为伟大的发明家，著名的发明家"大焊"是他的偶像，他决定远离家乡，去"机器人城"寻找这位偶像。

梦想决定了角色的本质。《猫头鹰王国：守卫者的传奇》（*Legend of the Guardians：The Owls of Ga'Hoole*）是第一部以猫头鹰为主角的动画片。在该部动画中，梦想家索伦与现实主义者库鲁德是一对猫头鹰兄弟。他们对故事的不同态度决定了他们最终的命运。守卫者的故事成为梦想家索伦生活中的引导，他最终成为像守卫者那样的英雄。库鲁德却为了争夺权力，沦为恶人的走狗。

---

①为了行文方便，本文统一用"他们"或者"他"来意指动画中的角色。

梦想有时与年龄和出生等因素没有任何关系。在《料理鼠王》（Ratatouille）中，肮脏的老鼠梦想成为优秀的厨师。在《极速蜗牛》（Turbo）中，蜗牛梦想成为速度最快的赛车手。老鼠和蜗牛为了梦想与先天宿命做斗争。梦想成真的他们在述说着梦想具有改变天性的神奇魔力。在《飞屋环游记》（Up）中，老伴去世以后，卡尔先生意识到他的生命将尽，他要在临死之前实现两人一生未曾完成的梦想。夫妻两人心目中的英雄是探险家查尔斯·蒙茨，能够像这位伟大的探险家那样去探险，是他们一生的梦想，他们因为有共同的梦想而相爱。在高楼林立的城市上空飞行的小屋，代表主人公追求超越世俗经济利益的梦想。

坎贝尔说"追随你的狂喜"，该名言在这些英雄身上体现出来。他们寻找并沉迷于自己所热爱的事物。梦想如偶像指导的那样书写他们自己的人生故事，"我们甚至不需要独自冒险；因为过去时代的英雄们已经走在我们面前；对迷宫的奥秘已经了如指掌；我们只需要沿着标明英雄足迹的麻线走"①。他们崇拜的英雄是他们的路标，英雄的故事成为寻梦者找到自己人生之路的启迪。

三、困惑：梦想的召唤

将来的英雄在日常世界过得非常落魄，正如沃格勒所言，"很多电影都是以不完整的英雄或家庭开场的"。他们追求高于日常世界事物，无法获得众人的理解。此类事物说明日常世界的缺少超出了普通生活，无法为普通人所理解的精神。只有察觉此种缺失的人才能成为英雄，因此，这些缺失是英雄踏上寻梦旅程的动力。

故事中的英雄在日常生活中缺少了某些情感。在《鬼妈妈》中，女孩卡洛琳搬到了一个新地方，父母忙于写关于植物的书籍，没有时间陪她。她想念自己的朋友，却整天被束缚在大房子里面，只能通过数窗户打发时间。《别惹蚂蚁》（The Ant Bully）中的卢卡斯经常被人欺负，姐姐嘲笑他，父母忽略了他的存在，他把所有怨气都撒在了无辜的蚂蚁身上。

此种缺失有时是无法获得认同的天赋或理想。在《通灵男孩诺曼》（Para-Norman）中，男孩诺曼具有通灵的能力，他可以看见死去的人和动物的灵魂，并且与他们对话。然而，因为这种常人无法理解的超能力，他被众人看成怪胎，他与周围的世界出现了裂痕。不过，此种独一无二的特质是他成为英雄的先天条件。由于他们天生具有通灵能力，男孩家族被赋予了神圣的任务：他们在冤

①（美）约瑟夫·坎贝尔：《千面英雄》，张承谟译，上海：上海文艺出版社，2000年，第19页。

死的女孩的坟墓前朗诵童话，从而使充满仇恨的冤魂再次睡去，而不至于让这种仇恨化为毁灭整个村镇的黑暗力量。《虫虫危机》中的菲力善于发明新事物，拥有许多新想法。然而，在固守传统的蚂蚁群中，富有创新精神的他却处处受到排挤。在《快乐的大脚》（Happy Feet）中，大脚企鹅虽然拥有与生俱来的舞蹈天赋，然而在凭借歌喉赢取尊敬和爱情的企鹅世界中，他没有地位。在《狮子王3》中，丁满是利用挖洞逃避土狼攻击的獴类，他们通过挖洞逃避土狼的捕杀。因此，他希望寻找到一个没有土狼的威胁、不用挖洞的美丽家园。然而，他却成为在同类中找不到位置的尴尬角色。在迪士尼动画《美女与野兽》（Beauty and the Beast）中，充满幻想的贝儿热爱读故事书，生活在故事世界中，无法得到邻人的理解。

总之，在众多动画中，这些与周围环境关系紧张的角色成为处于精神困惑期的英雄，此种困惑可以使他们摆脱环境和传统的束缚，踏上寻梦之旅，并在寻梦的过程中，激发自己的潜能，成为救世英雄。他们为群体所鄙视、不为周围人所理解的特性，是他们独一无二的最终得以拯救世界的潜质。要成为英雄，他们必须忍受世人的误解、嘲讽和鄙视。此种在群体中备受冷落的孤独情境，恰恰成为他们踏上英雄之旅的契机。他们必须远离由于诗性的丧失而滑入庸常的散文化世界（日常生活世界），进入充满梦想和奇迹的诗性世界（神话世界）。

四、阈限：梦想的阻碍

英雄实现梦想必须突破束缚自己的阈限。阈限是边界、门槛，是英雄成长、命运转变需要跨越的障碍。这些阈限包括与人生阶段不相容的心理固恋，英雄的精神体悟中需要突破的各种悖论。不过，在英雄探险的过程中，需要突破的阈限成为促使英雄成长的契机。阈限是两个世界之间的边界，有时会有守卫者在那里守护。英雄突破这些阈限是许多动画反复出现的情节。

在某些动画中，阈限是现实生活的阻碍。在《虫虫危机》中，刚刚离开蚂蚁王国，踏上寻找救兵的旅程的菲力就遇到了横在面前的宽阔而干旱的河床。这一需要跨越的沟壑成为英雄寻梦途中的关卡。在《机器人历险记》中，机器人世界的门口有一位拒绝任何来访者的守卫人。

在另外一些动画中，阈限会表现为受传统束缚的偏见。阈限是角色内心的障碍，这些内心的束缚又被投射在外在事物上。在《疯狂的原始人》（The Croods）中，紧张兮兮的父亲时刻警惕来自外界的威胁，他嘴中的传统成为束缚他的阈限。在《勇敢传说》（Brave）中，阈限则是王后用来限制女儿的传统和规则。母亲希望她按照公主的生活模式生活，女儿应该遵守公主应该遵守的一系列行为规范。在《怪物公司》（*Monsters, Inc.*）中，人类世界与动物世界之间的界限成为束缚怪物们的阈限。在怪物的眼中，人类是恐怖的怪物。偶然被带入怪物世界的孩子们的袜子都会被看成引发恐慌的污染。《篱笆墙外》（*Over the Hedge*）中的篱笆墙是外在边界与内心束缚的融合。在动物冬眠期间，人类种植了修剪整齐的树，并组成了篱笆墙。这个篱笆被动物们称为史蒂夫，没有动物敢靠近一步。这堵墙既是实际的界线，也是动物对未知世界恐惧的投射。

然而，英雄的伟大之处在于勇于突破这些阈限。梦想是他们开启阈限的钥匙，他们所拥有的克服阈限的勇气使他们与普通人区分开来。

五、奇迹：梦想的降临

英雄突破阈限便是奇迹出现的时刻。通向神秘世界的通道连接了两个世界，融合了两个世界的法则。英雄进入神秘通道，从一个世界穿越到另一世界，两者曾有的对立被打破。

在《鬼妈妈》中，小女孩卡洛琳偶然发现一扇被砖头封起的小门。这扇小门在夜晚打开，穿过这扇小门，她来到了神秘的世界。在神秘世界中，那里有长着纽扣眼睛的父母，会说话的猫和虫子，等等。在《怪物公司》中，门是怪物进入人类世界的通道。怪物通过衣橱的门，进入儿童的房间，惊吓孩子，收集孩子尖叫声所具有的能量来发电。

突破阻碍源于神秘的魔法。在《别惹蚂蚁》中，卢卡斯经常随意破坏蚁穴，给蚂蚁王国带来了毁灭性的灾难，蚂蚁王国中的巫师利用魔法将其变成与蚂蚁同等身材的小人，把他逮捕到蚂蚁王国之中。在《蓝精灵》（*The Smurfs*）中，通过魔法，蓝精灵从他们所生活的魔法世界来到了人类世界。在《飞天巨桃历险记》（*James and the Giant Peach*）中，一个神秘的老人送给詹姆斯一些鳄鱼舌头。这些跳跃的鳄鱼舌头将巨大的桃子钻出了一个神秘的通道。在男孩詹姆斯钻入这个通道的过程中，神秘世界的法则开始发挥作用，他变成了六英寸左右的小孩。在巨大的桃子中，他遇到了会说话的蜘蛛、蜈蚣等昆虫，他们一起踏上了逃脱姑姑们的虐待，寻找梦想之地的旅程。

通往神秘世界的契机有时会是偶然的失误。在《汽车总动员》（*Cars*）中，赛车麦坤由于失误而来到了一个与世隔绝的小镇。《魔境仙踪》（*Oz: The Great and Powerful*）中的魔术师被飓风吹到了魔法世界。《美女与野兽》中充满幻想的发明家踏入了错误的道路，进入魔法诅咒的城堡。在《精灵旅社》中，一个普通人偶然间闯入吸血鬼的世界。

总之，无论是魔法的力量，还是偶然的错误，故事中的英雄踏上了神秘世界的旅程。已经被遗忘的世界逐渐褪去摩耶所制造的神秘面纱，新的精神力量被唤醒。

六、归来：梦想的实现

探险也是英雄逐渐打开心灵世界的过程。英雄在神秘世界中探险归来，将源于这一世界的恩赐带回，并获得了智慧。在印度神话中，摩耶神制造了人们无法看到真实的幻境，而英雄探险所获得的启悟使他们拥有看破幻境的能力。在归来的英雄那里，曾经横亘在他们面前的许多障碍也仅仅是幻象而已。在《飞天巨桃历险记》中，当探险归来的詹姆斯再次面对由姑姑们的魔法所制造的曾经吞噬父母的犀牛乌云的时候，他拥有了看透此虚幻假象的能力。

有时，幻象仅仅为不切实际的奢望，探险赋予英雄克服内心幻象的能力。在《鬼妈妈》中，小女孩卡洛琳来到了一个被复制的世界。在那里有一位会做出美味可口饭菜的、拥有纽扣眼睛的妈妈，一位会弹琴的爸爸。她的所有在现实中无法满足的愿望，在这一世界中都可以实现。她是这个"美丽世界"的中心。然而，这些被满足的愿望仅仅是需要刺破的美丽泡沫。纽扣妈妈实际是妖怪，它利用这些虚幻假象讨好孩子，以便盗取孩子的灵魂。

在与鬼妈妈的战斗中，卡洛琳拯救了自己的父母，找到了生活的意义，并拥有了改变现实世界的能力和克服虚幻奢望的精神力量。小女孩看待世界的眼光发生了变化，她在神秘的世界中寻找到融合冷漠家庭的能力。在异域世界所获得的精神力量的影响下，她所离开的现实世界成为她所梦想的世界。

在《别惹蚂蚁》中，主人公在蚂蚁王国中寻找到了友情、责任和生活的意义。《汽车总动员》中的赛车"闪电"麦坤是极端的个人英雄主义者，缺少团队意识，只喜欢单干。在他偶然间踏入的被遗忘的小镇上，他找到了友情、爱情和自己的团队。在《虫虫危机》中，马戏团中那些表演英雄的演员刚刚被团长跳蚤开除，郁郁不得志。可是，在蚂蚁菲力看来，他们正是他要寻找的能够拯救蚂蚁岛的英雄。这些被开除的虫子需要改变审视自己的视角。他们就像《功夫熊猫》中的师父。《功夫熊猫》中的师父需要用乌龟大师的眼光来看误闯进来的、毫无功夫根基的熊猫阿宝，而他们需要从菲力的角度来看他们自己。演员与英雄只有一线之隔。这些只会背诵英雄台词的小丑要成为他们所表演的英雄，必须突破内心的恐惧，激发自己的潜能。他们将英雄世界中的恩赐，带入自己所生活的现实世界，成为自己世界的英雄。

在坎贝尔看来，众神形象仅仅是推动人的精神超越它们的象征符号，被人们所尊称为偶像的神本身并不是目的，而是"要把人的头脑和精神提高得超越于神而进入彼岸的虚空"①。神话中的众神形象仅仅是将人引向遥不可及的神秘奥义的通道。在许多动画中，英雄曾经的偶像成为他们必须突破的幻象。当英雄面对偶像的时刻，偶像的真实面目暴露出来。这些曾经引导英雄生活在个人梦想中的路标，却是骗子。偶像仅仅是展示梦想的通道，偶像完美形象被破坏的时刻，也是英雄摆脱束缚、获得自由的时刻。《怪物公司》《飞屋环游记》《机器人历险记》等动画中的英雄偶像便是如此。苏利文的偶像亨利实际是不惜绑架孩子以便维持电力公司运营的野心家；而老人的偶像探险家查尔斯·蒙茨利用各种卑劣的手段捕捉彩色巨鸟，以便挽救自己的荣誉；曾经的发明家"大焊"将公司交给了唯利是图的机器人来管理，自己却沉迷在无休无止的游戏之中。探险中的英雄需要面对曾经的偶像，并超越这些偶像所代表的最后阻碍。在昆达林尼瑜伽的精神修炼中，修炼者需要突破脉轮所代表的层层障碍，而横亘在修炼者精神中的最后一层脉轮是眉心轮，这是修炼者曾经崇拜的偶像所组成的脉轮②，修炼者只有突破最后这层阈限，才能达到千顶花瓣所代表的自由的状态。在英雄的旅程中，偶像成为他们最后的试炼。英雄只有突破偶像所代表的幻象，才能获得探险所赐予的精神自由。

七、单一神话在动画世界的旅行

以单一神话为基础，美国众多动画公司打造了各式各样的关于英雄探险的故事。他们将英雄主义、梦想、探险、磨难、勇气和友谊等注定会伴随人一生成长的元素融合到被很多人视为小儿科的动画之中，从而使这些动画具有了深厚的精神内涵和教育意义。虽然这些动画所发挥的作用并不能和传统神话相提并论，但是这些利用坎贝尔的单一神话模式展开故事叙述的美国动画，却能发挥着指导人生道路的重要功能。这些在孩子们中间耳熟能详的、伴随他们成长的故事带给他们的是克服生活中磨难的勇气。

单一神话的影响力已经远远跨越了美国，成为世界许多国家的动画中采用的叙述模式。在西班牙动画《秘鲁大冒险》中，泰德是一名普通的建筑工人，

①（美）约瑟夫·坎贝尔：《千面英雄》，张承谟译，上海：上海文艺出版社，2000年，第170页。
②Joseph Campbell, *Myths to Live By*, New York：Bantam Books, 1980, p.116.

但是他梦想成为考古学家，他经过一番探险最终找到了传说中的黄金城，圆了自己的梦想。在《僵尸女儿》中，女孩迪克西因为父亲开殡仪馆而受到同学们的嘲弄和冷落。她被闪电击中而掉落的树枝砸昏，灵魂来到了介于生死之间的僵尸世界，在僵尸世界中的探险使她能更坦然地面对人的尸体和自己的处境。这是她的旅程所获得的恩赐。韩国的动画《考拉小子：英雄的诞生》也大体沿用了这个模式。一个在现实生活中被视为异类的白色考拉，通过探险寻找到了自己的价值，成为英雄。这些动画说明英雄探险的叙述模式所具有的跨越国界的魅力。

第五节　美国动画的疗愈传统

一、心灵地图

坎贝尔对世界神话英雄探险故事的总结带有非常迫切的现实目的，他希望为处于困惑中的个体寻找精神救赎之路。[①] 因此，单一神话可以看成他为处于精神炼狱中的人们所总结的走出心灵迷宫的阿里阿德涅线团。

经过克里斯托弗·沃格勒的改造，单一神话成为好莱坞世界的经典故事模式。不过，好莱坞在借鉴和应用这一叙述结构的同时，也继承了该模式所具有的治疗品性。在许多影片中，英雄心灵世界的战争与宏大宇宙的战争是同步进行的。世界的善恶之战源于心灵之战。英雄心灵小宇宙的战争决定了大宇宙战争的失败与成功。只有完成精神救赎的个体才能成为拯救世界的英雄，整个世界或者整个群体的救赎归功于英雄心灵世界的胜利。

在《星球大战》系列中，天行者安纳金的母亲被杀，他试图改变世界中人死不能复生的法则，使母亲死而复活。此种欲望逐渐吞噬了他的心灵。当母亲死后，妻子帕德美成为他唯一的亲人。安纳金的梦中投来了晦暗不明的关于妻子命运的信息。患得患失的情感在安纳金的内心集聚，最终成为将其吞噬的阴影。

为了改变妻子必死的宿命，他选择投入向他宣称能够使人死而复活的西斯

---

①（美）约瑟夫·坎贝尔：《千面英雄》，张承谟译，上海：上海文艺出版社，2000 年，第 17 页。

大帝门下，残忍地杀害绝地武士。他的选择造成了妻子的离世。帕德美死于绝望，因为她失去了求生的意志。安纳金拼命避免妻子的宿命，却最终导致了她的死亡。他努力挽回却最终奔向了宿命。古希腊悲剧中俄狄浦斯不可更改的命运在天行者安纳金身上重演。在影片中，安纳金的心灵之战，安纳金的堕落与救赎决定着宇宙的毁灭与拯救。对原力的违背与抵抗，使安纳金滑向了黑暗面，被阴影吞噬，成为西斯大帝摧毁绝地武士的工具。善良的天行者安纳金成为西斯大帝统治帝国的机器，戴着面具的维达。

然而，维达的觉醒又扭转了战局。当维达为了救儿子而将西斯大帝扔入太空的时候，在维达的内心中有两种不同力量在征战，他最后的选择也决定了宇宙的命运。他在相似情景中的不同选择，完成了自我的救赎。他从帝国的统治机器维达又变回天行者安纳金。

因此，《星球大战》成为心灵地图的典范，世界最终的拯救或毁灭源自英雄内心的挣扎和最后的抉择。《星球大战》以后的许多电影和动画都继承了这种特质。在《阿凡达》中，英雄的选择成为决定世界战争胜负的关键。地球人和纳美人所生活的世界拥有截然不同的法则，英雄杰克·苏力的内心成为两个世界不同法则征战的场域，他在两个不同世界之间纠结、挣扎。他的选择决定了潘多拉星球的拯救或者毁灭。在电影《诸神之战：泰坦的愤怒》（Clash of the Titans：Wrath of the Titans）中，个体心灵中的善恶争斗被外化为世界不同群体之间的战争。世界的危机起于战神阿瑞斯与冥王哈迪斯对宙斯的妒忌。宙斯成了与基督类似的形象，他通过自我牺牲化解了这些神内心的阴影，他用怜悯拯救了世界。在威尔·史密斯所主演的《重返地球》（After Earth）中，怪兽没有眼睛，它们通过捕捉人类由于恐惧而发出的信息，寻找人类，将人类吃掉。所以，人们要战胜怪兽，首先要战胜内心的恐惧，成为"隐形"，从而让怪兽无法捕捉到自己的信息。而《正义联盟》（Justice League）中也出现了吸食恐惧的怪兽。在《环太平洋》（Pacific Rim）中，英雄要驾驶战胜怪兽的机器，必须直面任何被压抑的创伤性记忆，并克服此类挫败性的体验。如果机器的强刺激将创伤记忆激活，而驾驶员陷入创伤所造成的幻想无法自拔，就会导致连接的失败，甚至引发无法估量的灾难。在该片中，因为双胞胎哥哥被怪兽杀死，男驾驶员罗利·贝克特活在伤痛和愧疚的阴影之中，而女驾驶员马克·莫里（Mako Mori）也需要克服怪兽杀害父母给她所造成的心灵创伤。

不过，电影往往沉迷于展示角色被阴影吞噬后的精神状态和行为，英雄旅程的疗愈特性往往会被暴力和情色遮蔽了，而动画电影对疗愈功能的发挥要纯粹得多。2015 年皮克斯和迪士尼出品的动画《头脑特工队》（*Inside，Out*）用故事的方式展示了动画的疗愈功能。在该动画中，人们的情绪（快乐、悲伤、愤怒、恐惧、厌恶）被拟人化为角色，正如该动画的英文名所显示的那样，人的心灵的内在旅程与人们的外在旅程是同构和相互应和的关系。人们的外在经历会影响情绪角色，而情绪角色的内在探险也会影响人们对外在世界的态度。孩子成长过程中的创伤被叙述为情绪角色的探险，战胜挫折和悲伤的过程就成为情绪角色的英雄旅程。情绪转变被叙述并外化为故事，通过叙述呈现情绪的症结所在，该动画成为一幅心灵地图。

二、阴影的阈限：心理深度的隐喻

阈限是英雄在探险旅程中必须克服的障碍，然而，在其疗愈的旅程中，阻碍其回归的阈限是由心灵创伤所构成的阴影。根据英雄疗愈旅程中所具有的功能，沃格勒的八种原型角色可以分类列图如下：

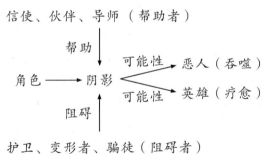

阴影是角色们必须面对并战胜的考验。这种考验不只有主人公才可能经历，每个角色都有可能经历，只是核心角色的经历被凸显出来。在疗愈的旅程中，因两极化而形成的对立无处不在，处于中心的是角色与阴影之间的冲突，而其他角色又由于扮演的功能不同分成彼此对立的帮助者和阻碍者两类：作为帮助者的信使、伙伴和导师，作为阻碍者的护卫、变形者和骗徒。而角色又因与阴影的战斗会有两种不同的可能性：英雄与恶人。

英雄不是天生的，英雄是面对阴影时，通过选择而塑造的。"称为阴影的原型象征着事物的阴暗的、未曾出现的、未曾实现的或者被抛弃的一面。一般来说，阴影就是我们内心世界里被压抑的怪兽之家。阴影代表着我们身上被自己厌恶的那些部分，或者说是不愿意承认的那些秘密——即便对自己也不愿承认。"① 阴影源于梦想的破灭，源于冷酷的现实，源于无奈的厄运，源于卑劣的人性。当在现实中遭受诸般挤压的人们无法面对并最终克服这些阻碍其成长的阴影时，疯狂或者仇恨，成为他们无法克服的归宿。也就是说，英雄、恶人是内在于每个人心理深处的可能性，而他们的选择决定了他们的本性。

被阴影所吞噬的角色会变成恶人。在《星球大战》中，天行者安纳金被代表诅咒和破坏的阴影吞噬，成为这些阴影摧毁世界的工具。在《玩具总动员3》（Toy Story 3）中，玩具抱抱熊被主人遗忘在了野外，当他历尽千辛万苦，回到主人家的时候，他发现主人又换了一个新的抱抱熊。抱抱熊由于被主人抛弃，心生怨恨，在幼儿园中欺负和压制其他玩具，成为独裁者。后来，与抱抱熊为敌的众玩具救了抱抱熊的生命。当这些玩具被困在垃圾传送带上即将被搅碎的时候，抱抱熊有机会成为英雄，因为让垃圾传送带停下的电源开关就在他的旁边。但是，被主人抛弃的怨恨统治了他的内心，他没有帮助这些一起经历过困难，甚至救过他的生命的玩具，他依然是坏人。

在《功夫熊猫》中，太龙想成为神龙大侠，他想将所有的荣誉都集中在自己身上，龟大师看出了他内心的阴暗面，拒绝了他。他被这些阴暗面所吞噬，成为大恶人。在《浪漫鼠德佩罗》中，在整个王国举行盛大节日的时候，老鼠罗斯库洛不小心掉入王后的碗中，王后被吓死。从此，国王陷入哀伤，国家再也不举办与美味的汤有关的节日。罗斯库洛无法承受这种负罪感，想向公主道歉，却又被公主侮辱，他转而报复公主。他鼓动仆人把公主绑架到老鼠所在的世界，让老鼠们吃掉公主。内心集聚起来的破坏性的力量，会将一个角色吞噬，曾经善良的老鼠变成了恶棍。总之，被内心的黑暗面吞噬，没有完成心灵的救赎，是许多反面角色的共同特征。

战胜阴影的角色会成为英雄。英雄和恶人只有一线之隔，决定他们本性的不是出生，而是他们面对阴影时的选择。英雄会是僵尸（《精灵旅社》）、怪物（《怪物史莱克》），甚至曾经的大坏蛋［《超级大坏蛋》（Megamind）］。在动画《超级大坏蛋》中，外星人因为长相怪异，自小受到朋友的奚落，被嘲笑为坏人。他顺从了这种当坏人的天赋，处处搞破坏，成为真正的坏人。后来整个城市的超级英雄在战斗时被他杀死（超人实际上厌倦了与大坏蛋之间的战争表演，

---

① （美）克里斯托弗·沃格勒：《作家之旅——源自神话的写作要义》，王翀译，北京：电子工业出版社，2011年，第61页。

隐居起来）。无人与他为敌，超级大坏蛋感到落寞，他制造出了一个与自己战斗的超级英雄。不过，这个被自己制造出来的拥有超能力的英雄，却想凭借超能力，成为城市的独裁者。于是，曾经的大坏蛋又担当起拯救整个城市的光辉使命。在这部动画中，好人与坏人并不是天生的宿命。在关键时刻，大坏蛋选择成为英雄，与选择成为独裁者的超级英雄决战，从而完成了自我救赎。

英雄与恶人的战争是英雄心理不同侧面的终极大决战。无论是怪兽、恶魔还是坏人，这些对手都是阴影的实体化显现。正如坎贝尔所说，英雄要与之战斗的敌人，代表英雄内心必须克服的障碍。[①] 英雄面对强大敌人的时刻，也是阴影肆虐的时刻。英雄只有通过阴影的阈限，才能战胜敌人。"恶人可以是外在的角色，但在更深的层面，'敌人''对手'这些词所代表的其实是英雄自己身上负面的潜质。换句话说，英雄最大的对手，就是他自己的阴影。"在《功夫熊猫2》中，当熊猫阿宝面对孔雀沈王爷的时候，他所面对的是自己的另一种可能性。因为他们都受到某种创伤的折磨，英雄战胜了这种创伤，而恶人却被内心的黑暗面吞噬。孔雀沈王爷让阿宝成为孤儿，并给阿宝留下了难以泯灭的心灵创伤，而孔雀自己同样是一个被创伤和痛苦扭曲的角色。他们成为相同力量所导致的不同结果。因此，在英雄面对恶人的时刻，恶人成为英雄心灵阴影的实体化显现。英雄所面对的是自己的另一面，或者说另一种可能性。恶人与英雄之间的对立模糊了。因此，只有战胜内心创伤的英雄，才能战胜敌人。

最终，只有战胜心灵创伤的英雄才能拯救世界。当英雄再次面对曾经给自己心灵造成创伤的情境时，他们通过在相同情境中的不同选择，完成自我重塑。因此，英雄的探险便成为修补已有的裂痕，从残缺走向完美的运动。在《穿着靴子的猫》（Puss in Boots）中，矮蛋一直活在寻找魔豆的梦想中。在躲避警察追捕的过程中，好友仓皇逃走，而他却被捕。被朋友背叛的怨恨使他的寻梦旅程变成报复好兄弟的阴谋。不过，在故事的结尾，矮蛋用自我牺牲完成了救赎。在《浪漫鼠德佩罗》中，曾经绑架公主的老鼠罗斯库洛，在最危急的时候，帮助德佩罗救出了公主。

总之，在这场伟大的内心之战中，英雄必须首先成为"自我"小宇宙的救世主。只有完成精神救赎的个体才有可能成为拯救世界的英雄。

---

①（美）约瑟夫·坎贝尔：《千面英雄》，张承谟译，上海：上海文艺出版社，2000年，第105页。

三、和解的力量：社会空间的重构

疗愈的旅程也是和解的旅程。探险归来的英雄往往会与受诅咒的个性和解 [《冰雪奇缘》（*Frozen*）]，与并不完美的世界和解 [《疯狂动物城》（*Zootopia*）]，或者具有了解除某种诅咒（《冰雪奇缘》）的能力。这种和解说明英雄探险不仅是拯救自我的旅程，更是消融自己与日常世界之间隔阂的探险。

如果从宏大的文化语境来看，这种和解更是疗愈世俗化的现代社会，重塑社会空间。文艺复兴以来人类世界逐步世俗化，传统神话所支撑的神圣世界崩塌，从传统神话的视角来看，世俗化的世界因为缺少了基本的精神内涵而被否定、拒绝，成为文化和精神的荒原。从神秘世界寻得拯救当代文化荒原的良药，是坎贝尔的英雄探险的初衷。

不过，探险归来的英雄并没有沉迷于曾经探险的神秘世界，而是通过从探险中获得的启悟打破两个世界之间的对立。如何与人们所生活的日常世界和解，发现曾经拒绝、否定的日常世界的灵性纬度，这是坎贝尔的英雄旅程所试图解决的问题。传统宗教和神话制造了一个神秘世界，并用神秘世界否定日常世界，而英雄探险则是实现两个世界的和解。探险归来的英雄成为神秘世界和日常世界的主人，获得了思想的自由。英雄所获得的启悟是沟通两个世界、消融彼此对立的万能药。人们曾经追求的神圣世界就是人们所生活的日常世界。这种认识在世俗化的时代具有非常重要的文化价值。

在《疯狂动物城》中，兔子朱迪在并不完美的世界中追求梦想并获得成功。朱迪曾经幻想动物城是一个充满公平的理想世界，每个动物都有无限的可能。她梦想成为动物城中的警察。然而，当她从警校毕业来到动物城任职的时候，却受到嘲笑（邻居）、歧视（牛局长）、欺骗（狐狸）和背叛（羊副市长），曾经梦想中代表理想和公平的动物城并不存在。正如印度神秘主义大师室利·罗摩克里希那所说，当人登上楼顶的时刻才发现楼梯与屋顶用的相同的材料。兔子的英雄旅程是与并不完美的世界和解的过程。如何承认现实的不完美，并在不完美的世界实现自己的梦想，是兔子成为英雄过程中的启悟。最终，兔子与现实和解。正如牛局长所说："世界一直就是一团糟，所以才需要好警察。"

同时，与兔子一起探险的狐狸，也经历了属于自己的疗愈之旅。兔子和狐狸相互指涉，小混混狐狸尼克代表兔子如果放弃梦想，可能会成为的样子；而英雄兔子则代表了狐狸重新开启梦想最终会成为的样子。狐狸小时候也曾拥有自己的梦想，然而，却因为自己是狡猾的狐狸而被别人欺负，他最终顺从人们所认可的狡猾特性，成为一个小混混，靠欺骗谋生。"在所有精彩的故事中，英雄都会成长和改变，在旅途中改变自己的人生：从绝望到充满希望、变缺点为优点、由愚笨到智慧、由爱生恨再生爱。"① 在帮助兔子破案的过程中，狐狸所谓的狡猾成为智慧，探险成为他的自我疗愈的旅程。狐狸与曾经伤害自己的世界和解，成为英雄。狐狸也选择了兔子曾经走过的道路，报名警察学校，成为动物城警察局的第一只狐狸。

《冰雪奇缘》的和解具有更为深刻的文化内涵。如何与自己与众不同的独特性和解，是这部动画的主题。阿伦戴尔国的艾莎公主天生具有冰雪魔法。由于幼年在嬉戏中误伤了妹妹安娜，她一直生活在负罪感之中。她的与生俱来的魔法天性也成为罪魁祸首而被压制和隐瞒，她自己也尽力远离否定、审判自己独特性的众人。魔法天性可能是恩赐，也可能是诅咒，在于人们如何看待。然而，由于没有与自己的魔法天性和解，这一特性就成为她的阴影。在参加自己的加冕仪式时，她因无法控制自己的魔法天性，吓坏了众人，众人将其视为恶魔。在仓促逃跑的过程中，她认同了众人赋予自己的恶魔形象，在远离阿伦戴尔的深林里建立了属于自己的冰雪城堡，然而，整个王国却因此而永远处于寒冷的冬天之中。妹妹安娜寻找艾莎的旅程，是帮助其与自己和解的旅程。

在该片的最后，妹妹用最后的一点力量为其挡住敌人刺来的剑，而她自己却化为了冰雕。姐妹之间的爱融化的不仅是冰块，更是人们拒绝和否定其独特性的偏见。最终，妹妹尊重艾莎被众人所否定的特性，用自己的牺牲帮助她解开了心结，从而战胜了折磨自己的阴影。该片出色地继承了好莱坞经典影视的文化反思的视野，而这种视野使它的疗愈功能延伸到文化更为深层的纬度。人们如何看待与众不同的群体中的超级英雄（超人、X 战警、绝地武士、通灵者等）？而被视为异类的他们又如何与自己和解，与否定自己的环境和解？文化反思的目的在于纠正人们的某些偏见，反思并超越审判和排斥异类的歧视。这种文化反思在多元文化如此密集地交往的当代社会具有更为卓越的疗愈功能。

总之，动画最终的和解具有神奇的疗愈功能。和解是充满挫折、混乱甚至苦难的现实人生的另一种可能性的延伸，代表着人类对生活的祝愿，使人们勇于面对生活中的挫折与痛苦。

---

① （美）克里斯托弗·沃格勒：《作家之旅——源自神话的写作要义》，王翀译，北京：电子工业出版社，2011 年，第 7 页。

四、动画治疗

沃格勒坚信故事的治疗作用，他认为"我们的故事有治疗的能力，能让世界焕然一新，还能给人们隐喻，让他们更好地理解人生"①。故事能够治疗人的精神创伤，使人的心灵摆脱负面阴影的折磨。美国的动画和影视恰恰是实践了这一信条，这些动画展示了角色在创伤性体验中的挣扎，并且通过他们的救赎或毁灭为人们提供了启迪。

在动画《通灵男孩诺曼》中，世界的危机源自被仇恨吞噬的心灵所产生的毁灭性力量。一个拥有通灵能力的小女孩由于其特异的能力而被当时的法官判了死刑，她的诅咒使法官和证人成为僵尸。小女孩灵魂的冤屈和愤怒，成为摧毁整个镇子的力量。这种力量会在小女孩被判死刑的日子凝聚、爆发。

在整部动画中，故事具有催眠和治疗的功能。诺曼家族具有通灵能力，他们在小女孩的墓前念童话故事，使小女孩的灵魂再沉睡一年，使冤魂在沉睡中暂时忘记不公平的审判。不过，灾难的根本解除在于男孩诺曼向小女孩讲述小女孩本人的故事。一个遭遇不公的小女孩被内心的仇恨所吞噬，使她忘记了自我，蜕变成毁灭城镇的女巫。然而，这个故事没有结尾，故事的结尾取决于小女孩的选择。由于她的冤屈得到诺曼的理解而释然，小女孩重新面对这些积聚在内心的阴影。

小女孩通过选择书写了自己的故事的结尾。她选择了安息，回到自己的妈妈身边。小女孩在关于自己的故事中，重新面对自己的问题，面对自己内心的阴影，从而治疗了内心的创伤，并化解了吞噬和折磨自己的仇恨。

这个故事恰恰是美国影视和动画所追求的目标。坎贝尔曾经赞美《一千零一夜》中的山鲁佐德所体现出的叙述魅力，她的故事使一个暴君再次重生为人。② 美国电影和动画也实践着故事对人的治疗作用。故事成为人生的路标和心灵的地图。通过故事，人可以审视人生所面对的问题，克服阻碍自己的阈限，从而在自己固着的精神地狱中走出来，完成复活。

---

①（美）克里斯托弗·沃格勒：《作家之旅——源自神话的写作要义》，王翀译，北京：电子工业出版社，2011年，第271页。

②（美）菲尔·柯西诺主编：《英雄的旅程：与神话学大师坎贝尔对话》，梁永安译，北京：金城出版社，2011年，第151页。

第六节　小结

宗教学家伊利亚德认为，在现代社会中，小说和影视大量借鉴神话主题，神话元素蔓延、渗透到日常生活之中，甚至阅读本身也具有神秘体验的特征，阅读使"现代人可以获得一种与受神话影响的'从时间中出现'相提并论的、'从时间中逃出'的感觉。不论现代人是否通过阅读一个侦探故事或者进入任何一本小说所表达的陌生时间宇宙来'消磨'时间，阅读活动都使他脱离他的个人的时间绵延，使他融合到其他的律动中去，并使他生活在另一个'历史'之中"①。

如果说阅读可以使人们从世俗世界中逃离出去，进入另一世界，电影是否也有类似的使人们从社会的束缚中超脱出去的魔力？坎贝尔曾经将欢乐死者乐队的表演与神秘的狄奥尼索斯仪式联系起来，他认为欢乐死者的音乐具有使众人消除彼此差异，达到神秘同一的魔力。② 优秀的电影也具有此种魅力。不过，在社会压制之下的小人物，只有在结构化的世俗社会的间歇之处寻找到片刻的同一，然而，这些同一也将沦为商业宣传的噱头，成为虚化的幻想。这些电影也仅仅是重金所打造出来的美丽泡沫。

此外，科幻电影利用现代科技所带来的宇宙图景，创造属于这个时代的故事，这种方式是否会唤醒人们对宇宙的敬畏？由于电影奇观寄生于高速发展的高科技特效上面，科技总是在宣告先辈过时的背景下，昭示自己的进步。因此，在很短的时间内，人们举行盛大的欢庆来迎接所谓的进步，却无法拒绝自己必将走向没落的命运。电影异常华美却会迅速老化的外表是它的不治之症。这些电影带给人们短暂的感动之后，迅速成为陈旧的过去。在高速转变的科学所造成的纷繁复杂、迅速交替的意象中，人们会获得多少关于确定性和永恒的信息呢？

最后，在宣扬美国梦的影视中，每个人只要足够努力，就可以成为英雄，

---

① (罗马尼亚) 米尔恰·伊利亚德：《神圣与世俗》，王建光译，北京：华夏出版社，2002年，第120页。
② (美) 菲尔·柯西诺主编：《英雄的旅程：与神话学大师坎贝尔对话》，梁永安译，北京：金城出版社，2011年，第249—251页。

可以拯救世界，所有的质疑和阻难都是英雄成功路上的点缀。一场伟大的胜利正在呼唤着他，整个世界都在享受英雄诞生的狂欢。这种盛宴，这种冒险的法则，在褫夺了英雄神话的精神之后，是否只剩下哄孩子不哭的蜜糖？这些空幻而花哨的幻象，这些快餐式的英雄，在其被褫夺了神秘和宗教的意义后，是否只成为供展览用的化石？

第六章

坎贝尔神话学与中国情境

坎贝尔的神话学会给中国带来怎样的启迪？中国情境在何种程度上能够与他的神话学相遇？

受坎贝尔影响的美国电影成为心灵治疗术。在这些电影中，英雄的心灵治疗与世界的救赎是融合为一的历程。在观众与电影英雄的神秘认同中，英雄成为观众精神历程中的路标，英雄的故事因此成为引导个体成长的心灵地图。这些电影能否为中国的影视创作带来借鉴呢？

近几年来，中国关于历史英雄的影视数量最多。许多热门历史人物在短时间内被反复搬上荧幕。在历史危难的时刻，历史英雄代表救赎力量的到场。通过向这些历史英雄学习，后人也同样能成为救赎力量进入群体世界的通道。历史英雄身上体现出某种值得向往的精神特质。后人通过影视的反复演播，以某种神秘的方式，将这些精神特质引入今天的社会。

然而，如果历史英雄被建构为顶礼膜拜的、无法超越的偶像，他们就会成为远离个体生命体验的石头和画像，那么，他们就成为限制个体精神的群体法则的象征；如果历史英雄成为彰显群体优越性的象征，又有坠入群体中心主义的陷阱的危险。

另外，坎贝尔虽然提出了关于人类同一的星球神话的设想，可是，他却忽略了通向此同一神话的途径。台湾影片《赛德克·巴莱》是对此种决断的强烈质疑和批判。人类同一的独断论和霸权话语，无益于解决人类不同群体之间日益严峻的冲突。本章通过具体分析涉及文明冲突和族群认同问题的电影《赛德克·巴莱》，反思和批判坎贝尔的神话学理论的偏颇之处，并通过对影片所具有的形式特质的分析，彰显这部电影所具有的与好莱坞电影不同的群体治疗功效。

《赛德克·巴莱》首先是一曲赛德克族誓死守护族群神话的悲歌。"雾社事件"是他们捍卫赖以生存的神话的举动。电影围绕"雾社事件"，揭示了日本和赛德克族所分别代表的两种实力悬殊的文明间的冲突。《赛德克·巴莱》重述在历史中具有重要意义的"雾社事件"。电影展示出了殖民统治所造就的悲剧时代，被卷入冲突和仇恨的不同人物的无奈、挣扎与抗争。影片整体的反讽特征，局部刺点，悖论人物形象，被标出人物的生存困境，将彼此冲突的元素混合、凝结，从而建构元语言对话的场域。影片的这种复调性设置，目的是展开对话的空间，呼唤理性反思，从而治疗冲突所造成的内部创伤，寻找建构未来的图景。

第一节　转喻迷恋与英雄崇拜

一、历史英雄影视的畸形繁荣

在好莱坞利用各类虚构影视（比如科幻电影《星球大战》《黑客帝国》《终结者》《阿凡达》，魔幻电影《哈利·波特》、《指环王》（*The Lord of the Rings*）《加勒比海盗》，等等）冲击人类想象的极限的时刻，在中国影视中占据主导地位的还是关于历史英雄的题材。

虽然近几年神话题材的影视也不少，比如《画皮》、《大闹天宫》（甄子丹版）、《封神英雄榜》、《妈祖》、《西游之降魔传》等等，并且票房或收视率不错，但是，它们仅仅是传统文学名著或者民间传说的改编，缺少原创性。中国55个少数民族中有很多值得借鉴的神话资源，但是，这些神话资源却无人问津。在美国好莱坞影视频频出现印第安人的形象，甚至《阿凡达》的导演卡梅隆带着剧组去亚马孙的印第安人部落体验生活的时候，中国的影视为何依然是说不尽的"西游记"呢？

古代历史英雄一直是近年来中国影视的热门题材。某些热门历史英雄被反复搬上荧幕。① 这些影视都试图在这些热门历史人物身上分一杯羹。但是，这些影视在短期内密集性地集中于某几个历史人物身上，不免造成影视资源的浪费，也引发了受众的审美疲劳。

在这些数量繁多的历史英雄影视的背后是否有更深刻的需要反思的思维方式？弗雷泽认为巫术起作用的机制有模仿律和接触律。模仿律是相似性产生相似性，相似性是模仿律发挥作用的根基；而接触律则是以相关性为根基。② 雅各

---

①比如关于女英雄花木兰的影视有：1998 年，由赖水清、李惠民导演，袁咏仪、赵文卓、焦恩俊等主演的电视剧《花木兰》；2009 年，赵薇和陈坤主演的电影《花木兰》；2013 年熊郁导演的电视剧《花木兰传奇》。关于叶问的影视更多：甄子丹主演的 2008 年《叶问 1》，2010 年《叶问 2：宗师传奇》；2010 年邱礼涛导演的《叶问前传》；2012 年邱礼涛导演、黄秋生主演的《叶问：终极一战》；2013 年范小天导演的长达 50 集的民国武侠剧《叶问》；2012 年，王家卫导演，梁朝伟、章子怡主演的《一代宗师》。

②（英）詹姆斯·乔治·弗雷泽：《金枝：巫术与宗教之研究》，徐育新、汪培基、张泽石译，北京：大众文艺出版社，1998 年，第 20—21 页。

布森将弗雷泽的接触律和模仿律转化为转喻和隐喻。① 转喻和隐喻可以看成人们面对英雄的两种不同的方式。甚至可以说，坎贝尔所区分出的两类史前神话，分别代表着这两种思维方式。萨满（史前猎人神话）代表相似性和模仿律的隐喻思维，祭司（史前农人神话）由于其与群体的相关性而偏重于转喻思维。

在史前猎人群体中，部落中的萨满都经历过相似的精神危机，也经历了相近的克服这些危机的精神修炼过程。萨满遭遇的精神危机，使他们与日常世界发生断裂。他们转向了灵性世界，并在更深的心理层面超越了本地传统。他们到达了众神的奥秘之处、整个世界的源泉所在。本地传统的神话意象仅仅是使他们通达一种超越其边界的精神体验的工具。总之，这些处于精神危机中的个体，通过萨满导师的引导，从更高层面得到复原。② 从史前猎人神话向史前农人神话演变的过程中，代表群体法则的曼陀罗开始出现。在史前农人那里，个体只有在所归属的群体中才有意义。③ 在这一转变过程中，行使宗教权力的祭司代替了萨满。祭司是社会群体中的某个阶层，是一个"在被认可的宗教组织中的受到社会化传授，在庆典中正式上任的成员"④。祭司不是通过精神修炼获得智慧，而是经过群体受职，从而在群体中获得某种特权。此种演变是遵守相似法则的隐喻向相关性法则的转喻转变。

中国英雄影视与美国英雄影视大体体现出了隐喻与转喻两种不同的思维方式。美国科幻电影用各种高科技展示想象世界的境况，它们从未来世界或者未知世界投来关于人类当下危机的思考。这是用相似性的法则隐喻人类当下的境况。

然而，中国的英雄电影却展示出不同的特征。中国影视沉迷于历史的旋涡之中，历史成为当下叙述的原点。它们从历史英雄中获取群体认同的支点。通过述说历史，凝聚群体，个体也在群体中找到意义。

首先，历史英雄会成为激发个体潜能的中介。在坎贝尔那里，神话是人通向超越者的透明隐喻。⑤ 神的形象仅仅是推进人的精神力量前进的象征。⑥ 也就

①Roman Jakobson, "The Metaphoric and Metonymic poles," in Hazard and Leory Searle, eds., *Critical Theory since Plato*, Beijing: University of Peking Press, 2006, p.1134.

②Joseph Campbell, *The Masks of God: Primitive Mythology*, London: Penguin Books, 1987, p.256.

③Joseph Campbell, *The Masks of God: Primitive Mythology*, London: Penguin Books, 1987, p.141.

④Joseph Campbell, *The Masks of God: Primitive Mythology*, London: Penguin Books, 1987, p.231.

⑤（美）菲尔·柯西诺主编：《英雄的旅程：与神话学大师坎贝尔对话》，梁永安译，北京：金城出版社，2011年，第44页。

⑥（美）约瑟夫·坎贝尔：《千面英雄》，张承谟译，上海：上海文艺出版社，2000年，第267页。

是说，坎贝尔的神话隐喻观主要是通过人与神话的某种神秘认同，激发个体的精神潜能。沃格勒认为故事可以为人们提供隐喻，从而使人们能够与故事中的角色获得认同。① 以坎贝尔等人的隐喻观为基础，美国的许多影视都成为人的心灵地图。影视英雄成为人可以模仿甚至超越的榜样，他们是激发个体潜能的中介。

中国历史英雄电影更像反复展示的祭祀历史先辈的仪式。在群体危亡的关键时刻，英雄拯救群体的行为被铭记，人们用重复叙述英雄的功绩，在今天与历史英雄之间，建构一条无法割断的血脉。这是一条后人能够在其中找到自己位置的血脉。

坎贝尔指出，在人类世界中，英雄探险是轮回反复的过程。英雄是神秘力量进入人类世界的中介。② 人类世界需要重复出现英雄的旅程，才不会陷入精神荒原。在中国历史英雄影视中，英雄象征危难时刻救赎力量的到场。历史英雄成为拯救力量进入群体世界的中介和通道。历史英雄也是某种理想价值的突出体现。后人通过反复述说，使自己与历史英雄之间产生某种神秘的关联，此种神秘的关联成为当下精神力量的来源。因此，在相似的灾难情境中，后人可以通过向历史英雄学习，与历史英雄的神秘同一，融入英雄历史，成为救赎力量进入人类世界的中介。与此不同，在《阿凡达》中，地球人杰克·苏力以纳美人的神话历史中的英雄为榜样，融入纳美人的英雄历史中，在危急时刻拯救了纳美人，成了英雄。

其次，如果后人将历史英雄当成顶礼膜拜的偶像，当成无法超越的神圣支点，历史英雄就会成为限制个体力量的象征。融入群体的个体无法激发出灵性世界的潜能。历史中的英雄因此成为个体生存中无法摆脱的幽灵，如影随形。

再次，转喻痴迷有可能使群体进入群体中心主义的陷阱。在凝聚群体的时候，人们往往通过与某个神秘力量的源头（神或者历史英雄）的相关性而建立了神圣的群体。

通过与某种神秘力量建立关联，从而标榜个体或群体，这是转喻思维的体现。因此，神的儿子或者神的子民便拥有了至高无上的特权。在古希腊神话中，英雄或者国王首先是神的后裔，是神的力量以人的肉身在人间的显现。在他们

---

①（美）克里斯托弗·沃格勒：《作家之旅——源自神话的写作要义》，王翀译，北京：电子工业出版社，2011年，第271页。

②（美）约瑟夫·坎贝尔：《千面英雄》，张承谟译，上海：上海文艺出版社，2000年，第34页。

的观念中，只有神的后代才有可能成就伟大的功业，成为国王统治城邦。这就成为王权政治的自恋想象，成为王权至高无上的借口。在这种转喻痴迷的疯狂中，由相关性所构成的群体，以排斥群体之外的"他们"作为自我认同的根基。这种排斥就建构了中心与边缘，"我们"与"他们"之间的对立。个体通过加入某个群体，获得了高人一等的特权。

二、"血亲"的阈限

在《千面英雄》中，英雄从日常生活世界出发，进入超自然的神奇领域；在神秘世界中，英雄战胜了各种难以置信的超自然力量；英雄带着神秘世界的恩赐归来。影片《太极1：从零开始》《太极2：英雄的崛起》展示了中国式的英雄之旅。经高人指点，有点呆傻却又是武术奇才的杨露禅，为保命而去了人人都会太极的陈家村学武。他经历各种各样的磨难，最终如愿以偿，成为一代武术大师。这两部电影是武术大师杨露禅的英雄旅程。

电影中虚构了一个人人都会太极的世外桃源（陈家村）。但是，在进入这一神秘世界的过程中，英雄需要面对畸形化了的群体中心主义。以姓为标志、以血缘为根基凝聚而成的群体，通过对外姓人的排斥而自我标榜。"陈家拳，不外传。"村民如此答复前来拜师学艺的英雄。"不外传"是群体中心主义的体现，排外的陈家村不给外姓人任何学艺的机会。

另外，英雄杨露禅与恶人方子敬曾经面对共同的困难和质疑，不过他们却通向了不同的可能性。因此，他们之间的战斗也是两种不同可能性之间的冲突。

远洋归来的方子敬也拥有自己的英雄旅程。他远离家乡，在代表先进文化的外国探险，并学成归来。因此，他有机会成为文化英雄，至少在腐败落后的清朝，他可以在传播西方的科学和民主观念方面做点贡献。然而，他却被内心的黑暗面吞噬，成为恶人。

在陈家村，方子敬没有学习武术的机会，自小受到亲戚们的欺辱。远洋归来的他，希望衣锦还乡，出人头地。在《阿凡达》中，在纳美人那里，来自地球的杰克·苏力是群体之外的人，受到他们的排斥。杰克·苏力经过种种考验，最终成为纳美人中的一员。与宽容接纳异族的纳美人不同，保守而排外的陈家村成为导致方子敬心灵扭曲的动因。坎贝尔并没有回答归来的英雄如果没有获得认同，他们最终的命运会如何。在柏拉图的洞穴寓言中，探险归来的英雄却被麻木不仁的群体处死，《阿凡达》中归来的科学家也必须接受被关押的命运。在英雄的旅程中，英雄在精神的迷宫中探险，他杀死了迷宫中的弥诺陶洛斯，走出了迷宫。这是归来的英雄通向复活的最后考验，就像俄尔普斯在妻子欧律狄克从冥界踏入人间的霎那，需要抵制背后的诱惑。在保守的环境中，远洋归来的方子敬，无法获得认同，因而心灵扭曲。他用外国的洋枪大炮报复自己的父老乡亲。

三、太极幻境

影片《太极1：从零开始》《太极2：英雄的崛起》体现出太极这一传统的精神资源所拥有的治疗能量。杨露禅头顶上的肉角是武术奇才的标志。如果有人触动他头顶的肉角，他便会力大无穷。他的师父经常捶打他的肉角，这成为他们在反清的战争中，借以扭转战局的最后王牌。然而，他的武术潜能被过度透支，肉角由红变紫，性命不保。他只有依靠陈家拳这类内家拳，才能保命，并在这类拳法的引导下，发挥武术的潜能。因此，外力的杀戮和钢铁武器的征服与太极使人达到灵性世界的平静，形成强烈的反差。只有找到精神的原点，达到精神和谐的人，才是最后的胜者。①

西方的科幻电影通过可能到来的世界危机，反思人类现有观念的弊端。这些在未来的某个时期可能发生的事件，成为充满警策的预言，为人类行为提供指导。而《太极》（1、2）却试图回到中国与西方冲突的历史原点，通过展开与历史现实不同的另一种可能性，用中国传统的精神力量反思西方现代性的原罪。

不过，在现实中，武术敌不过洋枪，原住民总会遭受殖民者的屠杀。影片中武术或者原住民的胜利也仅仅成为残酷现实的一种补偿性替代。影片用与历史事实不同的另一种可能性，反思人类当下情境，这种做法是否又会陷入传统精神的自足，坠入故步自封的自满？在真实历史的烛照下，影视所展示的可能世界的虚构性被凸显出来。因为当影片的真实性被质疑的时刻，也是其传达的反思受到怀疑甚至拒绝的时刻。

---

①表达类似思想的还有《功夫熊猫2》和中美合拍的《太极侠》等。在美国梦工厂所出品的动画《功夫熊猫2》中，幼时的精神创伤和自我认同的困惑，使熊猫阿宝陷入迷茫，而太极所给予他的精神平静，成为他战胜孔雀沈王爷的秘密武器。借用太极的力量，英雄从在外在世界的杀戮转向寻求内在世界的平静，他战胜了内心的黑暗面，也最终战胜了对手。这种观念在《太极侠》中同样表现出来。空灵太极的唯一传人陈林虎，却被地下黑拳组织看中。他通过参加黑拳比赛，利用最为残忍的手段打败对方，从而获得经济报酬。他也逐渐被渴望胜利和征服的欲望吞噬，迷失了自己。后来，在正式的武术比赛中，他为了获得胜利，不惜一切手段。不过，在他与恶人决斗的关键时刻，太极成为他战胜内心黑暗，并且战胜强大敌人的神秘力量。英雄与最强大的对手相遇的时刻，也是与自己内心中最黑暗的一面战斗的时刻，而最终归来的英雄，则是战胜了自己内心黑暗的伟大英雄。陈林虎最终战胜了自己的黑暗面，成为"太极之子"。

四、群体法则

从《东方神话》开始，坎贝尔将人类进入文明时代的神话分为东方神话和西方神话。东方神话遵守宇宙法则，个体仅仅是群体中的一部分，个体从出生以后必须按照群体法则来生活，成为某种原型角色。个体一生只能扮演这些原型角色，没有选择的自由。以古希腊神话为主的欧洲本土神话继承了史前猎人神话的自由意志，这些神话主张个体通过自我选择塑造自己的本质。在《千面英雄》中，英雄的探险也是自由选择的探险。英雄选择远离日常世界，去神秘世界探险，从而带着恩赐归来。在坎贝尔那里，英雄所生活于其中的群体和社会，都是束缚他们的魔障。英雄需要摆脱此类束缚，在充满奇迹的旅程中，通过自我与宇宙奥义之间的对话，获得精神自由。他认为，西方科学家所代表的萨满精神已经将束缚个体的曼陀罗法则打破，西方社会已经进入个体自由的时代。坎贝尔后期所提出的创造神话和个人神话，都是自我选择的个人神话。美国电影和动画在运用了坎贝尔英雄探险模式的同时，也在宣扬自由选择的个人神话。

在好莱坞电影中，小宇宙（个体）的选择，决定着个体的本质，也决定着世界的命运。只有听从宇宙奥义召唤的个体，才能成为英雄，书写个人神话，并且拯救世界。在《黑客帝国》中①，救世主尼奥，曾经生活在母体所制造的幻象中。他后来发现世界繁荣的背后是真实的荒漠。人类仅仅是被机器人饲养在培养瓶中，为机器人提供能量的牺畜而已。他的路在何方？摆在黑客尼奥面前的红药丸和蓝药丸代表两种不同的道路，他的选择成为塑造自己命运的起点，他的选择也决定了世界的命运。

此外，与自由选择的个体不同，群体有时沦为仅仅关注政治和经济利益的小丑。在动画《飞屋环游记》中，警察和房地产商人代表被褫夺了梦想的日常世界。他们戴着墨镜，毫无表情，因为他们被经济欲望吞噬掉了个性。而日常生活世界成为需要英雄突破的幻象。在动画《老雷斯的故事》（*The Lorax*）中，人们生活的城市中没有任何植物，所有的事物都由虚假的塑料装饰而成。看透

---

①同样的思路出现在科幻电影《终结者2》中。在这部影片中，人与天网之间的战争，其实是隐性的人性之战。在影片中，英雄可以选择杀害研制出具有自我意识的电脑的工程师。他们杀害一个人可以拯救世界，杀还是不杀？这是英雄所面临的选择。人与不择手段的终结者不同，人不能为了达到目的而不择手段，也不能违背人性的原则拯救世界的命运。一切在于英雄的选择。杀戮无助于人类改变历史，建立在暴力和屠杀基础上的救赎，也会为人类的未来埋下祸患。

这种虚幻的现实，需要英雄穿透摩耶幻象，就像《黑客帝国》中母体所制造的虚幻假象。

正因为对这种对群体法则（中宇宙）的蔑视，美国影视随处可见的是桀骜不驯的、不遵守世俗法则的救世英雄，比如电影《地狱男孩》（Hellboy）中的地狱男孩、《地狱神探》（Constantine）中的神探，以及动画《怪物史莱克》中的史莱克，等等。

虽然坎贝尔关于东西神话的区分过于偏颇、粗暴和极端，但是这种区分恰恰成为许多电影刻画形象的理论依据。与此种桀骜不驯的英雄形象相比，许多与英雄为敌的角色成为按照"你应该"行动的木偶。电影中的战斗就成为自由选择和"你应该"的群体法则之间的冲突。在《超人：钢铁之躯》中，氪星人按照社会需要被制造出来，他们终生都必须扮演某一角色，只能按照"你应该"的模式生活，这是他们生存的意义。佐德将军侵略地球，不是为了实现个人的野心，而是履行他自己的职责。他"应该"侵略地球，他"应该"将地球改造成适合自己民族生存的星球，复兴自己的民族。因此，影片中的善恶之间的战争被演绎为不同价值观念的冲突。此类按照"你应该"的法则生活的角色，在美国影视中随处可见，他们是英雄的陪衬或者对立面。①

更有甚者，按照"你应该"的原则行动的形象直接以东方人的面貌出现。在《黑客帝国》中，两个扮演"你应该"角色的软件分别是日本演员和印度演员。此类形象设计是对坎贝尔神话理论生搬硬套的应用。坎贝尔将东西神话观念的差异转变为传统与保守之间的冲突。坎贝尔认为，拜火教开创了西方神话观念的源头。在拜火教那里，世界是光明之神阿胡拉·马兹达（Ahura Mazda）与邪恶神安哥拉·曼纽特（Angra Mainyu）斗争的战场。为了光明能够获得胜利，每个人都要加入这场战斗。他们必须在善恶两种不同成分之间做出选择。坎贝尔从这种神话中发现了为人类精神重新定位的法则。这种观念号召人们以上帝的名义为宇宙的革新承担责任。② 坎贝尔试图用西方个体神话改变东方神话的陈旧观念，难道不是此类观念的延续吗？东方世界是生活在摩耶幻境中的世界，而这个世界需要来自西方的主张自由选择的超级英雄来拯救。此种关于东方形象粗暴和简单的书写，是否也陷入了坎贝尔所反对的群体中心主义的自恋呢？

---

①动画《勇敢传说》中苏格兰公主梅莉达与母亲王后之间的冲突是"你应该"和"我要"之间的对立，是传统的宿命论和自由选择之间的冲突。

②Joseph Campbell, *The Masks of God: Oriental Mythology*, London: Secker and Warburg, 1962, pp.7-8.

五、个体命运

在坎贝尔的影响下，美国好莱坞世界创造了大量书写个人神话的英雄。好莱坞之"东方幻象"成为侵入中国历史影视世界中的阴影。许多中国历史影视便在对这一阴影的顺从与抗争中，展开故事。王朝兴衰和天下苍生成为压制个体自由的权力网络。在《铜雀台》中，曹操与汉献帝之间的争斗并没有被简单地表现为派别之间的斗争。这部影片凸显出个体在不同的权力体系下的无奈、挣扎与抗争，以及他们最终被这些权力体系所吞噬的命运。

苏美尔城邦发现了行星的运动法则，这种规律给了他们建立群体世界和王权政治的范本。由于他们的城邦建设、王权结构和日历法则都是对此种有规律的星象运行的模仿，因而便具有了神圣性与合法性。① 坎贝尔根据国王在此类神权政治中所占的位置，将国王的统治分为三种不同的类型：神王同一，国王膨胀为神，神人分离。在神人同一的思维中，国王仅仅是神的外衣，他降临人间来统治人们，所以，到一定的时刻，穿着外衣的神必须将这件外衣献祭出来，穿上新的外衣，从而实现王权的更迭。国王后来自己成为神，他是神本身，因此无需将自己献祭出去。国王最后成为神在人间的总管，为神统治人间。② 在中国的王权政治中，帝王成为权力法则的象征。这些处于权力顶点的帝王，是代表权力法则的个体，又是权力法则自身。在影片《铜雀台》中，汉献帝就被许多臣子尊奉为神。忠心于帝王就是忠心于这些法则，大臣甚至不惜为这种法则而丢掉性命。在此权力框架之下，臣子实现自己意义的途径只有为朝廷和帝王效忠。守护永恒法则的臣子，需要为这些法则献祭自己的生命。反抗曹操最终被曹操所处死的大臣，都是为维护王权抛头颅洒热血的忠勇之士。这是人臣必须要尽的义务，而他们也只有在此种献祭中才能实现生命的意义。

然而，在曹操的压制之下，隐忍的汉献帝无法彰显权力顶峰的帝王应该拥有的神圣和尊严，仅仅成为威严与懦弱交织显现的畸形化的小丑。许多臣子为此种无法代表神圣王权的帝王牺牲生命，他们生命的意义何在？当帝王不能成为帝王，为此种帝王效忠的臣子便成为徒劳的悲哀。在《十月围城》中，杀害革命党的慈禧走狗阎孝国，就是此种愚忠的典范。在他的观念中，为老佛爷（慈禧）效忠，杀害革命党就是报效祖国。这些人臣或者为汉献帝这类小丑般的

---

①Joseph Campbell, *The Masks of God*：*Primitive Mythology*, London：Penguin Books, 1987, pp.147-149.
②Joseph Campbell, *The Masks of God*：*Oriental Mythology*, London：Secker and Warburg, 1962, pp.58-100.

帝王牺牲性命，或者为慈禧这种残暴的主子肝脑涂地。这些人的目的与最终的结果形成巨大的反差，最终，他们牺牲的意义被褫夺，而这也成为对愚忠的人臣法则的讽刺。

影片中的曹操在成为开创新王朝的文王与拥有辅佐之功的周公之间挣扎。一方面，曹操"挟天子以令诸侯"，借助帝王在权力法则的顶点所具有的符号力量，号令天下。对皇帝朝拜的曹操却无法迈出超越权力法则的最后一步。"四星合一"的天象是手下劝说曹操推翻汉献帝的统治、改朝换代的借口。在他们的观念中，宇宙成为王权政治合理性的来源，天界的变化成为王朝更迭、人世兴衰的烛照，决定着人间的欢喜悲愁。在中国历史中，朝代更迭，兴衰轮回。王朝从混乱、统一、繁盛，而后又衰落直至坠入混乱的深渊，重新开始下一轮的兴衰更替。在这样的尘世王朝的演变框架之下，王朝最为繁盛的时代处于兴衰轮回的顶点。每个为人臣的个体（小宇宙）都希望处于王朝（中宇宙）兴盛的最高峰，成为促进宇宙化生的动因，因为只有处在这一高峰之处，才能有睥睨历代英雄的豪情，也才实现个体的生存意义。因此，历代辅佐明君开创盛世的名相都被歌颂为个体生命意义得以实现的榜样，成为后代臣子争相效仿的偶像。在一个小丑般的帝王面前，这些偶像在曹操那里成为"你应该"的法则的代言人，他活在了此种偶像的阴影之中，不敢越雷池一步。

曹操与汉献帝之间的争斗，是朝向权力顶点的博弈。然而，夹于两者之间、被这些处于权力顶点的人物玩于股掌之间的小人物却无法寻找到自己生存的意义。孤儿穆顺和灵雎成为献帝刺杀曹操的工具。由于这些孤儿的父母被曹操所杀，汉献帝秘密训练他们，使他们成为自己暗杀曹操的武器。这是他们的宿命，也是他们生存的全部意义。这些小孩子没有选择的自由，因为他们的仇恨，因为他们从小所受的训练。在《锦衣卫》中，锦衣卫也仅仅是皇帝或者当权的大臣用来暗杀他人的棋子。在《血滴子》中，血滴子是没有姓名的个体，是皇帝训练出来暗杀大臣的杀人机器。他们生存的意义，就是成为完满完成帝王任务的血滴子，这是他们的荣耀。在这些影片中，这些孩子从小就被注定按照某种原型方式生存，他们只是帝王计划中的一个棋子，是"你应该"的法则批量化生产出来的在权力斗争中行使某种功能的机器。他们无法选择命运，也无法走出生存困境。

不过，许多影片在顺从好莱坞之"东方幻象"的时候，也与这类幻象进行了争辩。在《铜雀台》中，吕布的女儿灵雎带着被自己误杀的穆顺跳崖自杀。对他们来说，没有战乱的世外桃源只是虚幻的奢求。当他们意识到杀死曹操可能又会掀起战乱的时刻，他们放弃了刺杀，因为天下太平才会给苍生带来世外桃源，他们为了天下苍生而选择了妥协。在张艺谋的《英雄》中，无名为天下而选择不杀秦始皇。在赵薇等主演的《花木兰》中，花木兰等人通过牺牲爱情，换得两族之间战争的平息，从而获得珍贵的拯救天下苍生的和平。

英雄的伟大之处在于他们为"天下苍生"牺牲了生命，"天下苍生"成为这些影视与好莱坞之"东方幻象"争辩的救命稻草。然而，"天下"又是什么？是包容社会和群体的天下？是决定了所有个体的幸福的"天下"？这些英雄、小人物试图从帝王所建构的权力法则中逃离出来，融入天下苍生的群体洪流。

然而，从个人神话的角度来说，他们仅仅从一种"你应该"的法则逃离出去，又陷入另一种"你应该"的法则。也就是说，这些个体由于融入意义晦暗不明的虚幻，最终消解了生存的价值。不过，好莱坞世界那些将个体选择演绎到极端的影视，是否也坠入自我帝国主义的陷阱？英雄拯救世界的光辉业绩是否成为在现代社会机器的压制之下苟延残喘的小人物的臆想？

六、历史影视的神话学反思

历史影视的创造者也有可能成为坎贝尔所赞扬的萨满式的神话诗人。坎贝尔认为用现代方式述说原型是神话诗人的任务。[①] 神话诗人是当代神话的创造者。神话诗人从萨满那里继承了精神自由和独创精神。处于精神危机的萨满，依靠个体的精神修炼，经历此前的许多萨满都同样经历的超越群体法则的精神旅程，从而获得神秘力量和超越常人的智慧。祭司仅仅是体制所提供给的某个位置，通过与这一体制的相关性而获得为神代言的权力。从坎贝尔神话学的角度来说，神话诗人这类文化英雄必须用自己的和当下的方式重新述说原型。在历史英雄电影中，历史英雄成为展开故事的原点。历史英雄也仅仅是表达原型观念的族群观念而已，此类观念受到历史和传统的制约。也就是说，历史影视的创造者需要有突破传统束缚的勇气，深入原型世界，进行类似萨满在灵性世界中的探险，并用自己的语言和当下的方式述说原型世界。如果他们仅仅停留在受传统束缚的族群观念基础上，并以此为基础互相复制，这类创造就会缺少生命力。

在历史中反复被叙述的故事，在历史影视中继续被叙说。叙述文本由述本

---

①（美）菲尔·柯西诺主编：《英雄的旅程：与神话学大师坎贝尔对话》，梁永安译，北京：金城出版社，2011年，第217页。

与底本构成。① 中国历史英雄电影则沉迷于述本再造的循环之中。这些电影以某个历史英雄为中心蔓延式地向外铺展。历史的真实与电影最终展示的述本之间的差异成为它们试图呈现的张力。然而，如果历史英雄电影仅仅关注于述本的更迭，就会缺少原创性。

第二节　《赛德克·巴莱》：捍卫赖以生存的神话的悲歌

电影《赛德克·巴莱》是中国台湾导演魏德胜耗时 12 年拍摄的讲述"雾社事件"的影片。导演将"雾社事件"展示为一曲赛德克族守护赖以生存的神话的悲歌。影片在清政府的屈膝求和、割地赔款的背景下展开。由仆役搀扶着爬回航船的清政府官员留下的是一个屈辱的背影，清政府完全失去了在关外的戎马生涯中所塑造起来的民族精神，也没有了他们祖先入主中原时所拥有的霸气。一个失去了灵魂的政府只求在外敌强权之下卑躬屈膝，苟延残喘。由于失去了朝廷的支援，那些守护台湾的将士也仅仅成为只知与人拼命、有勇无谋的莽夫，他们白白牺牲生命，却没有给装备强大的敌人造成多少障碍。然而，扎根在这片土地的少数民族却能够依靠那片土地的优势与敌人盘旋，他们的猎场是赋予这些泰坦精神力量的大地母亲，只因他们生于斯，长于斯，也最终死于斯。他们的反抗是为了捍卫赖以生存的神话。"雾社事件"后，赛德克族坚韧而又睿智地与日军对抗。他们最终或者战死或者自杀，这些可歌可泣的英勇行为表明他们拥有足以和世界伟大宗教相媲美的精神力量，也正是在他们世代赖以生存的神话的哺育下，他们才拥有了这些令人尊敬的精神和勇气。

一、赛德克族赖以生存的神话

坎贝尔认为神话是人类赖以生存的基础。人类的身体需要食物，而神话则对人类心理的成熟不可或缺。② 人类首先依据神话的需要，然后才依据经济的目的和规律来组织他们的生活结构，所以，人类要花费大量的物力和财力建造金字塔和大教堂；印度教徒宁愿饿死，也不会吃他们周围徘徊的牛群。神话由文

---

①赵毅衡：《广义叙述学》，成都：四川大学出版社，2013 年，第129—130 页。

②Joseph Campbell, *The Flight of the Wild Gander*, Chicago：Henry Regnery Company, 1972, p.3.

化情境中释放的符号构成，而神话象征则是"一个激发和指引能量的符号"，在个体的生命历程中，这些象征起到重要的指导作用：

> 活态神话象征（living mythological symbol）最重要的意义在于唤醒并引导生命的能量。这一象征是释放和指引能量的符号。它不但能像他们现在所说的那样激活你，使你觉醒，而且也会引导你走向某条道路，使你具有某方面的能力——而且这一能力也会引导你投身到社会群体的生活和意图中。①

在神话象征的引导下，个体融入社会之中，积极参与社会生活，一个群体因此而融为一体；而个体得到社会的滋养和保护，他才能逐渐了解超越死亡的生活，"人类对自身必死性的认识以及超越死亡的愿望是神话产生的原动力"②。

坎贝尔认为神话象征即是佩里博士所称的"感动意象"。这些意象是直接运送到神经、腺体、血液和交感神经系统中，它们直接与人的感官系统进行对话并促使感官系统回应，而对这种意象的回应，人就产生内在的共鸣。在这种感动意象的号召之下，一个群体才具有了凝聚力。

在《赛德克·巴莱》中，神话是赛德克族赖以生存的精神支柱，神话建构起他们的灵性世界。猎场、彩虹桥都是从他们生存的环境中提取出来又融入他们的现实世界的象征。依据这些神话象征，他们活在神话之中，神话成为塑造他们生命意义的根基。因为有神话，他们才与祖灵同在。

赛德克族的起源神话说明猎场是连接他们的生命世界与永恒世界的桥梁。台湾版的《赛德克·巴莱》的结尾处提到了赛德克族的起源神话：赛德克族的祖先是一棵一半为木头，一半为石头的叫作波索康夫尼的大树，树身诞生出一男一女，这一男一女孕育的子孙就是后来的赛德克族。"在神话里，岩石是长存的象征，而树木则是生命的象征。"③也就是说，在赛德克族诞生之初，他们就与繁衍生息的生命世界和祖灵世界拥有无法割断的联系。也可以说，他们是山的子孙，树的子孙，而树和石头又构成了他们赖以生存的猎场，他们的身体与他们所生存的环境融合在一起，猎场成为他们天然的家园。在现世世界，猎场是为他们提供物质保证的家园，他们可以在其中打猎。他们死后，彩虹桥上的祖灵之家有一座最大的猎场等着他们。为了能够进入这个猎场，男人要誓死杀

---

①Joseph Campbell, *Myths to Live By*, New York: Bantam Books, 1980, p.89.

②Joseph Campbell, *Myths to Live By*, New York: Bantam Books, 1980, p.20.

③（美）菲尔·柯西诺主编：《英雄的旅程：与神话学大师坎贝尔对话》，梁永安译，北京：金城出版社，2011年，第12页。

敌，保护部落；女子要奋力织布，显示自己的勤劳。因此，猎场将他们的身体需要和精神需要，此生的物质生存与死后的精神意义合二为一。

他们的神话引导男孩完成从孩童向成人的变形。为了拼得进入彩虹桥上猎场的资格，他们会冒着生命危险去砍敌人的头颅，也就是"猎头"。在他们的观念中，只有奋勇杀敌，提着敌人的头颅从战场归来的人，才会受到整个部落的尊重。英勇归来的男子脸上会被刻上图腾，成为"赛德克·巴莱"。"赛德克"含义是人，"巴莱"的含义是"真正的"，"赛德克·巴莱"的意思是"真正的人"。一个男孩只有成为"赛德克·巴莱"，才是真正的男人，才能真正成为部落中的一员，拥有让人尊敬的地位，也才拥有进入彩虹桥上祖灵的猎场的资格。

"猎头"也是向猎场献祭的仪式。通过这个仪式，个体才能真正与他们赖以生存的猎场和解，从而融入这个环境。生命吞噬生命是生命生存的法则，就像北欧神话中自己咬自己尾巴的蛇，而人如果想进入猎场必须要用生命献祭。人只有经历生命的考验、血的洗礼之后，才拥有在猎场猎杀的资格。

"血祭祖灵"是赛德克族的不同部落向祖灵献祭的共同仪式。在"血祭祖灵"的号召下，彼此仇视、相互厮杀的部落也会暂时和解，联合起来对抗共同的敌人。

总之，他们的神话引导赛德克人完成从男孩向男人的转变，将部落的成员凝聚在一起，将赛德克人与他们赖以生存的猎场融合为一体。

二、反抗：赛德克誓死捍卫赖以生存的神话

在台湾被割让给日本以后，殖民者垂涎当地少数民族所在地区的林产和矿产，便利用武力霸占了赛德克族世代居住的家园。赛德克人面临的是丧失尘世家园与精神家园的双重危机，树木被砍伐，猎场的面积缩小，而猎物减少，与猎场相关联的神话的凝聚力也在逐渐丧失。部落的男人必须为日本人搬木头，可是所得的工资却很少，很多时候还被日本警察找个借口克扣掉；女人只能陪酒；部落曾经的英雄莫纳·鲁道每天也只能喝酒装醉。在日本的殖民统治下，赛德克族成了台湾的印第安人。为了开发西部，美国需要修建大量铁路，他们便屠杀了妨碍铁路运行的野牛，而这些野牛是当地印第安人的食物来源，也是他们神话中的核心意象。当印第安人赖以生存的野牛被大量屠杀几近绝种时，印第安人赖以生存的神话也随之失去了意义。[1] 同样，伴随着赛德克生存的根基

---

①Joseph Campbell, *Myths to Live By*, London：Penguin Books，1980，p.88.

被占领，他们民族神话的凝聚力以及他们的民族精神也逐渐被侵蚀。

此外，日本强力推销他们的文明，在他们的权力话语之下，台湾少数民族备受歧视，被当作未开化的劣等公民。台湾少数民族与日本殖民者之间的差异仅仅是两种不同文明的差异，然而，以先进自诩的一方往往利用他们所操纵的话语方式将与自己迥异、无法理解的他者定义为野蛮。这种对他者的言说方式昭示出自诩为文明的一方的自恋。日本殖民者对台湾少数民族进行吸血式的剥削的同时，又向他们展示出现代文明成果风光而诱人的面孔。作为对这些野蛮的族人的炫示，邮局、饭店和旅店等各种先进的设施被建造出来。相比之下，台湾少数民族的存在，他们的贫穷成为先进文明的衬托。正如莫纳·鲁道所说："邮局？商店？学校？什么时候让族人的生活过得更好？反倒让他们看到自己有多贫穷了！"因此，在迷失了精神家园之后，赛德克族也失去了自己固有的骄傲，成为没有根基的、野蛮的、需要被教化的二等公民。

在祖先的猎场逐渐消失的时代，在文明的歧视之下，这些赛德克要走向何方？他们的后代成为没有图腾的孩子，他们处于漂泊无依、即将被祖灵抛弃的境遇之中。电影中两个出身赛德克族的警察的处境是许多未来的族人都将面对的尴尬处境。他们所受的日本教育使他们用日本人的观念看待自己的传统，他们希望从野蛮的环境中脱离出来，然而，他们却无法真正撕去被强势话语贴在自己身上的野蛮人的标签。正如他们自己所说："不想当野蛮人，但不管怎么努力装扮，也改变不了这张不被文明认同的脸。"

在影片中，达奇斯（花冈一郎）用族人的弯刀穿着日本的和服自杀。他死后到底是去日本的神社，还是祖灵的家？他临死前都没能给自己一个答案。这种选择的纠结证明在神话的力量被日本的文明阉割以后，赛德克年轻一代无所皈依的状态。这些被莫纳·鲁道称为不想认识自己的赛德克的子孙已经成为无处皈依的孤魂。"丢失灵魂的赛德克，是要被祖灵遗弃的！"

总之，日本人的殖民统治使他们失去了赋予他们的生存以意义的猎场，他们死后又要被祖灵遗弃。在这种无所皈依的困境中，反抗是他们唯一的选择。即使面对拥有先进的武器装备、兵力强大的日本，赛德克人的反抗只会是一场必败的反抗，只会是注定要走向死亡的抗争，他们也要用身体书写一曲捍卫神话的悲歌。他们宁愿输了身体，也一定要赢得灵魂！

莫纳·鲁道说："文明让我们卑躬屈膝，我让你们看看野蛮的骄傲！"骄傲是被压抑之下的民族对尊严的诉求，对固有的精神力量的渴望！他们要用生命来换取骄傲，因为骄傲代表坚强的灵魂，与祖先同在，与英雄同在的灵魂！由于粮食不够，妇女们怕成为男人的累赘，她们尽数上吊自杀。在与日本战斗的过程中，面对强大的敌人，男人们最终或者上吊，或者剖腹，或者跳崖。他们视死如归的力量来自他们"对祖灵世界的一种迷恋"[①]。当肉体的生存成为一种耻辱，他们要用自己的生命拼得登上祖先的彩虹桥的资格，因此，他们的反抗是誓死捍卫赖以生存的神话的抗争！

三、神话、文明与未来

影片中双方的冲突代表着两种不同的文明的冲突。由于彼此之间根深蒂固的世仇，拥有共同神话的赛德克人屡次遭到日本人的挑拨离间。赛德克人总是替日本人杀自己人，他们也因而总是败在自己人手上，这是需要今人面对和反思的问题。导演深挖了这些具有普适性的矛盾，这些矛盾被当时的殖民统治激化了，在日本殖民统治结束的今天依然存在。如果赛德克人希望走出自己高傲的身形，他们必须摆脱这些无法回避的矛盾旋涡。

（一）"文明"的野蛮与"野蛮"的文明

影片凸显了双方的精神力量与表面实力的相悖，其反差令人深思。日本高度发达的科技与经济也改变不了他们的武士道精神没落的宿命。为了经济利益，他们用最残忍的手段四处征服、剥削，他们经济崛起、国力强盛，然而他们的灵性世界却迅速萎缩。邮局、医院和学校都是文明向"野蛮"的昭示。他们面对台湾少数民族时表现出的高高在上的、不可一世的姿态恰恰是他们精神力量软弱的症候。灵性世界被经济欲望抽空的现代文明诞生出大量像马赫坡的巡查吉村这样唯利是图、狐假虎威的畸形儿，他们只会用权力去欺压弱者，孱弱的身体与蛮横的外强中干的姿态构成了这些人突出的特性。

与他们相反，在与日本对抗的过程中，赛德克人表现出了守卫猎场的猎人的智慧与英勇。日本入侵以后，莫纳·鲁道经历了一次转变，他从依靠武力的莽夫转变为卧薪尝胆、伺机而动的猎人，这是由他们赖以生存的神话所哺育而盛开的智慧之花。在整日饮酒装醉的同时，他悄悄购买火柴自制火药以便为将来的反抗做准备。在与日本人作战时，赛德克人制定了详细的作战计划，他们依靠山林的地势像风一样地战斗，他们是站在大地母亲身上具有无穷力量的泰坦。日本司令镰田弥彦在这些赛德克人身上看到了日本已经失传的武士道精神，

[①] 魏德圣、吴冠平：《骄傲的赛德克·巴莱——魏德圣访谈录》，载《电影艺术》2012年第3期。

而军队数量占优并拥有飞机大炮的日本现代军人却屡战屡败，他们只能靠钢铁的工具耀武扬威，显然成了暗藏在先进的飞机大炮背后的弱小的灵魂，他们的化学武器也只是现代文明所创造出的非人性的畸形品而已。日本的传统武士道所要求的公平决斗变成了他们凭借非人性的化学武器的屠杀。自诩文明却用野蛮人都不屑的卑鄙手段来赢取战斗，这说明这个自诩强大的文明只剩下外强中干的外表，它无法避免自身的精神脆弱与道德的沦丧。

英雄被阉割了英雄气质的现代文明所扼杀。影片中反复被赛德克族传唱的射日英雄神话是这一民族保留至今的关于英雄反抗外在力量，并依靠英勇取得胜利的民族记忆。这种英雄时代的浪漫想象成为被传承、歌颂而且塑造民族性格的方式。然而，他们虽然还传承彰显英雄气概的歌谣和仪式，而且在他们依然坚信他们的英雄神话的时代，这些英雄却无法在这个时代寻找到施展其英雄诉求的方式。在日本侵略台湾以后，在殖民主义者所创造的新语境中，这些信仰遭到猛烈的冲击，曾经桀骜不驯、按照赛德克族的生活方式生存的英雄，却要面对展示其英雄气概的猎场被吞噬、民族被同化、神话符号的意义被褫夺的命运，而由这些符号所建构出的灵性世界成为虚空。与曾经的英勇和彪悍相比，莫纳·鲁道等人只能靠酒的麻醉来度日。

因此，"雾社事件"成为捍卫精神意义的仪式。可是，"雾社事件"也成为英雄精神被吞噬前的一次回光返照式的反抗。真正的英雄诉求被残酷的钢铁机器扼杀，当成千上万的日本正规军人无法战胜这些英雄的时候，钢铁炮弹和违反人性的化学武器成为殖民者争取胜利的依靠，具有强大的精神力量的英雄却被钢铁武器所武装的屠弱的个体扼杀。赛德克族的这种用极端化的方式，甚至摧毁自我生命的方式，来坚守精神的高傲的行为，虽然未必能够获得所有人的认同，然而却能够质问人类为获得文明所宣称的进步而付出的代价是否过于昂贵。

（二）"雾社事件"与文明冲突

在影片中，冲突的双方已经不仅仅指历史中处于统治地位的日本人与赛德克人，他们还代表着观念迥异、实力悬殊的文明，正如导演所说，雾社事件"是一种文化上的冲突，观念上的冲突长久累积的一种爆发"①。在当时的殖民语

---

①韩福东：《魏德圣：我为什么亲日仇日？——专访〈赛德克·巴莱〉导演》，载《南风窗》2012年第10期。

境下，作为殖民者的高高在上的日本人不会持有对话与交流的态度走向他们眼中的这些野蛮的劣等人，两者之间地位的差异使真正的理解成为泡影，他们因此是生活在彼此隔阂的缺乏真正交流的群体。他们彼此之间文化上的冲突、观念的差异由于殖民统治而迅速地发酵。

日本巡查吉村是大多数日本统治者的代表，他不屑于了解赛德克人，处处压制、为难他们，因此，赛德克人对来客充满善意的敬酒礼仪却成了对他最大的侵犯，他因此要去殴打、惩戒对方。其他日本人即使想了解这些赛德克人，他们也更关注部落之间的关系，他们希望利用部落之间的世仇对这些人进行遏制以便更好地维护他们的殖民统治。在日本人中间，小岛是相对宽容的一个，然而他明明知道私自侵入赛德克人的猎场是对他们最大的侮辱，而且他也知道道泽部与马赫坡之间存在世仇，他却要玩弄自己的特权，和道泽部一起进入两个部落曾经有过争执的敏感地域，他的行为差点引发两个部落之间的流血冲突。为了替在"雾社事件"中被杀的家人报仇，小岛后来更是挑拨道泽部去屠杀反抗的赛德克人。在反抗的部落基本被镇压下去之后，他依然以道泽部头目被杀为由鼓动道泽部屠杀当时在日本收养所中的老幼族人，最终使起义的几个部落的人口所剩无几。

影片也展示了生活在相对封闭的环境中的赛德克人在走向或者被迫面对更大空间的时候，他们不得不经历的痛苦和挣扎。导演在电影中讴歌赛德克人的勇气与智慧的同时，也在审视他们的历史局限，他希望今人能从前辈误入歧途之处寻找到继续前进的可能性。在展示"雾社事件"具体经过的时候，导演并没有让观众沉浸在赛德克人屠杀敌人所获得的快感中，他设置大量的元素使观众与当时的情境拉开距离。在影片中，"雾社事件"的整个屠杀场面非常慌乱，难以控制。文面的老妇人在奔跑屠杀的人群中呼喊："我的孩子啊，你们在做什么呢？"一朵过早开放的樱花在当时的情境中显得非常刺眼。歌曲与画面情境的巨大反差形成了反讽：画面展示的是赛德克人英勇甚至残忍地屠杀包括老幼在内的所有日本人的场面，而同步播放的歌曲却是对他们行为的怀疑，歌词中反复出现的是"你们在做什么？""你们到底怎么了？"之类的句子[1]。这种反讽可以使观众从当时的情境中跳出，让他们站在今天的角度去反思赛德克人的历史局限性，从而能够更好地去面对文明之间的冲突与差异。在殖民统治和种族歧视所导致的民族矛盾压倒一切的历史语境中，文明冲突是台湾少数民族不曾面

---

① 魏德圣、吴冠平：《骄傲的赛德克·巴莱——魏德圣访谈录》，载《电影艺术》2012年第3期。

对的问题，然而在今天的和平环境中，他们却必须面对该问题。在和平环境中，日本侵略者已经被赶跑，殖民统治下的种族歧视所造成的民族冲突已经不复存在，赛德克人也不必再用血祭祖灵、以暴制暴、自杀等极端的方式来表达自己的精神诉求，但是，他们与强大的现代文明之间的差异与冲突依然存在，他们的猎场还会受到"现代化"的侵扰甚至吞噬，医院、邮局、旅馆等现代化的设施还会再次进入他们居住的地区。他们还要因为保持自己的高傲而拒绝这一切吗？他们如何面对与自己的传统迥异的处于强势的现代文明呢？在这种强大的话语力量的冲击下，他们又如何保持自己的精神信仰呢？

总之，在迥异的文明遭遇的时刻，只要存在歧视与压制，仇恨、反抗与冲突就无法避免。坎贝尔认为由于文明冲突的背后混杂着这些文明所信仰的不同神话之间的冲突，这些冲突就变得更加复杂和激烈：

> 伴随着这些界限的解除，我们曾经经历并且正在经历严重的冲突，不只是人类之间的冲突，而且还有他们所信仰的神话之间的冲突。这正如把分别装有极热空气和极冷空气的房间之间的隔板抽走了一样：各种力量急速地涌动。所以我们现在处于一个极度危险的时代，这个时代充满了惊雷、闪电和飓风。[1]

然而，各种不同的神话之间的冲突其实又是不同族群观念的冲突。人类学家巴斯蒂安将人类在神话中所表现出来的观念分为族群观念和普遍观念。普遍观念是不同民族所共同具有的，普遍观念要通过族群观念来表达，而族群观念受各个民族所处的历史、地理甚至气候等条件决定。在影片中，日本司令从赛德克人身上看到了在日本失传多年的武士道精神。不过，他虽然看到了冲突双方之间的共性，他却用自己的族群观念抹杀了赛德克人的独特性，因为日本人的武士道精神也仅仅是众多表达普遍观念的族群观念中的一种而已。然而，具有讽刺意味的是，日本人却用武士道精神所不齿的违反人性的化学武器屠杀了展示武士道精神的赛德克人！

在人类面向未来的道路上，处于强势的文明能否给那些处于劣势的文明更多的生存空间是关系彼此生存的大事。如果处于强势的一方使用强力去破坏一个民族赖以生存的神话，这个民族就会用一种坚强甚至残忍的方式进行反抗。由于不同的族群观念所建构的神话都是神的不同面具，只有在承认这些不同的面具都具有相同的合法性的基础上建构神话的多元化生态平衡，人类才能走向

---

①Joseph Campbell, *Myths to Live By*, New York：Bantam Books, 1980, p.263.

未来。否则，这种生态平衡被破坏的时刻，也是野蛮的报复最终爆发的时刻。

（三）部落之间：谁是我们？

赛德克不同部落共同拥有关于彩虹桥、祖灵和猎场的神话，可是世仇使赛德克人分为不同的相互残杀的群体。仇恨是这些部落无法解开的心结，在今天文明冲突的背景之下，如果他们依然背着部落之间仇恨的重负，他们只能步履蹒跚地行走。如何与自己和解，高傲地走向未来，是他们必须解决的问题。

同样英勇的莫纳·鲁道与铁木·瓦利斯之间的纠葛成为影片展示的重点。在相互仇杀的部落之间，一个部落的英雄也是另一部落人人想诛杀的恶魔。青年的莫纳·鲁道仅仅是一个带有部落偏见的英雄。铁木·瓦利斯幼年差点被莫纳·鲁道杀死，所以他一直生活在莫纳·鲁道的阴影之下，他希望能够亲手杀掉这个最英勇的敌人。几十年后，日本人小岛与铁木·瓦利斯闯入了马赫坡的猎场，莫纳·鲁道与成年的铁木·瓦利斯持枪对峙，冲突一触即发。也可以说，这是中年的已经饱经沧桑的莫纳·鲁道与青年的自己之间的对峙，正如导演所说："电影中的铁木·瓦利斯就是在扮演莫纳·鲁道年轻时的角色。"两个不同部落的人都扬言要誓死捍卫自己的猎场。然而，日本小孩的一句"什么你的猎场，我的猎场，都是我们日本人的猎场"点醒了莫纳·鲁道的理智，"在日本人面前，自己人打自己人，只会让人嘲笑"。他明白，与日本人相比，谁是自己人。他抽回了枪，铁木·瓦利斯却依然不依不饶，两人的不同态度也暗示着两人最终的命运。

铁木·瓦利斯最终心甘情愿地成为日本人残杀自己族人的枪手。由于无法忘记部落之间相互纠缠的仇恨，他们才会接受日本人的报酬，成为他们的帮凶。他们举着太阳旗，头上扎着白布，屠杀反抗日本的赛德克人以血祭祖灵，他们的"血祭祖灵"实际成为了为了世俗报酬的屠杀。难道提着同族人的头颅去日本人那里领赏不是对拥有共同神话的他们的一种讽刺吗？他们为日本人屠杀自己的同胞却也表现得那么英勇和视死如归！铁木·瓦利斯最终英勇战死，然而，当铁木·瓦利斯慢慢倒在溪水中的时刻，他所留下的只有遗憾与反思。

日本人总能巧妙利用不同部落之间的矛盾，让他们互相残杀。许多人没有死在日本人的枪下，却最终死在自己人的手中，这是赛德克人屡次与日本人战斗最终失败的原因所在。日本人入侵时，赛德克在人止关大败日本人，然而，与他们有世仇的干卓万人却被日本人利用，干卓万人将这些打胜仗的赛德克人灌醉，趁他们喝醉熟睡时袭击他们。这使部落的男丁所剩无几，难以与日本人抗衡。"雾社事件"后，小岛利用赛德克部落之间的仇恨，蛊惑他们相互仇杀，甚至让他们去杀害留在收留所里的残余的老幼族人。为什么日本人总是可以使用挑拨离间的方法达到他们的目的呢？"在日本人面前，自己人打自己人，才让人看不起！"莫纳·鲁道的话的确发人深省！

坎贝尔认为，神话的核心象征具有巨大的号召力量，它能够将远在天涯海角的族人凝聚在相同的旗帜之下。然而，在赛德克人之间却存在着更为复杂的问题。他们拥有共同的神话，他们在尘世中相互厮杀是为了向祖灵证明他们的英勇，当他们死后，这些赛德克不同部落的人们都会走向共同祖先的彩虹桥。他们共同拥有的彩虹桥上的猎场就像北欧神话中奥丁神为那些战死的勇士准备的盛宴。在印度史诗中，在尘世间为了争夺王权相互厮杀的两大民族死后会在天堂世界忘记了他们彼此间的仇恨而取得永恒的和解，相互仇杀的赛德克人死后在彩虹桥的和解也是如此。然而，他们死后在彩虹桥上如兄弟般的情谊却无法改变他们在人间相互仇杀的命运。正因为他们过度沉浸在现实的仇恨之中，他们忽略了同源性，分不清楚到底谁是我们。他们为何不能依据共同的神话走向和解呢？既然在永恒的彩虹桥上，这些曾经仇杀的部落会成为兄弟，为何在有限的生命中他们不能以共同的祖先的名义和平相处呢？

第三节　《赛德克·巴莱》：文本反讽与群体治疗的民族志

一、《赛德克·巴莱》：从反思到治疗

在坎贝尔神话学的影响下，美国好莱坞大片更加关注个人的精神治疗，《黑客帝国》《阿凡达》《重返地球》《环太平洋》等电影都在讲述个体如何转变为救世英雄的故事。这些以英雄之旅为叙述结构的电影，讲述人向英雄进化的故事。在这些影片中，个体只有面对和克服曾有的创伤，才能成为救世的英雄，最终，自我救赎与世界拯救完美地合一。然而，影片《赛德克·巴莱》却体现了与好莱坞电影不同的特性，该片更关注如何为群体疗伤，如何面对决定群体关系的文化差异和利益冲突。

在"雾社事件"中，源于根深蒂固的世仇，同属赛德克族的屯巴拉社被殖民者挑唆去屠杀起事的赛德克族。这一对当代影响深远的历史事件将各种矛盾

混乱地缠绕在一起，形成当下冲突的根源。①影片在对历史事件的重新述说中，寻找治疗群体心魔的方式，该片成为群体治疗的场域。

反思即回到出发点。②《赛德克·巴莱》通过呼唤理性反思，治疗群体内部的矛盾。部落之间的相互仇杀使群体成为疾病缠身、伤痕累累的机体。该片试图锚定"雾社事件"的历史原点，从其源头对此后相互交织、彼此纠缠的矛盾进行梳理和分化，融化这些固着在彼此之间的心结。在《文学治疗的原理与实践》中，叶舒宪教授探讨文学创作及阅读对个体精神的治疗作用。③在群体关系决定人们福祉的社会中，对群体的治疗成为创作无法回避的主题。叶舒宪教授后来提出了"文学禳灾"，他指出，在文学发生的原始语境中，诸多文学创作拥有免除灾难的现实目的。④虽然文学艺术未必能够破除天灾，却能够消除人祸。在灾难的背景下所举行的戏剧创作和表演，能够达到凝聚群体，消除群体中源于对灾难的恐慌而引发的矛盾。文学禳灾也可以说是群体治疗术。《赛德克·巴莱》运用独特的现代叙事方式，重述具有重要意义的历史事件，治疗内部冲突，从而凝聚群体，这是这部电影的功能所在。影片整体展示反讽性特征、局部彰显刺点，塑造悖论性形象，凸显被标出人物的生存困境，这些方式将彼此冲突的元素混合、凝结，从而建构出元语言对话的场域。影片的这种复调性设置，目的是展开对话的空间，呼唤反思，从而治疗冲突所造成的内部创伤，寻找建构未来的图景。

二、反讽："文明神话"之解毒剂

罗兰·巴尔特认为神话是一种话语方式，而此种话语方式通过权力将词语本身的所指抽空，原有词语成为新的能指，并被赋予了新的所指。⑤赛德克族与殖民者仅仅是基于不同生活方式的两种不同文明而已，然而，在话语霸权占统治地位的群体那里，他们利用所谓的现代化装扮，建立起自身统治的"文明神话"，商店、旅馆和学校这些设施被标榜为"文明"教化"野蛮"的标志。

然而，"雾社事件"却是具有历史反讽性的事件。反讽是两层相反的意义融

---

①魏德圣、吴冠平：《骄傲的赛德克·巴莱——魏德圣访谈》，载《电影艺术》2012年第3期。

②（法）让-弗·利奥塔：《后现代主义》，赵一凡译，北京：社会科学文献出版社，1999年，第28页。

③叶舒宪：《文学治疗的原理及实践》，载《文艺研究》1998年第6期。

④叶舒宪：《文学人类学教程》，北京：中国社会科学出版社，2010年，第269页。

⑤（法）罗兰·巴特：《神话修辞术/批评与真实》，屠友祥、温晋仪译，上海：上海人民出版社，2009年，第175页。

合在同一符号文本中的表达方式，符号文本实际表达的意义与字面的直接意义之间产生了冲突。[①] 日本殖民者自认为他们对台湾的殖民统治已经进入和平时代，这时却爆发了台湾少数民族反抗日本殖民统治的"雾社事件"，日本殖民者对台湾最黑暗地带进行的所谓文明化进程出现了断裂。

在影片的反讽所塑造的折镜的照射下，殖民者宣称的"文明"和"教化"无异于自欺欺人的自恋。影片的反讽特质与"雾社事件"的历史反讽性相契合。在《赛德克·巴莱》中，日本警察佐冢向前来视察的上司吹嘘，他们已经将少数民族所居住的台湾最黑暗地带文明化。他认为这些做苦力搬木头的生蕃身体强壮，而且很容易满足，他们从很远的地方抬来木头，随便给几个酒钱就能把他们打发。在他们的观念中，这些被教化的群体，应该对殖民者的施舍感恩戴德。然而，影片随后却出现几个赛德克青年抱怨自己生活贫困的场景，他们在殖民统治下"穷得甚至连自己的猎狗都看不起自己"。前后两个场景组成一个表达意义的符号文本，台湾少数民族真实的生存状态与殖民者的自我吹嘘之间的反差，形成了反讽。这些所谓的文明化的工程真正的获利者只有殖民者自己，而付出艰辛劳动的台湾少数民族却被排斥在文明化的成果之外。

赛德克人比荷沙波在山间奔跑联系各个部落商讨起事的事宜，他在山路上遇到日本督察小岛和他的妻子，小岛的妻子认为在山间奔跑的比荷沙波为无聊的山间增添了趣味。这种表面上温馨的生活场景与暗中涌动的即将爆发的怒火构成了反讽。在统治与被统治的畸形制度下，这种温情脉脉的场面只是虚幻的、终将爆破的泡沫而已。影片中小孩子的言行更能凸显这层温情脉脉的场面背后的血腥和残忍。为了让儿子学习打猎，日本殖民者小岛请道泽人带着他和儿子去马赫坡的猎场打猎，随后两个部落因为猎场纠纷持枪陷入对峙，冲突一触即发，小岛的大儿子突然说"什么你的猎场，我的猎场，全部都是我们日本人的"。尚在年幼的小孩却说出了所有殖民者的心声。赛德克小男孩巴万在与族长莫纳·鲁道聊天的时候，就直接说自己讨厌日本人。在影片中，孩子说出的真实想法与他们幼小年龄之间的反差形成发人深思的反讽。孩子在其所处的年龄段应该具有的单纯与其实际所表达的思想的沉重之间的反差令人震惊。这种反差所组成的反讽揭示出两者之间深层次的冲突。在殖民统治下，表面的和平与暗藏危机的现实，也预示着赛德克人的反抗是一颗终会爆发的炸弹。

《赛德克·巴莱》是"文明"自恋的解毒剂。某些群体所宣扬的文明，更像

---

①赵毅衡：《符号学原理与推演》，南京：南京大学出版社，2011年，第209页。

是在全球蔓延的疾病。这种疾病所塑造出来的是精神羸弱却炫耀依靠物质和机器的残疾儿。日本将领也承认他们在充满血性的赛德克英雄身上发现了在日本已经失传的武士道精神。

然而，具有反讽意味的是，赛德克英雄却被阉割了英雄气质的"现代文明"扼杀。影片中反复播放赛德克族传唱射日英雄神话的情景，因为这种传唱的歌谣是该民族保留至今的关于英雄反抗外在力量，并英勇取得胜利的民族记忆。这种英雄时代的浪漫想象成为传承、歌颂并且塑造民族性格的方式。

但是，虽然他们还传承彰显英雄气概的歌谣和仪式，并且依然坚信英雄神话，但是他们无法寻找到施展其英雄诉求的途径。对一个民族的侮辱不仅仅是经济的盘剥，更主要是精神的欺压。在被殖民统治的环境中，赛德克族成为劣等民族，成为需要被教化、需要接受施舍的群体。

他们的信仰遭到猛烈冲击，他们的猎场中的树木被砍伐，这些曾经展示他们英雄气概的环境没有了，随之而来的是传统神话符号的意义消失，而由这些符号所建构出的灵性世界沦为虚空。莫纳·鲁道等人只能靠酒的麻醉度日，完全失去了曾有的英勇和彪悍。

"雾社事件"便成为捍卫英雄精神的仪式。不过，他们的抗争也仅仅是英雄精神被吞噬前的一次回光返照式的反抗。充满活力和血性的赛德克族的反抗却被违反人性的化学武器扼杀，而殖民者会将其解读为文明对野蛮的胜利。赛德克族用"血祭祖灵"的方式反抗强大的敌人，虽然他们深切地明白这种反抗最终摧毁的只有自己的生命。赛德克人坚守精神高傲的行为，未必能够获得所有人的认同，但是他们却用行动质问人们为获得所谓的进步而付出的扼杀和同化其他文明的代价是否值得。

三、"英雄"反讽剧

铁木·瓦利斯是畸形时代所造就的悲剧人物。他想成为英勇的赛德克·巴莱，结果却成为日本殖民者屠杀赛德克族的帮凶，英勇地杀害起事的赛德克人。最终，他成了英勇的"叛徒"。影片展示出他在无法释怀的心结中的挣扎。在外因的催化之下，赛德克族不同部落之间世代累积的仇恨终将爆发。这个在悲剧时代误入歧途的"叛徒"，盲目地屠杀自己人，最终战死在溪边，他的故事成为刺痛后辈的反讽剧。

铁木·瓦利斯一直希望自己能像赛德克·巴莱那样英勇地生活，尚在年幼时，他就敢对人高马大的莫纳·鲁道宣称，长大后要砍去莫纳·鲁道的人头。

这个小孩的英勇却遭到莫纳·鲁道的嫉恨。在回家的路上，他差点被莫纳·鲁道用枪打死。因此，他一直生活在莫纳·鲁道的阴影中。

日本殖民者利用部落之间的世仇挑唆他们内斗。在殖民者与赛德克族之间，铁木·瓦利斯成了牺牲品。在日本殖民者的旗下，他的头上裹着代表血祭祖灵的白布，疯狂地追杀起事的赛德克人。铁木·瓦利斯的目的与实际结果之间的反差形成巨大的反讽。这个陷入仇恨迷宫的赛德克·巴莱，在背离自己初衷的道路上越行越远。他在屠杀自己同胞的行为中表现得越英勇，他的行为在观众那里掀起的情感旋涡就越激烈。最终，他的南辕北辙式的英勇留给后辈的是意味深长的刺痛。

铁木·瓦利斯更像现代世界的俄狄浦斯王。他的无法释怀的英雄情结，成为惊醒后人的问号。这位在迷宫之中无法找到出路的英雄带给人的惊醒更甚于批判。人类学家维克多·特纳发现，恩登布人的仪式往往在群体内部关系最紧张的时刻举行，它们起到缓解群体矛盾的作用。① 那么，这个现代的反讽剧的展演是否也会使群体内部的仇恨得以释怀？这出反讽剧为在这片土地上生存却相互仇恨的双方疗伤，希望后人能够从前人彼此仇恨的阴影中走出来，与自己人和解。

在影片中，语言震撼、视觉冲击与"英雄"反讽密切结合。英雄莫纳·鲁道说："在日本人面前，自己人打自己人才让人看不起。"这句话在海峡两岸激起强烈的反响。类似的语言在此后的电影中反复出现。在《大上海》中，日本人西野说："你们中国人就像舞台上这两个人一样，什么都看不见，乱打乱砍，不知道谁是真正的敌人。"在《叶问：终极一战》中，叶问的几个学生要闹罢工，可是，在讨论具体方案的时候，他们却争吵起来。叶问说："自己人都不团结，怎么跟外人斗？"这句被广泛复述的话惊醒群体、呼唤反思，达到了治疗群体的目的。

同时，影片的视觉冲击也与"英雄"反讽剧相呼应。凸显刺点是影片制造视觉冲击的主要手段。在该片中，头缠白布、血祭祖灵的道泽人在山间行军，他们举的日本太阳旗成为醒目的刺点。刺点与展面是罗兰·巴尔特在其著作《明室》中所使用的概念，这两个概念是相对存在的。巴尔特认为刺点是"把展面搅乱的要素……是一种偶然的东西，正是这种东西刺疼了我（也伤害了我，

---

①（英）维克多·特纳：《仪式过程：结构与反结构》，黄建波、柳博赟译，北京：中国人民大学出版社，2006年，第8页。

使我痛苦）"①。也可以说，刺点是文化"正常性"的断裂，日常状态的破坏。刺点作为一种断裂，是要求读者介入以求得狂喜的段落，是艺术文本中刺激"读者性"解读的部分。②

祖灵是神话学家坎贝尔所说的凝聚群体的象征。③ 血祭祖灵的仪式对群体的号召和团结作用，类似于《阿凡达》中幻影骑士对潘多拉星球上所有纳美人的凝聚功能。然而，祭祀祖灵的仪式却与殖民者的日本军旗混在一起，殖民者的军旗成为与整个环境并不和谐的元素，而这个元素将血祭祖灵的神圣性搅乱。

打着殖民者的旗帜在山间行军，他们的行为与血祭祖灵的英雄气概没有任何关系。最终，"将仇恨高挂云端，用鲜血洗净灵魂"的仪式，被部落之间的仇恨扭曲。这种视觉冲击产生的自我反省，甚于任何对错是非的批判。这一刺点质疑这些部落仅仅以部族利益为核心的世袭法则。部族利益是他们互相仇杀的原因，也导致他们虽然比日军英勇千倍，更适合山间作战，却因无法团结一致，最终屡战屡败。

四、悖论人格："文雅"的殖民者

悖论是指符号文本的表达层有两个相互冲突的意义，而这种冲突必须在适当的解释中才能够统一起来。④ 影片将几种差异极大的特征融合在一个人物身上，该角色因此便成为具有悖论特性的人物。

日本督察小岛便是被仇恨和殖民思想扭曲的形象。在"雾社事件"之前，小岛是一个疼爱妻子和孩子的好男人，他也是一个宽容的殖民者，能够理解赛德克族的传统，与这些族人的关系很融洽，在他们中威信颇高。然而，在"雾社事件"之后，由于妻儿在"雾社事件"中被杀害，他此前对赛德克族的理解转化为他报复的资本。小岛挑唆与马赫坡有世仇的道泽人屠杀起事的赛德克人；在起事被镇压以后，他还以族长铁木·瓦利斯被杀挑唆道泽人屠杀收容所中的老幼族人。好父亲、好丈夫最终却做出令人发指的暴行。

正如导演魏德圣所说，他不想讲述一个绝对对错的双方之间的战争。⑤ 影片将人物的行为还原于产生其行为的具体语境，展示出在殖民统治的畸形时代，

①（法）罗兰·巴特：《明室——摄影纵横谈》，赵克非译，北京：文化艺术出版社，2003 年，第41 页。

②赵毅衡：《符号学原理与推演》，南京：南京大学出版社，2011 年，第168 页。

③Joseph Campbell, *Myths to Live By*, New York: Bantam Books, 1980, p.90.

④赵毅衡：《符号学原理与推演》，南京：南京大学出版社，2011 年，第211 页。

⑤韩福东：《魏德圣：我为什么亲日仇日？——专访〈赛德克·巴莱〉导演》，载《南风窗》2012 年第 10 期。

被卷入冲突和仇恨的不同人物的无奈、挣扎与抗争。在铁木·瓦利斯身上，影片试图寻找与自己人和解的途径；在小岛身上，影片探寻被扭曲的人性背后深层的原因。

影片并没有单纯地树立敌我争斗的二元对立，而是审视和反思造成人与人之间对立的原因，审视投射在个体身上的将个体扭曲的价值观念——每个个体仅仅是被不同价值观念操纵的小角色而已。因此，在影片中，日本警察既是统治赛德克人从而造成他们生存困境的殖民者，也是被殖民思想毒害的可怜虫。他们爱自己的民族，却仇恨异族。日常生活中的谦谦君子却因为民族利益而去统治、歧视甚至屠杀其他民族，彬彬有礼的殖民者形象更显示出种族差异的恐怖，因为正是殖民制度和殖民思想使本来具有很多共性的不同民族相互屠杀。

影片让不同价值通过人物的言行自我言说，让相互冲突的、体现不同的价值观念的行为同时出场，让它们在相互冲突中自行展示其合理性与谬误。在凸显冲突的同时，影片更注意引导观众思考导致双方冲突的元语言。最终，相互纠结、彼此冲突、互相抵消的元素在人物身上同时出现，使他们成为不同价值冲突的场域。这一场域开启对话的空间，探索冲突背后更为深层的原因。

五、群体之间：标出性与生存困境

影片凸显在群体之间的个体所面对的生存困境。标出性是从语音的不平衡性推演出来的，以便解释文化中对立项的不平衡现象。赵毅衡教授在对立并且不平衡的正异两项之间加入了中项。由于无法自我界定，中项只能选择从对立的两项中选择靠向一项来界定自身。它所靠向的一项被视为正常的、中性的"正项"，它所离弃的一项则为反常的、边缘的"异项"。"标出项之所以成为标出项，就是因为被中项与正项联合排拒。"[1]在语言现象中，"某种语言特征，相对于其他'基本'的特征而言，以某种方式显得比较'特别'"[2]。而在文化现象中，某种相对于基本特征而显得多余的特性也会成为被标出的特性。

另外，不同的社会语境可能会出现截然相反的被标出的特性。"关键问题并不在于一个人做了什么行为，而在于文化如何理解并命名这个行为，从而使中项恶其名而避之。"[3] 在这种情况下，正项与负项会相互翻转，在一个社会中被排斥的异项，在另一个社会就有可能成为正项。反之亦然。

①赵毅衡：《符号学原理与推演》，南京：南京大学出版社，2011 年，第 281—286 页。
②Rod Eliss, *The Study of Second Language*, Oxford：Oxford University Press, 1994.
③赵毅衡：《符号学原理与推演》，南京：南京大学出版社，2011 年，第 292 页。

在电影《赛德克·巴莱》中，在所谓的文明人那里，脸上的图腾纹是被标出的特性；不过，在赛德克族自己看来，图腾纹是他们高傲的象征，是赛德克族之所以是赛德克族的标志。没有被刻上图腾纹的青年，在文明人中间可能是正项，而在赛德克族人看来则是异项，因为他们相信，由于没有刻上代表英勇的图腾纹，这些青年死后会被祖灵摒弃。

赛德克族和日本殖民者因不同的元语言而形成不同的评价系统。在两者之间，两名在日本殖民政府任职的赛德克警察被两个群体双重标出，成为无所皈依的异项。

作为日本殖民者的警察，他们在族人面前不是自己人，因为那身"珍贵的日本皮毛"而备受族中青年奚落。在日本人那里，他们也不是自己人。他们学历最高，工资却最低，照相时站在后排最边角的地方。他们被同事嘲笑，正如他们自己所说，"无论如何也改变不了这张不被文明认同的野蛮人的脸"。

最终，两个赛德克警察成为被双重标出的异项，在相互冲突的两个群体间无法找到皈依之所。被双重标出造成了他们的生存困境和认同危机。影片通过展示个体的生存困境，质疑制造异项的法则。被反复摒弃的异项之生存困境是不同的话语权力在其身上冲突的具体体现。通过他们，影片寻找彼此冲突的价值在更深层次对话的途径。

六、元语言冲突：在游移中探寻通向未来的路标

《赛德克·巴莱》是由汉族导演拍摄的、由台湾少数民族演员参与演出的关于台湾少数民族反抗日本殖民者的影片。通过他者表述与自我言说相结合的方式，人性的价值与赛德克族的英雄观念在影片中相遇。影片试图在文明法则与英雄精神之间寻求平衡的支点，不过，整部影片却只能在两者之间游移。

《赛德克·巴莱》是一部具有普世价值的电影。这部电影所揭示的是全球不同地区的被殖民者都需要面对的命运。"雾社事件"爆发的导火索是不同元语言的分岔衍义①而引发的冲突，这种冲突在基于不同背景的不同民族都可能出现。

符号文本的发送者的意图意义与接收者的解释意义出现了不一致，而这种不一致最终导致冲突。达多·莫纳向走来的日本警察吉村敬酒，可是他刚刚杀完牲畜，手上沾满鲜血。由于赛德克族尊敬双手沾满鲜血的勇士，所以，他们敬酒时并不在意双手是否依然满是牛血，而吉村不屑于理解，甚至鄙视赛德克

---

① 赵毅衡：《符号学原理与推演》，南京：南京大学出版社，2011年，第107—109页。

人，所以，他只看到手上沾满的牛血，而忽略了其中的敬意。心存善意的赛德克人给客人敬酒却由于手上沾满牛血而被对方殴打。用沾满牛血的手敬酒这种表达善意的符号文本自身的模糊性也导致了符号传播者的意图意义与接受者的解释意义之间发生了断裂，不同的元语言出现的意义衍义导致双方的冲突。这次冲突是在反讽时代爆发的各种冲突的一个缩影。在各种冲突相互纠结的时代，如果人类不面对和审视这些基于差异而导致的误解，人类只能面对相互仇杀的命运。

然而，《赛德克·巴莱》不是一部给出答案而是探求答案的电影。影片一方面颂扬誓死抗争的赛德克族，另一方面凸显许多相互交错、彼此冲突的元素。影片赞扬赛德克英雄的血性，却又质疑屠杀。

在《勇敢的心》（Braveheart）中，华莱士在遭受酷刑的时刻，依然高喊"自由"。这种不屈的抗争精神也在誓死反抗的赛德克族身上体现出来，赛德克族誓死捍卫精神的自由。为了拥有进入彩虹桥的资格，赛德克人不做日本人的俘虏，英勇自杀，这些场景无不令人震撼、落泪。

但是，影片却在很多时刻质疑屠杀。在影片开始，一名英俊的赛德克人正在迎战冲来的野猪，却在瞬间成了枪下之鬼，随后被莫纳·鲁道砍掉头颅。人头注定会成为摆放在莫纳·鲁道的房前炫耀他的英勇的众多骷髅中的一颗。从英俊的男人到彰显莫纳·鲁道英雄气概的众多骷髅中的一个，这种反差引发了强烈的视觉冲击，这种冲击在追问这种显示男人气概的"猎头"是否真的可取。由于观众与赛德克族生活的语境之间存在差异，观众只能依靠今天的标准来评判他们的行为，因此，即使观众能够理解他们的英勇，也无法接受他们的"猎头"行为。

影片中常常出现不和谐的声音，这些声音阻断观众的情感认同，刺痛观众，呼唤理性反思。在赛德克族血祭祖灵、屠杀日本人的场景中，出现了一个赛德克老妇人。她冲着奔跑的人群哭喊着："我的孩子们，你们在干什么？"老妇人的哭喊声成为阻断周围环境的刺点。影片在展示英雄行为的缘由，同时也在裸露这些行为合法性的边界。导演自己也承认，从人性的观念来看，"雾社事件"类似一场屠杀，而且从今天的视角来看，这种屠杀是一种无法应对的矛盾，可是这种矛盾恰恰是震撼的基础，也是反思的缘起。① 许多影片都会将英雄的对手妖魔化，从而使英雄斩杀对手具有合法的理由。然而《赛德克·巴莱》却凸显

①魏德圣、吴冠平：《骄傲的赛德克·巴莱——魏德圣访谈录》，载《电影艺术》2012 年第 3 期。

出赛德克人屠杀许多无辜者的场面，这些场面在裸露赛德克人所谓的英雄行为本身存在的不合理之处。影评人梁良在其文章《〈赛德克·巴莱〉的"成败之谜"》中批评影片在展示"雾社事件"的时候，充满了大量屠杀无辜者的场面，这表明这部影片普世值的缺失。① 影片中英雄屠杀无辜的场景，恰恰是"雾社事件"无法回避的历史现实，也是影片从今天的视野对英雄行为的审视和反思，而激发观众的痛感是反思的基础。到底是什么原因导致这些英雄要去屠杀和他们并没有本质区别的普通人呢？

　　总之，《赛德克·巴莱》是一部寻找答案的电影。震撼和矛盾并存，感动与困惑交织，恰恰是观看《赛德克·巴莱》的真实体验。它借历史题材，展示对当下的关怀和对未来走向的探求。在这部汉族导演所拍摄的关于台湾少数民族反抗殖民者的电影中，历史事件本身与其电影呈现，导演的他者眼光与台湾少数民族演员的自我表述，现代文明观念与赛德克族的民族精神交织在一起，这些多维空间中的不同元素相混杂，构成奇特的影像景观。最终，影片在现代文明的客位视角与台湾少数民族的主位视角之间游移，在张扬民族英雄精神与尊崇普世价值之间挣扎。影片的冲突成为指向未来的标尺，通向可能性的探索。

第四节　小结

一、中国科幻电影的缺失

　　中国影视出现了极不均衡的状况。一方面，历史影视过度膨胀。这些历史影视在短时间内过于集中在某个历史人物身上。许多导演都试图在某些热门历史人物身上，分一杯羹。这种缺少创造力和想象力的重复和寄生，值得深思和批判。另一方面，中国缺少具有震撼力的科幻电影。2013 年，中国制造的月球车行驶在月宫这一在中国文化传统中充满浪漫想象的地方。坎贝尔认为人类历史中的第一次探月飞行意味着人类同一的神话时代即将到来。② 这一中国科学发展的里程碑是否会给中国当下影视带来突破呢？人类所共同面对的生态危机使

　　①梁良：《〈赛德克·巴莱〉的"成败之谜"》，载《电影艺术》2012 年第 5 期。
　　②Joseph Campbell, *Myths to Live By*, New York：Bantam Books, 1980, pp.87-88.

人类融合为一体。人类所共同面对的灾难能够激发超出国界的共鸣。在许多美国科幻电影中,给予人类视觉冲击的灾难性场景暗示着人类未来可能会遭遇的命运。这些电影在未来的危机情境中投射了对人类当下的关怀。类似末世论情境的画面是对当下生存方式的拷问和质疑,也是对未来的尚未展开的可能性的预设。这些影视造塑造了悬挂在人的生存之上的达摩克利斯神剑,在此种危机意识之下,人类只有改变当下的生存方式,才能寻找到救赎之路。在此意义上来说,《阿凡达》的核心主题是治疗,杰克·苏力残缺的身躯是背离大地母亲的现代人之生存困境的象征,人类世界弱肉强食的精神疾病在纳美人的世界中得到了治疗。可是,在环境污染日益严峻的中国却缺少关注生态危机的科幻电影。这种缺失意味着什么呢?

二、群体阈限的固着

文化历史学家利奥·弗罗贝纽斯(Leo Frobenius)认为人类如今将要进入的时代是全球化的时代,这一时代是一个摆脱了国界束缚的伟大时刻。[1] 坎贝尔则试图在人类的世界中寻找关于此种同一的启迪,而探月之旅所获得的地球图像使他看到了人类跨越差异、融合为一的象征。[2] 许多学者认为坎贝尔的著作可以促进具有差异的人们之间的交流。[3] 这是坎贝尔从《千面英雄》开始就具有的理想,他总结单一神话模式,就是试图使人们在相互理解的基础上,达到同一。[4] 也就是说,他希望人们能够突破群体差异的阈限,在相互理解的基础上,相互融合,组成超越差异和冲突的共同体。这种理想是他留给美国电影的一笔财富。

许多美国电影出现了由不同种族混合组成的家庭,或者跨越种族差异的爱情和友情。这些设置暗含着跨越界限、融会群体冲突的愿望。在《功夫熊猫》中,阿宝的父亲是鸭子;在《怪物史莱克》中,驴子与龙恋爱;在《暮光之城》《精灵旅馆》中,人与吸血鬼相恋;在《马达加斯加》(Madagascar)中,长颈鹿与河马相爱……总之,这些违背生物学基本规则的文化呈现,凸显跨越差异

---

①Joseph Campbell, *Myths to Live By*, New York: Bantam Books, 1980, pp.86-87.

②Joseph Campbell, *Myths to Live By*, New York: Bantam Books, 1980, p.252.

③James L. Henderson, "The Masks of God: Primitive Mythology by Joseph Campbell," in *International Review of Education / Internationale Zeitschungswissenschaft / Revue Internationale de l'Education*, Vol.6, No.4, 1960, pp.497-501; Karen L. King, "Social Factors in Mythic Knowing: Joseph Campbell and Christian Gnosis," in Deniel C. Noel, ed., *Paths to the Power of Myth: Joseph Campbell and the Study of Religion*, New York: Crossroad, 1990. pp.68-108.

④(美)约瑟夫·坎贝尔:《千面英雄》,张承谟译,上海:上海文艺出版社,2000年,序。

法则的精神诉求。

有些电影在所谓的邪恶群体身上展示出人性化的维度，从而开拓人性的疆域，也在质疑人们墨守成规的群体法则。在电影《暮光之城》系列中，只要吸血鬼能够抑制住他们嗜血成性的特性，他们身上的人性并不少于普通人。动画《精灵旅社》也采取了类似的思路。是否承认相异的他者身上拥有自己所拥有的宝贵特质（比如爱、人性和生命等）是跨越群体隔阂的关键一步。在《快乐的大脚》中，大脚企鹅美丽的舞姿成为沟通两个不同种族（人与企鹅）的桥梁。此类沟通也说明，具有灵性和生命的不同群体可以跨越人为差异，实现同一。

通过比人更人性化的他者来反思人性，从而追问人性的标尺，是许多作品司空见惯的模式。许多动画从动物的视角批判人类的野蛮和残暴。对他们来说，人类是残忍的屠夫，因为人类虐待、屠杀动物，《海底总动员》（*Finding Nemo*）《动物大会》（*Animals United*）和《别惹蚂蚁》等动画就利用了此类思路。动画《逃离地球》（*Escape from Planet Earth*）则从外星人的视角凸显人类世界的专制和缺少人性。

总之，这些影视述说了在群体之间的冲突日益严峻的当下，人们渴望跨越阈限、融合差异的精神诉求。

然而，群体中心主义成为许多国产电影的痼疾。《画皮》（1、2）依然是自恋式的人类想象。为何动物、植物修炼多年之后才有人形？这种人形却不能维持太久，必须用吃人心的妖术来维持。这些妖精利用妖术维持人形的做法体现出了人、动物、植物之间递次关系，人要高于动物和植物。妖精为何会爱上人？为了爱情，他们甚至会放弃修行，人为何有那样大的魅力？为何仙女会爱上凡人，甚至私自下凡与人成亲？与此种观念不同，在《阿凡达》中，地球人杰克·苏力变成被称为"蓝猴子"的纳美人。在《暮光之城》系列中，人与吸血鬼相恋，人最终变成了吸血鬼。可是，在《画皮》系列中，狐妖没有心，妖没有感觉，心和感觉都成为人类的特权，妖千方百计都想得到这些特权。这种对人类特权的固着，又说明了什么？

《画皮2》通过异类狐妖与异族之间的对比来反思人性的模式，这种异族甚至不及异类的思维更加彰显出群体中心主义的观念！叶舒宪先生认为：

> 中国人在较早的时期对所谓"人"就有不同的看法，往往主观地认为只有汉族人才算是人，否则便是"夷狄"。因此，我们往往在异族的名称上加了犬、虫、羊等偏旁。一百年前，我们还会用"英猁狗"称呼英国人呢！这是文化差异的生物化。异民族一旦被视为异类或

"非人"，任何非人性的行为便可能发生。这些异类马上变成了可杀可吃的对象，如一般野兽。①

在《画皮2》中，异类狐仙具有人性和牺牲精神，为了拯救爱人而不惜牺牲自己千年的魔法，可是这种人性却没有在异族身上看到。影片中的异族萨满，被呈现为摆弄令人恶心的动物内脏、会用妖法的怪物。影片让观众继续沉迷在"我们"对丑化的"他们"的征服之中。这种被妖魔化的他者，与充满人性的魔法师，充满人性的纳美人相比，观念过于陈旧。难道与"我们"为敌的就是落后的蛮族？蛮族就是没有人性的部落？

三、《赛德克·巴莱》与人类同一

在拥有美好前景的同一神话还尚未在人间实现的时刻，人类又如何面对彼此之间的冲突？《赛德克·巴莱》是对坎贝尔盲目乐观的质疑。在这个充满冲突的时代，人类怎样获得坎贝尔所说的人类同一的星球神话？坎贝尔预设了一个人类整体"我们"，可是这个他所谓的"我们"依然处于分裂的状态。然而他却用这种处于分裂冲突之中的"我们"否定了群体之间的差异。坎贝尔宏大的人类同一叙事的背后是众多传统神话被淹没的声音。他浪漫化地处理群体之间的冲突，却未必能掩饰冲突背后的挣扎和痛苦。此类同一也只会成为在未来的某个时刻注定会爆炸的定时炸弹。差异所引发的血与泪的悲剧，不是蜜糖式的甜腻腻的人类同一所能弥补的，这些秉持差异的群体社会也不是孩童幼稚的固恋。并且，谁又有资格判决一个群体的传统神话的陈旧与保守？坎贝尔用一种虚幻的同一否定了差异，并试图将这些具有差异的神话送入历史垃圾堆，他的理论站得住脚吗？用坎贝尔前期的观点来看，人们也只有承认不同民族的神话都是神的不同面具，并拥有了不同神话相互尊重、对话的生态环境，星球神话的美好前景才成为可能。

---

①叶舒宪：《文学与人类学——知识全球化时代的文学研究》，北京：社会科学文献出版社，2003年，第6页。

第七章

结　　论

比较神话学家约瑟夫·坎贝尔透视矛盾纠结而成的迷雾，捕捉朝向未来的神话。然而，如果无法解决人类当下所面对的问题，他所宣扬的充满魅力的前景，仅仅是幻影而已。只能说坎贝尔太过远视，就像古希腊第一位哲学家泰利斯，他可以观察星云的走势，却无法看到自己马上就要掉进陷阱。

一、坎贝尔的神话治疗术

古代人利用通过仪式释放和转变个体的精神能量，然而，在神话和仪式缺失的现代社会，此种没有被转变的能量只能在梦中得以缓解。由于缺少与灵性世界沟通的中介，此种无法转变的心灵力量会使人陷入精神的荒原。基于现代社会人所处的此种困境，坎贝尔提出阐述英雄探险的单一神话。通过英雄的旅程，个体的生命历程与神话世界及神话中的英雄探险建立联系。这一与人类世界拥有不同特质的神秘世界，是人类源于并最终归于的神秘根基。在探险过程中，英雄在宇宙的中心将神秘源头的生命之水再次引入这个世界。因此，英雄旅程成为现代精神荒原的神话治疗术。

在《千面英雄》以后的著作中，坎贝尔将此种模式作为一种普适性的结构，分析人类世界中与英雄旅程相关的诸多现象。萨满的精神旅程、仪式的举行、精神病患者的心理征程、神话诗人的创作过程甚至个体的生命旅程等等，这些都可以看成英雄的旅程。神圣仪式和神圣节日为人类提供了与日常世界不同的法则，仪式和节日的重要意义就在于能够为人们提供摆脱日常法则，获得神秘世界的恩赐的方式。人们也经历了从日常生活世界出发，最终又归来的旅程。

在坎贝尔看来，萨满代表人类追求精神修炼，并最终获得自由的精神遗产。由于经历了充满考验的精神旅程，他们才具有超越部落传统的智慧和精神力量。这是他们超越代表体制化的祭司的地方。萨满是受伤的智者，他们的精神历练是他们从精神创伤中走出，最终成为智者的征程。他们所遭受到的与众不同的创伤恰恰是可以摆脱本地传统束缚、获得精神启迪的契机。他们经历了艰难的精神探险并最终归来，此种精神探险使他们获得变形的力量。萨满最终成为部落精神的守护者。人类社会中的圣人和神话诗人都继承了萨满精神。

精神病患者也经历了类似萨满所经历的精神旅程，他们离开了日常世界，在无意识世界中探险。萨满以及后来的智者都在此类精神旅程中归来，而精神病患者却滞留在无意识的世界中。在坎贝尔看来，如何帮助精神病患者完成此类精神旅程是医生所面对的主要任务。英雄的旅程为心灵历练的叙述化提供了情节框架，从而串联起心灵所面对的各种考验。一个经历心灵创伤的个体，并不会因为他与众人不同的经历而成为被抛入荒诞情境的异类。此种与众不同的创伤恰恰是为他打开了通向英雄征程的门径。单一神话成为坎贝尔式的心灵治疗术。

　　坎贝尔写作《神的诸种面具》的经过也可以看成英雄的旅程。在《千面英雄》中，英雄的探险在一系列相互对立的世界中展开：神秘世界与日常世界，女神世界（时间的世界，二元对立的世界）与父神世界（超越时间的永恒世界），等等。英雄最终融合了这些对立，从而获得了神圣的启迪。归来的英雄成为两个世界的主人，他所离开的世界与他曾经所探险的世界神秘地融合在一起。《千面英雄》中此种建立和融合二元对立的方法在《神的诸种面具》中依然存在。坎贝尔将史前神话分为两种：代表群体专制的史前农人神话与代表个体精神自由的史前猎人神话。以神话中所展示出的神与法则之间的关系为依据，坎贝尔区分出西方神话与东方神话。以神人关系为依据，坎贝尔又区分出尊重神的命令的黎凡特神话和尊重个体的欧洲本土神话。根据面对宇宙之法的不同态度，坎贝尔又区分出印度神话和远东神话。坎贝尔的学术探险就在这些对立的神话世界中展开，而融合这些对立，是他的英雄之旅所面对的任务。在《原始神话》《东方神话》《西方神话》中，坎贝尔重估传统神话。他集中批判了黎凡特神话将神话当成历史，从字面上解读神话的阐释方式。东方神话（印度神话）对人的心理历练的展示，欧洲本土神话中的个体主义，被坎贝尔看成新时代神话的始基。在梳理出神圣存在的自然史之后，他试图将自己扮演成从神话世界中探险归来的英雄，宣扬他在神话世界中获得了启迪。在《创造神话》中，他试图在人类当下所生活的世界中寻找神秘的启迪。探险归来的英雄将日常世界与神秘世界融合起来。坎贝尔试图展示源自世俗世界的神圣启迪，他从中世纪禁忌之恋中找到了这个时代的象征。在他那里，人类生活的世界就是那个神秘的世界，而人类所缺少的就是英雄在探险中所获得的独特的、审视自己世界的视角。

从宏观意义来说，坎贝尔的学术旅程也可以用此种模式概括。为了纪念坎贝尔，后人将坎贝尔生前采访录中谈论自己生平的段落编辑成一本名为《英雄的旅程》的书籍，这本书的整体框架运用了坎贝尔的单一神话模式。

不过，需要指出的是，坎贝尔在一个宏大的前后更迭演进的背景下论述神话和英雄的自然史，博大精深的世界神话成为这一宏大叙述中的情节元素，这种思路对一个20世纪的神话学家来说，有些过时。

二、独断的同一论

坎贝尔独断地坚持人类神话的同一。这种同一来自他对神话力量的信仰而非理论论证。人类种族的同一、生命环境的同一、人生历程的同一，最终导致神话意象的同一。比较神话研究发现的神话意象的同一又在证明人类的同一。[①]这是坎贝尔的循环论证。坎贝尔就用此种独断的坚信，讲述世界神话的同一。如果有人对此同一论提出质疑，坎贝尔就认为他们弱视，认为这些人没有关注相似，仅仅关注差异。[②]因此，最早研究坎贝尔的神话理论家西格尔认为，坎贝尔没有问世界神话是否相似，而是直接问这些相似的意义是什么。[③]也就是说，坎贝尔的同一论缺少展开的基础和论证过程。

坎贝尔用同质化的视角抹杀了不同文化间的差异和独特性，忽略了不可通约的因素，从而将问题简单化。然而，如果一味求异，也存在将简单的问题复杂化的问题，这样人就往往交织在无穷无尽的琐碎的细枝末节中而不能自拔。因此，人类同一更应该被看成理想，而非现实。这种理想带给人们的是比危机重重的现实更加美妙的未来图景，即使这些图景仅仅是虚幻的泡沫。坎贝尔由探月之旅所提供的地球意象而呼唤凝聚全人类的星球神话。这种没有任何差别的人类大同世界是许多世界性宗教所宣扬的人间天堂，也是这些宗教吸引教众的地方。坎贝尔试图保留神话中最具宗教精神的一部分，而试图摒弃传统宗教中的群体中心主义，以及体制对个体的压制等缺陷。人类世界每天都在发生源于文化和宗教差异的流血冲突。在饱受这些悲剧的群体那里，这种理想显得弥足珍贵。

---

①Joseph Campbell, *The Masks of God*: *Primitive Mythology*, London: Penguin Books, 1987, p. 3.

②Joseph Campbell, *The Flight of the Wild Gander*, Chicago: Henry Regnery Company, 1972, pp. 44-45.

③Robert A. Segal, *Joseph Campbell*: *An Introduction*, New York: Garland Pub., 1987, p. 2

三、"早产"的星球神话

传统神话在科学的冲击下失去了力量。束缚个体自由的曼陀罗已经被科学家－萨满挣脱，这是一个注定要复兴史前猎人神话的萨满精神的时代。人类自身凝聚着神秘奥义。坎贝尔认为宣扬个体主义的个人神话和融合人类整体的星球神话注定会到来。

不过，坎贝尔的乐观仅仅是虚幻的泡沫。20世纪伟大的哲学家海德格尔关于诸神归来有过这样的论述：

> "曾经在此"的诸神唯在"适当时代"里才返回；这就是说，唯当时代已经借助于人在正确的地点以正确的方式发生了转变，诸神才可能"返回"。[①]

坎贝尔的方式是正确地点的正确方式吗？人类当下所生存的时代是诸神归来的时代吗？人是否能够强大到成为诸神的座席？既然在科学话语的冲击之下，诸神已经远去，坎贝尔的论述注定是"早产"的、嫣然逝去的空谈。在人还无法从中跳出，从而得以审视人所生活其中的时代，一些尚未开展的可能性在其未展开时已经夭折。与坎贝尔的盲目乐观相比，海德格尔关于人类当下情境的论述更为有力：

> 世界黑夜的时代是贫困的时代，因为它一味地变得更加贫困。它已经变得如此贫困，以至于它不再能察觉上帝之缺席本身了。[②]

在海德格尔看来，无法察觉无知的无知，是人类当下的处境。那么，坎贝尔将无知当成睿智，将幼稚当成熟，将肤浅当深邃，将神的缺席当成充盈，人类在自足和自满中走向空虚。坎贝尔认为人类所处的时代是一个噩梦的结束，这是否也宣告着另一个新的噩梦的开始？

浪漫主义者约瑟夫·坎贝尔在人类世界建构世俗神话。[③] 探险归来的英雄成为两个世界的主人，在他那里，神秘世界与日常世界的界限消失。面对人类当下的处境，坎贝尔也试图用此种眼光审视世俗世界，试图发现和展示世俗世界与神圣世界融会的神秘，从而从日常世界寻找到神圣世界的光辉。从宗教学家

[①]（德）海德格尔：《海德格尔选集》，孙周兴选编，上海：上海三联书店，1996年，第408页。
[②]（德）海德格尔：《海德格尔选集》，孙周兴选编，上海：上海三联书店，1996年，第408页。
[③]Joseph Campbell, *The Masks of God: Creative Mythology*, London: Penguin Books, 1968, p.476.

伊利亚德的思想来看，坎贝尔的观点有待商榷。伊利亚德认为神圣世界在人类所生活的世界的显现定名为"显圣物"，而神圣时间和神圣空间则是人类时空中不可化约的元素。在坎贝尔那里，伴随着神圣光辉的蔓延处处即为圣地，时时即为节日。神圣是在神圣与世俗的差异系统中所彰显出的截然不同的特质，然而，当二者之间的对立被取消，随之而来的是否是神圣在人所生存的世界的退隐？当处处都是圣地，圣地的意义就消失；当时时皆为节日，节日的价值也不复存在。坎贝尔将深邃的东方思想廉价化为麦当劳式的美国快餐，陷入盲目的乐观。

四、反思神话隐喻

神话是超越者的透明隐喻，次终极真理，神话有心理学的维度和形而上学的维度。隐喻的透明性说明神话本身并不是目的，而是人类可以借以朝向超越者的中介。

凭借神话隐喻，坎贝尔试图治疗群体自恋症，解决因科学话语冲击而造成的传统神话的窘境，并复活东方神话中的心灵体验，从而将神话与人的精神体验建立联系。将神话看成历史事实意味着群体神话成为唯一的神圣启迪，这种群体自恋是群体之间战争的源头，因为上帝的子民对魔鬼的子民的战争便拥有了合法性。坎贝尔从超越者这一终极奥义的角度，使世界神话都具有了存在的合理性和合法性。

神话是人类精神的描述，伊甸园是"人类灵魂的风景"，它在"人类的心灵之中"。① 宗教将活态神话蜕变为刻板的教条，这种法典化的形式传播的仅仅是神话的僵死躯体。坎贝尔试图剔除神圣书写中的世俗化的权力建构，从而将神话与人的内在精神体验联系起来。神话是心灵的事实，那么神话与探索物理事实的科学就不存在冲突。因此，他坚信心理学的力量可以使神话从科学的冲击中解放出来。

但是，坎贝尔的神话隐喻说无法回答关于信仰的问题。坎贝尔斩断神话与历史事实之间的关联，他试图一劳永逸地解决所有的冲突，此种决绝的极端化的方式却没有成效。神话隐喻成为一把双刃剑，在其剥离正教的群体中心主义

---

①Joseph Campbell, *Myths to Live By*, New York：Bantam Books, 1980, p. 25.

的立场的同时，也取消了人们对信仰的坚守。教徒将自己的传统神话看成历史事实，难道就没有意义了？人们就因此而斩断了与精神体验的关联吗？坎贝尔的神话隐喻能将神话从体制化的痼疾中拯救出来，难道就没有基于神话隐喻的宗教体制？

坎贝尔的神话隐喻说缺少对人类苦难的关怀，人如何面对死亡的诘问？如何填充人的生命从一种状态转变为另一种状态所留下的空白？生命也仅仅是隐喻？死亡也仅仅是隐喻？坚守信仰是超越死亡的精神力量。信仰带给人们在生命的苦难中，朝向彼岸的诉求。永恒幸福的天堂是苦难世界的反衬。如果在人将死的时刻，他坚信会存在一个与充满苦难的现实世界完全不同的天堂，他会带着怎样的憧憬离开这个世界？弥赛亚情结是身处绝境中的人们的希望。如果真的存在拯救世人的菩萨，如果在人间真的存在显示神迹的耶稣、耶和华、佛祖、毗湿奴、梵天……这将会给在苦难中挣扎的人带来怎样的抚慰？在饱受苦难的人们那里，信仰会以某种神秘的方式使他们与救赎、至福的天堂建立联系。当神话成为隐喻，信仰带给人的精神转变还会存在吗？

参 考 资 料

中 文 资 料

【中文专著】

程金城：《西方原型美学问题研究》，哈尔滨：黑龙江人民出版社，2007 年。

程金城：《原型批判与重释》，北京：东方出版社，1998 年。

方克强：《文学人类学批评》，上海：上海社会科学院出版社，1992 年。

邓启耀：《中国神话的思维结构》，重庆：重庆出版社，2004 年。

黄心川：《印度哲学史》，北京：商务印书馆，1989 年。

吕微：《神话何为——神圣叙事的传承与阐释》，北京：社会科学文献出版社，2001 年。

茅盾：《茅盾说神话》，上海：上海古籍出版社，1999 年。

茅盾：《神话研究》，天津：百花文艺出版社，1981 年。

茅盾：《神话杂论》，上海：世界书局，1929 年。

彭兆荣：《人类学仪式的理论与实践》，北京：民族出版社，2007 年。

彭兆荣：《文学与仪式：文学人类学的一个文化视野——酒神及其祭祀仪式的发生学原理》，北京：北京大学出版社，2004 年。

孙柏：《丑角的复活——对西方戏剧文化的价值重估》，上海：学林出版社，2002 年。

王小盾：《原始信仰和中国古神》，上海：上海古籍出版社，1989 年。

萧兵：《中国文化的精英——太阳英雄神话比较研究》，上海：上海文艺出版社，1989 年。

叶舒宪、李继凯：《太阳女神的沉浮——日本文学中的女性原型》，西安：陕西人民教育出版社，1992 年。

叶舒宪：《中国神话哲学》，北京：中国社会科学出版社，1992 年。

叶舒宪：《诗经的文化阐释——中国诗歌的发生研究》，武汉：湖北人民出版社，1994 年。

叶舒宪：《高唐神女与维纳斯——中西文化中的爱与美主题》，北京：中国社会科学出版社，1997 年。

叶舒宪：《探索非理性的世界——原型批评的理论与方法》，成都：四川人民出版社，1988 年。

叶舒宪、田大宪：《中国古代神秘数字》，北京：社会科学文献出版社，1998 年。

叶舒宪：《文学人类学探索》，桂林：广西师范大学出版社，1998 年。

叶舒宪主编：《文学与治疗》，北京：社会科学文献出版社，1999 年。

叶舒宪：《阉割与狂狷》，上海：上海文艺出版社，1999 年。

叶舒宪：《两种旅行的足迹》，上海：上海文艺出版社，1999 年。

叶舒宪：《耶鲁笔记》，厦门：鹭江出版社，2002 年。

叶舒宪：《原型与跨文化阐释》，广州：暨南大学出版社，2002 年。

叶舒宪：《圣经比喻》，桂林：广西师范大学出版社，2003 年。

叶舒宪：《文学与人类学——知识全球化时代的文学研究》，北京：社会科学文献出版社，2003 年。

叶舒宪：《千面女神——性别神话的象征史》，上海：上海社会科学院出版社，2004 年。

叶舒宪：《英雄与太阳——中国上古史诗的原型重构》，西安：陕西人民出版社，2005 年。

叶舒宪：《庄子的文化解析——前古典与后现代的视界融合》，西安：陕西人民出版社，2005 年。

叶舒宪：《神话意象》，北京：北京大学出版社，2007 年。

叶舒宪、彭兆荣、纳日碧力戈：《人类学关键词》，桂林：广西师范大学出版社，2004 年。

叶舒宪：《熊图腾：中华祖先神话探源》，上海：上海锦绣文章出版社，2007 年。

叶舒宪：《文学人类学教程》，北京：中国社会科学出版社，2010 年。

叶舒宪选编：《结构主义神话学》，西安：陕西师范大学出版总社有限公司，2011 年。

叶舒宪选编：《神话－原型批评》，西安：陕西师范大学出版总社有限公司，2011 年。

闻一多：《神话与诗》，上海：上海人民出版社，2006 年。

赵毅衡：《符号学原理与推演》，南京：南京大学出版社，2011 年。

赵毅衡：《广义叙述学》，成都：四川大学出版社，2013 年。

【中文译著】

（印度）《奥义书》，黄宝生译，北京：商务印书馆，2010 年。

（印度）《五十奥义书》，徐梵澄译，北京：中国社会科学出版社，1984 年。

（英）J. G. 弗雷泽：《金枝》，徐育新、汪培基、张泽石译，刘魁立审校，北京：新世界出版社，2006 年。

（英）西格尔：《神话理论》，刘象愚译，北京：外语教学与研究出版社，2008 年。

（美）阿兰·邓迪斯编：《西方神话学论文选》，朝戈金、尹伊、金泽等译，上海：上海文艺出版社，1994 年。

（加）埃里克·麦克卢汉、弗兰克·秦格龙：《麦克卢汉精粹》，何道宽译，南京：南京大学出版社，2000 年。

（德）埃利希·诺伊曼：《大母神：原型分析》，李以洪译，北京：东方出版社，1998 年。

（芬兰）埃罗·塔拉斯蒂：《存在符号学》，魏全凤、颜小芳译，成都：四川教育出版社，2012 年。

（英）艾伦·巴纳德：《人类学历史与理论》，王建民、刘源、许丹译，北京：华夏出版社，2008 年。

（法）爱弥尔·涂尔干：《宗教生活的基本形式》，渠东、汲喆译，上海：上海人民出版社，2006 年。

（美）露丝·本尼迪克特：《文化模式》，王炜等译，北京：生活·读书·新知三联书店，1988 年。

（英）彼得·伯克：《图像证史》，杨豫译，北京：北京大学出版社，2008 年版。

（德）恩斯特·卡西尔：《国家的神话》，范进、杨君游、柯锦华译，北京：华夏出版社，1999 年。

（德）恩斯特·卡西尔：《人论》，甘阳译，上海：上海译文出版社，1985 年。

（德）恩斯特·卡西尔：《神话思维》，黄龙保、周振选译，北京：中国社会科学出版社，1992 年。

（德）恩斯特·卡西尔：《语言与神话》，于晓等译，北京：生活·读书·新知三联书店，1988 年。

（英）菲奥纳·鲍伊：《宗教人类学导论》，金泽、何其敏译，北京：中国人民大学出版社，2004 年。

（美）菲尔·柯西诺主编：《英雄的旅程：与神话学大师坎贝尔对话》，梁永安译，北京：金城出版社，2011 年。

（德）弗里德里希·尼采：《人性的，太人性的：一本献给自由精灵的书》，杨恒达译，北京：中国人民大学出版社，2011 年。

（德）海德格尔：《海德格尔选集》，孙周兴选编，上海：上海三联书店，1996 年。

（德）黑格尔：《历史哲学》，王造时译，上海：上海书店出版社，2001 年。

（美）华莱士·马丁：《当代叙事学》，伍晓明译，北京：北京大学出版社，1990 年。

（美）C.S.霍尔、V.J.诺德贝：《荣格心理学入门》，冯川译，北京：生活·读书·新知三书店，1987 年。

（美）克里斯托弗·沃格勒：《作家之旅——源自神话的写作要义》，王翀译，北京：电子工业出版社，2011 年。

（美）克利福德·格尔兹：《文化的解释》，纳日碧力戈、郭于华、李彬等译，上海：上海人民出版社，1999 年。

（美）克利福德·吉尔兹：《地方性知识》，王海龙、张家瑄译，北京：中央编译出版社，2004 年。

（美）戴维·利明、埃德温·贝尔德：《神话学》，李培茱、何其敏、金泽译，上海：上海人民出版社，1990 年。

（法）列维－布留尔：《原始思维》，丁由译，北京：商务印书馆，1995 年。

（法）克劳德·列维－斯特劳斯：《结构人类学——巫术·宗教·艺术·神话》，陆晓禾、黄锡光等译，北京：文化艺术出版社，1989 年。

（法）列维－斯特劳斯：《图腾制度》，渠东译，上海：上海人民出版社，2002 年。

（法）列维－斯特劳斯：《野性的思维》，赵建兵译，北京：京华出版社，2000 年。

（美）路易斯·宾福德：《追寻人类的过去》，陈胜前译，上海：上海三联书店，2009 年。

（美）诺伯特·威利：《符号自我》，文一茗译，成都：四川教育出版社，2011 年。

（法）罗兰·巴尔特：《符号学原理》，王东亮译，北京：生活·读书·新知三联书店，1999 年。

（法）罗兰·巴特：《明室——摄影纵横谈》，赵克非译，北京：文化艺术出版社，2003 年。

（法）罗兰·巴特：《神话修辞术/批评与真实》，屠友祥、温晋仪译，上海：上海人民出版社，2009 年。

（法）罗兰·巴尔特：《符号学历险》，李幼蒸译，北京：中国人民大学出版社，2008 年。

（美）罗洛·梅：《存在之发现》，方红、郭本禹译，北京：中国人民大学出版社，2008 年。

（英）马林诺夫斯基：《巫术·科学·宗教与神话》，李安宅译，北京：中国民间文艺出版社，1986 年。

（英）马林诺夫斯基：《文化论》，费孝通等译，北京：中国民间文艺出版社，1987 年。

（法）马塞尔·莫斯：《礼物》，汲喆译，上海：上海人民出版社，2005 年。

（法）马特：《柏拉图与神话之镜：从黄金时代到大西岛》，吴雅凌译，上海：华东师范大学出版社，2008 年。

（美）马文·哈里斯：《好吃：食物与文化之谜》，叶舒宪、户晓辉译，济南：山东画报出版社，2001 年。

（美）马歇尔·萨林斯：《"土著"如何思考——以库克船长为例》，张宏明译，上海：上海人民出版社，2003 年。

（英）玛丽·道格拉斯：《洁净与危险》，黄剑波、卢忱、柳博赟译，北京：民族出版社，2008 年。

（美）马丽伽·金芭塔丝：《活着的女神》，叶舒宪等译，桂林：广西师范大学出版社，2008 年。

（美）米尔恰·伊利亚德：《神圣的存在：比较宗教的范型》，晏可佳、姚蓓琴译，桂林：广西师范大学出版社，2008 年。

（罗马尼亚）米尔恰·伊利亚德：《神圣与世俗》，王建光译，北京：华夏出版社，2002 年。

（美）米尔恰·伊利亚德：《宗教思想史》，晏可佳、吴晓群、姚蓓琴译，上海：上海社会科学院出版社，2004 年。

（罗马尼亚）米尔希·埃利亚德：《神秘主义、巫术与文化风尚》，宋立道、鲁奇译，北京：光明日报出版社，1990 年。

（德）缪勒：《比较神话学》，金泽译，上海：上海文艺出版社，1989 年。

（印度）摩亨佐纳特·格塔：《室利·罗摩克里希那言行录》，王志成、梁燕敏译，北京：宗教文化出版社，2008 年。

（德）尼采：《查拉图斯特拉如是说》，余鸿荣译，哈尔滨：北方文艺出版社，1988 年。

（美）尼尔·波兹曼：《娱乐至死》，章艳译，桂林：广西师范大学出版社，2004 年。

（加）诺思罗普·弗莱：《批评的解剖》，陈慧、袁宽军、吴伟仁译，天津：百花文艺出版社，2006 年。

（加）诺思洛普·弗莱：《神力的语言——"圣经与文学"研究续编》，吴持哲译，北京：社会科学文献出版社，2004 年。

（加）诺思洛普·弗莱：《伟大的代码——圣经与文学》，郝振益、樊振帼、何成洲译，北京：北京大学出版社，1998 年。

（美）乔纳森·卡勒：《当代学术入门：文学理论》，李平译，沈阳：辽宁教育出版社，1998 年。

（法）让·波德里亚：《象征性交换与死亡》，车槿山译，南京：译林出版社，2009 年。

（法）让－皮埃尔·韦尔南：《神话与政治之间》，余中先译，北京：生活·读书·新知三联书店 ，2001 年。

（法）让－皮埃尔·维尔南：《希腊人的神话和思想——历史心理分析研究》，黄艳红译，北京：中国人民大学出版社，2007 年。

（瑞士）荣格：《心理学与文学》，冯川、苏克译，北京：生活·读书·新知三联书店，1987 年。

（瑞士）C. G. 荣格等：《人及其表象》，张月译，北京：中国国际广播出版社，1989 年。

（瑞士）卡尔·古斯塔夫·荣格：《荣格文集》（1—9 卷），北京：国际文化出版公司，2011 年。

（瑞士）C. G. 荣格：《心理类型学》，吴康、丁传林、赵善华译，西安：华岳文艺出版社，1989 年，

（瑞士）C. G. 荣格：《探索心灵奥秘的现代人》，黄奇铭译，北京：社会科学文献出版社，1987 年。

（瑞士）荣格：《荣格文集》，冯川译，北京：改革出版社，1997。

（美）瑞安·艾斯勒：《圣杯与剑——"男女之间的战争"》，程志民译，北京：社会科学文献出版社，1995 年。

（美）撒穆尔·伊诺克·斯通普夫、詹姆斯·菲泽：《西方哲学史》，丁三东、张传友、邓晓芝等译，北京：中华书局，2005 年。

（美）斯蒂·汤普森：《世界民间故事分类学》，郑海、郑凡、刘薇琳等译，上海：上海文艺出版社，1991 年。

（美）苏珊·桑塔格：《反对阐释》，程巍译，上海：上海译文出版社，2003 年。

（瑞士）费尔迪南·德·索绪尔：《普通语言学教程》，高名凯译，北京：商务印书馆，1980 年。

（英）维克多·特纳：《象征之林——恩登布人仪式散论》，赵玉燕、欧阳敏、徐洪峰译，北京：商务印书馆，2006 年。

（英）维克多·特纳：《仪式过程：结构与反结构》，黄剑波、柳博赟译，北京：中国人民大学出版社，2006 年。

（英）维克多·特纳主编：《庆典》，方永德等译，上海：上海文艺出版社，1993 年。

（德）沃尔夫冈·伊瑟尔：《虚构与想象——文学人类学疆界》，陈定家、汪正龙等译，长春：吉林人民出版社，2011 年。

（俄）叶·莫·梅列金斯基：《神话的诗学》，魏庆征译，北京：商务印书馆，2009 年。

（德）约纳斯等：《灵知主义与现代性》，张新樟等译，上海：华东师范大学出版社，2005 年。

（美）约瑟夫·坎贝尔：《指引生命的神话：永续生存的力量》，张洪友、李瑶、祖晓伟等译，杭州：浙江人民出版社，2013 年。

（美）约瑟夫·坎贝尔、比尔·莫耶斯：《神话的力量》，朱侃如译，沈阳：万卷出版公司 ，2011 年。

（美）约瑟夫·坎贝尔：《千面英雄》，张承谟译，上海：上海文艺出版社，2000 年。

（美）詹姆斯·克利福德、乔治·E.马库斯编：《写文化——民族志的诗学与政治学》，高丙中、吴晓黎、李霞等译，北京：商务印书馆，2006 年。

张文涛选编：《神话诗人柏拉图》，董赟、胥瑾译，北京：华夏出版社，2010 年 。

【论文】

杜扬晨、刘芝花：《〈红色英勇勋章〉中的英雄神话模式》，载《西南农业大学学报》2010 年第 2 期。

方艳：《神话的永恒回归——从〈神话的力量〉看坎贝尔的神话哲学》，载《中国比较文学》2011 年第 4 期。

郭建：《坎贝尔的英雄历险神话模式解析》，载《商丘师范学院学报》2011 年第 10 期。

韩福东：《魏德圣：我为什么亲日仇日？——专访〈赛德克·巴莱〉导演》，载《南风窗》2012 年第 10 期。

李敏：《葆拉·马歇尔的〈寡妇颂歌〉与"单一神话"母题》，载《山东社会科学》2012 年第 12 期。

梁良：《〈赛德克·巴莱〉的"成败之谜"》，载《电影艺术》2012 年第 5 期。

刘红新：《英雄母题——西方魔幻电影主题之一》，载《电影文学》2008 年第 7 期。

吕远：《"英雄的历程"——好莱坞主流故事模型分析》，载《当代电影》2010 年第 10 期。

裴和平：《动画剧本写作中的神话原型结构及其启示》，载《写作》2012 年第 11 期。

钱雅文：《以〈千与千寻〉为例谈动画电影中的神话叙事》，载《剑南文学》2013 年第 3 期。

尚玉峰、李晓东：《〈榆树下的欲望〉：单一神话的现代阐释》，载《戏剧文学》2009 年第 7 期。

汪幼枫：《从文明冲突论到宇宙和谐论——从坎贝尔超越理论看全球政治的发展走向》，载《南京师大学报》（社会科学版）2009 年第 6 期。

魏德圣、吴冠平：《骄傲的赛德克·巴莱——魏德圣访谈》，载《电影艺术》2012 年第 3 期。

叶舒宪：《叙事治疗论纲》，载《西南民族大学学报》（人文社科版）2007 年第 7 期。

叶舒宪：《文学治疗的原理及实践》，载《文艺研究》1998 年第 6 期。

叶舒宪：《文学人类学的理论与方法——当代中国文学思想的人类学转向视角》，载《河北学刊》2011 年第 3 期。

叶舒宪：《从"千面英雄"到"单一神话"》，载《上海文论》1992 年第 1 期。

叶舒宪：《谁破译了〈达·芬奇密码〉?》，载《读书》2005 年第 1 期。

叶舒宪：《文化文本的 N 级编码论——从"大传统"到"小传统"的整体解读方略》，载《百色学院学报》2013 年第 1 期。

叶舒宪：《文学人类学的中国化过程与四重证据法——学术史的回顾及展望》，载《社会科学战线》2010 年第 6 期。

叶舒宪：《西方文化寻根中的"女神复兴"——从"盖娅假说"到"女神文明"》，载《文艺理论与批评》2002 年第 4 期。

叶舒宪：《文化大传统研究及其意义》，载《百色学院学报》2012 年第 4 期。

叶舒宪：《物的叙事：中华文明探源的四重证据法》，载《兰州大学学报》2010 年第 6 期。

叶秀山：《试释尼采之"永恒轮回"》，载《浙江学刊》2001 年第 1 期。

于丽娜：《约瑟夫·坎贝尔英雄冒险神话模式浅论》，载《世界宗教文化》2009 年第 2 期。

战晓微：《〈哈利·波特〉中英雄成长主题的探讨》，载《长春师范学院学报》（人文社会科学版）2010 年第 3 期。

赵攀：《英雄的心灵之旅》，载《电影文学》2009 年第 22 期。

赵谦：《〈野性的呼唤〉中巴克的神话原型解构》，载《石家庄铁道大学学报》（社会科学版）2013 年第 2 期。

英 文 资 料

【约瑟夫·坎贝尔的著作】

Campbell, Joseph; Robinson, Henry Morton. *A Skeleton Key to Finnegans Wake.* New York：Harcourt, Brace and Co. , 1944.

Campbell, Joseph. *The Hero with a Thousand Faces.* N. J. ：Princeton University Press, 1972.

Campbell, Joseph. *The Masks of God：Primitive Mythology.* London：Penguin Books, 1987.

Campbell, Joseph. *The Masks of God：Oriental Mythology.* London：Secker and Warburg, 1962.

Campbell, Joseph. *The Masks of God: Occidental Mythology*. London: Penguin Books, 1964.

Campbell, Joseph. *The Masks of God: Creative Mythology*. London: Penguin Books, 1968.

Campbell, Joseph. *Myths to Live By*. New York: Bantam Books, 1980.

Campbell, Joseph. *The Mythic Image*. Princeton, N. J.: Princeton University Press, 1981.

Campbell, Joseph. *The Inner Reaches of Outer Space: Metaphor as Myth and as Religion*. New York: Harper & Row, 1988.

Campbell, Joseph. *The Mythic Dimension: Selected Essays* (1959-1987). Novato, Calif.: New World Library, 2007.

Campbell, Joseph. *A Joseph Campbell Companion: Reflections on the Art of Living*. New York: Harper Perennial, 1995.

Campbell, Joseph. *Sake&Satori: Asian Journals—Japan*. Novato, Calif.: New World Library, 2002.

Campbell, Joseph. *Transformations of Myth Through Time*. New York: Harper and Row, 1990.

Campbell, Joseph; Epstein, Edmund L. *Mythic Worlds, Modern Words: On the Art of James Joyce*. New York: Harper Collins, 1993.

Campbell, Joseph; Kennedy, Eugene C. *Thou Art That: Transforming Religious Metaphor*. Novato, Calif.: New World Library, 2001.

Campbell, Joseph; Kudler, David. *Myths of Light: Eastern Metaphors of the Eternal*. Novato, Calif.: New World Library, 2003.

Campbell, Joseph; Kudler, David. *Pathways to Bliss: Mythology and Personal Transformation*. Novato, Calif.: New World Library, 2004.

Campbell, Joseph; Musès, Charles. *In all Her Names: Explorations of the Feminine in Divinity*. San Francisco: Harper San Francisco, 1991.

Maher, John M.; Briggs, Dennie (eds.). *An Open Life: Joseph Campbell in Conversation with Michael Toms*. New York: Harper & Row, 1989.

Campbell, Joseph. *Baksheesh & Brahman: Indian Journals*. Novato, Calif.: New World Library, 2002.

Campbell, Joseph. *Historical Atlas of World Mythology*. New York: A. Van Der

Marck Editions; San Francisco: Harper & Row, 1983.

Campbell, Joseph. *The Flight of the Wild Gander.* Chicago: Henry Regnery Company, 1972.

Campbell, Joseph; Cousineau, Phil. *The Hero's Journey: The World of Joseph Campbell: Joseph Campbell on His Life and Work.* San Francisco: Harper & Row, 1990.

Campbell, Joseph; King, Jeff; Oakes, Maud. *Where the Two Came to Their Father: A Navaho War Ceremonial.* Princeton, N. J.: Princeton University Press, 1991.

【约瑟夫·坎贝尔编著】

Jung, C. G.; Campbell, Joseph. *The Portable Jung.* New York: Penguin Books, 1976, 1971.

Campbell, Joseph. *Papers from the Eranos Yearbooks.* New York: Pantheon Books, 1954.

Zimmer, Heinrich Robert; Campbell, Joseph. *Myths and Symbols in Indian Art and Civilization.* New York: Pantheon Books, 1946.

Zimmer, Heinrich Robert; Campbell, Joseph. *Philosophies of India.* New York: Pantheon Books, 1951.

Zimmer, Heinrich Robert; Campbell, Joseph. *The Art of Indian Asia: Its Mythology and Transformations.* New York: Pantheon Books, 1955

Zimmer, Heinrich Robert; Campbell, Joseph. *Myths and Symbols in Indian Art and Civilization.* New York: Harper, 1962.

Zimmer, Heinrich Robert; Campbell, Joseph. *The King and the Corpse: Tales of the Soul's Conquest of Evil.* New York: Pantheon Books, 1948.

Campbell, Joseph; Payne, John. *The Portable Arabian Nights.* New York: Viking Press, 1952.

【研究约瑟夫·坎贝尔的专著】

Eliot, Alexander; Campbell, Joseph; Eliade, Mircea. *The Universal Myths: Heroes, Gods, Tricksters, and Others.* New York : New American Library, 1990.

Ellwood, Robert S. *The Politics of Myth: A Study of C. G. Jung, Mircea Eliade, and Joseph Campbell.* Albany: State University of New York Press, 1999.

Frost, William P. *Following Joseph Campbell's Lead in the Search for Jesus' Father*, N. Y.: The Edwin Mellen Press, 1991.

Gimbutas, Marija. *The Civilization of the Goddess: The World of Old Europe.* Harper San Francisco, 1991.

Golden, Kenneth L. *Uses of Comparative Mythology: Essays on the Work of Joseph Campbell.* New York : Garland Pub. , 1992

Henderson, Mary. *Star Wars: The Magic of Myth.* New York: Spectra, 1997.

Larsen, Stephen; Larsen, Robin. *A Fire in the Mind: the Life of Joseph Campbell.* New York : Doubleday, 1991.

Madden, Lawrence (ed.). *The Joseph Campbell Phenomenon: Implications for the Contemporary Church.* Pastoral Press, 1992.

Manganaro, Marc. *Myth, Rhetoric, and the Voice of Authority: A Critique of Frazer, Eliot, Frye & Campbell.* New Haven: Yale University Press, 1992.

Morgan, Robin. *The Demon Lover.* New York: Norton, 1990.

Murdock, Maureen. *The Heroine's Journey.* Boston: Shambala, 1990.

Noel, Deniel C (ed.). *Paths to the Power of Myth: Joseph Campbell and the Study of Religion.* New York: Crossroad, 1990.

Rensma, Ritske. *The Innateness of Myth: A New Interpretation of Joseph Campbell's Reception of C. G. Jung.* New York: Continuum International Publishing Group, 2009.

Segal, Robert Alan. *Joseph Campbell: An Introduction.* New York: Garland Pub. , 1987.

【其他类专著】

Csapo, Eric. *Theories of Mythology.* Malden MA: Blackwell Publishing, 2005.

Gill, Glen Robert. *Northrop Frye and the Phenomenology of Myth.* Toronto; Buffalo, N. Y. : University of Toronto Press, 2006.

Joyce, James. *Finnegans Wake.* New York: Viking Press, 1939.

Leeming, David Adams. *Mythology: The Voyage of the Hero.* New York : Oxford University Press, 1998.

Morgan, Kathryn A. *Myth and Philosophy: From Presocratics to Plato.* London: Cambridge University Press, 2000.

Murray, Henry A. *Myth and Mythmaking.* Boston: Beacon Press, 1960.

Segal, Robert A (ed.). *Myth: Critical Concepts in Literary and Cultural Studies.* New York and London: Garland Publishing, Inc., 1996.

Segal, Robert A (ed.). *Theories of Myth: Literary Criticism and Myth.* New York and London: Garland Publishing, Inc., 1996.

Segal, Robert A (ed.). *Theories of Myth: Ritual and Myth.* New York and London: Garland Publishing, Inc., 1996.

Segal, Robert Alan. *Literary Criticism and Myth.* New York: Garland Pub., 1996.

【研究坎贝尔的论文】

Brandon, S. G. F. "The Sinister Redhead," in *The New York Review of Books*, Vol. XIV, No. 9 (May 7, 1970), p. 42.

Clifford, Richard J. "The Mythic Image by Joseph Campbell," in *Bulletin of the American Schools of Oriental Research*, No. 223 (Oct., 1976), pp. 75-76.

Davidson, H. R. Ellis. "The Hero with a Thousand Faces by Joseph Campbell," in *Folklore*, Vol. 80, No. 2 (Summer, 1969), pp. 156-157.

Davis, Joseph K. "Campbell on Myth, Romantic Love, and Marriage," in *Uses of Comparative Mythology: Essays on the Work of Joseph Campbell.* Kenneth L. Golden (ed.). New York: Garland Publishing, 1992, pp. 105-119.

Deutsch, Babette. "The Contemporary Hero," in *New York Herald Tribune Weekly Book Review*, July 24, 1949, p. 7.

Doty, William G. "Joseph Campbell's Myth and Versus Religion," in *Soundings* 79, Nos. 3-4 (Fall-Winter, 1996), pp. 421-445.

Dunn, Stephen P. "The Masks of God: Primitive Mythology," in *American Anthropologist*, Vol. 62, No. 6, 1960, pp. 1115-1117.

Eugene, Kennedy. "Earthrise The Dawning of a New Spiritual Awareness," in *New York Times Magazine*, April 15, 1979.

Gill, Brendan. "The Faces of Joseph Campbell," in *The New York Review of Books*, Vol. XXXVI, No. 14 (September 28, 1989), p. 16, pp. 18-19.

Girdler, Lew. "The Masks of God: Creative Mythology by Joseph Campbell," in *The Journal of American Folklore*, Vol. 82, No. 324 (Apr.-Jun., 1969), pp. 171-172.

Goodrich, Chris. "PW Interviews: Joseph Campbell," in *Publishers Weekly*, Vol. 228 (August 23, 1985), pp. 74-75.

Grebe, Coralee. "Bashing Joseph Campbell: Is He Now the Hero of a Thousand Spaces?," in *Mythlore*, Vol. 18, No. 1 (Autumn, 1991), pp. 50-52.

Greenway, John. "The Flight of the Wild Gander: Explorations in the Mythological Dimension by Joseph Campbell," in *American Anthropologist*, New Series, Vol. 72, No. 4 (Aug., 1970), pp. 864-865.

Felser, Joseph M. "Was Joseph Campbell a Postmodernist?," in *Journal of the American Academy of Religion*, Vol. 64, 1998.

Friedman, Albert B. "The Mythic Image by Joseph Campbell," in *Western Folklore*, Vol. 35, No. 1 (Jan., 1976), pp. 80-82.

Friedman, Maurice. "Why Joseph Campbell's Psychologizing of Myth Precludes the Holocaust as Touchstone of Reality," in *Journal of the American Academy of Religion*, Vol. 67, 1998.

Hathorn, Richmond Y. "The Masks of God: Occidental Mythology by Joseph Campbell," in *The Classical Journal*, Vol. 60, No. 4 (Jan., 1965), pp. 182-183.

Henderson, James L. "The Masks of God: Primitive Mythology by Joseph," in *International Review of Education/Internationale Zeitschrift für Erziehungswissenschaft/Revue Internationale de l'Education*, Vol. 6, No. 4, 1960, pp. 497-501.

Highwater, Jamake. " The Myth Is Medium," in *The Commonweal*, Vol. 112 (March 22, 1985), pp. 187-188.

Hyles, Vernon R. "Campbell and the Inklings—Tolkien, Lewisand Williams," in *Uses of Comparative Mythology: Essays on the Work of Joseph Campbell*. Kenneth L. Golden (ed.). New York: Garland Publishing, 1992, pp. 211-222.

Kerrigan, William. "The Raw, the Cooked and the Half-Baked," in *The Virginia Quarterly Review*, Vol. 51, No. 4 (Autumn, 1975), pp. 646-656.

King, Karen L. "Social Factors in Mythic Knowing: Joseph Campbell and Christian Gnosis," in *Paths to the Power of Myth: Joseph Campbell and the Study of Religion*. Deniel C. Noel (ed.). New York: Crossroad, 1990, pp. 68-108.

Kisly, Lorraine. *Living Myths: A Conversation with Joseph Campbell.* in *Parabola*, Vol. 1, 1976.

Klavan, Andrew. "Joseph Campbell, Myth Master," in *Village Voice*, May 24, 1988.

Lane, Belden C. "The Power of Myth: Lessons from Joseph Campbell," in *The Christian Century*, Vol. 106, No. 21 (July 5-12, 1989), pp. 652-654.

Leeming, David. "The Way of the Animal Power: Historical Atlas of World Mythology, Volume I," in *Parabola*, Vol. IX, No. 1 (January, 1984), pp. 90-92.

Lefkowitz, Mary R. "The Myth of Joseph Campbell," in *The Amenrican Scholar*, Vol. 59, No. 2 (Summer, 1990), pp. 429- 434.

Leis, Philip E. "The Masks of God: Primitive Mythology by Joseph Campbell," in *Western Folklore*, Vol. 20, No. 3 (Jul. , 1961), pp. 217- 220.

Lerner, Max. "Open Sesame to James Joyce," in *The New York Times Book Rewiew*, July 23, 1944, p. 5, p. 10.

Levin, Harry. "Everybody' Earwicker," in *The New Republic*, Vol. 111, No. 4 (July 24, 1944), pp. 106-107.

Lobel, John. "A Primer on Joseph Campbell and the Mythological Dimensions of Consciousness (Obituary)," in *Whole Earth Review*, Summer, 1988.

Luomala, Katharine. "The Hero with a Thousand Faces by Joseph Campbell," in *The Journal of American Folklore*, Vol. 63, No. 247 (Jan. -Mar. , 1950), p. 121.

Manganaro, Marc. "Joseph Campbell: Authority's Thousand Faces," in *Myth, Rhetoric, and the Voice of Authority: A Critique of Frazer, Eliot, Frye, and Campbell.* New Haven: Yale University Press, 1992, pp. 151-185.

McKnight, Michael. "Elders and Guides: A Conversation with Joseph Campbell," in *Parabola*, Vol. 5, 1980.

Newlove, Donald. "The Professor with a Thousand Faces," in *Esquire*, Vol. 88, 1977.

Norris, Margot C. "The Consequence of Deconstruction: A Technical Perspective of Joyce's Finnegans Wake," in *Critical Essays on James Joyce.* Bernard Benstock (ed.). Boston: G. K. Hall, 1985, p. 206.

Nottingham, Elizabeth K. "The Masks of God by Joseph Campbell," in *Journal for the Scientific Study of Religion*, Vol. 4, No. 1 (Autumn, 1964), pp. 113-115.

Nyenhuis, Jacob E. "The Masks of God: Occidental Mythology by Joseph Campbell," in *The Classical World*, Vol. 58, No. 2 (Oct., 1964), pp. 50-51.

Opler, Morris E. "The Masks of God: Primitive Mythology by Joseph Campbell," in *The Journal of American Folklore*, Vol. 75, No. 295 (Jan.-Mar., 1962), pp. 82-83.

Jones, Owen. "Joseph Campbell and the Power of Myth," in *Intercollegiate Review*, Vol. 25, No. 1 (Fall, 1989), p. 13.

Prescott, Joseph. "A Skeleton Key to Finnegans Wake by Joseph Campbell; Henry Morton Robinson," in *Modern Language Notes.* Vol. 60, No. 2 (Feb., 1945), pp. 137-138.

Radin, Max. "Mythologies Msychoanalyzed," in *The New York Times Book Rewiew*, June 26, 1949, p. 23.

Reinhold, H. A. "A Thousand Faces—But Who Cares?," in *The Commonweal*, Vol. L, No. 13 (July 8, 1949), pp. 321-324.

Rieff, Philip. "The Masks of God: Primitive Mythology," in *American Sociological Review*, Vol. 25, No. 6 (December, 1960), pp. 975-976.

Keen, Sam. "Man and Myth: A Conversation with Joseph Campbell," in *Psychology Today*, Vol. 5, 1971.

Sandler, Florence; Reeck, Darrell. "The Masks of Joseph Campbell," in *Religion*, Vol. 11, 1981.

Seeman, Chris. "Tolkien and Campbell Campared," in *Mythlore*, Vol. 18, No. 1 (Autumn, 1991), pp. 43-48.

Segal, Robert A. "Joseph Campbell as Antisemite and as Theorist of Myth: A Response to Maurice Friedman," in *Journal of the American Academy of Religion*, Vol. 67, No. 2 (Jun., 1999), pp. 461-467.

Segal, Robert A. "Frazer and Campbell on Myth: Nineteenth- and Twentith-Century Approaches," in *The Southern Review*, Vol. 26, No. 2 (Spring, 1990), pp. 470-476.

Segal, Robert A. "Joseph Campbell's Mythology: A Review Essay," in *Southern Humanities Review*, Vol. 25, No. 3 (Summer, 1991), pp. 267-275.

Segal, Robert A. " Myth Versus Religion for Campbell," in *Uses of Comparative Mythology: Essays on the Work of Joseph Campbell*. Kenneth L. Golden (ed.). New York: Garland Publishing, 1992, pp. 39-52.

Segal, Robert A. "Historical Atlas of World Mythology by Joseph Campbell," in *History of Religions*, Vol. 31, No. 3 (Feb. , 1992), pp. 326-327.

Segal, Robert A. "Joseph Campbell's Mythology: A Review Essay," in *Southern Humanities Review* Vol. 25, No. 3 (Summer, 1991), pp. 267-275.

Segal, Robert A. "The Romantic Appeal of Joseph Campbell," in *The Christian Century*, Vol. 107, No. 11 (April 4, 1990), pp. 332-335.

Skeels, Dell R. "The Masks of God, Occidental Mythology by Joseph Campbell," in *The Journal of American Folklore*, Vol. 78, No. 307 (Jan. -Mar. , 1965), pp. 71-72.

Stephen J. Laut, S. J. "Myths to Live By," in *Best Sellers*, Vol. 32, No. 7 (July 1, 1972), p. 64.

Stephen, Dunn. "The Masks of God: Primitive Mythology," in *American Anthropologist*, Vol. 62, No. 6, 1960, pp. 1115-1117.

Stott, Jon C. " Joseph Campbell on the Second Mesa: Structure and Meaning in Arrow to the Sun," in *Children's Literature Association Quarterly*, Vol. 11, No. 3 (Fall, 1986), pp. 132-134.

Sundel, Alfred. "Joseph Campbell's Quest for the Grail," in The *Sewanee Review*, Vol. LXXVIII, No. 1 (Winter, 1970), pp. 211-216.

Taplin, Walter. "A Skeleton Key to Finnegans Wake By Joseph Campbell and Henry Morton Robinson," in *Spectator*, 179: 6214 (Aug. 1, 1947) , p. 146

Underwood, Richard A. " Living by Myth: Joseph Campbell, C. G. Jung, and the Religious Life-Journey," in *Paths to the Power of Myth: Joseph Campbell and the Study of Religion*. Deniel C. Noel (ed.). New York: Crossroad, 1990, pp. 13-28.

Various Authors. "Brendan Gill vs Defenders of Joseph Campbell—An Exchange," in *New York Review of Books*, Vol. 36, No. 17 (November 9, 1989).

Watts, Alan. "The God Go West, " in *The New Republic*, Vol. 150, No. 26

(June 27, 1964), pp. 24-26.

Watts, Alan. "The Spoor of Eastern Spirits," in *Saturday Review*, Vol. XLV, No. 22 (June 2, 1962), pp. 36-37.

William, G. Doty. "Joseph Campbell's Myth and/Versus Religion," in *Soundings* 79, Nos. 3- 4 (Fall-Winter, 1996), pp. 421- 445.

Wilson, Emmett. "Myths to Live By," in *Saturday Review*, Vol. LV, No. 26 (June 24, 1972), p. 68.

【美国大学硕博论文】

Costand, Samia. M. A. *The Spiritual Aspects of Joseph Campbell's Hermeneutics in Mythology: An Examination Leading to Implications for Religious Education.* McGill University (Canada), 1994.

Hogan, John Edward, Jr. Ph. D. *An Analysis of the Hero/Savior Myth of Joseph Campbell.* The Catholic University of America, 1995.

Jennings, Katherine Lynne. M. A. *Communication and Myth: Joseph Campbell's Concepts of Myth Exemplified in C. S. Lewis' "The Lion, The Witch and The Wardrobe".* Central Missouri State University, 1993.

Leonard, Daniel. Ph. D. *Myth and Symbol according to Joseph Campbell: An Evaluation.* Pontificia Universita Gregoriana (Vatican City), 1997.

MacLeod, Paul Douglas. M. A. *Myth and Monomyth: Robertson Davies' "Deptford Trilogy" and Joseph Campbell's Theory of Myth.* California State University, Dominguez Hills, 2002.

Maida, Susan. Ph. D. *A Narrative Analysis of Stories of Initiatory Experiences: Exploring How Westerners Experience and Make Sense of Initiation using Four Shields Theory and Joseph Campbell's Monomyth.* California Institute of Integral Studies, 2003, 404 pages; AAT 3109705.

Nakanishi, Benjamin. Psy. D. *The Journey of Therapy: Object Relations Theory and Joseph Campbell's Hero's Journey.* Alliant International University, 2011.

Sharon, Winters. M. A. *Joseph Campbell: Prophet for A New Age.* The University of Texas at Dallas, 1993.

Tennant, Kevin L. M. S. *Joseph Campbell: Shaman and Visionary*. California State University, Dominguez Hills, 1993.

【网站】

http: //www. jcf. org/new/index. php

http: //www. pacifica. edu/joseph_campbell_at_pacifica. aspx

http: //hartleyfoundation. org/en/stairways-mayan-gods

http: //mythosandlogos. com/Campbell. html

http: //groups. yahoo. com/group/josephcampbell#ans

后　记

此刻，在已经结束和尚未开始之间，挥手告别。

句号，完美的圆，这一印度神话中永恒轮回的象征，在此处述说功德圆满的祝福。后记是整部书稿的一个句号，然而，这个句号我却迟迟无法画出，就像没有将圈画好的阿Q。如果学术规范允许，我真的想在书的最后打一个逗号，因为自己尚未写出的东西，更能表达自己的思想。时间所限，我也只能怀着遗憾和忐忑终结这段并不成功的探险。我甚至又成了一个没有认真备考而匆忙参加考试的小学生，就像等待世界末日那样等待着考试的结果。对已经结束的遗憾，对尚未开始的焦虑，使我陷入结束与开始之间。或许，圆，寓意着所有对立终将化解，结束即开始，生命的每个点都会是此前旅程的终结和此后旅程的开始。

一

本书是在笔者博士论文基础上修订而成的。选择坎贝尔作为博士学位论文课题纯属偶然，或许《英雄的旅程》中白发苍苍的约瑟夫·坎贝尔契合了我内心之中的智者形象。智慧是人被时光女神摧残留下的附属品。当时在想：我是否可以通过逝去智者的眼睛进入他的思想世界，甚至进入一个更为广阔的文化时空呢？打动我的是这位神话学家在美国经济大萧条的五年中不同寻常的自学经历。在1929年开始的经济危机所笼罩的大恐慌中，坎贝尔一直坚持读书，他会读完打动他内心的作家的所有作品，然后再去阅读影响这个作家的其他人的著作。这种自学的经历让我佩服，也给了我希望。那时的自己因为焦虑而浮躁，尝试了诸多南辕北辙、缘木求鱼式的探索，最终一无所获。

我永远无法忘记坎贝尔反复提到的黑麋鹿精神修炼的历程。这位睿智的萨满在其年幼时被老萨满带到了冰雪覆盖的寒冷之地进行斋戒和苦修，在经历了数天的寒冷、饥饿甚至绝望的煎熬之后，在他的幻觉中出现了他的守护女神。

在阅读这段经历的过程中，我甚至对那个孩子在极端冰冷的环境中的饥饿、寒冷和绝望感同身受。神话只有在人孤独地面对自己的时刻才会产生。智慧的源泉就在每个个体的生命根基之处，通过艰苦的修炼，人可以寻找到进入的门径，只要人可以承受修炼过程中的各种苦难。有时，人们总是渴望在最为艰难的时刻，出现奇迹；在最为绝望的时刻，降临救赎。于是，神话由此诞生。任何一次筹划的背后，都会用延展开的可能投射到未来的某个注定消失的角落。最终，希望被延迟出场的未来定为虚妄。然而，生活中无数虚妄的轮回也未必会浇灭那份投向未来的期盼。也许，与失败相伴的孤独、绝望与屈辱会成为指引人走出困境的灵性之光……

人生也是一场修炼。人注定要离开母体，踏上属于自己的生命旅程，在不同的文化编码盘根错节所织成的迷宫中寻找自己的道路。博尔赫斯说，书斋即天堂。固着于书斋的学者如天使般单纯，然而，缺少世俗的繁杂是否也会与思想的深刻擦肩而过？走出书斋的浮士德，在不同的可能性的并置之间探索生命的张力和厚度。弗莱"U"型的生命轨迹，暗示着世界向人们所呈现的不同面向，人在充满悲欢的摩耶幻境开拓存在的疆域，而灵魂在沉沦和救赎之间完成了背离天堂到重归天堂的轮回。或许，只有那些下过地狱的神话诗人，如穆旦或者陀思妥耶夫斯基，才会深切感受到仰望天堂所带来的温暖和幸福。

命运曲线更像醉汉胡乱编排的鬼画符。在一些人那里可以随意挥霍的再普通不过的东西，在另外一些人那里就成为可望而不可即的奢望。陀思妥耶夫斯基的伟大之处恰恰在于其转化此种不幸的能力。陀翁一生所遭受的贫困（为还赌债而拼命写作）、疾病和假死刑，使他成为坎贝尔意义上的神话诗人。完满只是生命的祝福，就像童话的结尾，不过，人的生命却会在通向这一结局的途中结束。这是生命的本然状态。生命的悲剧用最为残忍的方式摧毁任何坚信。神圣、伟大、崇高最终消失在被等待的戈多无限延迟的出场之中。一个世界已经崩塌，梦幻流于他处。

如何超越世俗法则，与宇宙的本然状态和解是坎贝尔神话学的终极要义。在他那里，神话诗人都是获得此种顿悟的智者。只有在被命运摧残的人生轨迹中，人才能感受非理性的命运律动。在超越生命轮回的空虚之后，用无限的同情之爱看待生命的缺然，与残忍的生命法则和解，是痛苦并快乐的狂喜。最终，那些仿佛经过几世的漂泊才铭刻在灵魂深处的痛苦，如游丝般瞬间消融在幻境中，于是，整个宇宙就陷入环绕 Aum 之后的沉默，一切源于混沌，却又沦入永恒的虚空。在由各种情愫（善与恶、美与丑、伟大与渺小、神圣与卑劣……）编织而成的生之舞蹈中，苦难化为千瓣花片、万只蝴蝶，随风而逝……

本书的写作过程绝非骑士传奇的浪漫想象。对超出自己曾有的知识范围的领域的探索，本身就是一次危险的旅程。坎贝尔广博的学识和宽广的视野都是横亘在面前的大山，而世界神话和当代神话学知识是跨越这座大山必备的法宝，贫乏的武器储备是我最大的困难。在自己曾有的知识领域内的狂欢变成一次在充满陷阱的荒原中的跋涉。也许在两个不同的知识谱系的反差所形成的向纵深处的延展会带给人前所未有的顿悟，也许两者的巨大反差所造成的空缺是对人之生存的合理性的质疑。也许需要艰难跋涉的荒原就像那个守卫着水井等待着破除魔咒的又老又丑的女人，当真正拥有充足智慧的人洞穿那个迷惑人的假象的时刻，魔咒解除，又老又丑的女人恢复了青春的风采，荒原也即刻变成通途。人需要一双美杜莎的眼睛，它们能摧毁横亘在眼前的阈限。虽然世界会以混乱、纠缠、繁杂的意象云团冲击人的意识，但是，在书写的那一刻，时空被重新赋形。于是，世俗远离，神圣出场，文字成为跃动的火焰，诗在语言之巅跳舞。或许，写作会成为信仰，当人能够用钻石般坚硬的文字创造世界的时刻……

二

37 岁，生命的关口，旅程的中途。人生从象征始端的太阳神话转向象征终端的月亮神话。感谢叶舒宪老师和赵毅衡老师的殷殷关切，他们的宽容使我在精神蜕变过程中的诸多心结得以释然，使我获得走出心灵迷宫的勇气。现在依然会想起初次见到叶老师的情景。当我这一对神话和神话学知之甚少的懵懂学生，怀着忐忑不安的心情来到叶老师面前的时候，我遇到的却是一位朴实甚至比自己还腼腆的老师。粗心的我往往不注重论文的基本格式，叶老师用他自己所自嘲的"校对工"式的修改，潜移默化地影响我，帮我纠正细节上的许多错误。非常遗憾的是，由于个人能力所限，书稿没能按照老师的意见纠正所有的错误。赵老师细致阅读和修改我写得并不像样的开题报告。正是赵老师的点拨，我的论文才有了一个稍微像样的结构。在两位老师面前，语言是苍白的。我只希望在今后的人生中，能够写出些许扎实的成果，作为报答。然而，就像厨艺蹩脚的主人无法用丰盛的餐食向高贵的客人表达敬意，此类空头许诺仅仅是掩饰自己愧疚的遮羞布。

感谢徐新建老师对我生活上的关心、学业上的点拨和指导。很多年过去，我的脑海中时常会闪现徐老师在课堂上所提出的很多问题，虽然当时上课的诸种细节在记忆中都已模糊不清，但是他所提出的很多问题依然温暖着在平庸中挣扎的自己，成为铭刻在我记忆深处的幸福标记。在世俗化的语境中，圣人或者天堂，都如水中逐渐消退的墨色，成为遥不可及的幻影。然而，在这个时代能够听一场关于圣人或者天堂的讲座也是不错的选择。很感谢徐老师和叶老师的文学人类学给了我这样的机会，让我能够多次回味神话这一人类原初之梦带给我的震撼。

感谢我的硕士导师钟仕伦老师。先生所传授的读书和治学的方法，使我少走了不少弯路。感谢刘敏老师和董志强老师在我生命最艰难的时刻给我的帮助。感谢曹顺庆院长，正是旁听了曹老师关于博士论文选题的方法，我才大体找到了自己博士论文选题的方向。感谢刘亚丁老师，正是在刘老师的课堂上，我逐渐找回了学术的自信。

感谢师姐谭佳、杨骊、祖晓伟、郭恒，感谢同学张颖、刘曼、龙鲜艳、付海鸿、付飞亮、黄文虎、郄丙亮，感谢好友匡存玖、毛爱宏、王冠、王志兵、何飞、陈伦敦、吴正彪、饶广祥、郭明军，他们为我的生活和学习提供了太多的帮助。最后，感谢父母、妻子和女儿给我提供的精神支持。

感谢陕西师范大学出版总社能够出版我的这本不成熟的专著，感谢编辑邓微老师，患有"重度拖延症"的我，只能用感谢表达内心的愧疚。感谢《西南民族大学学报》《东方论丛》《百色学院学报》《长江大学学报》《电影文学》《电影评介》等期刊，本书的部分章节得以在这些杂志上发表。

很多年之后，当我重新打开这部书稿，我坚信，坎贝尔的著作带给我的震撼依然会在记忆的深处被唤醒，它们将混杂着成都那珍贵的阳光和特有的潮湿气息一起向我扑来，并在我面前延伸出神话世界中光明与黑暗的两极意象，这一切都在宣告逝去的青春和不再归来的读书岁月。在记忆中，成都秋后的阳光与铺满川大校园的银杏叶子交织成对师友的思念和祝福。

本书是国内第一部研究约瑟夫·坎贝尔的专著，也是笔者的第一部专著。由于我的能力所限，书中肯定存在诸多缺陷和不足，恳求各位专家和读者批评指正。

张洪友
2018 年于湖北民族学院